U0464138

本书为周口师范学院高层次人才科研启动经费资助项目
“中国当代少数民族小说叙事与民族认同建构”
（项目编号：zksybscx201212）的研究成果

文学的民族认同特性及其文学性生成

以中国当代少数民族小说为中心

樊义红◎著

中国社会科学出版社

图书在版编目(CIP)数据

文学的民族认同特性及其文学性生成：以中国当代少数民族小说为中心／樊义红著．—北京：中国社会科学出版社，2016.7

ISBN 978－7－5161－8515－5

Ⅰ.①文… Ⅱ.①樊… Ⅲ.①小说研究－中国－当代 Ⅳ.①I207.42

中国版本图书馆CIP数据核字(2016)第154231号

出 版 人 赵剑英
责任编辑 曲弘梅
责任校对 石春梅
责任印制 戴 宽

出 版 中国社会科学出版社
社 址 北京鼓楼西大街甲158号
邮 编 100720
网 址 http://www.csspw.cn
发 行 部 010－84083685
门 市 部 010－84029450
经 销 新华书店及其他书店

印 刷 北京君升印刷有限公司
装 订 廊坊市广阳区广增装订厂
版 次 2016年7月第1版
印 次 2016年7月第1次印刷

开 本 710×1000 1/16
印 张 18.5
插 页 2
字 数 268千字
定 价 68.00元

摘　要

民族文学的（身份）认同问题是近年来受到学术界广泛关注的话题。这种（身份）认同尤以其中的民族（身份）认同最有探讨的意义和空间。民族文学特别是中国当代少数民族小说中的民族认同现象丰富而复杂，这对我们探究民族文学的异质性（相对于汉族文学）和规律性都具有潜在的启示意义，而以往对这一问题的研究无论从深度还是广度而言都很欠缺。

面对学术界对“民族文学”概念各持己见、莫衷一是的现状，首先区分出广义的民族文学和狭义的民族文学概念很有必要，而后者是本书主要关注的研究对象。认同理论经历了从本质的认同论到建构的认同论的发展历程，较为可取的认同论是综合了二者的特点但又以建构的认同论为主。民族认同建立在认同的基础之上但又有自己的特点。将认同和民族认同理论引入中国当代少数民族小说和民族文学研究有其必要性、合理性和多重意义。

民族文学的很多元素都参与了对民族认同的建构，其中尤以“文学性”的几个方面如语言、叙事、文体和形象对民族认同的建构最为隐秘和复杂，也最具理论研究的价值。

中国当代少数民族小说中，语言对民族认同的建构包括母语写作、非母语写作和双语写作；叙事对民族认同的建构包括第一人称复数转向、多重视角、平行对话结构 、宗教文化叙事和叙事者干预；文体对民族认同的建构包括抒情性、重述神话史诗、文化展示性书写和文体转型；形象对民族认同的建构包括民族英雄形象、民间英雄形象和民族文化形象这三类特殊的人物形象，以及由我者形象和他者形象所构成的几种关系模式：对话模式、对比模式、冲突模式和镜像模式。语言、叙事、文体和形象对民族认同的建构都有其特定的机制、策略、原因、意义和限度等。对这几方面的研究也启发了我们对于中国当代少数民族小说的语言、叙事、文体和人物形象，文学本身的语言、叙事、文体和形象层面，以及认同和民族认同的理论反思。

以上的研究引导我们发现了中国当代少数民族小说和民族文学的一种特殊性质："民族认同特性。"它不同于民族文学的民族性、文化性和审美性但又与其密切相关。它有其特定的内涵但又是动态发展的。民族认同特性的发现具有多重意义。可从两个大的方面考察这种民族认同特性生成的原因，一方面，文学是建构认同和民族认同的重要手段，这为民族认同特性的生成提供了可能性。另一方面，是民族文学作家的民族认同建构，这使得民族认同特性生成的可能性成为了现实。这方面又可以分为民族文学作家自发的民族文化传达和自觉的民族文化建构两种情况。前者主要生成了一种显性的民族认同特性，后者则生成了一种显性和隐性兼备的民族认同特性。而自觉的民族文化建构又与三种民族认同的危机有关：汉族文化和文学的话语压力；现代性对少数民族文化的挑战；全球化对少数民族文化的同质化威胁。

民族认同特性也昭示了中国当代少数民族小说和民族文学的文化特色，这启发我们从民族文学理论与批评建设的目的出发，探讨对民族文学进行文化研究的必要性、合理性和多重价值等。

关键词：民族文学；当代少数民族小说；民族认同；建构

Abstract

The identity of Chinese ethnic literature is a topic widely talked about by academic community in recent years. In which the ethnic identity is worthy of being studied most. The phenomenon of identity in Chinese etunic literature especially contemporary ethnic fictions are rich and complicated, which has potential significance for us to study the heterogeneity and regularity of the ethnic literature. But in the past the research on this issue is very lack in terms of depth and breadth.

In the face of the situation that the academic community disagree to the concept of "ethnic literature", to distinguish the general and narrow ethnic literature is necessary. This paper focuses mainly on the narrow ethnic literature. The identity theory has experienced the developmental process from the essential identity tothe constructive identity. Ideal identity has the two types of characteristic, but mainly of the constructive identity. National identity bases on the concept of identity, but also has its own characteristic. To introduce the theory of identity and national identity into Chinese contemporary ethnic fictions and ethnic literature is necessary, rational and important.

Many elements of the ethnic literature are involved in the construction of ethnic identity, especially the construction by the several aspects of "literary" such as language, narrative, style and image is the most secret, complicated and valuable.

In Chinese contemporary ethnic fictions, the construction by language includes native language writing, non-native writing and bilingual writing; the construction by narrative includes turning to the first person plural, multiple perspectives, parallel dialogue structure, religious and cultural narrative and narrative intervention; the construction by style includes lyricism, retelling the myth and epic, writing for showing culture and the stylistic transformation; the construction by image not only includes ethnic hero image, folk hero image and ethnic cultural image, but also the several modes posed by my image and other images: the dialogue mode, the contrast mode, the conflict mode and the mirror mode. The construction by language, narrative, style and image has their specific machanisms, strategies, causes, significance and limits. According to the research on these things, we can be inspired about the language, narrative, style and style of Chinese contemporary ethnic fictions and literature , the theory of identity and national identity.

The above study leads us to the discovery of a special nature of Chinese contemporary ethnic fictions and the ethnic literature: "the ethnic identity feature." It is different from the national, cultural or aesthetic feature, but also closely related to them. It has its specific meanning and is dynamic. The discovery of "the ethnic identity feature" has multiple meanings. There are two major reasons accounting for the formation of the feature. On the one hand, literature is an important means to construct identity and national identity, which offers the possibility of the formation of the ethnic identity feature and in fact generates a dominant feature of ethnic identity. On the other hand, the ethnic writers try to constructthe ethnic identity, which make the possibility of generating the ethnic identity feature become a reality and in fact generates a dominant and recessive ethnic identity. The latter can be divided into two cases: spontaneous and conscious construction by the ethnic writers. The conscious construction is related with three kinds of ethnic identity crisis: the discourse pressure from the Han culture and literature; the challenge to the ethnic culture from modernity; the threat of homogenization to the ethnic culture from globalization.

The ethnic identity feature also shows the cultural characteristics of Chinese contemporary ethnic fictions and the ethnic literature, which inspires us to explore the necessity, rationality and the multiple values and so on of the cultural research on the ethnic literature, for the purpose of the construction of the ethnic literature theory and criticism.

Key words: ethnic literature; contemporary ethnic fiction; ethnic identity; construct

目　录

前　言

20 世纪 90 年代以来，认同问题开始成为学术界的热门话题。一时间，认同问题遍布人文社会科学的各个领域，许多人都热衷于谈论此道，俨然成为学术界的又一时尚。认同问题确实是一个重要问题，在当下的语境下这一问题变得尤为凸显。对个体的人来说，如果对自身没有清楚的认识，没有明确的自我认同，那么一个人就很容易迷失自己，在社会生活中找不到自己的位置。对一个国家或一个民族来说也是如此。如果国家或民族的成员没有普遍的、明确的和稳定的国家认同或民族认同，那么这个国家或民族的存在和发展可能就充满了各种风险，这应该不是危言耸听的妄言。特别是在当前的时代语境下，"流动的现代性"已成世界发展不可阻挡的趋势，全球化的影响波及全球，国家之间和民族之间的交往越来越频繁，在这种情形下国家认同或民族认同的弱化或丧失都会导致国家或民族处于弱势或不利的地位，甚至面临被同化的命运。

既然认同问题如此重要，而且是一个广泛存在于当下的文化语境下的命题，那么就确乎有对之进行研究的必要。这种研究至少有两种路径：一种是借助于认同问题加深对具体研究对象的认识。认同的身影无处不在，以前因为未被发现而处于沉潜状态，今天借助它的力量烛照既有的或新发掘的研究对象，就可以获得关于研究对象的新的启悟。从某种意义上说，这是在工具论的意义上来研究认同问题，也是对认同作一种历史化、语境化和具体化的考察。另一种则是对于认同问题自身的反思。关于认同本身的理论研究以前已经有了一些，但这种理论的发展远不充分，也不成系统。笔者所见的大量涉及认同问题的研究著作和论文，少有对认同问题作一种准确全面和系统把握的。

试举一例。厘清“认同”的概念不仅是研究的前提，也有助于研究的深化和对问题的发现。对认同概念的理解还直接关联与此相关的一系列概念，比如民族认同、国家认同、性别认同、阶级认同等。但在笔者所见的研究中，关于“认同是什么?”这一基本问题居然都没有多少人能说得清楚透彻。许多人甚至想当然地以为所谓认同就是认可、承认之意。如果真是这样，那认同问题就没有半点新意，不知道我们还有什么谈论的必要？正是看到这方面研究的欠缺，本书在第一章中对认同理论作了一番较为细致的梳理，希望对同人这方面的研究有所帮助。梳理工作一般被认为价值有限，似乎没有多大技术含量，但笔者的这番梳理委实不易，这与认同理论方面的资料难以搜集和归类有关，也与认同理论本身的不完善有关。理论发展的不成熟必然会限制其理论指导作用的发挥。不过这也启发我们，在研究具体的认同问题时不妨反过来，转而对认同本身作一种形而上的思考，获得一些新的理论突破。这可说是在本体论的意义上来研究认同问题，也是对认同作一种抽象的和逻辑的思考。笔者所见的关于认同的研究中，大都遵循的是第一种路径。这一种研究当然自有其价值所在，但忽视第二种研究对认同理论的发展而言却并无裨益。本书关于认同问题的研究就力求结合两种方法，这一方面是为了求得对认同理论的突破性认识，另一方面是为了获得对本书的中心研究对象——中国民族作家文学的新的理论发现。

本书的研究并非执着于对认同和民族认同问题的理论探讨，尽管第一章就对认同和民族认同的基本问题作了一番较为细致的理论梳理，并从中抽绎出一系列关于认同和民族认同的观念和思想。笔者的研究对象是民族作家文学，确切地说是中国当代少数民族小说，对认同和民族认同问题的把握只是研究当代少数民族小说的理论基础。在对中国民族作家文学特别是当代少数民族小说的大量阅读后，笔者发现，民族作家文学特别是当代少数民族小说中的民族认同现象丰富而复杂，把这一现象与汉族作家文学相比显得尤为突出。前人对这一问题的研究虽然也有一些，但从文学理论的角度给以深入充分阐述的还不多见，而且在深刻性和系统性等方面也较为欠缺。这不由得引发了笔者的一些思考：民族作家文学中为什么会有这些民族认同现象？这些民族认同现象从文学理论的角度来看是如何被建构出来的？这种民族认同的建构给民族作家文学文本造成了何种影响？我们的理论和批评又该如何应对这些带有民族认同特点的民族作家文学文本？等等。现有的研究不能有效地解决笔者的这些理论疑惑。新的理论发现往往需要借助新的研究方法。笔者以为前人对这一问题研究的局限与其方法的陈旧有关，因而显得阐释力不够，也限制了自身的理论思考，因此有必要系统地引入认同和民族认同理论对此加以深入的探讨。作为当前学术界较为关注的理论思想，认同理论中的民族认同理论关注的恰恰是民族文化及其身份问题，而且民族认同理论自身有着较为丰富和复杂的观念和思想。最为重要的是，笔者发现这一理论在对上述文学现象的问题上具有非常独到而深刻的理论阐释力，并且能激发笔者许多新的理论发现。当然，这一理论本身也很复杂，有的带有很强的意识形态色彩，需要仔细辨析和慎重选择。笔者在谈到民族认同时大多是从文化的层面来理解，这不仅是为了避免陷入不必要的理论误区，也是为了契合笔者的研究对象和学科特点。出于各种考虑，笔者决定从研究“文学的民族认同特性及其文学性生成——以中国当代少数民族小说为考察中心”问题入手，在对民族文学文本主要是当代少数民族小说作具体考察的基础上，进而对民族作家文学作一种本体意义上的理论反思，由此把握民族作家文学的独特性和异质性（相对于汉族文学），并力图对民族文学理论、一般的（既有的）文学理论、认同和民族认同理论提出某些新的思考。

这里有必要对笔者的研究题目和研究对象稍作解释。

其一，对于民族文学及当代少数民族小说的理解。笔者把“民族文学”分为广义的民族文学和狭义的民族文学两种情况。广义的民族文学以作家的民族身份为标准，即作者为少数民族创作的作品即为民族文学。狭义的民族文学以作家的民族身份和民族题材两个条件为标准。即作者为少数民族和作品以本民族的生活为题材两个条件同时具备才是民族文学。本书如未加说明，使用的是狭义的民族文学概念，也是在狭义的民族文学的意义上来选择“当代少数民族小说”。以上定义是基于笔者对民族文学性质的理解和把握，具体论述可参考后面的“‘民族文学’概念的界定”部分的内容。

之所以在民族文学中选择“小说”这种体裁作为研究对象，是基于几个理由：1. 在民族文学（专指民族作家文学，不包括民族民间文学）中，小说的成就最为突出，最有代表性，当然更适合作为理论研究的对象。想要在本书中把民族文学“一网打尽”不仅不现实，也超出笔者的能力。2. 在民族文学中小说中的民族认同现象更为丰富和复杂，更与本书的研究目的相契合。3. 相对于其他文体，小说的“文学性”更为丰富和复杂，更适合作为理论研究的对象。形式主义诸流派如俄国形式主义、英美新批评和法国结构主义等对“文学性”的研究也主要是以小说为对象。

之所以在少数民族小说中选择其中的“当代”部分，是因为：其一，许多少数民族的小说创作是从“当代”才开始的。在“当代”以前，只有为数不多的少数民族拥有自己的小说作品，其总量也不多。其二，更重要的是，这与本书研究的问题密切相关。本书研究的是少数民族小说中的民族认同问题，而谈论“当代”以前的少数民族小说中的民族认同基本还是一个“伪问题”，因为这一时期小说中的民族认同现象并不明显，其还不成为一个问题。有论者指出：“事实上，在新中国成立以前的中国新文学史上，虽然像沈氏（沈从文——笔者注）这样少数民族出身的作家并不鲜见，但真正在文学上作为本民族的‘代言人’，致力于表现本民族的民族特性的作家，实属凤毛麟角。只是在新中国成立以后，由于各兄弟的少数民族已经获得了确定的民族身份，且现行的民族政策对各兄弟的少数民族物质文化和精神文化的发展，一直是持支持和鼓励的态度，这样，各兄弟的少数民族作家才真正获得了族性的自觉，他们的文学创作才得以显示各自所独有的民族特色。”① 笔者以为，真正的民族认同的出现实际上与民族认同的危机有关。而在当代以前，中国少数民族的民族认同危机虽然也存在，但并不突出。只有在进入“当代”以后，这种民族认同

① 吴道毅：《南方民族作家文学创作论·序言》，民族出版社 2006 年版，第 3 页。

的危机才凸显出来，并通过其文学作品得到反映。关于这一问题本书将在“文学的‘民族认同特性’生成的原因”部分有详尽论述。

其二，对于“文学性”的理解。这一概念来源俄国形式主义理论家雅可布逊：“文学科学的对象不是文学，而是‘文学性’，也就是使一部作品成为文学作品的东西。”[①] 确切地说，“文学性不存在于某一部文学作品中，它是一种同类文学作品普遍运用的构造原则和表现手段。”[②] 正是依据雅可布逊所界定的“文学性”的基本特点，笔者在本书中主要选取了存在于当代少数民族小说中的文学性的四个方面：语言、文体、叙事和形象进行具体探讨。之所以做这种选择，一是因为这几个方面基本属于文学的形式层面，与形式主义流派所说的文学的规律性相连，是文学本体的几个重要组成部分。它们与本书在文学理论的学科范畴内对当代少数民族小说所作的研究比较契合。二是因为在当代少数民族小说中能生成民族认同特性的要素中，这几个方面是更为深层和隐蔽地建构民族认同、形成文本的民族认同特性的要素，只有把这几个方面的问题说清楚了才能透彻地揭示当代少数民族小说中民族认同特性的生成问题。

其三，关于选题合理性的思考。民族文学研究界一直以来就有一个共识：我国 55 个少数民族由于在政治、经济和文化上存在较多的相似性，也导致这些民族在文学上的相似性，因而可以把这些民族的文学放在一起进行研究，是之为“民族文学”这一名称形成的缘由之一。这种研究有助于对民族文学作一种整体和宏观的把握，而且更容易促成民族文学理论的突破和创新，其意义自不待言。不过，也有学者指出，学界对单个少数民族文学的研究在数量和深度上都还欠缺，更重要的是，中国各少数民族文学往往各有其特点，因而提出对少数民族文学应注重“分解研究”。[③] 这种观点也不无道理，特别是

① ［俄］罗曼·雅可布逊：《现代俄国诗歌》，转引自《俄苏形式主义文论选》，中国社会科学出版社 1989 年版，第 24 页。

② 朱立元主编：《当代西方文艺理论》，华东师范大学出版社 2005 年版，第 49 页。

③ 白崇人：《对少数民族文学创作应注重“分解研究”》，《民族文学研究》1994 年第 1 期。

考虑到许多对民族文学的研究往往以局部代替整体，把某些发现的规律刻意地放大，无视55个少数民族文学的差异性，这样一种注重各民族文学特殊性的研究就更显出其合理的一面。从某种意义上说，“分解研究”方法是针对整体宏观研究的弊病而提出的。这也提醒我们，如何在作整体宏观研究时有效地克服自身可能带来的问题。笔者研究的是民族作家文学特别是当代少数民族小说的民族认同特性问题。应该说，民族认同是民族作家文学中一个不仅具有普遍性而且具有相似性的问题。我国55个少数民族尽管情况各不相同，但各民族的作家都有对本民族的认同而且都会通过其作品来建构这种认同，这就使得表现在民族作家文学中的民族认同特性具有极大的相似性，这种相似性甚至远大于它们之间的差异性（并非否定和忽视差异性的存在）。这就使得笔者所作的这种整体和宏观的研究获得了比一般情况下更大的合理性，而且在很大程度上天然地和有效地避免了上述整体研究的弊端。

其四，关于本书研究的指导思想。1990年，费孝通先生提出了后来影响甚广的文化发展理念：各美其美，美人之美，美美与共，天下大同。刘俐俐教授认为“践履该理念的关键阶段是‘美人之美’”①，因而提出“建设以‘美人之美’为宗旨的民族文学理论与方法”的设想。“所谓民族文学理论与方法，是指区别于一般普适性文学理论与方法，区别于民族作家作品研究，区别于少数民族文学史，区别于区域性民族文学研究，但体现出与民族民间文学、与少数民族文学、与区域性民族文学的深刻联系，即关于我国少数民族作家文学的创作、艺术追求、文本特性及特征的理论及批评方法。”② 应该说，本书对当代少数民族小说的民族认同特性及其文学性生成的研究就意在贯彻这种建设民族文学理论与方法的指导思想。当然，在实际的研

---

① 刘俐俐：《“美人之美”：多民族文化的战略选择》，《浙江工商大学学报》2009年第5期。

② 刘俐俐：《“美人之美”为宗旨的民族文学理论与方法的几个论域》，《文艺理论研究》2010年第1期。

究中，本书的某些方面也与这一思想出现了一定的偏离，具有自身的一些特色。

学术研究不可避免地会涉及学术立场和价值判断问题，即便是文学理论的研究也是如此。本书的研究与“民族认同”问题密切相关，这是一个较为敏感的、令很多人尽量避免的问题，本书的某些成果在一些核心刊物上难以发表就是一个证明。笔者以为这也大可不必。一个关键的问题是要明确自己的学术立场，端正自己的价值判断。在对民族文学的研究上，笔者赞同姚新勇先生的这一观点：“每一个追求公正的知识分子，不应该在追求公正、正义的同时，让自己成为对抗性民族关系建构的参与者。中国不需要所谓的分裂人士，西藏也不需要什么反抗性的民族英雄。我们需要的是理性的思考者，公正的言说者，不同族群之间的文化使者与调停者。因此，我们的思考、发言、行动，不仅应该是独立、勇敢、公正的，还应该是审慎、细致的；不仅要以开放的心态，反抗体制的压抑，冲破本民族狭隘视野的束缚，促进中国文化多样性的平等发展，同时也要高度警惕，不要由文化多样性的公正追求，掉进文化种族主义的泥淖。”① 本书对于“民族认同”问题的研究也坚持了这样一种学术立场，并在这一立场下作出某些价值判断。从整体上说，一方面，我们应该看到民族认同存在的合理性和积极意义；另一方面，我们又必须警惕民族认同本身或民族认同建构中的消极因素比如狭隘的民族主义。笔者倡导的是一种积极的、开放的、健全的从而也有利于一种多元一体的中华民族文化建设的民族认同。

研究现状：

本书研究的中心对象是“文学的民族认同特性及其文学性生成——以中国当代少数民族小说为考察中心”，此综述正是从这一认识出发来看前人对这一问题的研究。

国外的研究者，无论本人是中国人或外国人，对这一问题的关注

---

① 姚新勇：《寻找：共同的宿命与碰撞：转型期中国文学多族群及边缘区域文化关系研究》，中国社会科学出版社 2010 年版，第 303 页。

都非常少。笔者见到的资料中有研究中国的少数民族认同的，但都不是在文学的论域中展开，而是集中于人类学、民族学、民俗学等其他学科，故这里不必多言。

对这一问题的关注主要集中于国内的学界。在这些研究成果中著作不多，只有关纪新和朝戈金合著的《多重选择的世界——当代少数民族作家文学的理论描述》、关纪新主编的《20 世纪中华各民族文学关系研究》、张直心的《边地寻梦：一种边缘文学经验与文化记忆的探勘》和姚新勇的《寻找：共同的宿命与碰撞：转型期中国文学多族群及边缘区域文化关系研究》等部分地涉及这一问题。在笔者查询的“CNKI 系列全文数据库”中，从 1999 年至今（可以查询的年份）也没有发现有博士论文或硕士论文专门直接地研究这一问题。

应该说这方面的成果更多的是以论文的形式出现的。在这些论文中，笔者择取了其中有代表性的，按照研究的角度，把它们分为如下几类：1. 研究单一作家作品的民族认同。刘洪涛的《沈从文：民族身份与国家认同》以沈从文的民族认同和国家认同为主线，将其创作分为四个阶段，认为沈从文经历了从最初的对苗族的认同到最后上升到对国家的认同的发展历程。[①] 高宏存的《族裔认同·民族精神·文化民族主义——作为一种文化现象的张承志研究》认为 20 世纪 90 年代以来，张承志表现出双重的文化认同立场，即对族裔（回族）的认同和对国族（中华民族）的认同。[②] 李建的《阿来：边缘书写与文化身份认同》认为阿来以一个文化边缘者的身份，通过其文学创作来摆脱身份认同的危机和建构文化身份认同。[③] 2. 研究群体作家作品的民族认同。比如杨继国的《认同与超越——回族长篇小说发展论》以三部具有代表性的回族长篇小说——《穆斯林的儿女们》《穆斯林的葬礼》和《心灵史》为例，透视出回族长篇小说的发展，既体现出

---

① 刘洪涛：《沈从文：民族身份与国家认同》，《楚雄师范学院学报》2003 年第 1 期。

② 高宏存：《族裔认同·民族精神·文化民族主义——作为一种文化现象的张承志研究》，《首都师范大学学报》2005 年第 1 期。

③ 李建：《阿来：边缘书写与文化身份认同》，《西北民族大学学报》2004 年第 2 期。

对母族文化的回归，更正确处理了认同与超越的关系。[①] 雷鸣的《危机寻根：民族文化的认同与现代性反思——对少数民族作家生态小说的一种综观》认为少数民族的生态小说创作通过对民族文化的认同和回归，显现出对现代性的反思和质疑的姿态。[②] 王志萍的《他者之镜与民族认同——简析新疆少数民族女作家作品中的民族意识》认为新疆少数民族女作家作品蕴含着丰富而多样的民族意识，如对本民族的认同和对中华民族的认同等。[③] 闫秋红的《论当代满族作家民族身份的认同》认为当代满族作家民族身份的认同基本是与对民族文化的反思同步，他们一方面彰显自己的民族性格和文化倾向，另一方面又在反思本民族的文化弱点和缺陷。[④] 3. 研究语言、文体和民族认同的关系，即把语言和文体作为建构民族认同的手段。比如高梅的《语言与民族认同》认为民族的语言体现出对民族文化心理的认同。[⑤] 马红艳的《回族语言及其反映的民族认同心理》认为回族语言有其自身的特点，这种特点折射出对回族的认同。[⑥] 张直心的《"汉化"？"欧化"？——少数民族作家汉语写作的文体探索》通过对云南少数民族作家汉语写作的考察，揭示了少数民族作家汉语写作在文体方面的艰难探索，即经由汉化到欧化再到民族化的过程。[⑦] 4. 从理论的角度思考当代少数民族小说的民族认同特性，力图发现新的文学理论问题，揭示文学创作的规律。比如刘俐俐的《后殖民主义语境中的当代民族

① 杨继国：《认同与超越——回族长篇小说发展论》，《民族文学研究》1993 年第 2 期。

② 雷鸣：《危机寻根：民族文化的认同与现代性反思——对少数民族作家生态小说的一种综观》，《前沿》2009 年第 9 期。

③ 王志萍：《他者之镜与民族认同——简析新疆少数民族女作家作品中的民族意识》，《民族文学研究》2009 年第 4 期。

④ 闫秋红：《论当代满族作家民族身份的认同》，《西南民族大学学报》2010 年第 9 期。

⑤ 高梅：《语言与民族认同》，《满族研究》2006 年第 4 期。

⑥ 马红艳：《回族语言及其反映的民族认同心理》，《青海民族学院学报》2001 年第 4 期。

⑦ 张直心：《"汉化"？"欧化"？——少数民族作家汉语写作的文体探索》，《民族文学研究》1998 年第 4 期。

文学问题思考》认为民族文学所处的边缘地位对当代文学的发展而言有其积极意义。[①] 刘俐俐的《走进人道精神的民族文学中的文化身份意识》通过对中国当代民族文学中的文化身份意识的历时性考察，认为民族文化身份意识可以避免单纯的身份政治，而且能延伸出差异意识乃至建立人道政治。[②] 刘俐俐的《汉语写作怎样成就了少数民族优秀文学作品的独特价值——以鄂温克族作家乌热尔图的作品为例》通过对乌热尔图小说的考察，得出民族作家文学的民族文化身份认同呈现双重性和动态性两个方面的特点。[③] 姚新勇的《追求的轨迹与困惑——“少数民族文学性”建构的反思》一方面肯定了新时期以来少数民族文学建构民族文化身份具有历史和现实的相对合法性，另一方面又提出必须正确处理少数民族文学的“民族性”和“中国性”的关系。[④] 李启军的《少数民族作家的族群身份：作品的胎记抑或风过无痕》提出了“叙事身份”的概念，借以考察民族文学作家的族群身份和其作品之间的复杂关系。[⑤] 张永刚、唐桃的《少数民族文学：民族认同与创作价值问题》认为在少数民族文学中存在着作家身份和民族认同相统一和不相统一两种情况。[⑥]

综合以上的研究可以看出，前人对这一问题的研究更多的是对作家作品民族认同的具体探讨，是在现当代文学的学科领域内进行，侧重于一种文学批评式的研究。因而对作家作品的民族认同的把握显得

---

① 刘俐俐：《后殖民主义语境中的当代民族文学问题思考》，《南开学报》2000 年第 1 期。

② 刘俐俐：《走进人道精神的民族文学中的文化身份意识》，《民族研究》2002 年第 4 期。

③ 刘俐俐：《汉语写作怎样成就了少数民族优秀文学作品的独特价值——以鄂温克族作家乌热尔图的作品为例》，《学术研究》2009 年第 4 期。

④ 姚新勇：《追求的轨迹与困惑——“少数民族文学性”建构的反思》，《民族文学研究》2004 年第 1 期。

⑤ 李启军：《少数民族作家的族群身份：作品的胎记抑或风过无痕》，《民族文学研究》2006 年第 4 期。

⑥ 张永刚、唐桃：《少数民族文学：民族认同与创作价值问题》，《文艺理论与批评》2010 年第 1 期。

深入而到位。对这一问题的理论思考也有一些，也获得了一些突破性的理论认识。这里特别值得一提的是刘俐俐教授。她较早地开始关注这一问题，以后又对此作过持续、不断的思考，这些思考的成果都反映在上面所列的她最近十余年里发表的多篇有影响的论文中。

不足之处也有很多。首先，这一研究对象总体上被关注得不多，有着较大的研究空间。之所以会出现这种状况，笔者以为主要与研究对象的复杂性和研究的难度有关。但这种研究的价值本身却值得我们为此而努力。其次，研究得不够系统，论述得不够深刻。特别是关于认同和民族认同的理论和思想，可以说很多人都没有深入地了解，这直接导致了许多相关研究成果对这一问题的研究深度不够，没能透彻地说明问题。再次，理论层面的探讨有待深入和系统化。以前很多理论发现的闪光点需要进一步深究。更多被遮蔽的相关的理论问题需要被提出来加以探讨。只有这样，才能真正对我们的研究对象有一种全面而深入的认识，从而为民族文学理论的建设做出贡献。最后，应该具备跨学科的视野。刘俐俐教授指出："民族文学理论建设依赖于跨学科视野……跨学科不是主观意愿，而是自觉意识到民族文学自身属性的产物。"① 确实，作为一种与汉族文学有着共通性和异质性的存在，民族文学呈现出一种学科综合性。对这样一种特殊的文学现象，只有借鉴和整合多种学科的理论资源，才能更好地发现问题和说明问题。具体到笔者这里的研究对象，应该借鉴的学科资源就应有民族学、人类学、语言学、文化学等相关的思想和方法。相信在一种跨学科的视野观照下，我们的研究将会有更多新的发现。

研究的目的和意义：

本书希望引入认同和民族认同理论进入文学研究，以对中国当代民族作家文学特别是当代少数民族小说的"民族认同特性及其文学性生成"问题进行深入系统的探讨。在对当代少数民族小说的民族认同特性及其文学性生成现象进行多维度考察的基础上，转而对民族文学

① 刘俐俐：《"美人之美"为宗旨的民族文学理论与方法的几个论域》，《文艺理论研究》2010 年第 1 期。

理论、现有的一般的文学理论、认同和民族认同理论等进行深刻的理论反思，提出自己的若干理论思考和主张。

本书的研究具有多重意义：

1. 它是一种对当代少数民族小说新颖的批评和解读方式，其批评的过程贯穿了对于“文学的民族认同特性及其生成”问题的探究，渗透着丰富的理论研究色彩。

2. 它是对中国当代民族作家文学特别是当代少数民族小说本体特性——民族认同特性——的新的发现，这可以深化我们对当代民族作家文学特别是当代少数民族小说的认识。

3. “民族认同特性”不仅可以丰富尚在建设之中的民族文学理论，还可以对现有的一般的文学理论构成某种质疑甚至挑战。

4. 认同和民族认同理论本身特别关注边缘和弱势群体，因而本书对当代少数民族小说的民族认同问题的研究有助于重新发现某些被忽视的民族作家文学的价值，开掘民族作家文学的“价值潜能”。①

研究方法：

1. 对理论著作和文学作品的精读、细读。无论对理论还是对作品的了解，力求回归原典，获取第一手资料，并从对原典不厌其烦的阅读和思考中获得自己的认识。

2. 理论和实际相结合。本书的理论研究和创新之路主要走的是“从作品到理论”的研究路数，这就要求合理地处理好理论和实际的关系问题。本书坚持理论的概括和提升以作品为基础，对作品的把握以理论为指导。努力实现理论和作品的契合，使理论的思考和发现建立在坚实的基点上。

3. 坚持辩证唯物主义和历史唯物主义的结合、逻辑的研究和历史的研究相结合。这不仅是一种科学有效的研究原则，更是契合本书研究对象特点的研究方法。通过把对研究对象的思考置放在横向和纵向两个维度上，力图达到一种全面系统的考察目的。

4. 注重多学科的参证研究，多层次、多角度立体的研究方法。

---

① 李鸿然：《中国当代少数民族文学史论》，云南教育出版社2004年版，第159页。

具体而言，在研究中借鉴了语言学、叙事学、文体学、形象学等相关领域的研究成果，不仅契合了研究对象的特点，更为理论的发现和创新开辟了新的路径。

本书结构安排：

本书主要分为六章。

第一章中，首先，面对学术界至今对“民族文学”概念众说纷纭、莫衷一是的现状，笔者对这一概念给出了自己的理解和界定，这实际上包括对“民族”的界定和对“民族文学”的界定两个部分。在关于“民族”的概念中，笔者重点介绍了安德森的定义，即民族是一种“想象的共同体”。关于“民族文学”的概念，笔者区分出广义的民族文学和狭义的民族文学两种含义，以给我们认识和研究民族文学带来便利。本书所研究的对象——中国当代少数民族小说——主要关注的是狭义的民族文学。其次，笔者对认同和民族认同理论进行了一番较为全面的梳理。认同理论经历了从本质的认同论到建构的认同论的发展历程，笔者所坚持的认同论综合了二者的特点但又以建构的认同论为主。民族认同建立在认同的基础之上但又有自己的特点。最后，笔者论证了将认同和民族认同理论引入民族文学特别是当代少数民族小说研究的必要性、合理性、方法论和意义问题。

本书的第二、三、四、五章主要是从“文学性”的几个层面——语言、文体、叙事和形象——来探讨当代少数民族小说中的“民族认同特性”生成问题。

第二章中，笔者首先论述了语言对于民族认同的重要意义。在这一认识的基础上笔者认为：当代少数民族小说的母语写作体现出民族认同的诉求，可被看作一种具有民族认同意味的写作实践。非母语写作在民族认同的效果上有着天然的局限性，但具有强烈的民族认同意识和高超的语言驾驭能力的民族文学作家能够通过特殊的语言策略建构对于本民族的认同。张承志、阿来和董秀英的写作就大致代表了三种借助非母语（这里基本指汉语）来建构民族认同的策略，具体而言主要涉及语言的词汇、语意和表达三个方面。其次，非母语写作也体现了对本民族认同和对中华民族认同的辩证统一。双语写作是一种兼有母语写作和非母语写作双重特点的写作方式，折射出一部分民族文学作家的双重追求和内在张力：既希望建构对民族的认同，又不愿失去现实的写作利益。但双语写作也有助于作家获得一种超越性的民族认同境界。最后，本章的研究也启发了我们关于当代少数民族小说语言、文学语言和民族认同的理论反思。

第三章中，笔者首先对研究当代少数民族小说叙事与民族认同建构关系的合法性进行了理论和实践意义上的论证。其次，主要选取了五个方面来具体研究当代少数民族小说叙事对民族认同的建构问题。一是第一人称复数转向与民族认同：第三人称整体语境中的第一人称复数转向是一种叙事上的“视角越界”现象，也体现出民族认同的“同一性”与“差异性”特点。二是多重视角与民族认同：视角具有文化的功能。小说中的多重视角不但形成了不同的民族文化身份指认，还具有一种对民族文化本位的超越性。三是平行对话结构与民族认同：这种特殊结构的形成与民族认同的建构有关，体现了对民族传统文化的回归和借鉴。四是宗教文化叙事与民族认同：这是中国当代少数民族小说中的一种特殊的叙事现象，体现出民族文学作家对民族宗教文化的认同和借用。五是叙述者干预与民族认同：叙述者干预分为对故事的干预和对话语的干预两种情况。叙述者干预往往间接地传达了作者（民族文学作家）的民族认同意识和感情。最后，本章的研究也启发了我们关于当代少数民族小说叙事、文学叙事、认同和民族认同的理论反思。

第四章中，笔者首先对研究当代少数民族小说文体与民族认同建构关系的合法性进行了理论和实践意义上的论证。其次，主要选取了四个方面来具体研究当代少数民族小说文体对民族认同的建构问题。一是抒情性与民族认同：对民族及其文化的抒情体现了民族认同中的民族感情归属的内涵，被抒情的对象往往以一种“部分指代全体”的方式成为民族的代表。二是重述神话史诗与民族认同：神话史诗本身就具有民族认同功能，而“重述”所形成的“文体杂糅”现象亦深刻地表征了对民族文化的认同。另外，这种现象中民族认同的生成与“重复”机制的运作有关。典型的例子表现如阿来的小说《格萨尔王》。三是文化展示性书写与民族认同：以风物、习俗和仪式为代表的民族文化元素被“展示”在小说中，有着民族文化认同的心理动机和建构功能。反过来看，“文化展示性书写”的民族认同建构策略又给当代少数民族小说带来了积极和消极的双重影响。四是文体转型与民族认同：民族作家文学中的文体转型现象可从民族认同的角度来理解。小说和散文具有不同的建构民族认同的特点、优势和局限。文体转型体现出民族认同建构与话语权力的关系，这也与民族认同中的民族身份指认有关。最后，本章的研究也启发了我们关于当代少数民族小说文体、文学文体和民族认同的理论反思。

第五章中，笔者首先论述了人物形象塑造对于建构民族认同的作用、特点和优势。其中，民族英雄形象以其卓越的能力和精神品质成为一种鲍曼所说的民族文化的“偶像”，具有建构民族认同的作用。这种建构具体表现为固定的、静态的建构和变化的、动态的建构两种情形。民间英雄形象来源民间文学这一特殊的民族认同的“资源”，但民族作家文学在塑造民间英雄形象时与民间文学蓝本有意识地“错位”处理又体现了独特而隐秘地建构民族认同诉求。其次，民族文化形象在被塑造过程中的“典型化”机制使之成为民族文化的标本和民族认同的手段。他者形象是民族文学作家借用外来者参照的眼光来达成对于本民族及其文化的认同。我者形象和他者形象主要表现为几种关系模式：对话模式、对比模式、冲突模式和镜像模式。人物形象还可以把本民族所认同的文化变为其他民族和国家所认同的文化，从而使得民族认同的内涵和边界超出本民族的局限性。最后，本章的研究也启发了我们关于当代少数民族小说形象塑造、文学形象和民族认同的理论反思。

第六章中，首先，在第二、三、四、五章分层具体考察的基础上，笔者提出中国当代少数民族小说（当代民族作家文学）的一种特殊性质：民族认同特性。这一特性表现为显性的和隐性的两个层面，它不同于当代少数民族小说的民族性、文化性和审美性但又与其密切相关。民族认同特性不是静止不变的，因此笔者还对此作了动态的考察。其次，笔者对这种“民族认同特性”生成的原因作了系统的考察，主要从两个大的方面进行探究：一方面，文学是建构认同和民族认同的重要手段，这为民族认同特性的生成提供了可能性。另一方面，是民族文学作家的民族认同建构，这使得民族认同特性生成的可能性成为现实。这方面又可以分为民族文学作家自发的民族文化传达和自觉的民族文化建构两种情况。前者主要生成了一种显性的民族认同特性，后者则生成了一种显性和隐性兼备的民族认同特性。而自觉的民族文化建构又与三种民族认同的危机有关：汉族文化和文学的话语压力；现代性对少数民族文化的挑战；全球化对少数民族文化的同质化威胁。最后，民族认同特性昭示了中国当代少数民族小说（民族作家文学）的文化特色，由此，笔者从民族文学理论与批评建设的目的出发，论述了对民族作家文学进行文化研究的必要性、合理性和多重性价值。

主要创新点：

1. 在研究思路上，通过把认同和民族认同理论引入文学研究并将之转化为方法论的基础，在一种跨学科的视野中，对当代少数民族小说中的民族认同特性及其文学性生成问题进行了深入系统的考察，进而作一种整体意义上的文学理论反思，这应该说是一种新的研究尝试。

2. 面对理论认识的混乱，对“民族文学”概念作出了新的界定，既有理论价值又具可操作性。对认同和民族认同理论作了扎实而系统的梳理，并对认同和民族认同理论的最新发展作了一定的研究。

3. 从文学性的几个层面如语言、叙事、文体和形象的角度，对当代少数民族小说中的民族认同特性及其生成问题进行了深入系统的考察，探究了其生成的机制、策略、原因、意义、限度及理论启示性等问题。

4. 提出了中国当代少数民族小说和当代民族文学的“民族认同特性”这一理论发现，并对这一特殊的文本性质生成的原因作了深入系统的研究。在这一认识的基础上，有针对性地提出对民族作家文学的“文化研究”方法并阐述了这一研究方法介入的必要性、合理性和价值等问题。

5. 在研究方法上，以前对民族认同问题的研究大都注重历史的、语境的考察方式。本书的研究在适当兼顾这种研究方法的同时，更注重在一种文艺学的学科范畴内，对当代少数民族小说中的民族认同问题作一种逻辑的、抽象的考察方式。这种对民族认同问题的研究方法以前少有人尝试，在本书中也运用得不够成熟，但却是笔者的一次大胆尝试和创新。

第一章

“民族文学”概念、认同和民族认同理论及其作为资源的借鉴问题

在对中国当代少数民族小说的民族认同现象进行具体研究之前，鉴于研究问题的特殊性质，我们有必要对与研究对象相关的几个理论问题进行一些探讨。从总体上说，这种探讨既是研究的前提工作，又可以使本书的研究建立在坚实的基点之上，其意义不可小觑。具体而言，这种探讨的意义在于阐明研究的对象、解释研究所依仗的理论资源、论证研究方法的合理性等。

第一节 “民族文学”概念的界定

本书研究的是中国当代少数民族小说，不过笔者觉得有必要先交代自己理解的“民族文学”概念。这种必要性在于：首先，在我国文学界，少数民族文学与“民族文学”所指代的其实是同一个对象，而后者现在实际上已经取代前者成为一种通用的称谓。因此要界定“当代少数民族小说”就必须先界定“民族文学”的概念。当代少数民族小说其实是从属于民族文学的一个子概念，说清楚了后者的含义也就说清楚了前者——当代少数民族小说无非是民族文学中的当代小说部分。另外，本书中对“民族文学”概念的界定将直接决定笔者对当代少数民族小说的理解和择取。其次，直到今天人们对“民族文学”概念依然没能取得一致的认识，这往往给我们的研究带来许多混乱（有许多甚至是不必要的）。因此笔者想借研究当代少数民族小说的机会，对“民族文学”概念做一点探讨，希望能得出一些有益的启示。

什么是“民族”？历史上对民族概念的界定一直是众说纷纭、莫

衷一是。以至于民族学家休·赛顿-华生说道："我被迫得出这样一个结论，也就是说，我们根本无法为民族下一个'科学的'定义，然而，从以前到现在，这个现象却一直持续存在着。"① 之所以出现这种状况，是因为"民族"的属性极为复杂，从古到今出现的"民族"各式各样，难以统一，而且还处于不断变化发展之中。不过，虽然存在着这种认知上的困难，我们依然有必要对"民族"的概念进行一种简要的考察。

大体上看，对"民族"的概念有本质主义和非本质主义两种理解方式。前者如马克斯·韦伯将民族界定为"某种群体由于体型或习俗或两者兼备的类似特征，或者由于对殖民或移民的记忆而在渊源上享有共同的主观信念的人类群体，这种信念对群体的形成至关重要，而不一定关涉客观的血缘关系是否存在"。② 斯大林认为"民族是人们在历史上形成的有共同语言、共同地域、共同经济生活以及表现于共同民族文化特点上的共同心理素质这四个基本特征的稳定的共同体"。③"民族是通过共同的历史和政治原则，在人们的头脑当中和集体记忆当中建构起来的文化共同体。"④ 后者如"民族概念在现代政治学里缠夹不清，用伽里的话说是'在根本上争辩不休的'，因为不管什么定义，都会把其中一些宣称合法化，而撤销另一些宣称的合法化。它也反映了本质主义定义的更一般问题。民族和民族主义属于这样的概念，他们用来指称的，不是什么可以清楚界定的集合，那种集合的成员统统分享某些共有性质，而非成员缺乏这样的性质，毋宁说它指称的是维特根斯坦所谓的'族类相似性'。因而所有已知的本质

---

① ［美］本尼迪克特·安德森：《想象的共同体》，吴叡人译，上海世纪出版集团2005年版，第3页。

② ［德］马克思·韦伯：《经济与社会（上）》，林荣远译，商务印书馆1998年版，第439页。

③ 中国社会科学院民族研究所编：《斯大林论民族问题》，民族出版社1990年版，第28页。

④ ［美］曼纽尔·卡斯特：《认同的力量》，曹荣湘译，社会科学文献出版社2006年版，第54页。

主义定义都是不稳定的，内在成疑的”。[①] 本尼迪克特·安德森认为民族是一种“想象的共同体”。

在众多对“民族”的定义中，笔者以为安德森的定义是个重要的可资参照的经典概念，这里特作一详细介绍。

在《想象的共同体》中，安德森对“民族”（民族属性或民族主义）的概念作了如下界定：“它是一种想象的政治共同体——并且，它是被想象为本质上是有限的，同时也享有主权的共同体。”[②] 可以看到，安德森认为“民族”是一种存在于人们的想象之中的心理的建构。必须注意的是，这一定义并非认为民族是一种虚假意识，而只是强调民族作为心理现实的存在特质。这是理解安德森定义的关键，否则就极易把其视为一种唯心主义的谬论。这种误解很容易发生，比如美国社会学家曼纽尔·卡斯特在《认同的力量》中就对其作了尖锐的批判：“不管那种广为流传的‘想象的共同体’的说法有多大的吸引力，它都不仅太过浅显，而且在经验上也站不住脚。对于一位社会学家来说，这种说法之所以太过浅显，是因为它和说所有的归属感、所有的图腾崇拜都是文化的建设没什么两样。民族也是如此。”[③] 当然安德森的这一定义并非完美无缺，比如英国社会学家吉登斯在《民族国家与暴力》中所认为的：民族国家并非单一的“想象共同体”，它还是一个“政治共同体”[④]。这种对“民族”的理解较之安德森就要更完备些。尽管如此，必须肯定，安德森定义的巧妙之处就在于回避了从实体上直接界定的困难，独辟蹊径，对“民族”作了不无合理性的理解，这或许就是它能够“广为流传”的原因吧。

---

① 翟学伟、甘会斌、褚建芳编译：《全球化与民族认同》，南京大学出版社 2009 年版，第 179 页。

② ［美］本尼迪克特·安德森：《想象的共同体》，吴叡人译，上海世纪出版集团 2005 年版，第 6 页。

③ ［美］曼纽尔·卡斯特：《认同的力量》，曹荣湘译，社会科学文献出版社 2006 年版，第 31 页。

④ 参见赵一凡、张中载、李德恩《西方文论关键词》，外语教学与研究出版社 2006 年版，第 469 页。

可以看出，这一定义最大的特点就是强调了“民族”的“想象性”，即认为民族是一种存在于特定群体的民众想象中的存在。不过这种想象绝不是任意的。安德森就一再强调了这种想象的“共时性”特点。他说“我们已经知道了一个穿越时间的稳定的、坚实的同时性概念对于一个想象的共同体有多么重要”。[①]“只有在当很大一群人能够将自己想成在过一种和另外一大群人的生活相互平行的生活的时候——他们就算彼此从未谋面，但却当然是沿着一个相同的轨迹前进的，只有在这个时候，这种新的、共时性的崭新事物才有可能在历史上出现。”[②] 也就是说，只有一种对“共时性”存在的共同体的想象才是对民族这个概念的准确理解。而这一点往往被很多使用者所忽略，造成了一些理解上的误区。

与这种想象性特点相关，笔者以为，这一定义也体现了“民族”的建构性一面。在关于“民族”的定义中，大多数都重在说明民族作为一种实体的特质，即认为“民族”是一种具有本质属性的、可以被触见的实体性存在，比如我国学术界长期以来使用的斯大林对“民族”概念的界定就属于这一类。而若强调民族的“想象性”就会发现，想象说到底是一种主体的实践，尽管要受到“共时性”的制约，但毕竟没有固定的规范可以依附。想象的顺利进行和成功完成，都离不开想象主体的心理建构。因而想象性必然可以衍生出建构性的特点。其实，指出“民族”的建构性特点的安德森并非第一人。早在1974年（《想象的共同体》出版于1983年），英国著名学者E.霍布斯鲍姆就在他的《传统的发明》一书中提出过一个著名观点，即“发明的传统”。他认为“那些表面看来声称是古老的‘传统’，其起源的时间往往是相当晚近的，而且有时是被发明出来的”。[③] 并进一步认为“‘被发明的传统’对于现当代历史学家所具有的独特重要性

---

① ［美］本尼迪克特·安德森：《想象的共同体》，吴叡人译，上海世纪出版集团2005年版，第60页。

② 同上书，第178页。

③ ［英］E.霍布斯鲍姆：《传统的发明》，顾杭等译，译林出版社2004年版，第1页。

无论如何是应当被指出的。他们紧密相关于‘民族’这一相当晚近的历史创新以及与民族相关的现象：民族主义、民族国家、民族象征、历史等”。[1] 在这里，“发明”一词相当于“建构”，也就是说基于传统的“发明”性质，可自然推导出“民族”的建构性质。

强调“民族”是一种想象的存在，理由是“因为即使是最小的民族的成员，也不可能认识他们大多数的同胞，和他们相遇，或者甚至听说过他们，然而，他们相互联结的意象却活在每一位成员的心中”[2]。他还进一步论述道：“区别不同的共同体的基础，并非他们的虚假/真实性，而是他们被想象的方式。”[3] 在这里，借助于想象性的特点，安德森实际上解释了民族作为一种共同体其凝聚力形成的原因，而这种解释无论如何是具有说服力的。建构性的特点实际上由想象性的特点衍生而成，它补充和说明了对民族的想象得以完成的特点和方式，比如安德森分析了18世纪欧洲某些旧式小说的结构，认为它们就是一种通过文学的建构，来完成对民族的想象。

由此可见，安德森的“民族”概念确有其理论的合理性，在一定意义上可以帮助我们加深对民族尤其是现代民族的认识。

以国内的情况看，关于“民族”的概念我国学术界就曾发生过六次大的讨论活动：“第一次讨论活动发生在20世纪50年代中期，主要围绕着汉民族形成问题展开。第二次讨论活动发生在20世纪60年代前期，主要围绕着‘民族’概念的译法展开。第三次讨论活动发生在20世纪70年代，主要是就‘民族’概念的含义进行商榷。第四次讨论活动发生在20世纪80年代中期，由《民族研究》编辑部发起，主要讨论‘民族’概念问题，并且对中国和苏联民族研究实践进行回顾与反思。第五次讨论活动发生在1998年年底，由中国社会科学院民族研究所等发起，讨论的主题仍然是‘民族’概念及在中

---

① ［英］E. 霍布斯鲍姆：《传统的发明》，顾杭等译，译林出版社2004年版，第16—17页。

② ［美］本尼迪克特·安德森：《想象的共同体》，吴叡人译，上海世纪出版集团2005年版，第6页。

③ 同上。

国的应用问题。第六次讨论活动则开始于21世纪初，讨论的主题集中在'族群'概念及其与'民族'概念的关系。"[①] 这六次讨论有力地推动了中国学术界对于"民族"概念的认识，但至今未能在"民族"的概念上达成共识。实际上，从新中国成立后相当长一段时期内，学术界使用的都是斯大林对"民族"的经典定义。但到了20世纪70年代末期，中国学术界开始对斯大林的"民族"定义进行反思，虽然大多数的研究者仍然坚持认为"斯大林的民族定义基本上是科学的"[②]，但也觉得很有对之进行修改、补充和完善的必要。

在这里，笔者无意于也无力对民族的概念给出新的界定。2005年《中共中央、国务院关于进一步加强民族工作，加快少数民族和民族地区经济社会发展的决定》中关于"民族"这样定义："民族是在一定的历史发展阶段形成的稳定的人们共同体。一般来说，民族在历史渊源、生产方式、语言、文化、风俗习惯以及心理认同等方面具有共同的特征。有的民族在形成和发展中，宗教起着重要作用。"笔者以为，若在这一定义的基础上添加一些非本质主义的、建构性的因素更符合笔者所认为的"民族"概念。也就是说，笔者理解的"民族"是综合了本质主义和非本质主义两种诠释，但又是以前者为主的。斯图亚特·霍尔认为"民族"有两个层面的含义：一为民族国家意义上的"民族"，二为民族国家内部不同族群意义上的"民族"[③]。把这一观点置放在中国的语境下，"民族"的第一层含义指的是中华民族，第二层含义一般指的是中国55个少数民族。本书中所说的"民族文学"中的"民族"如不特殊说明，是在后一层面上来使用"民族"概念，也即中国55个少数民族（也有论者称之为"族群"的，但并未获得广泛共识）。

在中国文学界，说到"民族文学"，一般指的就是中国少数民族文学，也就是中国除汉族以外55个少数民族的"文学"，这已经成为

---

① 高永久、秦伟江：《"民族"概念的演变》，《南开学报》2009年第6期。

② 林耀华主编：《民族学通论》（修订本），中央民族大学出版社1997年版，第106页。

③ 罗钢、刘象愚主编：《文化研究读本》，中国社会科学出版社2000年版，第220页。

一种共识。但是，这种概念的替换并没有说清楚“民族文学”的真正内涵。据李鸿然先生考证：“在当代中国，‘少数民族文学’概念的提出是1949年，而不是1951年；‘少数民族文学’概念的确定是20世纪50年代中期而不是60年代以后，提出和确定这一概念的，是文学大师茅盾和老舍而不是别人。”① 然而，半个多世纪过去了，今天说到“民族文学”概念的含义，仍然是各执己见、众说纷纭、莫衷一是。一般来说，“民族成分、民族题材、民族语言三者，是人们划分民族文学的主要标准，不过有的较宽，只用民族成分一项标准；有的较严，兼用民族成分和民族题材两项标准；有的很严，同时用民族成分、民族题材、民族语言三项标准，认为三者缺一就不属于民族文学。”② 比如有的认为：“这三个因素并不是完全并列的，其中作者的少数民族族属应是前提。也就是说，以作者的少数民族族属作为前提，再加上民族生活内容和民族语言文字这二者或这二者之一，即为少数民族文学。”③ 比如李鸿然就认为：“民族文学的划分，不能以作品是否使用了本民族语言或是否选择了本民族题材为标准，正确的标准只能是作者的民族成分。作者属于什么民族，其作品就是什么民族的文学；少数民族出身的作家创作的所有作品，不管使用哪种语言文字，反映哪个民族的生活，都属于少数民族文学。”④ 除此之外，还有其他类型的划分，比如关纪新、朝戈金就认为：“一个作家可以运用别民族语言，借用别民族的文学样式，描写别民族的社会生活（当然是‘自己的’，在形态上就更纯粹），但是，只要他的作品客观地显示出他是戴着本民族‘文化眼镜’，那么他的创作，都应该被视为属于他自己的民族，是他所属民族的民族文学。”⑤ 这种划分实际上

---

① 李鸿然：《中国当代少数民族文学史论》，云南教育出版社2004年版，第10页。

② 同上。

③ 参见关纪新、朝戈金《多重选择的世界——当代少数民族作家文学的理论描述》，中央民族大学出版社1995年版，第25页。

④ 李鸿然：《中国当代少数民族文学史论》，云南教育出版社2004年版，第13页。

⑤ 关纪新、朝戈金：《多重选择的世界——当代少数民族作家文学的理论描述》，中央民族大学出版社1995年版，第45页。

来源果戈理的一段名言：“真正的民族性不在于描写农妇穿的无袖长衫，而在表现民族精神本身。诗人甚至描写完全生疏的世界，只要他是用含着自己的民族要素的眼睛来看它，用整个民族的眼睛来看它，只要诗人这样感受和说话，使他的同胞们看来，似乎就是他们自己在感受和说话，他在这时也可能是民族的。”①

在这些对民族文学的定义中，最被广泛接受的是以作家的民族成分为标准，但笔者以为这一标准也不是不能被质疑的。它的最大特点就在于概念的外延最为宽泛，这一般被认为其优点所在——能够涵盖最为广泛的少数民族文学。不过正像一把双刃剑，它的缺点也隐含其中，即缺乏一种概念的严格性。比如像仫佬族作家鬼子的小说从未描写本民族的生活，与汉族作家的作品看不出有什么区别，而且他也一再地否认自己属于所谓的“民族文学作家”（虽然他的否定或许有其他考虑，但也不无理论上的合理性），可还是被某些研究者生拉硬扯地划为“民族文学”。可以说这种概念划分的勉强在某种程度上已经对其合法性构成了挑战。当然，不容否认的是，民族成分应该是民族文学的必要标准，这可以说是毋庸置疑的。在这一共识下，许多汉族作家描写少数民族的作品就不能被划为“民族文学”，比如马原描写西藏的小说不能算是西藏文学。迟子建创作的长篇小说《额尔古纳河右岸》尽管对鄂温克族的描写不亚于很多鄂温克作家，但也不算是鄂温克文学，等等。民族语言不应该被纳入“民族文学”概念的必要成分，这是因为我国民族文学的实际情况主要分为“母语写作”和“非母语写作”两种（“双语写作”也是建立在这两类的基础之上的，属于特殊的类型，而且数量不多），是后者而非前者构成了民族文学的主体，而且前者还有继续向后者转化之势。“非母语写作”（主要是非汉族作家用汉语写作）在文学的交流、传播等方面都有着强大的现实优势，用语言的瓶颈将其排除在民族文学之外既不符合我国民族文学的现实也不利于“民族文学”的生存和发展。民族题材能否被

---

①［俄］果戈理：《关于普希金的几句话》，转引自《文学的战斗传统》，新文艺出版社1953年版，第2—3页。

划为“民族文学”的必要条件呢？有的学者对此持肯定态度，比如1983年出版的《中国少数民族文学》三卷本主编毛星就提出：“所谓‘民族文学’，我们的理解是：第一，作者是这个民族的；第二，作品具有这个民族的民族特点，或反映的是这个民族的生活。”① 也有人对此持反对意见，比较有说服力的一个观点是玛拉沁夫的这段话：“这一个民族的作家，选择另一个民族的生活为创作题材；这一个国家的作家，写另一个国家的生活，则是文学创作上的正常现象，但是文学的族属不会因为题材的变化而随之变化。英国作家可以以丹麦的生活为自己创作的题材，但他的作品不属于丹麦文学而属于英国文学；俄罗斯民族的作家可以写哈萨克民族的生活，但他的作品不属于哈萨克文学而属于俄罗斯文学；日本作家可以写中国的生活，但他的作品属于日本文学而不属于中国文学……我们可以举出很多这样的例证说明，文学的族属、国属不能以作品描写的生活题材作为划分的依据。”② 民族题材应该被纳入“民族文学”概念的必要成分。这是因为，从现象上看，大部分“民族文学”都是以民族文学作家的本民族为题材，特别是那些民族作家文学中的优秀作品更是如此。从理论上看，民族文学作家有责任书写本民族的生活。而且相对于他民族作家而言，本民族作家往往更能准确深刻地传达本民族文化的精髓，其对本民族的感情当然也最真挚和深切。至于其他划分标准，比如关纪新所说的“戴着本民族‘文化眼镜’的作品”虽然从理论上说可能更内在地接近了民族文学的含义，但未免失之于抽象，不太好把握，可操作性不强。

基于上述理解，笔者试图给出自己关于民族文学的定义：不妨把民族文学区分为广义的民族文学和狭义的民族文学两种情况。广义的民族文学只以作家的民族身份为标准，狭义的民族文学还要加上民族题材这个条件。以作者的民族身份为标准划分民族文学有其理论的合

① 毛星：《中国少数民族文学·前言》，湖南人民出版社1983年版，第1页。

② 玛拉沁夫：《中国新文艺大系（1976—1982）少数民族文学集·导言》，中国文联出版公司1985年版，第2页。

理性，这方面的论证不妨参考李鸿然先生所著《中国当代少数民族文学史论》的相关部分，这里不再赘述。但正如上文所说，仅以作者的民族身份为划分标准也有其不足之处——许多民族文学作品并不以民族生活为题材，看不出任何民族特征，强行被划入“民族文学”没有太大的意义。因此，不妨再加上“民族题材”共同构成狭义的民族文学标准。这就是说，作品是少数民族作家所写，而且还必须以本民族的生活为题材，具有本民族的文化特征，就可以说是狭义的民族文学或严格意义上的民族文学。当然，这种狭义的民族文学的范围在某种意义上说仍然是相对的，比如张承志是回族人，但笔者在本文中仍把他以蒙古族为题材的小说如《黑骏马》等看作狭义的民族文学，这归因于这些小说对蒙古族文化表现之深刻。其在文学实践上的成就已经超越了纯粹理论上的限定。之所以引入广义和狭义两个维度来界定民族文学，是因为民族文学的复杂性使得任何单一维度的界定都欠妥当。而有了广义的界定，可以涵盖最为广泛的民族文学作家作品；有了狭义的界定，可以使我们更好地把握民族文学的特质。笔者以为这一定义较为灵活和富于策略性，也不失理论概括的严谨。

进一步看，笔者以为可以把“少数民族作家”和“民族文学”这两个概念区分开来。具有少数民族身份的都可以被称为“少数民族作家”。而那些不仅为“少数民族作家”所创作，其创作的作品也具有民族特色的才可以被称为严格意义上的“民族文学”。也就是说，少数民族作家创作出来的不一定是严格意义上的“民族文学”。从这个意义上说，广义的民族文学概念偏重于从“少数民族作家”的角度考虑问题，而狭义的民族文学概念更偏重于从“民族文学”的角度考虑问题。长期以来我国学术界对民族文学的概念纠缠不清，其实与没有分清“少数民族作家”与“民族文学”这两个概念不无关系。当然必须说明，这种区分只是相对而言，很多作家既是“少数民族作家”，其创作的也是“民族文学”。

为了更清楚地分辨“少数民族作家”和“民族文学”这两个概念，不妨从另一个角度来思考。作者都有自己的身份，其中就包括民族身份。少数民族作家都有自己的民族身份（这里所说的是他们的母族而非中华民族)，但这种民族身份却不一定会介入他们创作的作品，比如前面说的鬼子的例子。所谓民族身份介入作品一般说就是作品描写了本民族的生活，带上了民族文化的特色。那么，只有那些受到少数民族作家民族身份影响的作品才是严格意义上的“民族文学”，或者说是狭义的民族文学。这从深层次看可以说，只有那些体现了民族身份认同的作品才是狭义的民族文学。

本书所研究的对象——中国当代少数民族小说——实际上指的都是狭义的而非广义的民族文学。之所以作此选择，是因为笔者以为从文学理论研究的角度看，狭义的民族文学更能体现民族文学和文化的特质性和异质性（相对于汉族文学)，因而更切合笔者的研究目的。还有一个重要原因，笔者以为，狭义的民族文学往往更能代表民族文学整体和少数民族作家个人的成就和水平，这样的例子很多，比如老舍的《正红旗下》、沈从文的《边城》、张承志的《心灵史》、阿来的《尘埃落定》、霍达的《穆斯林的葬礼》、扎西达娃和乌热尔图的中短篇小说……这难道仅仅是巧合吗？当然不是。应该说这是一个颇有意味的文学现象，值得我们好好研究。笔者的研究从某种意义上说也是在回答这个问题。

第二节 认同和民族认同理论

一、认同理论

作为西方文化研究的一个重要概念，认同（Identity）已成为当今学术界的一个热门话题，在许多学科的论域中都可以看见它的身影。何谓认同？这其实是个相当复杂的术语范畴，正如加拿大哲学家查尔斯·泰勒所说：“我们的认同，是某种给予我们根本方向感的东西所规定的，事实上是复杂的和多层次的。”① 然而在当前的学术语境中，这个词汇却在被大量地想当然地误用，几成泛滥之势。这几乎成了中

---

① ［加拿大］查尔斯·泰勒：《自我的根源：现代认同的形成》，韩震等译，凤凰出版传媒集团2008年版，第34页。

国学术界的一大通病：当某个新鲜的学术术语被传到国内时，总会受到不同程度的误读。使用率的普及或许有利于理论的深入人心，但不负责任地误读往往会削弱理论本身的力量。因而正本清源的工作始终是必需的。笔者希望在此尝试做一次正本清源的工作，较为全面深入地梳理认同理论，并重点剖析认同理论的当代发展形态——建构的认同论并阐明自己的观点。

"'认同'这个字眼在90年代后，成为跨学科国际研究的重要课题。但实际上，'认同'并不是一个极为晚出且新兴后起的概念。"① 从词源学的意义看，"英文identity源自晚期拉丁语identitas和古法语identite，受晚期拉丁词语essentitas（essence，存在、本质）的影响。它由表示'同一'（same）的词根idem构成。这一词根类似于梵语idam（同一）"②。然而，"在哲学的研究范畴中，从柏拉图到海德格尔等人，均将'同一'（identity）和'差异'（difference）相互对照。"③ 这也就使得"identity包含着关联人或物的同一和区分人或物的差异，而且，同一和差异都属于概念范畴"。④ 词源学上的这一意义之根实际上深深地影响了后现代主义的认同观，即强调认同的差异性和参照性。

认同的意思源自英语单词identity或identification。国内的学界对这一词有许多不同译法，比如译为身份、认同、同一性、特征、特性等。中国台湾学者孟樊在《后现代的认同政治》中就分析了identity的中文翻译情况，"认同一词，英文称为identity，国内学者有译为'认同'、'身份'、'属性'或者是'正身'者"。然而由于后现代语境下身份与认同紧密相连，"加之identity原有'同一'、'同一性'或'同一人（物）'之意"，因此也译为"认同"⑤。有人认为"将identity译作'身份'以彰显差异，'认同'以突出同一，'身份/认

---

① 廖炳惠：《关键词200》，台湾麦田出版社2003年版，第135页。

② 王晓路等：《文化批评关键词研究》，北京大学出版社2007年版，第80页。

③ 廖炳惠：《关键词200》，江苏教育出版社2006年版，第129页。

④ 王晓路等：《文化批评关键词研究》，北京大学出版社2007年版，第80页。

⑤ 孟樊：《后现代的认同政治》，扬智文化事业股份有限公司2001年版，第16—17页。

同’以强调整体概念”。① 也有人基于英语单词的词性加以辨析：“从词性上看，‘身份’应当是名词，是依据某种尺度和参照系来确定的某些共同特征与标志；‘认同’具有动词性质，在多数情况下指一种寻求文化‘认同’的行为，例如，美洲黑人通过小说、表演等文化形式表现出来的‘寻根’活动。”②

如果从一般的意义上来理解“认同”，这个词在现代汉语中经常表示的有两层意思：1. 认为跟自己有共同之处而感到亲切；2. 承认或认可。事实上，很多人就是从这两方面来理解认同，从而造成上述的误读情况。

关于认同的类型，陶家俊认为：“身份认同大致分为四类：一，个体身份认同：在个体与特定文化的认同过程中，文化机构的权力运作促使个体积极或消极地参与文化实践活动，以实现其身份认同。二，集体身份认同：文化主体在两个不同文化群体或亚群体之间进行抉择。受不同文化影响，文化主体须将一种文化视为集体文化自我，将另一种文化视为他者。三，自我身份认同：强调自我的心理和身体体验，以自我为核心，这是启蒙哲学、现象学和存在主义哲学关注的对象。四，社会身份认同：强调人的社会属性，是社会学、文化人类学等研究的对象。”③ 也有论者认为：“以自我身份感为关键内容的当代认同其实是用‘主我’的眼光去审视‘他者’（others），是以‘我’为原点去看待他者。一般而言，‘主我’与其审视对象——他者之间的关系可以分为两个向度：就纵向而言，涉及‘主我’（I）与‘客我’（me）的关系；就横向而言，涉及‘主我’与‘非我’的关系。前者是自我的一种自我深度感和内向感；而后者则是自我与他人之间的社会关系，更多的是‘主我’与‘他者’之间的相互影响、相互造就的关系，而认同就是这种关系中的‘我’的位置感和

---

① 王晓路：《文化批评关键词研究》，北京大学出版社2007年版，第80页。

② 周宪主编：《中国文学与文化的认同》，北京大学出版社2008年版，第4页。

③ 赵一凡、张中载、李德恩：《西方文论关键词》，外语教学与研究出版社2006年版，第465页。

归属感。相应地，人的认同大致上可以分为两大部分，即人的自我认同和人的社会（集体、群体）认同。人的自我认同是一种内在性认同，它是一种内在化过程和内在深度感，是个人依据个人经历所形成的、作为反思性理解的自我。它主要集中于对人的主体性问题的研究。人的自我认同的直接对象是对人自身的意义的反思。人的社会（集体、群体）认同是人在劳动中形成的、在特定的社区中对该社区的特定的价值、文化和信念的共同或者本质上接近的态度。社会认同的直接对象是人的行为的普遍和客观的社会意义。人的认同是人的社会心理结构的重要内容。它以特定的方式规定和影响着人的生存和发展。在人的社会生活和实践中，认同所赖以发生的诸向度之间形成了种种张力，而人的认同就是在这些张力之中形成的一种身份感觉，而这种身份感相对人的活动的内容和方式必将形成种种差异。"① 笔者以为，对身份认同的分类与对身份认同主体的确认密不可分。一般情况下，身份认同的主体是一种单一的个体时，把身份认同区分为个体的自我认同和个体的社会认同比较简便和容易操作。而个体的社会认同还可进一步细分，比如民族认同、国家认同、阶级认同、性别认同等。当然，这种区分是相对而言，个体的自我认同和个体的社会认同也相互渗透，互相影响，难以截然分开。

认同的发生离不开认同的危机。认同的发生不是随时随地的，而是有其发生的契机，这就是认同的危急时刻。也就是说，严格意义上对认同问题的讨论应该始于认同的危机。同时，通过对认同危机的考察，我们也可以将认同的严格之义与一般意义如认可、同意之类区分开来，因为在一般意义上使用认同并不需要特定的契机，而往往是一种自然发生的行为。而这里所研究的严格意义上的认同却需要。"认同危机"的概念最早由心理学家埃里克森所提出，后来的理论家们也从不同角度论述过这一问题。比如查尔斯·泰勒提出的"现代认同"的危机："当然，某些人已出现了这种处境。这就是我们称之为'认同危机'的处境，一种严重的无方向感的形式，人们常用不知他们是

① 王成兵：《对当代认同概念的一种理解》，《学习与探索》2004 年第 6 期。

谁来表达它，但也可被看作对他们站在何处的极端的不确定性。他们缺乏这样的框架或视界，在其中事物可获得稳定意义，在其中某些生活的可能性可被看作好的或有意义的，而另一些则是坏的或浅薄的。所有这些可能性的意义都是固定的、易变的或非决定性的。这是痛苦的和可怕的经验。”① 也正是看到这一危机的存在，促发了他探讨现代的自我或认同问题。而法国犹太思想家列维纳斯谈论犹太认同问题时对认同危机更有精辟论述：“当我们讨论犹太认同时，就说明这种认同已经丧失。只是我们仍然想坚持它，否则的话，我们恐怕不会讨论犹太身份问题。在这种‘已经丧失’与‘仍然坚持’之间拉起的直线上，西方犹太人的犹太身份不断冒险，也不断承受风险。”② 也就是说，对认同的讨论源于这种认同面临着危机，亟须建构。学者张宁则认为“文化身份问题的提出总是在与异质文化的交往中浮出意识层面的：一种是共时横向文化交往中产生的异质感，另一种是在异质文化影响下经历历史转型所产生的文化缺失感或危机感。一般说来，认同欲望的产生总是与某种缺失或丧失感相联系的”。③

认同有何作用？换句话说，人们为什么需要认同？齐格蒙特·鲍曼认为：“‘拥有一种身份’似乎是人类最普遍的需要之一。”④“无论何时人们不能确定其归属就想到身份……‘身份’是逃避的一个名字，逃避是从那种不确定性当中寻求出来的。”⑤ 也就是说，身份认同是人的一种基本需要，人们借此获得情感的归属和确定感。这可看作从终极的意义上认识认同的作用。而在现实的意义上，认同也可能是出于能力和价值的实现或其他功利性目的。这正如有论者指出的：

---

① ［加拿大］查尔斯·泰勒：《自我的根源：现代认同的形成》，韩震等译，凤凰出版传媒集团2008年版，第33页。

② 参见周宪主编《中国文学与文化的认同》，北京大学出版社2008年版，第12页。

③ 同上。

④ ［英］齐格蒙特·鲍曼：《作为实践的文化》，郑莉译，北京大学出版社2009年版，第39页。

⑤ ［英］斯图亚特·霍尔等编著：《文化身份问题研究》，庞璃译，河南大学出版社2010年版，第23页。

“角色认同——不管是对社会范畴角色的认同还是对个人角色的认同——都是出于提高自我价值的需要。当一个人面临多个适当的角色时，他会扮演那个角色呢？这取决于显著性等级。个体之所以用特定的方式将自己归类（群体或角色），不仅是因为他们需要有自我价值感（自尊动机），还因为他们需要肯定自己的能力和效果（自我效能动机）。”①

西方关于认同问题的研究最早起源于心理学界的研究，从心理学家弗洛伊德开始。弗洛伊德通过对其发现的认同过程（identification）这一复杂的心理机制的研究，提出“认同过程是精神分析理论认识到的一人与另一人有感情联系的最早表现形式”②。弗洛伊德的这一概念实际上强调了生理性冲动在个体发展中的重要性，带有明显的精神分析学的痕迹。弗洛伊德之后，心理学家埃里克森对其理论进行修正，提出了“认同危机”理论。在埃里克森看来，人在生长过程中“有一种注意外界并与外界相互作用的需要，而个人的健全人格正是在与环境的相互作用中形成的。他将人的一生划分为八个阶段，认同危机概念贯穿了成长的每一个阶段”。③ 而在不出现危机的情况下，认同就是“一种熟悉自身的感觉，一种‘知道个人未来目标’的感觉，一种从他信赖的人们中获得所期待的认可的内在自信”④。埃里克森的“认同危机”理论对认同理论的发展起了重要作用，构成了认同理论的重要组成部分，至今仍在人文社会科学领域广泛使用。埃里克森之后，对认同理论作出重大贡献的是拉康。根据其提出的“镜像阶段”理论，他认为主体在镜像阶段将自我和他者区分开来：“一个尚处于婴儿阶段的孩子，举步趔趄，仰倚母怀，却兴奋地将镜中影

---

① 何成洲主编：《跨学科视野下的文化身份认同——批评与探索》，北京大学出版社2011年版，第3页。

② 《弗洛伊德后期著作选》，林尘等译，上海译文出版社1986年版，第112页。

③ 参见周宪主编《中国文学与文化的认同》，北京大学出版社2008年版，第261—262页。

④ 参见［美］赫根汉《人格心理学导论》，何瑾、冯增俊译，海南人民出版社1988年版，第162页。

像归属于己，这在我们看来是在一种典型的情境中表现了象征性模式。在这个模式中，我突进成一种首要的形式。以后，在与他人的认同过程的辩证关系中，我才客观化；以后，语言才给我重建起在普遍性中的主体功能。”① 在这里，拉康实际上是把认同与语言结合起来，表现了对“象征性认同”的重视。这一思想同样对认同理论产生了重大影响，比如后现代主义的认同理论就强调认同的象征性和认同与语言的关联。

总之，经过弗洛伊德、埃里克森和拉康这几位精神分析学家的理论发现和阐述，认同理论有了极大的发展，它使得以前对认同不自觉的论述变成一种自觉的研究，而且凭借着心理学的研究极大地增强了其理论的深度和系统性，对后来的认同理论研究产生了重大影响。比如关于认同概念、认同危机理论、象征性认同等都直接影响了后现代认同理论的思想，可以说构成了后者的理论渊源。

当今关于身份认同问题的讨论始于 20 世纪 90 年代初的北美文化理论批评界，起因于由凯姆·安瑟尼·阿皮亚和亨利·路易斯·盖茨将发表在《批评探索》上有关“认同政治”的一系列文章以《身份认同》的标题结集出版，成为对该问题研究的集中展示。两位编者发现“来自各学科的学者都开始探讨被我们称为认同的政治的话题”，并认为“对身份认同的研究超越了多学科的界限，探讨了这样一些将种族、阶级与女权主义的性别、女性和男性同性恋研究交织一体的论题，以及后殖民主义、民族主义与族裔研究和区域研究中的族裔性等相互关联的论题。”② 可以看到，当代的认同研究已经成为文化研究的主题，并渗透到人文社会科学的各个领域。

认同的发生与对主体的认识有关。事实上认同一词的基本含义就是源于对如下问题的追问：我是谁？从何而来？到何处去？在后现代认同理论代表人物霍尔看来，认同问题的核心其实就是主体问题。我

---

① 《拉康选集》，褚孝泉译，三联书店 2001 年版，第 90 页。

② Cf. Kwame Anthony Appiah and Henry Louis Gates, *Identities*, Chicago: University of Chicago Press, 1995, p. 1.

国认同理论研究的代表性学者周宪也认为"认同从根本上说是一个主体问题，是主体在特定社会—文化关系中的一种关系定位和自我确认，一种有关自我主体性的建构与追问"。[①] 从主体的角度研究认同实际上也就是从哲学的角度认识认同问题。在这一意义上，认同本身其实是一个终极性的问题，并且必将伴随无论个体的生命还是整个人类发展的始终。

对主体的思考在西方从古希腊时期就开始了，著名的古希腊神谕"认识你自己"揭开了对主体进行思考的最早序幕。有不少理论家认为认同的思想根源产生于现代启蒙时期。"理由是：启蒙哲学同时赐予现代人以理性甘露与批判利剑，向现代主体提供了强大反思能力。所以说，启蒙即反思，对以人为中心的世界的反思，对自我的反思，对人的社会存在的反思。"后现代认同理论的代表人物霍尔"从启蒙哲学后的现代知识话语入手，探讨现代和后现代主体身份认同的五大范式，它们分别是：马克思主义、弗洛伊德心理分析、女权主义、解构主义语言中心观、福柯的权力/话语分析"，并认为"从启蒙哲学、马克思主义，到当代少数话语，身份认同伴随主体论的流变，经历了三次大的裂变，形成如下三种模式"[②]，分别为："以主体为中心的启蒙身份认同"，以笛卡尔、康德和黑格尔的主体论为代表；"以社会为中心的社会身份认同"，比如马克斯·韦伯、弗洛伊德、后殖民主义、新历史主义、女权主义等的主体论；"后现代去中心身份认同"，比如阿尔都塞、福柯、利奥塔、德里达、拉康等人的主体论。从主体论的这一发展轨迹可以看出，对主体的思考大体上呈现出从本质主义到非本质主义的发展历程，这一过程直接影响认同理论的发展过程，即后文将会论述的从本质的认同论到建构的认同论。

当代对认同与主体问题的思考，查尔斯·泰勒的著作《自我的根

---

① 周宪主编：《文学与认同：跨学科的反思》，中华书局2008年版，第188页。

② 赵一凡、张中载、李德恩：《西方文论关键词》，外语教学与研究出版社2006年版，第466页。

源：现代认同的形成》做出了独特贡献，却未能引起我们足够的重视，这里特做一补充。在这本书中，泰勒从自我认同的角度对整个西方近代思想的成功作了系统的介绍，意在追寻人类对自我的现代理解从何而来，进而对自我实现的主张进行深入剖析。泰勒认为：“除非我们弄清了关于自我的现代理解是如何从人类认同的较早情境中发展而来的，否则我们就不能把握这种丰富性和复杂性。这本书试图通过描述其起源，来界定现代认同。”① “用这个术语（‘现代认同’——笔者注），我想标示出整个系列的（大部分未表示出来）关于什么是人类的主体性的理解：这就是内在感、自由、个性和被嵌入本性的存在，在现代西方，它们就是在家的感觉。”② 有论者认为“自我不是一种状态，而是一种不断生长的、有巨大的可塑性、无限的可能性、无限的内在深度的过程。泰勒的现代的自我概念是一种最广义的人性概念。这也是哲学对主要由心理学与艺术理论开拓的‘自我’概念的‘刷新’，一种到目前为止最广泛的自我或认同概念”。③ 而这种广义的认同概念对我们理解认同的内涵不无启发。实际上，泰勒对认同的研究是把它和善联系在一起加以理解的，他认为“自我性和善，或换言之自我性和道德，原来是难分难解地纠缠在一起的主题”。④ 在这个基础上，泰勒对认同与主体的关系作了这样的阐述：“我作为自我或我的认同，是以这样的方式规定的，即这些事情对我而言是意义重大的。”⑤ “对我们来说，回答这个问题（‘我是谁’——笔者注）就是理解什么对我们具有关键的重要性。知道我是谁，就是知道我站在何处。我的认同是由提供框架或视界的承诺和身份规定的，在这种框架和视界内我能够尝试在不同的情况下决定什么是好的或有价值的，或者什么应当做，或者我应赞同或反对什么。换句话说，这是我

---

① ［加拿大］查尔斯·泰勒：《自我的根源：现代认同的形成》，韩震等译，凤凰出版传媒集团2008年版，第2页。

② 同上书，第1页。

③ 同上书，第3页。

④ 同上。

⑤ 同上书，第41页。

能够在其中采取一种立场的视界。”①

认同理论发展到今天，已经形成较为丰富的思想资源。为了更清晰地把握这一理论的内涵，我们可以把它分为两种大的类型，即本质主义的认同论和建构主义的认同论。这正如斯图亚特·霍尔所认为的，存在着两种文化实践活动：发现身份和生产身份。前者彰显了一种稳定性、连续性和不变性，后者则强调了一种在历史叙事中的建构性。有论者对霍尔的这一观点作了进一步发挥：“有关身份与认同的最有争议、最重要的问题确实是：人们的社会身份或文化身份到底是固定不变的、普遍的、本质论的，还是在实际的社会历史过程中被人为地建构起来的，并且是为了某些特定目的和利益（政治的、民族的、意识形态的利益等）而人为地建构起来的。”② 可以认为，“发现身份”属于一种本质主义的认同论，也是一种传统的认同观；而“生产身份”则属于一种建构主义的认同论，也是一种后现代的认同观。

这两种认同观各自的特点如何？“从研究方法上看，传统上对身份问题和认同问题的研究往往先从某种先验的‘设想’出发，即把‘自我’设想为某种固定的、独立的、自立的、自律的东西，认为身份与认同是对这种固定不变的‘自我’的追寻和确认，并据此对某种不同于这种‘自我’的、外在的‘他者’作出回应。”③ 也就是说，本质主义的认同观强调对一种实在的、稳定的、连续的事物的归附冲动和行为。这种传统的认同观起源于西方17世纪开始的对主体性的探讨，其肇始者就是笛卡尔。“笛卡尔的《论方法》（1637）继承柏拉图的理念观与奥古斯都的心灵知觉论，将自我阐释成纯思的自我。自我的本质就是卓立于世象之外的思想，是一切存在的基石。我思，故我在。它强调意识自为自在，肯定意识的怀疑反思能力。人的自我

① ［加拿大］查尔斯·泰勒：《自我的根源：现代认同的形成》，韩震等译，凤凰出版传媒集团2008年版，第32—33页。

② 周宪主编：《中国文学与文化的认同》，北京大学出版社2008年版，第8页。

③ 同上书，第6页。

身份，在此等于纯思的意识。笛卡尔式主体的身份认同不仅强调思与自我的一致和自足，他还坚信思想的我就是自我身份认同的内在核心。”① 笛卡尔之后，关于本质主义的认同观又有进一步发展。实际上，参照前面所说的西方本体论的流变历程就可以看到，本质主义的认同与“以主体为中心的启蒙身份认同”和“以社会为中心的社会身份认同”两个阶段相对应。其中“启蒙认同肯定人的内在价值判断与自律精神；社会身份认同则强调社会的各种决定作用。前者突出自我完整统一性；后者承认身份认同过程中自我与他者、个体与社会的相互作用。恰如一枚硬币的正反两面，自我和社会构成了身份认同对应的两极”。②

建构主义的认同观则对本质主义的认同观形成了一种挑战和解构。它强调认同的建构性、变化性、差异性等特征。正如有论者所认为的，建构的认同观“把身份看成流动的、建构的和不断形成的，重视差异、杂交、迁移和流离”。③ 这种后现代的认同观对应于前面所说的“后现代去中心身份认同”。“后现代去中心身份认同”最早从尼采那里吸取了非本质主义的思想，并加以发扬光大。比如在对本质主义主体论的解构中，德里达贡献突出，“依靠延异、互文等革命性观念，他彻底打破了结构主义语言学的能指与所指、语言与世界的对应整体观。德里达笔锋所向，西方逻各斯中心支离破碎，语言沦为能指符号的肆意嬉戏，世界也成了文本化的世界”④。由上可知，建构主义认同观的出现与人们对主体问题的重新思考密切相关。正如周宪所言：“假如说认同问题同时就是一个主体问题的话，那么，主体观的转变必然导致认同观的转变，这突出体现在从那种固定的、抽象（或超验）的和普遍的主体，转向地方性的、变化的和受制于特定语

① 赵一凡、张中载、李德恩：《西方文论关键词》，外语教学与研究出版社 2006 年版，第 466 页。

② 同上书，第 467 页。

③ 周宪主编：《中国文学与文化的认同》，北京大学出版社 2008 年版，第 8—9 页。

④ 赵一凡、张中载、李德恩：《西方文论关键词》，外语教学与研究出版社 2006 年版，第 468 页。

境的主体。于是，思考认同的路径也就转向了这种差异性的、动态的和多元的方向。更为重要的是，对认同的分析，在方法论上强调一种‘外位性’或‘他性’。不同于传统的主体性自我参照的理论，认同研究是关联性的分析。因为任何自我认同（无论是个体意义上的还是集体意义上的），都是对自我与他者关系的一种反思，一种关系性思维。后现代主义所提出的方法论原则之一，就是这种外位的或关系性的思考。”①

必须看到，今天学术界对认同理论的讨论总体上已经由本质主义的认同观转向了建构主义的认同观。“把身份看成流动的、建构的和不断形成的，重视差异、杂交、迁移和流离，挑战和解构本质论的、普遍化的身份观，已经成了当代文化研究的主潮。”② 而持建构主义认同观的代表有英国的斯图亚特·霍尔的认同理论、美国的本尼迪克特·安德森的民族是一种“想象的共同体”观点和英国 E. 霍布斯鲍姆的“发明的传统”观点等。

建构主义的认同观以斯图亚特·霍尔的理论最有代表性。首先，霍尔对认同概念的理解不是在本质主义的基础上来把握的，而恰恰是对这种传统的理解的颠覆。他认为：“认同就是这样一个概念——在颠倒和出现的缝隙中，在‘消解之中’运作的概念。这是一个不再可能用旧方式加以思考的概念，但没有这个概念，就无法思考某些关键问题。”③ 其次，霍尔认为离开了认同这一概念将无法思索某些问题。他的这一想法也被广泛接受。可见，霍尔的解构主义的认同观并没有完全否定和抛弃认同的概念，而只是在一种新的意义上来重新考察认同：“我认为这种去中心化过程所需要的——如福柯的研究进展所清楚显示的——不是对‘主体’的放弃或消解，而是重新概念化，即在范式内从新的错置的或去中心的立场来思考主体。”④ “此处所用

---

① 周宪主编：《文学与认同：跨学科的反思》，中华书局 2008 年版，第 188 页。

② 阎嘉：《文学研究中的文化身份和文化认同问题》，《江西社会科学》2006 年第 9 期。

③ 周宪主编：《文学与认同：跨学科的反思》，中华书局 2008 年版，第 4 页。

④ 同上。

的认同概念不是一个本质主义的概念，而是一个策略性的和定位性的概念。也就是说，直接与看似是它的固定语义的东西相反，认同这个概念不标示自我的稳定核心：在历史的所有变迁中从头至尾、一成不变地加以展示的自我，总是保持‘一样’的自我，在时间中保持与它自己一致的自我。倘若我们把这个本质化的想象解释成文化认同，那也不是‘集体的或真正的自我，以及隐藏在许多其他的、更表面的或虚假地被接受的‘自我’之内的自我，而那样的‘自我’是一个拥有同样历史和祖先的民族所共有的自我，是可以确定、固定或保障一种不变的‘一致性’或隐藏在所有其他表面差异之下的文化属性的自我’。我认为，认同从来就不是一致的，在晚期现代阶段，它变得日益碎片化和断裂化。而且，认同从来就不是一种单一的构成，而是一种多元的构成，包括不同的、常常是交叉的、敌对的话语、实践和立场。它们完全服从历史化，永远处于变化和转变的过程中。我们需要把有关认同的论争定位在所有具体历史发展的实践内，因为这些发展和实践打破了众多人口和各种文化相对‘稳定的’特征。”① 在这段话中，霍尔实际上指出了建构主义认同的几个重要特点。这种新的建构的认同观是什么样的呢？我们将以霍尔的认同理论为中心，联系其他一些人的思想，归纳出建构主义认同观的几个主要特点。

1. 建构性

认同不是对某种本质之物的机械的归附，而是一种人为的建构行为，即为什么认同、认同什么和如何认同都包含了一种人为的主观选择和策略抉择。这正如霍尔所言：“在常规语言中，划分是由于以下原因而建构的，即对某种共同本源的认识，或与他人共享的特征，或与一种理想、与建立在这一基础之上的自然封闭的团结和忠诚的共享特征。与这一界定的‘自然主义’相反，话语研究把自居（认同）看作一种建构，一个从未完成的过程——总是‘在过程中’。它不是从以下角度加以决定的，它总是可以‘赢得’或‘失去’，可以维系

① 周宪主编：《文学与认同：跨学科的反思》，中华书局2008年版，第5—6页。

或放弃。"[①] "认同问题实际上是在其形成过程中（而非存在过程中）有关历史、语言、文化等资源的使用问题：不是'我们是谁'或'我们来自何方'等问题，而是我们可能成为什么，我们是如何被再现的，是如何应付我们该怎样再现自己的问题。因此，认同是在再现之内而非之外构建而成的。"[②] 美国学者朱蒂斯·A. 霍华德也认为"后现代主义并没有宣告自我和认同的死亡，而是将研究方向转到了研究它们何以被构建"。[③] 国内学者周宪主张"我们有必要把认同看作一个持续不断的建构过程，一个在历史中不断发展变化的历程"。[④] 有学者进一步谈到了建构中的时间问题"我认为，认同是一个需要不断被建构的历史过程，其时间性总是在过去、现在和未来三个链环中起承转合。因此，单纯转向过去或指向未来都是有局限的"。[⑤] 必须说明的是，认为认同是建构的并非说认同是虚构的，建构与虚构并非同一概念。建构性只是强调认同不是一种本质性和确定性的存在，而是一种非本质性的、不确定性的、关系性和定位性的存在。但建构性与虚构又有某种关系，比如建构的方式可能带有某种虚构的因素，例如，借助文学来建构就是如此。

2. 话语实践性

建构性直接带来认同的另一特点：话语实践性。因为建构需要方法，而话语实践正是建构认同的典型途径。正如斯图亚特·霍尔所言："我同意福柯的说法，我们此处所需要的'不是知晓一切的主体的理论，而是一种话语实践理论'。"[⑥] 周宪认为"通过话语这个范畴，他（霍尔——作者注）着意强调认同是在话语实践中出现的，也是经由话语实践（或更具体地说，是经由表意实践）生产出来的。但是，霍尔又非常关注认同研究的历史观点（或者说历史化

---

① 周宪主编：《文学与认同：跨学科的反思》，中华书局 2008 年版，第 4—5 页。

② 同上书，第 6 页。

③ 同上书，第 87 页。

④ 同上书，第 242 页。

⑤ 同上书，第 256 页。

⑥ 同上书，第 4 页。

和语境化)，他注意到当前的晚期现代性背景，当下的认同已全然不同于过去，日益呈现出一片碎片化趋势，因此认同的话语实践绝不是单一或统一的，往往跨越了许多不同的、复杂的甚至互相敌对的话语实践。这就使得当前认同过程变得异常复杂”。[①] 综上所述，可知以霍尔为代表的建构认同观把对主体的重新思考与话语实践结合起来，认为只有通过对话语实践的分析才能说清楚主体的问题，而话语实践在当前的语境下又异常复杂，这直接导致了认同的复杂性。可以说，通过对话语实践的引入，霍尔不仅让我们看到了认同问题本身的复杂性，更为我们更好地认识和理解认同开辟了一条全新的路径，即我们可以通过对话语实践分析和理解认同。这一新的认识可谓意义重大，比如我们可以通过对文学这一话语的实践活动来研究认同。

3. 差异性

如果说传统的认同观强调同一性，那么后现代的认同观则更强调差异性。所谓差异性，指认同的实现是一种与他者进行差异性区分之后的产物，通过这种区分而获得了某种同一性。差异性的形成基于这样一种事实，即认同的形成需要某种参照的存在。正如查尔斯·泰勒所说：“一个人不能基于他自身而是自我。只有在与某些对话者的关系中，我才是自我。”[②] “一个人只有在其他自我之中才是自我。在不参照它周围的那些人的情况下，自我是无法得到描述的。”[③] 尽管人的自我意识随着历史的发展而不断得到强化，但这种认同的参照特点却伴随着认同概念发展的始终。“我想在此表明，自我的这种现代独立性并不否定自我只能在其他自我中存在这个事实。”[④] 而这种参照的事实必然导向了认同的差异性。乔治·莱瑞指出：“文化身份的形成以对‘他者’的看法为前提，对文化自我的界定总包含对‘他者’

① 周宪主编：《文学与认同：跨学科的反思》，中华书局2008年版，第186页。

② [加拿大] 查尔斯·泰勒：《自我的根源：现代认同的形成》，韩震等译，凤凰出版传媒集团2008年版，第44页。

③ 同上书，第43页。

④ 同上。

的价值、特性、生活方式的区分。”[①] 霍尔认为“正是因为认同建构于话语之内而非话语之外，我们必须把它们理解为通过特殊表达策略在特殊话语形成和实践之内特殊历史和体制之场所的产物。而且，它们出现在特殊权力模式间的游戏之内，因此与其说它们是认同的、自然构成的统一体的标志（传统意义上的‘认同’，即是说，一种包含一切的相同特征，无裂痕的，无内在的区分），还不如说它们是差异和排斥之划分的产物。”[②] 可以看到，霍尔所指的这种差异实际上包含了一种排斥的逻辑，差异说到底是排斥和区分之后的结果。霍尔认为“认同所展示的‘统一性’事实上是在权力和排斥的游戏内建构的，不是一种自然的、不可避免的或基本的总体性构成，而是一种被加以自然化的、过度决定的‘封闭’过程”。[③] 在论述这一点时霍尔也提到了巴特勒的观点：“巴特勒提出了有力的论据：所有认同都经由排斥而运作的，经由一种外部构成的话语建构和边缘化主体的生产而运作的。”[④] 这种差异性的特点在某些情况下构成了认同理论内在的弊端，特别是在我们强调一种统一而非分裂的原则时。有学者看出了这一点并提出了某种修补性的建设性措施。比如周宪认为，“在认同建构的历史进程中，我们应该倡导的是一种兼容的而非排斥的差异逻辑。依据这一逻辑，差异的参照系不是‘我们’与‘他者’水火不容的对立，而是宽容和平等的互动关系”[⑤]。有的学者则认为认同理论存在着更大的问题。认为“从本体论的角度来看，‘认同’一词有着挥之不去的原子主义意蕴。也就是说，认同理论首先假设获得身份和取得身份的主体是单个个人。个人是身份的占有者、建构者，也是认同的能动的力量。个人具有先验的合法性”。[⑥] “基于这种原子主

---

① ［英］乔治·莱瑞：《意识形态与文化身份》，戴从容译，上海教育出版社 2005 年版，第 194 页。

② 周宪主编：《文学与认同：跨学科的反思》，中华书局 2008 年版，第 6 页。

③ 同上书，第 7 页。

④ 同上书，第 17 页。

⑤ 同上书，第 245 页。

⑥ 周宪主编：《中国文学与文化的认同》，北京大学出版社 2008 年版，第 264 页。

义，认同概念不仅鼓励了多元文化和差异性条件下的平等，它也鼓励了分裂主义的盛行，或者说，从本质上来讲，认同概念就是一个分裂主义的概念，人们越来越倾向于发现自己的独特性，越来越倾向于和主流标签区别开来，这也就不利于促进共同体的团结和融合。如果认同理论最终不能解决共同体的团结问题，相反，它却把人们引向分裂，那么，这个理论就不能真正解决我们所面临的同一性和差异性的问题。”① 如果说这种观点还仅仅是一种纯理论的思辨的话，那么现实也对此作了有力的印证，正如论者所指出的：“在文化批判实践领域，女性主义者、同性恋理论家、少数民族代言人也往往把差异等同于自由、民主、合法性等正面价值，通过强调异质性、多样性、多元性来获取合法的活动空间，建构集体认同。总而言之，强调差异的合法性已经成为身份认同斗争中最为有力的思想武器。”② 这些观点对于我们认识和警惕认同理论的弊端都不无启示。

4. 变化性

与传统的认同观强调认同的连续性和稳定性相反，后现代主义的认同观则强调认同的变化性。斯图亚特·霍尔认为：“身份并不像我们所认为的那样透明或毫无问题。也许，我们先不要把身份看作已经完成的、然后由新的文化实践加以再现的事实，而应该把身份视作一种‘生产’，它永无完结，永远处于过程之中，而且总是在内部而非在外部构成的再现。”③ 周宪认为：“晚近关于认同的研究特别关注认同作为一个开放的、发展变动的范畴。从精神分析、解构主义和文化研究的发展来看，认同不再被当作一个连续不变的范畴，而是被看作不断发展变动的时间范畴。”④ 认同是不断变化的，因此，查尔斯·泰勒认为：“谈论现代意义上的‘认同’，对我们几个世纪以前的祖

---

① 周宪主编：《中国文学与文化的认同》，北京大学出版社 2008 年版，第 265 页。

② 季中扬：《论“文化研究”领域的认同概念》，《求索》2010 年第 5 期。

③ 罗钢、刘象愚主编：《文化研究读本》，中国社会科学出版社 2000 年版，第 208 页。

④ 周宪主编：《文学与认同：跨学科的反思》，中华书局 2008 年版，第 241 页。

先来说，是无法理解的。”[①]

认同的变化性又带来了与此相关的一些特点，比如认同的未完成性。这是因为认同既然是不断变化的，那么也就是永远处在进行和过程之中，试图寻找最后的定点也只可能是一种徒劳的行为。正如有论者指出的：“身份认同的建设是一个永无止境的、永远也不会完成的过程。”[②]“认同，从来不是先有的，更不是个已完成的产物；它永远仅可能是有权使用一种总体想象力的问题生成过程。”[③]

5. 权力性

这一特性来源于福柯的话语权力思想。福柯认为生活中的权力无处不在，这种权力包括“宏观权力”和“微观权力”。权力编织成了生活的网络，人无时无刻不处在权力的包围之中。因此，作为主体而言，也只可能是权力关系的产物。周宪认为“当福柯颠覆笛卡尔式的主体观念时，他就指出了权力/知识共生现象所导致的话语对主体的规训作用，或者更准确地说，主体性说到底不过是经由话语生产出来的。换言之，主体性是话语的产物，而话语又是权力的产物”。[④]霍尔受福柯的这一观点影响较深，他明确指出了认同是在话语实践中形成和发展的，离开了话语实践，认同便不复存在。这实际上也变相承认了认同与权力之间的密切关系。我国学者也认为“文化身份之所以被称为身份政治，其重要理由是因为这里面也涉及一个权利关系的问题：谁在定义，谁决定标准，谁被描述和界定”。[⑤]

除这些主要特点之外，认同还有其他一些特点，比如多样性等，这里不再一一论述。

相对于传统的本质主义认同观而言，后现代的建构主义认同观自

---

① ［加拿大］查尔斯·泰勒：《自我的根源：现代认同的形成》，韩震等译，凤凰出版传媒集团2008年版，第34页。

② ［英］齐格蒙特·鲍曼：《共同体》，欧阳景根译，江苏人民出版社2007年版，第73页。

③ 周宪主编：《文学与认同：跨学科的反思》，中华书局2008年版，第55页。

④ 同上书，第190页。

⑤ 刘岩等：《后现代语境中的文化身份研究》，凤凰出版社2008年版，第18页。

有其独到和深刻之处，也与当今的后现代文化和学术语境构成了某种暗合，这也是它能为今天的人们所青睐的重要原因。当然，一味地强调认同的建构性就绝对正确吗？那也未必。这实际上给我们提出了一个带有根本性的追问：认同到底是本质的还是建构的？格罗塞说道：“有一个古老并再次引发激烈争论的因果二元论断：个人之身份是与生俱来的还是后天获取的结果？答案是如此明显，我很难理解为什么会有那么多诠释热情地爆发：有一部分是天生的，也有一部分是习得的，只是各占比例多少的问题，这里缺乏的恰恰就是逻辑协调性。比如，收养孩子就是假设人们相信借助教育环境、借助未来的习得，融入新的家庭是可能的。而如果孩子的人格只是由其先祖的生物基因延续下来的，这种假设就会毫无意义。”① 周宪认为：“我们一般认为，文化身份与认同并非天生不可变更的。身份既有着自然天成的因素，同时也有着后天建构的成分。”② 而笔者以为，认同的本质属性应该是兼而有之的，但又是以建构为主的。也就是说，所谓认同建立在建构的基础之上，但又是以某些相关的事物或属性为基础。强调建构，意在突出认同具有一种人为的实践性；而强调以某些相关的事物或属性为基础，意在突出认同不是一种毫无根据的空穴来风式的建构，而恰恰要以特定的目的为指引，以特定的材料为基础，以特定的方法为指导。可以说，这两方面属性是有机地联系在一起的，对于我们全面科学地把握认同缺一不可。陶家俊认为：“身份认同植根于西方现代性的内在矛盾，它具有三种倾向：一，传统的固定认同，它来自西方哲学主体论；二，受相对主义影响，出现一种时髦的后现代认同，它反对单一僵硬，提倡变动多样；三，另有一种折中认同，它秉承现代性批判理念，倡导一种相对本质主义。”③ 大致说来，笔者倡导的认同论应该属于第三类。笔者以为“传统的固定认同”和“后现代认

---

① ［法］阿尔弗雷德·格罗塞：《身份认同的困境》，王鲲译，社会科学文献出版社2010年版，第73页。

② 周宪主编：《中国文学与文化的认同》，北京大学出版社2008年版，第90页。

③ 赵一凡、张中载、李德恩：《西方文论关键词》，外语教学与研究出版社2006年版，第465页。

同”都过于绝对，走上了认同论的两个极端，折中认同是一种较为理性同时也更符合现实情况的认同观，这也构成了本书所说的“认同”的基本精神。

二、民族认同理论

从逻辑关系上说，“认同”与“民族认同”是种与属的关系，认同包括民族认同或者说民族认同从属于认同。这实际上告诉我们，认同本身的特点民族认同都具备。不过既然民族认同属于认同中的一种独特门类，当然也就会有属于自身的一些特点。正是在这个意义上，有必要对民族认同作进一步的认识。

何谓“民族认同”？安东尼·史密斯认为，民族认同是“对构成民族与众不同的遗产的价值观、象征物、记忆、神话和传统模式持续复制和重新解释，以及对带着那种模式和遗产及其文化成分的个人身份的持续复制和重新解释”。① 王希恩认为“民族认同即是社会成员对自己民族归属的认知和感情依附”。② 韩震认为“自己有没有特性，如果有，这种特性表现在什么地方，这就是所谓人的认同问题。一个民族有没有自己的文化特性，如果有，这种特性有何别样的表现，这就是所谓民族文化的认同问题”。③ 郑晓云在《文化认同论》中对民族认同的基本原理有过专门研究，其对民族认同的定义是“一个民族对于其文化及族体的认同，也就是民族认同”。④ 而笔者认为，民族认同是民族成员对其所属民族的认同，具体内涵包括三个方面：民族身份指认、文化特质把握和民族感情归属。这三个方面是有机统一的关系：民族身份指认是民族认同的前提，一般而言从属于某一民族才会产生对这一民族的认同；文化特质把握是民族认同的关键，因此一般情况下民族认同可以等同于民族文化认同；民族感情归属是民族认

① ［英］安东尼·史密斯：《民族主义——理论，意识形态，历史》，叶江译，上海人民出版社2006年版，第18页。

② 王希恩：《民族认同与民族意识》，《民族研究》1995年第6期。

③ 韩震：《现代性与认同问题的思考》，《学习与探索》2004年第6期。

④ 郑晓云：《文化认同论》，中国社会科学出版社1992年版，第131页。

同的伴生性特点，对民族的认同必然会产生对民族感情上的归属感。

从内涵上看，民族认同还可进一步划分为两个层次。“第一，民族是一个人们共同体，对这一共同体中人们的相互关系的认同，是民族认同中的核心问题。这种认同划清了此民族与其他民族之间的界限。”[①]“民族认同的第二个层次是对民族文化的认同，在人类发展的过程，很长的时期内文化之间的差异表现为民族之间的差异，一种文化体系以民族为载体，而民族也是以文化为聚合的。”[②]“对于一个民族的认同，必须包括这两个方面的内容，对民族这一概念的归属及体现这一民族的文化。当然，随着时代的发展，这两个要素也会有一定的主次变化。在民族形成的早期及形成过程中，前者——从血统等方面考虑人们之间的关系的比重要大得多。而当民族已经形成，民族融合扩大，尤其是在今天文化的全球化进程加快的时代，后者——对体现一个民族的文化的认同就更为人们所注意，人们往往是从文化上面而不是从事实上的血统上去区分一个民族。尽管这一民族可能分属于不同的国界及政治制度之下，认同了这两个要素中的一个，也就意味着对另一个要素的认同。”[③]

民族认同概念最早出现在18世纪启蒙运动时期，20世纪七八十年代的民族认同理论研究有了较大进步，具有代表性的理论主要有族群关系新变量模型、族群成员身份认同变量理论。与认同理论分为本质的认同论和建构的认同论相对应，“在民族认同建构的问题上，学界主要有两类观点：即‘原发主义’观和‘现代主义’观。‘原发主义’观出现较早，以德国诗人赫尔德为代表，他从挖掘民族认同的起源入手，认为它扎根于历史之中。民族认同可以追溯到前现代时期，它是存在于共同体成员之间的基础性和持久性的力量。这种观点认为，由于语言、地域、血缘，或是其他一些原因，民族认同原发性地从属于一个共同体，并体认为独特的文化传统——这表现在语言、宗

① 郑晓云：《文化认同论》，中国社会科学出版社1992年版，第134页。

② 同上书，第137页。

③ 同上书，第138页。

教、习俗、神话等之中。它存在于成员的意识深处，具有持续的约束力。‘现代主义’的民族认同观则是近数十年来的主流观点，它与前种观点相对立。盖尔纳、霍布斯鲍姆、安德森等人指出：民族主义是一种现代运动，是为了实现新的社会规划而诞生的意识形态。而民族认同也是一个现代现象，它出现在传统社会向工业社会转变的特定时期，是现代社会结构和文化体系的产物”①。厄内斯特·盖尔纳认为：“原生主义者主张民族是一直存在着的（或者无论如何其中的一部分一直是存在着的），而且更看重过去的事情。像我自己这样的现代主义者相信，现在的世界是18世纪末产生的，以前发生的事情，没有什么可以让我们所面对的问题出现任何细小差异。”② 与笔者所持的建构的认同论的内涵相一致，在民族认同建构的问题上，笔者也持一种折中主义倾向，即认为建构的民族认同论是综合了“原生主义”民族认同观和“现代主义”民族认同观，同时又是以后者为主。

进一步看，在认同建构的问题上，鲍曼认为“建构身份的概念和文化的概念被诞生在一起并且也只能被诞生在一起”。③ 对于民族认同的建构而言就更是如此，因为民族与文化本就是密不可分。霍布斯鲍姆指出：“族群特性往往是指共同的血缘背景以及世代相传的家系，族群的共同特征与集体认同，便是借由他们代代相传下来”；但是，这并不是说“文化源自血缘”，因为“究其实，族群之所以能成为社会组织的一种型式，乃是基于后天文化的塑造，而非先天的生物因素所能决定”。④ 霍布斯鲍姆实际上强调了在民族认同中文化因素的作用甚于生物因素。这种作用是如何发生的？“同一族体内的成员可以通过文化所表现出的一切在感知上体验到相互之间的关系，而与此不

---

① 周宪主编：《文学与认同：跨学科的反思》，中华书局2008年版，第246—247页。

② 载［英］爱德华·莫迪默、罗伯特·法恩主编：《人民·民族·国家——族性与民族主义的含义》，刘泓等译，中央民族大学出版社2009年版，第52页。

③［英］斯图亚特·霍尔等编著：《文化身份问题研究》，庞璃译，河南大学出版社2010年版，第24页。

④［英］埃里克·霍布斯鲍姆：《民族与民族主义》，李金梅译，上海人民出版社2000年版，第72—73页。

相同的因素则自然地与自己有区别与距离，从而带来人们在族体之间的意识、情感、性格上的区别。”[①] 由此，一种民族认同的效果就生成了。

民族认同的建构也不是一蹴而就，而是一个需要不断进行、没有止境的过程。“集体认同需要行为个体和社会集团达到某种一致性、凝聚性、连续性。这种紧密关系经常是暂时性的，并且具有或多或少的不稳定性。正如艾伯托·梅卢西指出的：‘塑造集体认同是一个微妙的过程，要求不断投入……’必须经年累月、借助集体记忆，借助共享的传统，借助对共同历史和遗产的认识，才能保持集体认同的凝聚性。维持它还必须跨越空间，借助疆域与疆界的复杂构图，借助界定‘我们’与‘他们’的包含原则与斥异原则。”[②]

第三节 理论资源借鉴的论证

以上我们对认同和民族认同理论作了一次较为系统的梳理。这种梳理本身当然自有其理论价值。不过更重要的是，笔者希望通过这样一种梳理，把认同和民族认同理论引入民族文学（在本书中主要是当代少数民族小说）研究，从而加深对后者的认识。20 世纪 80 年代至今，“认同”成为中国学术界的热门话题和高频词汇，它被广泛应用于各个学科的研究，带来了不少理论的新发现。以往国内学术界对“民族认同”的研究主要是在民族国家的层面上来进行，也就是说，主要是研究中华民族的民族认同问题。而对作为国家内部不同族群意义上的少数民族文学的民族认同问题则谈得不多，也不够深入，甚至因为对认同和民族认同理论的误解出现一些不应有的误用，总而言之对这一问题还有很大的研究空间。笔者的研究正是要进行这样的一次尝试。

---

① 郑晓云：《文化认同论》，中国社会科学出版社 1992 年版，第 135 页。

② ［英］戴维·莫利、凯文·罗宾斯：《认同的空间》，司艳译，南京大学出版社 2003 年版，第 97—98 页。

这种研究实际上涉及学科资源的借鉴问题。笔者以为，对这一问题应该谨慎对待。文艺学领域几十年来对西方文艺理论资源的借鉴一直就受到不少人的质疑，一个主要的问题就是关于借鉴的合法性。很多研究者往往不考虑西方文论生成的具体语境，直接将之拿过来套用到中国特有的文学现象上，结果对问题得出了很多似是而非的阐释。而在这种阐释的基础上所生成的理论发现自然也很难具有说服力。为规避这样一种理论借鉴的通病，这里笔者将先对自己的这种理论的引入和借鉴本身作一次简要的探讨，这会使笔者后面的研究更为合理和有效。具体而言，这种探讨将对如下几个问题进行追问和解答。

第一个问题，当代少数民族小说研究为什么有必要借鉴认同和民族认同理论？

这主要由研究对象的性质和以前的研究状况决定。当代民族文学作家60余年来特别是新时期以来一直表现出对民族认同问题的持续关注和思考，并致力于通过文学创作来寻找和建构自身的民族文化身份认同。这就使得其作品（特别是小说）中的民族认同现象显得丰富而复杂。面对这样一种特殊的文本现象，我们作为研究者有必要对此加以认识，这是作为研究者义不容辞的责任。而且只有深入系统地借鉴认同和民族认同理论，我们才能对此现象作一种全面深刻的观照。那些停留在对这一理论零星的理解和运用基础上的研究很难带来对这一现象的突破性认识，可惜的是笔者见到的很多这方面的研究都属于这种情况。

第二个问题，当代少数民族小说研究为什么能借鉴认同和民族认同理论，或者说这种借鉴的合理性是什么？

这主要由理论自身的性质以及这种性质和研究对象的契合关系决定。认同理论强调对身份问题的关注，特别是民族认同理论强调对民族文化身份的关注，这与当代少数民族小说对民族文化身份的追寻和表达相通；认同和民族认同理论强调“同一性”和“差异性”，这与当代少数民族小说在对主流文学的趋同时又希望彰显差异，从而体现中华多民族文化的魅力有关；认同和民族认同理论强调对处于边缘的对象权力的关注，而“……理论家们认为‘认同’这个词汇能够恢复各种边缘身份的社会建构的本质，解释被遗忘、被遮蔽的问题，从而带来解放的意义”。① 这与当代少数民族小说在中国文学整体格局中的边缘性地位相关……总而言之，认同和民族认同理论具有的许多性质特点使得它与当代少数民族小说及其民族认同特点达到了很好的契合，这就为我们在当代少数民族小说中借鉴认同和民族认同理论提供了合法性。这正如笔者在拙作《近年来民族作家文学研究的回顾与反思》中所说，应该“恰如其分地操作理论的武器，使其在民族文学研究中发挥最大的‘战斗力’”②。

第三个问题，当代少数民族小说研究应该怎样借鉴认同和民族认同理论？这实际上涉及借鉴的方法问题。

关于借鉴的方法，首先应该是对理论本身的全面把握和深入理解。认同和民族认同理论本是存在于文学以外的一些人文社会学科中，如文化学、社会学、民族学、哲学、心理学等。要将之引入民族文学研究就必须先对这些理论思想有一个全面准确的把握，这需要结合这些理论观点产生的具体语境进行。

其次，要将认同和民族认同理论应用到民族文学研究，除了对理论本身的“语境化”把握，还需要结合当代少数民族小说的实际，对理论进行“再语境化”，如此才可以尽量避免理论的误读和误用。而在“再语境化”的过程中，应该注重抽绎出认同和民族认同理论中内在的、精神性的和策略性的东西作为笔者研究当代少数民族小说的理论和方法的基础。在这一问题上，陈平原在《中国小说叙事模式的转变》中的研究方法给了笔者启示，正如论者所指出的：“产生于A民族文化圈子中的批评方法，直接用来分析B民族文化圈子中的文学现象，本身就意味着风险。聪明的批评家绝不会心甘情愿地去给别人做成功或失败的例证。他要先‘化’这个理论为己用，在双方的理论构架中寻找共相。在相互的发明和贯通中建构出自己的研究模

---

① 周宪主编：《中国文学与文化的认同》，北京大学出版社2008年版，第264页。

② 樊义红：《近年来民族作家文学研究的回顾与反思》，《延边大学学报》2010年第4期。

式，这个模式源于别人，却又打上了自己的痕迹。叙述学理论精细而庞杂，一味套入，不仅唐突混乱，弄不好会败坏了读者的胃口，陈平原从俄国形式主义，从热奈特、托多罗夫诸人的理论中，找到了一个框架，这个框架由叙事时间、叙事角度、叙事结构三个层次构成，尤其是突出了适合中国小说特征的叙事结构问题，使用这个结构既不违背叙事学的一般原则，同时又能够基本把握中国现代小说的严谨线索，无疑是一种明智的选择。"[①] 基于认同和民族认同理论的特点，建构类似的这样一个研究模式或框架的思路在本书中并不适用。但基于对认同和民族认同理论的整体把握，笔者在本书中试图抽绎出在各个学科中被研究得较多、较深入的一些认同和民族认同的理论观点，与当代少数民族小说的相关现象进行一种对应式的研究，并力图在这种研究中生发出一些新的理论认识。

再次，理论本身一般不涉及价值判断问题，但在运用理论的过程中，当理论和现象结合时价值判断的问题就会凸显出来，必须慎重对待。当运用认同和民族认同理论研究当代少数民族小说时，就可能会出现一些价值判断问题。比如认同和民族认同在强调“同一性”时，也会强调“差异性”，而这种差异性的特点往往又会带来“排斥性”的特点。单个少数民族对自身的认同往往建立在把自己和民族的“他者”区分开来的基础上，而这种区分在凸显了自身文化特性的同时，也潜藏着排斥他民族文化的危险，对此必须清醒地认识并作出正确的价值判断。笔者认为，面对运用认同和民族认同理论在研究当代少数民族小说中出现的这些价值判断问题，总的来说，应该倡导一种正确的、积极的、有效的民族认同观。也就是说，真正的民族认同应该是既有利于建设和发展中国各少数民族的文化，又有利于各少数民族文化间的沟通和交流，并且更有利于中国各民族的团结进步和中华民族整体文化的发展。

最后，沃尔夫冈·伊瑟尔认为：“在人文科学内部，我们必须将那些多少可以直接应用的理论（它们之间也存在差别）与那些必须

---

① 陈平原：《中国小说叙事模式的转变》，北京大学出版社 2004 年版，第 315 页。

被转变成方法之后才能够起作用的理论区分开来。”① “在人文科学中存在着两种类型的理论：一种是为了行使功能必须被转变成方法的理论；另一种是可以被直接应用的理论，在返回的过程中和其自身范畴出现偏离。”② 按照这一观点所提供的思路，笔者认为对认同和民族认同理论的借鉴也应该作如是观：有些理论观点和方法是可以直接采用作为研究当代少数民族小说的工具，比如建构的民族认同理论认为应该运动地、变化地研究民族认同问题，笔者在谈论形象生成民族认同的部分内容时就采用了一种动态的研究方法；而有些思想观点必须被创造性地转化为方法后才能被有效地应用，比如认同理论认为认同本身涉及人称的区分问题，笔者吸纳了这一观点并将之转化为方法分析当代少数民族小说中的“第一人称复数转向”现象，指出这一现象背后民族认同特性的生成。

第四个问题，当代少数民族小说研究借鉴认同和民族认同理论的目的是什么？或者说这种借鉴的意义何在？

首先，这种借鉴是为了全面深入地研究当代少数民族小说中的民族认同现象。一种特殊的文学现象只有借助于专门的理论才能得到最好的阐释，认同和民族认同理论对当代少数民族小说中的民族认同现象能发挥最大的阐释效力。这种阐释的核心就是研究当代少数民族小说中的文学性诸要素如语言、叙事、文体和形象是如何生成民族认同的，或者说，是研究民族文学作家如何通过当代少数民族小说来建构民族身份，表现民族的独特文化和传达作家对民族的特殊情感？而这样的一种研究必将能对当代少数民族小说从民族认同角度获得新的审视和理解。

其次，这种借鉴是为了民族文学理论建设的需要。相对于民族文学创作的繁荣发展而言，民族文学理论的建设一直处于一种滞后和不健全状态，虽然我们不能抹杀前人的艰苦努力和突出成就。随着全球

① ［德］沃尔夫冈·伊瑟尔：《怎样做理论》，朱刚等译，南京大学出版社2008年版，第11页。

② 同上书，第13页。

化浪潮的风起云涌、多元文化思潮的勃兴、非物质文化遗产保护的倡导和民族文学发展的理论诉求，民族文学理论的建设又迎来了新的发展机遇。正如关纪新所断言："20世纪八九十年代以来，少数民族文学理论建设方面出现了新的发展契机。"① 在新的历史条件下，一些学者在批判地继承以往的学术成果的基础上，继往开来，提出了一些新的学术创见。比如刘俐俐教授针对民族文学理论的发展现状，提出以"建设'美人之美'为宗旨的民族文学理论与方法的设想"②。

从某种意义上说，本书的研究就属于民族文学理论与方法建设的一部分。通过借鉴认同和民族认同理论对当代少数民族小说中的民族认同现象的考察，笔者试图揭示出当代少数民族小说的"民族认同特性"以及这种特性的生成与小说的语言、叙事、文体和形象之间的复杂关联。鉴于少数民族小说是民族文学（民族作家文学）中最有代表性的部分，笔者的这种研究其实是在深入探究民族文学内部构成的基础上，揭示出其隐秘的深层特性。并且进一步，鉴于当代少数民族小说（民族文学）的"民族认同特性"，倡导一种相应的民族文学研究方法——文化研究。这当然是从某个角度参与了民族文学理论与方法建设的宏大工程，希望能以此贡献出一些有价值的理论思考。

再次，这种借鉴是为了生发出对认同和民族认同理论的新的思考和发现。乔纳森·卡勒在《文学理论入门》中关于"理论"有四条定义，其中第三条和第四条分别为："3. 理论是对常识的批评，是对被认定为自然的观念的批评。4. 理论具有自反性，是关于思维的思维，我们用它向文学和其他话语实践中创造意义的范畴提出质疑。"③ 由此可见，任何一种理论都不可能获得绝对的真理性，理论的价值和生命力正在于对理论研究对象和理论自身的不断"批评"和"质

① 关纪新：《打造全向度的民族文学理论平台——既往民族文学理论建设的得失探讨》，《西南民族大学学报》2004年第12期。

② 刘俐俐：《"美人之美"为宗旨的民族文学理论与方法的几个论域》，《文艺理论研究》2010年第1期。

③ ［美］乔纳森·卡勒：《文学理论入门》，李平译，译林出版社2008年版，第16页。

疑”。对认同和民族认同理论当然也应作如是观。

当把认同和民族认同理论引入当代少数民族小说时，由于后者作为文学对象的特性和自身所具有的特殊性和丰富性，必然会有一些现象超出原有的认同和民族认同理论的阐释能力和范围，这就必然构成对原有理论的质疑和挑战，其结果就会迫使我们扩展、深化甚至修正原有的认同和民族认同理论。于是，理论的突破和创新就被提上了日程。

最后，必须说明的是，当代少数民族小说作为一种独特的文学现象是复杂的，仅仅靠一种或几种理论武器无法令之穷形尽相。本书中即便是在研究当代少数民族小说中的民族认同现象时，也将借鉴语言学、文化学、叙事学、文体学等一些其他学科的相关理论资源，在一种跨学科的视野中对研究对象作一种整体的观照。或许唯其如此，我们才能对当代少数民族小说或民族文学有更多的理论发现。

第二章

中国当代少数民族小说语言与民族认同建构

本章中笔者将探讨中国当代少数民族小说语言与民族认同的关系。一般而言，语言属于文体的组成部分。本书之所以将语言从文体中抽出来单独讨论，是看到了语言对于民族认同的重要意义。这种意义在于：一方面，语言是建构民族认同的最重要的载体形式（关于这一点下文将有进一步论述），因而有单列出来进行讨论的必要。另一方面，本书研究的“当代少数民族小说”基本上是“非母语写作”的部分（也涉及母语写作的情况）。所谓非母语写作，即用本民族以外的语言（在中国当代少数民族小说中主要是汉语）进行写作（的作品）。而与非母语写作直接相关的就是作品的语言，由此也可见语言的突出地位和意义。正是基于上述考虑，我们将先从语言的角度入手进行探讨。

语言对于文化而言可谓价值重大。首先语言是文化传达的重要载体，“每一种语言无不反映着一种独特的文化观和文化综合系统，后者又产生了使用语言的社团赖以解决同世界的关系问题及形成自己的思想、哲学体系和对世界的认识的方式。”① 其次语言本身就是文化之一种，可称之为语言文化，除此之外当然还有其他各种文化形式。最后，从某种意义上说，可以把语言和文化相等同。我们对语言的认识经历了一个从传统的语言观到现代的语言观的变化，也就是从工具论的语言观到本体论的语言观的转变。对本体论的语言

① 《第欧根尼》中文精选版编辑委员会：《文化认同性的变形》，商务印书馆2008年版，第226页。

观的典型表述如海德格尔的“语言是存在的家”、伽达默尔的“能被理解的存在就是语言”。也就是说，语言的重要性被提升到世界本体的高度，可与世界的存在本身相等同。在此意义上语言的概念似乎可以涵盖一切事物，而这也与广义的文化无所不包的属性构成某种叠合。

语言对于一般文化的意义当然也适用于对于民族文化的意义。“具有文化属性的语言和作为文化群体的民族有着与生俱来的天然的联系，语言一开始就是作为民族的共同语而出现的，语言具有民族性，这是毋庸置疑的事实。”① “语言与民族几乎是共生共存的。它是一个民族整个习惯性行为的总和；它让一个人的思想、感情、心理等一切内在的、隐形的东西成为外显的；它使民族的、人类的一切都可以传播、可以交流，利用文字，还可以传诸异地，留于异时。因此，通过语言，人们可以反观一个民族或者任一人类的群体，乃至全人类的政治、经济、历史、文化等各个方面的情况。”② 语言对于民族文化的意义可以作为我们思考当代少数民族小说语言与民族认同的关系问题的逻辑起点。

所谓民族认同，在当今的语境下实际上指的是民族文化认同，也就是对民族“文化的倾向性共识与认可”。③ 在语言和民族认同的关系上，我们首先认定这样一个观点：语言是民族认同的重要（甚至是最重要的）手段。关于这一点，著名的瑞士语言学家索绪尔就曾经指出：“一般地说，语言共同体常可以用民族统一体来加以解释。例如在中世纪初期，曾有一个罗曼民族统一体把好些来源很不相同的民族联结在一起而没有政治上的联系。反过来，在民族统一体的问题上，我们首先应该过问的就是语言。语言的证据比其他任何证据都更重要。”④ 他举例说：“在古代意大利，埃特鲁斯克人和拉丁人比邻而

---

① 龙长吟：《民族文学学论纲》，湖南文艺出版社 1997 年版，第 295 页。

② 同上书，第 299—230 页。

③ 郑晓云：《文化认同论》，中国社会科学出版社 1992 年版，第 4 页。

④ ［瑞士］索绪尔：《普通语言学教程》，高名凯译，商务印书馆 2009 年版，第 311—312 页。

居；如果想要找出它们有什么共同点，希望断定他们有没有共同来源，人们可以求助于这两个民族遗留下来的一切：纪念碑、宗教仪式、政治制度等，但是这没有语言直接提供的那么确实。只消三几行用埃特鲁斯克文写成的文献就足以表明使用这种语言的民族跟说拉丁语的民族集团完全是两个事。"① 索绪尔以一个语言学家的洞见，看出了语言和民族之间血脉相连的关系，为后人对这一问题的认识奠定了基础。德国的语言学家洪堡特也认为："民族语言成为保持一个民族一体感和认同感的标志。一个民族的精神特性和语言形成的结合极为密切，只要有一个方面存在另一个方面必定能完全从中推演出来。语言仿佛是民族精神的外在表现：民族的语言即民族的精神民族的精神即民族的语言。"②

当然，笔者以为对这一问题阐述得最明确，也最有名的还是本尼迪克特·安德森。在《想象的共同体》一书中，安德森认为"民族"是一种"想象的共同体"。而对"民族"这个"共同体"的想象"最初而且最重要的是通过文字（阅读）来想象的"。③"从一开始，民族就是用语言——而非血缘——构想出来的，而且人们可以被'请进'想象的共同体之中。"④ 也就是说，民族的语言（母语）实际上构成了一个民族精神上的纽带。民族的语言何以具有如此巨大的力量呢？安德森认为，因为它的起源不可考证，具有"原初性"，因而能产生一种自然而神秘的力量。进一步看，安德森的"想象的共同体"概念实际上暗指了对民族共同体的想象必然带来一种民族的认同感。因为在对这种共同体的想象中，想象的主体事实上是把自己归属于一个更大的集体概念并在心理上产生一种对这个集体的归宿感。而且，民族的想象的作用——"民族能激发起爱，而且通常激发起深刻的自我

---

① ［瑞士］索绪尔：《普通语言学教程》，高名凯译，商务印书馆2009年版，第312页。

② ［德］洪堡特：《论人类语言结构的差异及其对人类精神发展的影响》，姚小平译，商务印书馆2002年版，第17页。

③ ［美］本尼迪克特·安德森：《想象的共同体》，吴叡人译，上海世纪出版集团2005年版，第9页。

④ 同上书，第141页。

牺牲之爱"① ——也证明了对民族的想象带来的认同确实存在并发挥着作用。

由上述可知，语言确实具有民族认同的重大作用。这一认识对于理解当代少数民族小说与民族认同之间的关系具有怎样的意义呢？还是先让我们了解一下当代少数民族小说的语言使用情况。

当代少数民族小说使用的语言可大致分为两种情况：一种使用本民族的语言进行创作，一般称为"母语写作"，另一种使用其他民族的语言（主要是汉语）进行写作，一般称为"非母语写作"（当然还有兼用母语写作和非母语写作的"双语写作"，但这种情况在当代少数民族小说创作中并不多见，也不足以构成一种典型的写作类型，故笔者将在后面另外讨论）。本书研究的对象主要是非母语写作的情况。事实上在整个当代少数民族小说的发展过程中，从一开始就是母语写作和非母语写作并存，而且一直有母语写作向非母语写作的转化之势，于今尤甚。据统计，非母语写作（各种文体的创作）的比例已占整个少数民族文学的90%以上，而在当代少数民族小说中的情况也大致如此。也就是说，非母语写作的情况构成了全部当代少数民族小说的主体。构成这一状况有如下原因：（1）少数民族生活中现实的语言文字使用情况使然。根据笔者的调查发现，中国55个少数民族中，除回族和满族使用汉语外，其余53个民族都有自己的语言。一个民族使用一种语言的比较多，有的民族也说两种或两种以上的民族语言。据统计，全国共有70种左右少数民族语言。中国55个少数民族中，除回族和满族已不再使用自己民族的文字而直接使用汉字外，有29个民族有与自己的语言相一致的文字。由于有的民族使用一种以上的文字，如傣族使用4种文字，景颇族使用2种文字，所以29个民族共使用54种文字。有些民族的语言只在本民族内部日常生活中使用，在政治学习、学校教育中往往使用其他民族的语言（主要是汉语，有些地方也使用其他少数民族语言）；没有与本民族语言相

① ［美］本尼迪克特·安德森：《想象的共同体》，吴叡人译，上海世纪出版集团2005年版，第137页。

一致的文字，一般使用汉字。属于这个类型的少数民族语言相当多，占语言总数的四分之三以上，使用人口占少数民族总人口的一半以上。也就是说，中国的少数民族尽管都有自己的语言，但相当多的少数民族都在使用非本民族的文字（主要是汉字）。这种情况的形成当然也与在我们国家之内普通话和汉字的普及情况相关。少数民族语言文字的现实使用情况构成了非母语写作普遍性的重要基础。（2）民族文学作家的教育经历和自由选择。许多民族作家从小接受的就是汉族的教育，因而能够熟练地运用汉语言进行创作（其运用语言的水平甚至不亚于汉族作家），对汉语言也有着深厚的感情，因而也自主地选择了汉文字作为创作语言，如阿来。（3）汉语言较大的普及率、对外沟通力和影响力。中华民族是以汉民族为主体的，相对于其他民族的语言文字，使用汉语言的人口数量要占绝对的优势，用汉语创作的作品读者更多。在与国外的沟通上，我们也是以汉语言为主要媒介，其在国际上的影响力也更大。汉语言的这一现实优势使得用汉文字进行创作的作品往往能取得更大的世俗意义上的成功。这实际上也在很大程度上影响了很多作家的选择，比如鬼子。（4）汉语言强大的表现功能。一些语言意识强烈的民族文学作家对这一点有着深刻的体认和明确的表述。比如精通多种语言的张承志就说过："我记得我曾经惊奇：惊奇汉语那变换无尽的表现力和包容力，惊奇在写作劳动中自己得到的净化与改造。也可能，我只是在些微地感到了它——感到了美文的诱惑之后，才正式滋生了一种祖国意识，才开始有了一种大气些的对中华民族及其文明的热爱和自豪。"① 又比如阿来认为，汉语能够"随着时代的发展而变革"，是"一种在表达上几乎无所不能的语言"。②

---

① 张承志：《母语与美文》，《青年文学》2006年第19期。

② 阿来：《汉语：多元文化共建的公共语言》，《当代文坛》2006年第1期。

第一节　母语写作与民族认同

当然，尽管非母语写作在民族作家文学创作中居于主导地位，但并不能忽视母语写作的存在和取得的成就。笔者以为，许多民族作家之所以坚持母语写作（哪怕在这之外同时进行非母语写作，即所谓的“双语写作”），实际上与其民族认同感大有关系。一般来说，民族文学作家对自己的民族都有着强烈的民族认同，并力图通过文学创作来表达这种认同。而在文学作品中，相对于其他手段，语言或许是最为直接有效的手段，是民族文学作家不愿放弃的领地。正如曼纽尔·卡斯特所说：“尽管在所有的情况下，民族认同都以长期共同的历史为前提，但在现今的历史阶段，强化民族认同的因素却有许多种。然而，我将提出的假说是：语言，特别是发展成熟的语言，才是自我认同的根本要素，才是建立一条无形的、比地域性更少专横性、比种族性更少排外性的民族边界的根本要素。从历史的角度看来，这是因为语言在私人领域和公共领域之间、在过去和现在之间架起了一座桥梁，而不管国家制度是否承认有这样的文化共同体存在。”① 李鸿然先生也指出：“本民族语，通常被称为母语。用母语写作，可以原汁原味地反映本民族的生活，得心应手地表达本民族人民的思想感情。母语可以让作家找到自己的位置，确定自己的文化身份，走进自己的精神家园。”② 语言何以具有这样大的认同功能呢？“有另一个答案，也是最基本的答案：作为符码系统的语言可以将历史和文化的形态加以具体化，让人们可以在没有日常沟通所表现出的符码崇拜的情况下，也能够共享符码系统。”③ 也就是说，语言连接着历史和文化，可以作为民族成员共享的“符码系统”。这实际上也就是前面安德森

---

① ［美］曼纽尔·卡斯特：《认同的力量》，曹荣湘译，社会科学文献出版社 2006 年版，第 55—56 页。

② 李鸿然：《中国当代少数民族文学史论》，云南教育出版社 2004 年版，第 143 页。

③ ［美］曼纽尔·卡斯特：《认同的力量》，曹荣湘译，社会科学文献出版社 2006 年版，第 52 页。

所说的语言可以作为想象民族进而实现民族认同的手段。基于语言表达民族认同的这种特殊功能，一些少数民族作家置其他现实的利益（如获得更大的文学创作的成功）于不顾，坚持使用母语创作，不能不说是一种强烈的民族认同感使然。

语言的这种民族认同效果当然不仅仅通过作家本人得以表达，更是通过作为本民族成员的读者的阅读体验加以呈现。和民族文学作家一样，民族成员对自己的民族语言大都有着深厚的感情。我们每个人都是在本民族语言的塑造下成长起来的，民族语言影响了民族成员的思想、感情、人格等各方面。民族个体与民族的亲密关系实在是不言而喻。这正如安德森所言："语言——不管他或她的母语形成的历史如何——之于爱国者，就如同眼睛——那对他或她与生俱来的、特定的、普通的眼睛——之于恋人一般。通过在母亲膝前开始接触，而在入土时才告别的语言，过去被召回，想象同胞爱，梦想未来。"① 进一步看，个体与民族共同体的联系能够通过语言而被想象和唤起，这正如论者指出的："一个民族的传统语言通常是个人或者社团表达自身认同的强有力的手段，而且由于这个唯一的原因得以生存下来。新西兰的毛利语乃是这方面的一个十分生动的例子，一些十分复杂而被认为外国人不可能学会的语言，成为表达他们自身认同的十分有力的象征。能够讲好一种这样的语言的人，马上被视为属于社团的一个朋友。"② 而成员与民族的这种关系必然影响其阅读心理。不妨来看一位回族读者回忆阅读霍达的《穆斯林的葬礼》的体验："上大学的时候第一次读到这部作品，最先注意的是'穆斯林'这三个字和封面上的阿拉伯文。回族人对这些符号象征义是非常敏感的。回族人很少在书摊上见到具有如此明显的民族象征的文学作品，其欣喜之情不言而喻。再加上出色的爱情故事、浓厚的民族宗教描写，这本书遂成为

---

① ［美］本尼迪克特·安德森：《想象的共同体》，吴叡人译，上海世纪出版集团2005年版，第150页。

② 《第欧根尼》中文精选版编辑委员会：《文化认同性的变形》，商务印书馆2008年版，第224—225页。

和我一样的回族大学生们的必读书。"[①] 区区"穆斯林"三个字就能激发读者如此强烈的亲切感，就更不用说完全用母语写作的作品了。由此，我们也能发现母语写作受到本民族读者欢迎的重要原因，其阅读和接受心理和民族文学作家在民族认同这一点上确有契合之处。以接受美学的观点视之，民族读者的这种接受心理对母语创作的生存和发展无疑起到了至关重要的作用。

总之，在非母语写作现象的参照下，我们可以把民族文学作家对"母语写作"的坚持看作一种赋予了象征意味的写作实践，其背后折射出在一种强势的文学和文化语境压力下对民族文化的固守，体现出部分作家所理解和坚持的民族认同感。这正如曼纽尔·卡斯特所说"在现代化的意识形态和强势的全球媒体力量使得全世界都臣服于一种文化同质性的情况下，语言，作为文化的最直接表现，就成了文化抗拒的战壕、自我控制的最后堡垒，以及可确认的意义的避难所"。[②] 另外，那些用母语写作的"优秀的文学作品，又能最大限度地集中母语的精华，最有效地传播本民族文化，进而推动各民族之间的文化交流和心灵沟通，使一个地区、一个国家乃至全人类的文化更加丰富多彩。正因为如此，先进国家和国际社会都十分重视保护母语，支持作家用母语写作"。[③] 在我国，母语和母语写作也都受到国家的保护，其发展的前景如何我们只能拭目以待。

进一步看，母语写作尽管在建构民族认同上有其天然的优势，却也有其局限性。一般而言，母语写作的作品是在这种语言传播的范围内流传。而具体到中国少数民族的现实情况，这类作品则主要是在本民族内部传播。这是因为我国少数民族的母语大都只在本民族内部使用，在本民族之外却不为其他民族的读者所认知。这里面虽然也有某些少数民族的语言为数个民族所公用的情况，但并不多见。基于母语

---

① 周传斌等：《关于〈穆斯林的葬礼〉的笔谈》，《回族文学》2006 年第 1 期。

② ［美］曼纽尔·卡斯特：《认同的力量》，曹荣湘译，社会科学文献出版社 2006 年版，第 56 页。

③ 李鸿然：《中国当代少数民族文学史论》，云南教育出版社 2004 年版，第 143 页。

与民族文化的某种共生关系，这就使得民族文学中借助母语写作建构的民族认同带有不可避免的封闭性、排外性和狭隘性。那么，如何克服母语写作建构民族认同的这种局限性呢？加强母语作品的翻译无疑是一种。因为根据文化翻译理论，语言的翻译在某种意义上可等同于文化的翻译，母语作品的翻译就可以带来文化的开放性和不同文化之间的交流，也就可以通向一种更好的民族认同建构。另外，非母语写作的实践在某种意义上也具有对于这种民族认同局限的超越性。

第二节　非母语写作与民族认同

基于民族语言特殊的民族认同效果，与母语写作相比，非母语写作的民族认同效果肯定要稍逊一筹，这是毋庸置疑的。当然，这种简单的比较并不能真正说清问题，还有必要对其进行更加深入的分析。应该说，非母语写作给民族作家文学创作本身带来了一个不容忽视的问题：民族认同的危机。如果把母语写作看成一种想象民族和认同民族的“仪式”，在非母语写作这里，因为语言的疏异，这种仪式的效果似乎不得不打折扣。这也可以理解，尽管有些人提出把汉语或他族语言作为本民族的“第二母语”，但对于民族作家和本民族读者来说，“第二母语”相对于第一母语的亲切感和认同效果毕竟会差一些。那么，非母语写作本身就无任何民族认同功能可言吗？民族文学作家在这方面就真的无计可施吗？情况也并非如此悲观。面对非母语写作在民族认同效果上天然的局限性，当代少数民族小说中表现出了一些特殊的写作现象，都可以在民族认同的维度上加以深入考察。也就是说，笔者以为，某些特殊的写作现象实际上都与民族文学作家的民族认同的创作心理密切相关。

首先，可以把这些写作现象和策略分为两类：显性的语言策略和隐性的语言策略。前者如对俗语、谚语和口头语的使用、带有民族文化色彩的比喻等。玛拉沁夫的《茫茫的草原》中就充满了蒙古族的俗语、谚语和比喻句。这些语言以其民族文化色彩浓厚，易于传达作家的民族认同感。不过因为它们比较容易识别，这里不作进一步论述。我们主要考察一下隐性的语言运用策略情况。这里我们不妨以张承志、阿来和董秀英的小说创作为个案，来考察当代民族文学作家的非母语写作（当代小说）与民族认同的关系，确切地说，主要考察民族文学作家的非母语写作是如何建构民族认同的？

个案1：张承志的《心灵史》

作为当代民族文学的代表性作家，张承志以汉语言创作的作品比起其他的汉族作家来说毫不逊色。其中篇小说《黑骏马》《北方的河》已成为中国当代文学的经典性作品就是明证。1991年，回族出身的张承志创作出了第一部以他的母族为题材的小说《心灵史》，这也成为他小说创作的绝笔之作。这本身就是一件饶有意味的事情，后文将有进一步分析。

现在让我们主要关注一下这部小说的语言问题。因为这部小说以回族的哲合忍耶教派为描写对象，不可避免地涉及很多宗教（伊斯兰教）的词汇表达。事实上，大量的伊斯兰教（回族）词汇充斥在小说之中，比如拱北、多斯达尼、穆勒什德、阿米乃、卧里、口唤等。我们知道，非母语写作的潜在读者是能读懂汉文字的读者，但这些读者如果不懂回族中的这些伊斯兰教语言无疑就会感到束手无策。还好，小说中在这些词汇第一次出现时都有注释，只不过作者往往没有在这些词汇后面就近作个解释，比如随后加个括号作个解释，像霍达的《穆斯林的葬礼》那样，典型的例子如这段话："上房客厅里，安放着新月的'埋体'（遗体），她静静地躺在'旱托'上，等待接受最后的'务斯里'（洗礼），身上蒙着洁白的'卧单'，身旁挂着洁白的帐幔，上面用阿拉伯文写着：没有真主的许可，任何人也不会死亡，人的寿命是注定的。我们都属于真主，还要归于真主。"① 而是在词汇出现的当页作了专门的脚注。这种非母语写作文本中对本民族语言的独特处理首先让人想起张承志的学者身份，因为这分明是对学术论文处理类似问题方式的一种借鉴。为什么如此？我们知道，在学术论文中，注释部分作为论文的有机组成，地位是非常重要的。刊物

① 霍达：《穆斯林的葬礼》，北京十月文艺出版社1993年版，第698页。

编辑对注释有着严格要求，用心的读者也往往会对注释予以重视。如此说来，张承志的这种语言处理的目的明显是希望这些回族语言受到读者们的重视。要不然，他完全可以用一般的处理方法加以对待，如《穆斯林的葬礼》那样。我们知道，后者的处理方法实际上给读者的阅读带来更多便利：不用中断阅读，给某个不明白的词汇以特别的注意。由此看来，张承志的方法绝不仅仅是单纯的标新立异（似无必要，况且必须注意的是，张承志是一个有着很好的语言意识的作家），而是有深意存焉。

进一步看，张承志对语言的注释也不是一以贯之的，而是只出现一次，后面再出现时就以回族语的原貌出现，不再加任何注释。根据一般的阅读经验，恐怕除了过目不忘之人和对某些语言有特殊兴趣因而逢看必记之人，一般的读者在第一次碰到那些回族词汇之后，可能都会容易忘记，因而在下一次碰见时又感到迷惑，唯一的解决办法是找到前面注释的地方重新温故一遍。除非确实记住了，才不会在下一次碰见时又不知所云。笔者之所以不厌其烦地描述这种具有很大可能性的阅读体验，无非想验证笔者的一个判断：张承志在有意地给读者制造阅读的障碍，其目的就是希望读者记住这些回族词汇。比较一下《穆斯林的葬礼》，对这一点就会更加确定。后者基本上是把注释的工作贯穿全文的始终，因而读者在阅读时不会觉得有什么障碍，当然也就没有对那些回族词汇特别注意和记忆。

联系前面部分的理论阐述，笔者认为：张承志对语言的这种特殊处理与其民族认同有关。说张承志创作《心灵史》表达了一种民族认同应该是没有疑义的，这从书中表达的对哲合忍耶教派的深情赞颂和强烈认同就可以看出。写完《心灵史》之后张承志就停止了小说创作，似乎在哲合忍耶教派那里找到了自己心灵的家园，因而不用再通过小说去苦苦追寻。这当然也是在一种民族认同的心理下才可能作出的选择。根据认同理论，认同只有借助于话语实践比如文学才可能实现。而对民族认同的建构，语言是一种重要的手段。因而从认同和民族认同的角度看，《心灵史》中大量出现的回族词汇和更重要的对语言的特殊处理，事实上在整部小说大的汉文字语境中，首先构成了一种“异质性的存在”，其背后表征的恰恰是回族的文化；其次通过对读者注意力的调节和凝聚，又起到了激发读者的民族认同作用。当然，对于回族和非回族的读者来说，这种激发出来的民族认同是有区别的。对于回族来说，它们激发的是对本民族的认同；而对非回族的读者来说，它们激发出来的是对他民族的认同。

为了更清楚地看到这一点，我们不妨把聚焦点后移，把这一现象放在回族文化和文学的大背景中加以观照。

在中华民族大家庭中，回族是一个特殊的民族。他们虽然使用的是汉族的语言和文字，但又通过特殊的标记把自己和汉族区分开来，这其中最重要的就是语言和宗教（伊斯兰教）。历史上明代以前，回族使用语言的情况很庞杂。明代中期以后，回族人已普遍使用汉语言，改变了先前广泛使用阿拉伯语、波斯语和突厥语的情况。从此，阿拉伯语和波斯语主要在一些宗教活动中被部分地保留，而在日常生活中回族人普遍使用汉语言，但又顽强地保留了部分阿拉伯语和波斯语词汇，这些词汇大都与伊斯兰教有关。也就是说，回族人使用的汉语既与汉族人使用的汉语基本一致，但又因为一些回族词汇的嵌入而彰显出自身的某种差异，这种差异的存在构成了回族言说语言的特色。回族散居于中国各地而没有被其他民族所同化，就是因为“回族穆斯林同时也在有意识地、顽强地保留着自己民族文化的核心内容。回族穆斯林，无论怎样吸收汉文化，甚至直接参与汉文化的改造，但是它们在心理结构深层，永远有一块无法争夺的精神世界”。① 而保留自己民族的文化与回族的这种语言使用情况是直接相连的。

回族使用语言的情况实际上也说明回族语的使用和民族认同之间的有机联系。这种联系在《穆斯林的葬礼》中有着生动的表现：“他们说的是什么？对于穆斯林来说，这是完全不必翻译的，前者是：‘求真主赐给您安宁！’后者是：‘求真主也赐安宁给您！’这是穆斯林见面时的相互祝福，表示具有共同的血统和信仰。这是全世界穆斯林的共同语言，无论它们走到天涯海角，都能凭借着熟悉的声音找到

① 马平：《回族心理素质与行为方式》，宁夏人民出版社 1998 年版，第 123 页。

自己的同胞。"[①] 也就是说，民族共同语的使用无形中加强了民族成员间的彼此认同感。回族使用语言的情况必然会在文学作品中得到表现，正如它们在《心灵史》和《穆斯林的葬礼》中的表现一样。

不过进一步看，这种表现大致分为两种情况：一种是无意识地、被动地使用民族语（回族语）。这是源于现实生活中回族语的使用情况。作品既然在某种意义上是在模仿生活，当然也在模仿语言。基于这种情况作家把生活中的语言移植到作品中，或许会有些微的改变。如霍达的《穆斯林的葬礼》。在这种情况下，民族的语言（回族语）当然也可以发挥民族认同的功能，但却是自然而生的，功能的效果也不明显。另一种则是有意识地、主动地使用民族语（回族语）。这是因为作者有着强烈的民族认同感和语言意识，因而借助于某些语言使用的策略，通过凸显民族的语言而表现自身的民族认同，同时也在唤起他人的认同。比如张承志的《心灵史》。必须说明的是，这两种情况不仅指称回族作家，也包括其他少数民族作家在非母语写作中使用本民族语言的情况，因而也具有一定的普遍意义，值得我们注意。

这样我们就可以理解，《心灵史》中对回族语的特殊处理，绝不是无所用心的语言游戏，而是要通过凸显某些回族词汇在整体语境中的异质性存在，通过它们的在场勾连起一种与汉文化不一样的回族文化的存在，从而也折射出作者强烈的民族认同。

个案 2：阿来小说

藏族作家阿来曾以长篇小说《尘埃落定》获得第五届"茅盾文学奖"，后来创作的长篇小说《空山》和《格萨尔王》都显示了杰出的艺术水准。尽管使用汉语进行着非母语写作，但阿来的全部小说（长篇、中篇和短篇）都是以藏族生活为题材，哪怕现在他已经不在藏地生活，由此就可以看出阿来对母族的深厚情感。阿来自己也曾坦言："虽然，我不是一个纯粹血统的嘉绒人，因此在一些要保持正编统的同胞眼中，从血统上我便是一个异数，但这种排除的眼光并不能消减我对这片大地由衷的情感，不能消减我对这个部落的认同与整体

① 霍达：《穆斯林的葬礼》，北京十月文艺出版社 1993 年版，第 19 页。

的热爱。”①

正如我们前面所言，非母语写作与民族认同之间隔着一层天然的障碍，必得使用一些特殊的语言策略才能将这种阻隔的效果降到最低，实现通过语言对民族的认同功能。对此，阿来有着自己的见解和策略。首先，他认为汉语作为官方语言和主体民族语言对中国少数民族语言的“强势扩张”，其主要原因当然是中华人民共和国成立以后统一国家政体的需要，但“这样的事实，在任何一个国家我想都概莫能外”，但这并非“唯一的原因”。另一个重要的原因是自近代以来，由于内外的原因，汉语一直“随着时代的发展而变革”，保持了与现实生活的密切联系，因而在表达效果上“几乎无所不能”，② 保持了自身的语言优势。基于这样的认识，阿来可以说看出了非母语写作的合理性。但与此同时，阿来也看到，异族（汉族以外的少数民族）人“通过接受以汉语为主的教育，接受汉语，使用汉语，会与汉民族本族人作为汉语使用者与表达者有微妙的区别。汉族人使用汉语时，与其文化感受是完全同步的。而一个异族人，无论在语言技术层面上有多么成熟，但在文化感受上却是有一些差异存在的”。③ 他举例说：“汉族人写下月亮两个字，就受到很多的文化暗示，嫦娥啊，李白啊，苏东坡啊，而我写下月亮两个字，就没有这种暗示，只有来自自然界的这个事物本身的映像，而且只与青藏高原这样一个特殊的地理天文景观相联系，我在天安门上看到月亮升起来了，心里却还是那轮以本民族神话中男神或女神命名的皎洁雪峰旁升起的从地球上任何一个地方看上去，都大，都亮，都安详而空虚的月亮。”④ 在经过这样的文化比较的基础上，阿来表达了自己的创作追求：“如果汉语的月亮是思念与寂寞，藏语里的月亮则是圆满与安详。我如果能把这种感受很好地用汉语表达出来，然后，这东西在懂汉语的人群中传播，一部分

① 阿来：《用汉语写作的藏族人》，《美文》2007 年第 7 期。

② 阿来：《汉语：多元文化共建的公共语言》，《当代文坛》2006 年第 1 期。

③ 同上。

④ 同上。

人因此接受我这种描绘，那么，我可以说，作为一个写作者已经把一种非汉语的感受成功地融入了汉语。这种异质文化的东西，日积月累，也就成为汉语的一种审美经验，被复制，被传播。这样，悄无声息之中，汉语的感受功能，汉语经验性的表达就得到了扩展。”①

可以说，阿来的这番话涉及的一个根本思想就是语言和文化的关系问题。语言所指的是文化，一种语言对应着一种文化。对此，恩斯特·卡西尔曾有过精辟论述：“即使是在学习一些联系紧密的语言——例如德语和瑞典语——的时候，我们也很少发现真正的同义词，即在意义上和用法上完全吻合的词，不同的词往往表达出略微不同的意义。他们以各自不同的方式组合和关联我们的经验材料，因而造成完全不同的理解模式。两种语言的词汇绝不可能相互贴切，锱铢不差，也就是说，他们包含着各不相同的思想领域。”② 汉族作家在使用汉语进行写作时，对汉字背后的文化内涵一般会有基本的了解，这种了解往往又会反过来影响作家的文字表达。具体而言，阿来所举的例子实际上说的是一个“意象”问题。何谓“意象”？“它专指一种特殊的表意性艺术形象或文学形象”。③ 可把意象分为两个部分：主观之“意”和客观之“象”，对于“意象”来说“意”比“象”更重要，阿来所说的汉字传达的文化感受的不同也主要指“象”所传达的“意”的不同。中国文学在几千年的发展过程中形成了数不清的文学“意象”，这些“意象”借助文字能传达出相对固定的丰富内涵。这些内涵的多样当然反映出汉语言强大的表现力，但若是在发展中固定以致僵化了无疑又是一种限制。另外还必须看到，这些汉字所传达的文化感受与其说是一种中国人的文化感受，不如说是汉族人的文化感受，而其他少数民族的文化感受在汉字中往往付诸阙如。

在这种大的背景下再看阿来的这种“共建”一种能够传达“多

---

① 阿来：《汉语：多元文化共建的公共语言》，《当代文坛》2006 年第 1 期。

② ［德］恩斯特·卡西尔：《语言与神话》，于晓等译，三联书店 1988 年版，第 162 页。

③ 童庆炳主编：《文学理论教程》，高等教育出版社 2007 年版，第 230 页。

元文化”的“公共语言”的理论主张，无疑可以发现其睿智之处。笔者以为，它首先体现了阿来对本民族文化的重视和认同，因为这实际上是在进行非母语写作的情况下通过对汉字的文化输入实现对本民族文化的巧妙留存。那么，如何输入呢？阿来曾经说道：“我在写人物对话的时候，我会多想一想。好像是脑子里有个自动翻译的过程，我会想一想它用藏语会怎么说，或者它用乡土的汉语怎么说，用方言的汉语怎么说，那么这个时候，这些对话就会有一些很独特的表达……也是这个原因，我提供的汉语文本与汉族作家有差异。有人说，像翻译，我说，其中有些部分的确就是翻译，不过是在脑子里就已经完成的翻译。”① 也就是说，他在书写前脑子里首先有个文字翻译的构思过程，根据文化翻译的理论，文字的翻译实际上也是一种文化的翻译。经过这样的翻译，就创造出了一种输入了新的文化元素的文本，也就与汉族作家创造的汉语文本“有差异”，从而彰显出独特的民族文化价值。这实际上也可以解释为什么有些睿智的批评家认为阿来的小说尽管是用汉语创作的，但给人的感受又是很藏族的，从而具备了独特的审美价值和民族文化价值。比如小说《尘埃落定》中的句子：“汉族皇帝在早晨的太阳下面，达赖喇嘛在下午的太阳下面。我们是在中午的太阳下面还在靠东一点的地方。”这种对方位的表述就带有浓厚的藏族色彩。又比如：“亲爱的父亲问我：‘告诉我爱是什么’？‘就是骨头里满是泡泡。’”这种对爱的理解虽是出自傻子少爷之口，也体现了藏族文化特有的思维方式。这样的例子很多，不再赘述。

个案3：董秀英小说

佤族作家董秀英的小说在当代少数民族小说中别具特色。这未必是说小说取得了多么高的艺术成就，毋宁说是其在“民族性”的追求上做出了独到的艺术贡献。这特别表现在她后期的作品如中篇小说《马桑部落的三代女人》和长篇小说《摄魂之地》中。张直心曾评价《摄魂之地》“佤味十足”。笔者以为，这种“佤味”不仅表现在一般

---

① 何言宏、阿来：《现代性视野中的藏地世界》，《当代作家评论》2009年第1期。

所说的小说题材上，而是渗透在董秀英小说从外到里的各个层面（主要指其后期小说）。而这一艺术效果的取得与其小说对语言的运用密不可分。

以董秀英的代表作《摄魂之地》来看。小说以一种回溯佤族历史的眼光，叙述了三个佤族村寨的社会历史变迁。在这样一个过程中，小说对佤族的生活的各个方面作了一种全方位的展示，比如民族的起源、宗教、礼仪、衣食住行等。从某种意义上说，小说具有一种佤族“民族志”的特征。也就是说，从题材上看《摄魂之地》是对佤族社会历史的某种艺术的再现。而要再现民族的生活，语言的选择在董秀英这里是一件不得不考虑也难以抉择的事。佤族在新中国成立前有本民族的语言但基本没有本民族的文字，用木刻、结绳计数、记事，用实物表情达意。20 世纪 30 年代，美籍英国传教士永文森等入阿佤山，为了传播基督教曾经设计了一种佤语的拼音文字，但因这套文字不完善，只是在少数信仰基督教的地方使用。新中国成立后，根据佤族人民的要求，党和政府派了语言工作者深入阿佤山做细致的调查并和佤族人民共同创造了拉丁字母为基础的佤族新文字，得到了逐步推广和使用。与此同时，汉语言作为全国的通行语言也在佤族得到推广和使用。“然而，由于云南边疆少数民族地区远离中心的边缘位置，加之其他一些语言屏障，令汉语推行至此每每失去纯正，不可避免地掺入了大量使用民族的母语语音、语调、句法以及运用过程中一些不全然等同于汉语文化的对词义的理解方式，产生了佤汉语混合、傣汉语混合一类的双语混合现象。”①

以上即为佤族的语言使用情况。那么，佤族作家创作使用何种语言呢？大部分作家选择了尽量使用标准纯正的汉语言，这对他们来说并非易事，却也是一种随大流的能得到普遍认同的做法。哈尼族作家的一句话可对此作出部分解释：“少数民族作家不会讲汉话是莫大的

① 张直心：《边地梦寻：一种边缘文学经验与文化记忆的探勘》，人民文学出版社 2006 年版，第 107 页。

耻辱，哪怕口音上稍稍有异都遭到讥笑。”① 这样一种语言使用的压力必然会影响民族文学作家的创作。事实上董秀英的小说处女作《木鼓声声》便表现出这种影响的痕迹：“听完岩杆大爷这段不寻常的回忆，面对着眼前这一大片莽莽苍苍的人造林，顿时，老人护林育苗，保护木鼓的形象，又生动地呈现在我眼前。他保护的不仅是几棵树，而是为阿佤人民美化环境、改善生活。他保护的不是一个木鼓，而是在维护一个古老民族的文化。”② 从这段描写中我们很难看出这出自一个佤族作家的笔下，其与《摄魂之地》的语言风格已是迥然各异。从艺术效果上看，这样的语言使用因为与汉族作家文学的过于趋同而丧失了自己的民族个性，而民族个性却是民族作家文学艺术价值的重要维度之一。当然，从大的文学背景来看，《木鼓声声》的语言风格其实是20世纪80年代初期民族作家文学的个性从属于中国整体文学的共性的一种典型反映。

再看董秀英后期的小说代表作《摄魂之地》③，其对语言的运用与汉族作家文学相比表现出了明显的差异，主要有如下方面：一是独特的民族词汇。如剽（一头猪）、（跳得）展劲、窝香香的、难瞧瞧的（婆娘）、好好看看的（姑娘）、慢死慢死、想哭想哭的、兴冲兴冲地（颠着）等。二是特殊的词语组合方式。如“串姑娘”“我要拿你做婆娘”“布绕克山静幽幽害怕怕”“我和她一起苦活过日子”“领头的阿佤祖先黑黑蛮蛮”“女的头发长长叫叶嘎”等。三是词汇简单，绝少生僻字词。句子多为对事实的简要叙述，无过多的修辞。描绘行动的语言居多，心理描绘的语言少，或者使用一般的、简要的心理描写词汇如“高兴”“害怕”等。总而言之，这样一些语言的特点与汉族作家文学的语言大异其趣，即便与那些使用汉语写作的当代少数民族小说也颇不相同（实际上这些小说的语言大多表现出与汉族作

---

① 参见张直心《边地梦寻：一种边缘文学经验与文化记忆的探勘》，人民文学出版社2006年版，第107页。

② 同上。

③ 董秀英：《摄魂之地》，云南人民出版社1992年版。

家文学的趋同倾向，自身民族语言的特点在小说中表现得并不突出）。

总之，以《摄魂之地》为代表的董秀英的后期小说在语言的使用上已经表现出鲜明的民族特色。这种语言风格的艺术价值何在？首先，这种语言保留了许多佤族口语的特色，因而能够更为原生态地再现佤族的生活，读者也易于因之被带入一种身临其境的民族生活场景中，感受佤族的生活和历史。其次，这种语言不仅能因其可见的语言形式层面再现佤族文化的表象，更能传达出佤族内在的文化精神和灵魂。特别是《摄魂之地》第三个方面的语言特点实际上与小说的内容和精神构成了一种内在的契合。具体而言，它有力地烘托了小说所描绘的一种佤族历史早期的社会面貌、原始初民的言行和精神世界。这样的一种传达无疑有其价值，因为一个民族的文化特点往往正是在其发展的初期逐步形成和定型的。此后不管这一民族发展多少年，这些文化特点还是能够在相当程度上引导我们去把握这一民族的内在精神。用通行的说法，这种表现实际上就是对佤族内在“民族性”的一种把握。最后，因其语言具有以上所说的这些作用，从某种意义上说，我们可以把这种语言风格看作一种具有佤族文学特色的语言风格。具体而言，这是作家董秀英自觉地从佤族的民族语言特别是佤族的口语中吸收养料，所创作出来的具有佤族文化特色的语言风格。而这样一种语言风格之所以能被创造出来，当然与董秀英的民族认同有关，是董秀英在认同本民族文化的基础上，借助本民族特有的语言资源创造出来的。前面说过，佤族在对汉语的使用中存在着佤语、汉语混合的现象，很多佤族作家都曾自卑于自己使用的汉语不标准纯正。而董秀英恰恰从这种并不标准纯正的、具有佤族特色的汉语中看到了其与佤族文化的内在关联，并对这种语言加以艺术改造，巧妙而深刻地传达了佤族的文化精神。对于这种语言与文化的关系，李鸿然先生有着精彩的论述：“如果以‘规范’与否衡量，它们是不规范的，有的甚至是反规范的，因此被视为‘不顺眼’‘怪异’。然而，它们实用、鲜活，富有生命力。特别是，它们既带有汉文化信息，又带着少数民族文化信息，甚至还带着少数民族的文化密码和心理密码，显得丰富而神奇。它们是当代中国多元一体民族格局中文学交流和文化融合的产物，也是语言碰撞和语言顺应的果实……它们是汉语，又不完全是汉语，或者说是汉语的新异的另类空间。因为它们带有其他民族语言的因素，具有二元甚至多元文化特色。它们不只让人们看到了多彩多姿的语言形态，更让人们思考它们蕴含的多种多样的文化内容。”① 如果用民族认同的角度看，董秀英所创造的这种语言风格不仅表现了她对佤族文化的认同，也因为这种语言本身的佤汉混合性和二元性而体现了对于汉文化以及中华民族多元一体文化的认同。鉴于在我国少数民族文化这种“混合语”的现象非常普遍，笔者所论述的董秀英小说的语言现象所包含的民族认同内涵也具有某种普遍性。

民族学理论认为，中国语境下的“民族”概念实际上分为两个层次：作为整体意义上的中华民族和55个少数民族中的个别民族。前面我们研究的张承志、阿来和董秀英的非母语写作是在后一种意义上进行的。其实我们还可以把这一对象放在前一种意义和层面上加以考察。也就是说，张承志、阿来和董秀英运用的特殊语言策略不仅传达了他们对自己母族的认同，更体现出对我们整个中华民族的认同。《心灵史》中嵌入的回族语丰富了汉语的词汇系统，因为一种新的词汇将意味着一种新的观念，词汇的增加也增强了汉语的表现功能。特别是由于汉族宗教的不发达，在原有的汉语中宗教的词汇也很欠缺。《心灵史》中的这些回族语恰恰都负载着浓厚的宗教（伊斯兰教）内涵和色彩，体现了特殊的民族心理和文化感受，这就可以增强汉语整体的宗教表现功能。阿来的语言运用策略则有利于把少数民族（藏族）的文化感受注入汉语言，从而丰富汉语言的表现功能，增强其活力和保持其不断发展的趋势。而董秀英则通过借鉴佤族富有特色的语言（主要是口语）形式，创造出富有佤族特色的语言风格，也就在某种意义上实现了对汉语言的改造，拓宽了汉语言的构造形式，增强了汉语言的文化表现功能。质言之，张承志对汉语言的贡献重在词汇方面，阿来重在语意方面，董秀英则重在表达方面。张承志和董秀英偏重于语言的能指，阿来偏重于语言的所指。这基本上代表了三种不

① 李鸿然：《中国当代少数民族文学史论》，云南教育出版社2004年版，第146页。

同的语言策略，但都与文化直接相关。因而从某种意义上说张承志、阿来和董秀英的语言策略都是对汉语言的“共建”，体现出对本民族认同和对中华民族认同的辩证关系。而从整个民族作家文学创作的情况看，非母语写作的困境很多，诗人于坚就曾指出，许多少数民族作家“写作既丧失了母语的根基，也未能在通用的汉语写作中获得独立的地位。因为他把语言的转换仅仅视为一种既定阅读习惯的认可，而创造的目的成了次要的，在这种转换中，对汉语的具有利己目的的媚俗掩盖了写作的根本目的。写作似乎仅仅是为了得到汉语文学的一般性承认，并获得相关的所谓作家待遇”。① 从这个意义上看，张承志、阿来和董秀英非母语写作的成功实践不仅具有代表性，更具有示范意义。

从读者构成的情况看，非母语写作文本的读者无疑是能理解汉文字的读者。在这部分读者中，除了有与民族文学作家的民族身份一致的读者，还有汉族的读者和其他少数民族的读者。作家通过文学文本建构民族认同，要想在读者身上也引起类似的民族认同反应，前提条件是吸引读者阅读作品。这句话换一种表述也能成立：作家通过文学文本建构民族认同后，吸引读者阅读作品也是为了引起读者身上类似的民族认同反应。因此可以看出，非母语写作的作品既然能为本民族以外的读者阅读，也就能召唤出他民族读者对本民族的认同。事实上，从事非母语写作的民族文学作家往往也有这样的愿望。比如获得鲁迅文学奖的藏族作家次仁罗布就说过：“我是个学藏文的，后来改用汉语来写作，这种语言转换过程是艰难而漫长的。为何要用汉语创作？我的初衷就是，为了让更多的人了解真实的藏族，了解真正的藏文化，了解藏族人的心灵，我必须要用适用范围最广的汉语。这样节省了翻译的过程。”② 也就是说，非母语写作有一种召唤他民族读者

① 参见牟泽雄《言说方式的迷误——以云南当代少数民族文学为例》，《昆明师范高等专科学校学报》2006 年第 3 期。

② 索木东、次仁罗布：《著名藏族作家次仁罗布——鲁迅文学奖，创作之路上新的起点》，《藏人文化网》2010 年 10 月 26 日。

认同本民族及其文化的目的和效果。

这一认识给我们什么启示？从理论上看，民族认同本身有其积极意义，比如维护民族团结、增强民族凝聚力等。但民族认同自身的运行逻辑也会带来某些值得警惕的特点，比如由民族认同的差异性特点带来的民族认同的排斥性。而在我们统一的国家范围内，排斥性就不利于各民族之间的彼此认同和中华民族的大团结。由这一认识出发会发现，非母语写作因为使用通用的汉文字写作带来读者民族成分的多样性，从其自身性质而言就对民族认同自身的封闭性和排斥性特点作了某种意义上的纠偏。一方面民族文学作家可以通过特殊的策略巧妙地建构民族认同，另一方面读者的复杂多样性也把一种潜在的民族认同的狭隘性转化成了文化交流的内容，这有利于中华各民族之间消除文化隔阂，增强文化了解，也有利于整个中华民族的交流和团结。总而言之，从读者的情况看，非母语写作本身就体现了对本民族的认同、对他民族的认同和对中华民族的认同的多重而统一的关系。

第三节　双语写作与民族认同

在我国当代少数民族小说创作中，除“母语写作”和“非母语写作”之外，还有一种情况是“双语写作”，即兼用母语和非母语（主要是汉语）进行写作的情况。有两种特殊的情况：作者用母语写作但其作品被他人翻译为他族语言（多为汉语）或是作者用非母语（多为汉语）写作但其作品被他人翻译为母语，这两种都不能被称为双语写作。如果说母语写作更多地体现了一部分少数民族作家在现实的写作困境中对母族文化的认同和皈依，非母语写作则更多地体现了大部分少数民族作家对现实的写作环境的认可和对写作优势的选择，那么，双语写作作为一种兼有母语写作和非母语写作双重特点的写作方式，可以说折射出一部分少数民族作家的双重追求：既希望建构对民族的认同，又不愿失去现实的写作利益。

要想取得双语写作的成功往往比母语写作和非母语写作要困难得多，对写作者也提出了更大的挑战，最大也是最明显的挑战就是语言学习的障碍。因此真正用双语写作的作家其实并不多，能取得成功的就更少——这毕竟不是每个作家都能胜任的工作。当然，这只是问题的一个方面，另一个方面就是双语写作自有“单语写作”所不可比拟的优势。关于这一问题苏联著名作家艾特玛托夫有着精彩的论述：“有一种意见，认为创作只能用一种语言，而且只能用母语。我很难同意这种绝对化的论点，我认为很好地掌握另一种语言，绝对不会妨碍文学创作，而且相反，是一种帮助，是从语言和形象上去观察世界的一种补充手段。”①“两种语言把不同的语言联系在一起，因而也是把不同的思维方式、不同的观察世界的方法联系在一起。而这，就像科学中各学科相互结合时产生各种现象那样，将创造出新的认识水平，创造出一种附加运动和附加作用，在这以外是不会有艺术存在的。”② 他并且以作家创作的实例为证：“我认识一些作家，他们能同样优美和富有表现力地用两种语言写作。我还可以用我自己的例子。如果我的作品是用吉尔吉斯语写的，那我就要把它译为俄语，或者相反。为此我从这两方面的工作中得到了极大的乐趣。这是一个作家非常有趣的内部工作，照我看，这种工作能使你的风格更加完美，使你的语言更富有形象性。”③ 无须多言，艾特玛托夫指明了双语写作对写作本身的积极作用。

不过笔者认为，双语写作对于民族认同也意义重大。在双语写作中，少数民族作家经常会在两种语言——作为自己母族的语言和作为民族国家的通用语（中国现实的情况中所谓“非母语”基本上等同于汉语）之间进行比较和翻译，对于两种语言的特点和优劣都有着深刻的了悟，这会使他获得一种优势，即能通过其创作去加强两种语言和两种文化之间的沟通和交流（因为如前所述，语言与文化直接相连）。而且，这甚至意味着他可以超越两种文化，站在一种更高的立足点上，去审视两种不同的文化，生发出关于民族文化生存和发展的

---

① 陈学讯编译：《艾特玛托夫论少数民族文化》，《民族文学研究》1986 年第 5 期。

② 同上。

③ 同上。

更为深刻的洞见。这正如艾特玛托夫所说“就像科学中各学科相互结合时产生各种现象那样，将创造出新的认识水平，创造出一种附加运动和附加作用”。在这样一种立足点上，少数民族作家所体现的民族认同就不仅能超越对于本民族的狭隘认同，也能更激发对他民族如“大民族”（民族国家）的认同，甚至能使作家获得一种世界的视野和人类的眼光。而作家一旦获得了更为广阔的认同视野和更为深邃的认同眼光，无疑就可有助于其作品获得更高的艺术境界，甚至走向世界。譬如艾特玛托夫的小说之所以能走出他的母族（吉尔吉斯斯坦），最终走向全世界，双语写作实践对他的积极影响必然是其原因之一，这从前文他的自述中就能窥见其端倪。

小　结

通过上面的研究可知，当代少数民族小说语言有一种建构民族认同的功能。具体而言，母语写作体现出民族认同的诉求。非母语写作在生成民族认同方面虽然存在着一定的障碍，但具有优秀的语言意识的民族文学作家能够通过特殊的语言策略巧妙地传达民族认同，不过这种现象也体现出对本民族的认同和对中华民族认同的辩证统一。张承志、阿来和董秀英的写作实践在这方面具有代表性。非母语写作从读者方面看也是对狭隘的民族认同的纠偏，体现了对本民族的认同、对他民族的认同和对中华民族的认同的多重而统一关系。双语写作则体现出对本民族和中华民族的双重认同的追求和效果，并且在某种意义上具有一种超越狭隘的民族甚至国家认同的优势。因此，在对民族文学比如当代少数民族小说进行研究时，应该注意其语言和民族认同之间的隐秘而复杂的关联。应考察其语言是否与民族认同的生成有关，具体而言又是如何生成民族认同的和生成了什么样的民族认同等。这样的研究必定能加深我们对民族文学语言的深层理解。

关于文学语言，一般有两种基本观点。一种认为语言是文学的工具和媒介，典型的观点如认为“文学是语言的艺术”。另一种强调语言本身的特质和审美功能，如西方形式派的一些认识。本章的研究可启发我们，因为语言与文化和民族文化的内在联系，所以语言可被用于建构民族的身份和传达民族的文化，在这样一种运用中语言也具有了一种生成民族认同特性的功能。这就可以启发我们重新认识文学语言的功能，丰富我们对文学语言的理解。

关于民族认同，一般认为民族语言是对其最好的建构手段之一。本章的研究则启发我们，文学（以小说为代表）语言借助民族语言对民族认同的建构往往显得复杂而巧妙。文学语言的能指和所指，文学语言的词汇、词意和表达，这些都可以被用于建构对于民族的认同，形成文本的民族认同特性。这无疑也可扩展我们关于民族语言建构民族认同的认识，从而深化既有的民族认同理论。

第三章

中国当代少数民族小说叙事与民族认同建构

在本章中，笔者试图探讨中国当代少数民族小说的叙事与民族认同建构的关系。笔者以为，对这一问题的研究首先应该追问这一研究本身的合法性：这种研究是可行的吗？如何证明这种合法性？对这一“元问题”的回答可以构成对这一问题进行研究的理论前提。笔者认为这种研究有其合法性和合理性，理由如下：

首先，从叙事理论自身的发展情况看。综观叙事学的发展轨迹可以看出，它经历了一个从经典的叙事学向后经典的叙事学的发展历程。经典的叙事学主要在“叙事结构”和“叙述话语”两个层面的研究上取得了突出的成就，确立了叙事性作品研究的一系列规范，实现了对叙事性作品理解的重大突破。但与此同时，经典叙事学把自己的研究视野局限于文本内部的做法又极大地限制了自己的发展，最终让叙事学的研究走进了死胡同。而后经典叙事学在继承经典叙事学研究成果的基础上，突破了经典叙事学自设的樊篱，把属于内部的文本和属于外部的“读者”“语境”等相结合，让叙事学的发展由此焕发出新的生机。“在这种新的理论范式中，叙事学跳出了长期以来将其自身限定于叙事文本内在的封闭式研究的窠臼，在延续自身的理论特征和特有的理论模式与资源的同时，它与诸多外在要素相关联，并与已经存在的大量其他的研究方法，诸如女权主义，巴赫金主义，解构主义，读者反映批评，精神分析，历史主义，修辞学，电影理论，话语分析以及（精神）语言等相沟通，从而形成叙事理论研究融会贯通、向纵深发展的局面，由此相应出现了叙事学研究中的各种变形。”①

在现在这样一种新的学术语境之下，我们对叙事性作品的研究就不应停留在对其内部“文学性”的研究，而应把内部要素和外部要素有机地结合起来。在后经典叙事学中，比较普遍的是主张实现叙事和文化的结合研究。这正如叙事学研究的集大成者米克·巴尔所说：“叙事是一种文化理解方式，因此，叙事学是对于文化的透视。”② 我国的叙事学研究专家们对此也有类似看法。比如谭君强认为“在对文学艺术对象进行叙事学研究时，不应该回避对叙事文本的审美价值判断，而且还应该有意探索叙事文本中所存在的这种审美价值意义，以及透过形式意义之外的诸如心理的、意识的、思想的、社会的意义，也就是广义上的文化意义。这样一来，就可以在坚持叙事学研究视野的基础下，使这种研究变得更为深入、透彻，不仅具有形式上的价值意义，同时也具有更大范围内审美文化上的意义”。③ 陶东风认为：“凡有叙事的地方就有文化；反之，凡有文化的地方亦必有叙事。”④ 而学者刘俐俐更是以自己大量而卓有成效的文本分析研究践行了这一理论思路，并在此基础上提出了一系列新的理论观点。

基于以上认识，笔者以为可以把当代少数民族小说叙事和民族认同建构结合起来研究。因为所谓民族认同可以大致理解为民族文化认同。所以这种研究实际上属于把叙事和文化进行有机结合的研究，相信可以给我们提供一些新的理论启示。

其次，从小说叙事功能的角度看。在文学的四大文体中，相对于诗歌、戏剧和散文，小说更有资格被称为“叙事的艺术”。其叙事的形式更为多样，叙事的手段更为高超。经典叙事学对叙事性作品的研究也正是在小说中才有了更多的发现，从而把叙事学的研究真正推上了巅峰。小说叙事丰富的样式和可能性为民族文学作家借助小说叙事

---

① 谭君强：《叙事学导论》，高等教育出版社 2008 年版，第 184 页。

② ［荷兰］米克·巴尔：《叙述学：叙事理论导论》，谭君强译，中国社会科学出版社 2005 年版，第 266 页。

③ 谭君强：《叙事学导论》，高等教育出版社 2008 年版，第 196 页。

④ 陶东风：《文体演变及其文化意味》，云南人民出版社 1999 年版，第 133 页。

建构民族认同提供广阔的用武之地。借助于叙事人称、叙事结构、叙事视角等手段，民族文学作家可以在小说中巧妙地建构民族认同。这些都是其他的文体形式所望尘莫及的。

再次，从民族文学作家的民族认同意识和文学建构实践看。民族文学作家大都具有一种民族文化表达和民族认同建构的焦虑，这种普遍存在于民族文学作家身上的“集体无意识”无疑会影响作家的创作，并最终不仅表现在作品的内容层面，也会在作品的形式和叙事层面有意无意地表露出来。事实上，一些优秀的民族文学作家往往对小说的形式和叙事有着高度的自觉，并在创作中用心经营，努力使小说形式成为一种“有意味的形式”。比如藏族作家阿来就说过这样的话：“在我看来，一个小说家在写作过程中，感受更多的还是形式的问题：语言、节奏、结构。任何一个环节处理不好，都会让你失掉一部真正的小说。一个好的小说家，就是在碰到可能写出一部好小说的素材的时候，没有错过这样的机会。要想不错过这样的机会，光有写好小说的雄心壮志是不够的，光有某些方面的天赋也是不够的。这时，就有新的问题产生出来了：什么样的形式是好的形式？好的形式除了很好地表达内容之外，会不会对内容产生提升的作用？好的形式从哪里来？这些都是小说家应该花大量的时间——在写作中，在阅读中——去尝试，去思考的问题。”①

而从当代少数民族小说创作的实际情况看，它们在叙事上往往具有自觉的建构民族认同的表现，这将从下文的具体分析中可以看出。这就为我们的研究提供了现实的基础。对于民族文学作家在形式和叙事上建构民族认同的自觉意识和实践，忽视或轻视都是我们作为研究者的失职，而应给以充分的注意和恰当的阐释。

最后，从前人的研究情况看，关于叙事与民族认同建构的关系已有人从不同角度做过精彩论述。比如泰勒认为“我们不可避免地要以

---

① 阿来：《我只感到世界扑面而来——在渤海大学“小说家讲坛”上的讲演》，《当代作家评论》2009 年第 1 期。

叙事形式来理解我们的生活”。① “叙事定位给予社会行动者以认同——无论认同是如何的多样、模糊、短暂和矛盾。”② 更有论者指出：“正是民族认同的观念，看起来依赖于一个民族向它自身及他人讲述的关于自己的故事。如果我们把民族认同当成将阶级、性别、地域和语言之别组织进一个意外发生的统一体之中，那么有关一种共同过去的故事就提供了维持集体认同感的认知与情感地图。这些故事有着不同种类的形式、不同形态的持久性和权威性。历史学和小说、电影、电视和报纸、钞票和邮戳、体育和典礼全都可以成为民族叙事的传播媒介，在轻重不等的程度上，通过最隆重的姿态或最细微的暗示来起作用。”③ “一个好的例子便是后殖民主义批评，尤其是在它处理叙事时是这样。在后殖民主义批评中经常可以发现有博采众长的叙事方法用于具体说明民族与帝国‘话语’中的叙事所起的作用。”④ 诸如此类。前人的这些精辟的论述自然也可以作为我们研究当代少数民族小说叙事与民族认同建构的理论依据之一。

由上可知，我们对当代少数民族小说叙事与民族认同建构的考察有着充分的学理依据。鉴于这一问题本身的新颖性，对之作一种较为全面系统的研究就是一件颇有意义的事情。笔者将会在本书中做一次尝试，希望能得出一些富有价值的理论启示。而之所以选择从如下方面展开论述，是因为中国当代少数民族小说中的这些叙事现象都与民族认同的建构相关。

第一节 第一人称复数转向与民族认同

这里所说的第一人称复数指的是“我们”这一指示代词。在当代

① 参见周宪主编《文学与认同：跨学科的反思》，中华书局 2008 年版，第 43 页。

② 同上。

③ 翟学伟、甘会斌、褚建芳编译：《全球化与民族认同》，南京大学出版社 2009 年版，第 270 页。

④ ［英］马克·柯里：《后现代叙事理论》，宁一中译，北京大学出版社 2005 年版，第 100 页。

少数民族小说中，经常会出现这样一种叙事现象：在一种全知叙事（或第三人称）的整体语境中，突然出现了第一人称复数形式——“我们”，而且这一“我们”指的是由叙事者和叙事对象所构成的一种想象中的“共同体”。这就造成了这样一种叙事效果：叙事者刻意的进入和干预被叙事的对象（由与作者的民族身份一样的民族成员构成），并力图与后者建立某种联系。与此同时，由全知叙事（第三人称）所带来的客观叙事效果被破坏了，但叙事者似乎并不在意。

试举例说明。

“不过当铁木尔最后说到要选八路军做朋友的时候，他的态度却十分谨慎起来，但为了不跟刚刚见面的铁木尔发生争论（我们蒙古人自古认为那是不吉利的），没有把心里的话说出来，而巧妙地转了话题。”①

“然而，斯琴——草原母亲亲爱的女儿！你作为我们这个苦难的民族的脊梁，作为我们这个荒芜草原的忠魂，作为我们这个阵痛时代的先驱，你的生命不会终止，她将永远在这里繁衍、成长，而且必将作为强者，一代一代不屈地生存、奔腾！”②

在第一段话中，“我们蒙古人”的出现是很突兀的，这一指称不仅包括了叙事者（在全书中这个叙事者可看作隐含作者或真实作者玛拉沁夫），而且把叙事者和被叙述的对象——其他的蒙古人连为一体，流露出叙事者（也是作者）清醒而自觉的民族立场。笔者认为，不能小看了这一细节。因为从叙事的审美效果上看，这一叙事人称的介入实际上打破了小说整体的客观叙事效果，也就是说，它实际上构成了对文章审美效果的一种破坏。殊不知追求小说的客观效果是小说写作者的一种基本的共识和目标，那上面所举的例子里又为什么要刻意地破坏小说的客观叙事效果呢？笔者以为，不管作者自觉与否（如果是不自觉的，更可以从潜意识的角度得出相似的结论），这实际上都折射出作者在创作中强烈地表达自己民族认同的意识。

① 玛拉沁夫：《茫茫的草原》，人民文学出版社 2007 年版，第 337 页。

② 同上。

在第二段话中，叙事者表达了为蒙古族的解放事业而牺牲的蒙古女人斯琴的赞美之情。在这段话中，“我们”三次出现，暗示了叙事者（作者）把自己看作蒙古族的一员，并为拥有斯琴这样的蒙古女性而自豪。这一“我们”的出现同样把叙事者带入了小说虚构的情节中，并与叙事对象建立了某种紧密联系。

在张承志的《心灵史》之“圣徒出世了”一节中有这样几段话：

> 男女老幼都在等待。
>
> 容许吧。
>
> 为我们出世吧。
>
> 我觉得，整个村庄和这暗红的山峦夜影都在叹息。似是乞求，似是痛苦的忍耐。
>
> 我们再也没有能力了。我们衰弱如羊。我们污浊不洁。我们无法战胜。我们没有桥梁。我们已经被抛弃，住在这种家乡。我们已经被降生在活的地狱。容许吧。我们此刻刚刚洗过乌斯里（大净），我们日日身带阿布戴斯（小净），我们趁这一刻洁净向您伸出双手。阿米乃（容许吧）！我们愚钝无力，我们别无出路。把金桥架给我们，把道路在荒山里显现吧，容许我们吧。带领我们走向纯净，允许我们接近主，接受我们来世做天堂住民。阿米乃，阿米乃，看在我们辈辈人流血的求情上，容许吧。看在我们为众牺牲的导师的求情上，容许我们的乞求吧。①

在这几段话特别是最后一段话中，“我们”突然而频繁地出现，给人以强烈的印象。这几段文字表达了生活在穷乡僻壤中的回民对“圣人出世”的乞求。因为前面都是全知叙事（第三人称叙事），按一般的叙事常规，因为作者张承志实际上并不属于小说里所说的“回民”中的一员，那么这里的“我们”应该被处理成“他们”才对，而且这也不影响原文意思的表达。但作者却执意使用了“我们”的

---

① 张承志：《回民的黄土高原》，青海人民出版社1993年版，第253页。

字眼。从字面意义上理解，这实际上是作者张承志在代小说中的回民立言。但他既然不属于小说中的回民群体，又何以能够代这些小说中的回民立言呢？我们只能这样理解：尽管他不是这里文字所叙事对象——回民中的一员，但处于创作状态中的他在精神上已把自己和自己的母族和人民连为一体，因而才能够为自己民族的疾苦而呼号和乞求。

以上我们对这种文学现象的分析如果说还只是一种分别的、感性的（虽然也有理论的成分）分析的话，下面我就将引入叙事学、认同理论和民族认同理论来对其作一种综合的、深入的分析。

从叙事学的角度看，以上所说的“第一人称复数转向”现象实际上涉及了叙事的“视角越界”问题。所谓“视角越界”指的是在文本中某种叙事的视角有意或无意地跨越了自己的合法界限，向其他叙事视角侵入的现象。关于视角越界的现象很长一段时间不被叙事学家和文体学家们所注意，只有为数不多的叙事学家在自己的著作中谈及过这一问题，如热奈特的《叙述话语》。我国的叙事学家申丹在《叙述学与小说文体学研究》中对这一问题有着较为深入的研究。视角的越界源于视角的局限性，因为“每一种视角都有其特定的长处和局限性，有其特定的侧重面”。①“在采用了某种模式之后，如果不想受其局限性的束缚，往往只能侵权越界。”② 如果不是一种叙事的失误，视角越界往往是作家为了获得某种特殊的艺术效果而有意为之或不得已而为之。上面说到在《茫茫的草原》和《心灵史》中，都有在全知叙事（或第三人称叙事）中出现第一人称复数“我们”的现象，这实际上就是第一人称的“内视角”向全知叙事的“全知视角”侵入的视角越界。这种“侵入”和“越界”的症候就是由于第一人称“我们”的突然闯入，打破了小说整体全知叙事的客观叙事效果。那么这种视角越界有何目的呢？我们发现，这种视角越界后的共同表现是叙事者和被叙事的对象（与作者的民族身份一样的民族成员）通

① 申丹：《叙述学与小说文体学研究》，北京大学出版社 2007 年版，第 265 页。

② 同上书，第 275 页。

过“我们”这一集合性的代词构成了一种想象的共同体。考虑到“我们”共同的民族身份，这种共同体准确地说就是一种民族的共同体。为进一步理解这种叙事所生成的民族认同效果，下面我们不妨再联系认同和民族认同理论来加以观照。

关于认同和民族认同的思维逻辑，曼纽尔·卡斯特在《认同的力量》一书中曾说过：“简单地说，民族并不是为了服务于权利机器而建构出来的‘想象共同体’。它们是人们共同历史的产物，用共同体的语言说出来的第一个字是we（我们），第二个字是us（‘我们’），不幸的是，第三个字才是them（他们）。”① 还有论者指出：“同其他认同形式一样，文化认同的主题是自我的身份以及身份正当性的问题。具体地说，一方面，要通过自我的扩大，把‘我’变成‘我们’，确认‘我们’的共同身份；另一方面，又要通过自我的设限，把‘我们’同‘他们’区别开来，划清二者之间的界限，即‘排他’。只有‘我’，没有‘我们’，就不存在认同问题了；只有‘我们’，没有‘他们’，认同也失去了应有的意义。这两个方面是不可分割的。”② 也就是说，认同和民族认同的发生不可避免地涉及人称的区分问题（这种“区分”可能是以隐性的方式，即不出现人称代词而以其他方式表现出来，比如当代少数民族小说中经常可见的“蒙古人”“回族人民”“侗家人”一类的称谓实际上也是一种隐性的区分方式。而这里讨论的是显性的区分情况），根据这一区分来确定“共同体”之内和之外的界限，以此来强化作为民族共同体的身份和存在地位。由此观之，当代少数民族小说中出现的这些第一人称复数转向现象，首先可以把作为个体的叙事者（在这些小说中这个叙事者大都可被看作隐含作者或真实作者）的“我”通过与叙事对象（民族的其他成员）的结合变成“我们”（一种民族共同体形式）。如上所述，如果说玛拉沁夫作为一名蒙古族人说

① ［美］曼纽尔·卡斯特：《认同的力量》，曹荣湘译，社会科学文献出版社2006年版，第56页。

② 张云鹏：《文化权：自我认同与他者认同的向度》，社会科学文献出版社2007年版，第213—214页。

“我们”还在情理之内可以理解，张承志所说的那些“我们”似乎就带上了某种强制性，因为当时他毕竟不是小说中那些穆斯林中的一员，但这种强制性或许恰恰反映了张承志强烈的民族认同感。而对于读者而言，这一“我们”当然也包括了那些同属于这一民族共同体的读者，相信这些读者在看到这些字眼时也能够心领神会，产生心理上的认同之感。与此同时，须知这一“我们”的形成，实际上是相对于潜在的“他们”而产生的，这些“他们”当然就是那些民族成员之外的人们了。对于那些与作者的民族身份不一致的读者，是会多少感受到这一“我们”的区别意味。可以说，正是通过首先把“我”变成“我们”，同时也区分了“我们”和“他们”的叙事形式，作品在无形之中就生成了一种民族认同的效果。究其根源，这种人称的区分所引发的民族认同效果实际上与认同和民族认同的“同一性”与“差异性”特点相连。关于这一点笔者已在前面对认同理论的梳理中有详细论述，这里不再赘述。

总而言之，在当代少数民族小说中，往往会出现由其他人称叙事（比如第三人称叙事）转向第一人称复数“我们”叙事的情况，形成对一般叙事常规的偏离，甚至构成对小说审美效果的某种破坏。但这种刻意的表达方式其实与叙事上的“视角越界”有关，而这种视角越界的形成又源于民族文学作家有意无意的民族认同建构意识（和自己的民族和人民紧密相连的感情），由此生成了小说的民族认同效果。而这样一种民族认同的效果借助认同和民族认同理论的“同一性”和“差异性”特点也可以得到最好的印证。这种民族认同的效果折射出来的民族文学作家对本民族的真挚的认同感情是应该得到尊重的，但也应避免这样的一种区分可能带来的民族排外性。民族的差异是一种客观的现实，必须正确面对。民族的排外却是一种主观的意识，对本民族和国家的发展都可能带来不利的影响。对二者的区分始终是必要的。

第二节　多重视角与民族认同

所谓视角，“指叙述者或人物与叙事文中的事件相对应的位置或状态，或者说，叙述者或人物从什么角度观察故事”。[①] 对于视角问题，热奈特在最初阐述时引入了“聚焦”的概念，而“‘聚焦’这一术语难以摆脱光学和摄影术的含义”[②]，这往往使人误以为视角只是一个视觉问题。“实际上，‘看’并不只含有视觉的意义，它同时也意味着感知、感受、体味所‘看’或可能‘看’到的东西，而这里显然无法排除其中所包含的价值与道德判断等更深层的意义。”[③] 热奈特本人后来也对“聚焦”这一术语进行了反思：“我运用了一个纯粹视觉的、因而过于狭隘的用语。”“显然可以用‘谁感知’这个涵盖更广的问题来取代‘谁看’的问题”[④]。

这里我们不妨暂时撇开关于视角这一概念的探讨，来重新思考文学史上的一个著名例子。日本小说家芥川龙之介写过一篇著名的短篇小说《竹林中》，它叙述了一起谋杀事件，但却是以七个不同的叙事人的视角讲述出来的。由于不同的叙事人存在着诸多方面的差异：获得的信息、各自的立场、身份、判断力……因此同一件事情就有了七个不同讲法形成的版本。曾经有很多学者对这篇小说进行过研究，比如刘俐俐教授就曾以“多重不可靠叙述”和“对人生的凄凉感受和悲观的认识”[⑤] 为关键词来对它进行过解读。而笔者认为，这篇小说是一个关于“叙述”的文本，涉及的是“叙述的本质”或“元叙述”的问题。叙述是什么？叙述出来的东西一定是真实的吗（哪怕这种叙述是一般意义上的叙述而不是虚构性文体如小说的叙述）？叙述何以获得一种被人接受的真实性呢？笔者以为这些问题都可以在这篇小说中获得答案（或许仅仅是答案之一种?）。应该说，任何叙述都必须采取一定的视角，而任何一种视角都是一种选择的结果。也就是说，

---

① 胡亚敏：《叙事学》，华中师范大学出版社 1994 年版，第 19 页。

② 同上书，第 24 页。

③ 谭君强：《叙事学导论》，高等教育出版社 2008 年版，第 200 页。

④ Gérard Genette, *Narrative Discourse Revisited*, Ithaca: Cornell University Press, 1998, p. 64.

⑤ 刘俐俐：《外国经典短篇小说文本分析》，北京大学出版社 2004 年版，第 108—115 页。

任何叙述都只是关于同一叙述对象的一种被选择出来的叙述。其实，对于任何对象我们都有无数种叙述的方式（何止“多重”）。那么，真实是什么呢？鉴于我们上面对叙述的认识，这种所谓的“真实”就是大可怀疑的。也许更准确的表述是：真实只是被叙述出来的结果（之一）。由于在此之外还存在着无数种叙述的可能性，其实也就存在着无数种未被叙述出来的真实。总而言之，从本质意义上看，可以说叙述是一种选择的活动，叙述的效果——“真实性”也只是一种相对的产物。这就是笔者从小说《竹林中》中所获得的认识。这种理解虽然是从叙述出发的，但引申出来的结论却是一种带有悲观性的认识：由于叙述本身的选择性和相对性，或许我们永远无法抵达所谓的“真实”，因为任何真实都只是被叙述出来的。叙述学上有所谓“全知叙事”的观点，实际上所谓的全知叙事还是由一个单一的特定作者发出的，因此说到底是一种“全知的假象”。这就像叙述学家曾经反对“第一人称”“第二人称”和“第三人称”的划分，认为所有的叙述实际上都只是由“我”来叙述的一样。

回到我们研究的主题上来，笔者认为之所以能从这一个案中得出上面的分析，其实与一个关键词密切相关，这就是“视角”。小说中从不同人的视角出发进行叙述，所叙述出来的就是不同的事实“真相”，由此可见视角选择的重要性。好的视角的选择处理，应该是作者的一种有意为之的行为，因为从一种视角就可以看见一个世界，不同的视角所看到的世界也会大不一样。美国叙事学家华莱士·马丁认为“技巧不单是叙述的辅助方面，或作者必须用以传达意义的一个必要的累赘，相反，是方法创造了意义的可能性。而这就是为什么当前有关叙事的最激烈的争论都涉及视点”。[①] 我国叙事学研究专家谭君强更是认为：“叙事作品中叙述者的视点并非一个纯粹的形式问题，它与更深层次的意义，即与意识形态层面有着不可分割的联系。由视点所体现出的意识形态意义与价值判断在作品中起着十分重要的作

---

① ［美］华莱士·马丁：《当代叙事学》，伍晓明译，北京大学出版社2006年版，第130—131页。

用，它在很大程度上确定着作品的价值意义以及读者对它的理解。”①这里所说的“视点”即为视角。视角之所以具有这样的意义，是因为“任何一部作品，包括叙事作品，都由具体的作者所创作。其中叙述者的确定，‘视点’的选择，可以说，都是由实际意义上的作者所决定的。而在这一选择中，无疑包含着作者希望传达给读者、观众或听众所叙故事的含义，希望读者如何以及更好地理解自己的作品所传达出的信息、意义、价值规范等”。② 由此可见，对视角的理解不能仅仅停留在文学的形式层面，而应善于发现它所体现的意义内涵。正是在这种意义上，笔者以为当代少数民族小说中某些视角的处理与民族认同的建构有关，这特别体现在对多重视角的处理上。这里特别以张承志的小说《雪路》为例。

这篇小说的情节梗概是：回族人“丁”、蒙古族人“白狮子”和汉人“丁老壮”在雪夜里同行。开始时回族人“丁”鄙视怀疑蒙古族的“白狮子”。“白狮子”也瞧不起汉人“丁老壮”，两人发生冲突。一起由发狂的大黑牛引起的事故改变了一切，无论是“丁老壮”“白狮子”还是“丁”都表现出了过人的勇气、胆量和智慧，齐心协力驯服了大黑牛。三个人彼此重新认识并生发了好感。从某种意义上说，可以把这篇小说看作关于民族认同的“寓言”。它传达了这样一个主题：也许存在着误会和冲突，但在我们中华民族大家庭内不同的民族（“小民族”）终究会在共同的利益和行动中前嫌尽释，齐心合力，亲如兄弟。

在叙事层面，小说前面的大部分表现为全知叙事的框架下聚焦于不同的人物，分别以回族人“丁”、蒙古族的“白狮子”和汉人“丁老壮”三个不同的视角展开叙事，主要描绘了三人不同的心理活动，甚至在小说的字体上也采用了不同的字体和字号以示区别。因而从总体上看，开始时三个人构成了三条故事线索，出现在同一时间地点。“人物叙述者的视点必定带有自身特定的意识形态立场与价值判断的态度，他或她必定按照从其自身的意识形态立场出发的视点去看待故

---

① 谭君强：《叙事学导论》，高等教育出版社2008年版，第207页。

② 同上书，第201页。

事中的其他人物，并与之发生与其独特身份相符的种种关系，同时又讲述自己程度不一地参与其中的故事。”① 因此，刚开始这样一种叙事视角的安排使这三个不同民族身份的人不可避免地在彼此之间生出了种种不必要的误解并导致关系的紧张。大黑牛发狂的意外事件打乱了这一虽然各自独立但又有距离和矛盾的状态，一场合力的战斗后，三个人彼此消除了误解，增加了感情，终于真正走到了一起，小说又转为全知叙事，且意味深长地写道：“勒勒车队蹒跚地、费劲地起动了。车队的影子和它刻下的细细的长线消融在低罩的夜空里和茫茫无边的雪原上。”②

可以说，三个不同的人物在此分别代表了三个不同的民族。小说采用先是多重视角后是全知视角的叙事形式，强烈地表征了这样一种意味：在我们祖国的大家庭中，各个民族保持自己的某种独立性当然有其必要，但若独立变成了隔绝，缺乏交流和合作，则无助于那些先天或后天形成的误解的消除。在我们国家范围内，真正的民族认同应该是超越狭隘的对自己母族的认同，同时达到认同别的民族，最终形成对我们整个中华民族的认同。这当然是可能的，因为我们各民族有着真正共同的利益和目标。比如阿来就曾写道，玉树地震后，他在电视上看到了共和国的军人和藏族的僧人及妇女组成的志愿者一起救灾的感人场面——“这个画面告诉我们很多，人类共同的基本情感，不同的族群同心协力的可能。尤其是在今天，不同族群不同文化之间的差异与冲突总是被放大，被高度地意识形态化，而不同的人群之间，可以交流与相通的那些部分总是被忽略，不被言说与呈现。在这样的情形下，这样的画面尤其具有启示性的意义。这样的画面有理由让我们热泪盈眶，而不只是死亡与灾难。”③

总之，由对小说《雪路》的分析，我们可以归纳出关于视角的选择与民族认同建构关系的如下理论认识：视角的选择与民族认同有

---

① 谭君强：《叙事学导论》，高等教育出版社 2008 年版，第 206 页。

② 《张承志文学作品选集·小说卷》，海南出版社 1997 年版，第 307 页。

③ 阿来：《看见》，湖南文艺出版社 2011 年版，第 36 页。

关。视角在小说中可以成为传达民族成员思想和感情的载体，承载不同民族的文化眼光，这一载体在不同民族成员的交往碰撞中更能有效地得以体现。从这种意义上说，小说采取一种视角就可以呈现一个民族的文化视野。但与此同时，这种特定视野的呈现往往是以某一民族的文化为本位来观照的，必然带有天然的文化局限性。因此，有时候只有超越一种单一的视角，采用一种全知的视角和全知叙事（或其他有效的视角形式），才能够消除单一视角的局限性，实现更好的民族文化认同建构。

第三节　平行对话结构与民族认同

在《想象的共同体》中，安德森别具一格地分析了 18 世纪欧洲某些旧式小说的结构，认为它们“以一种‘同质的、空洞的时间’来表现同时性的设计”[①]，实际上“为‘重现’民族这种想象的共同体，提供了技术上的手段”。[②] 而笔者认为，安德森所说的对民族共同体的想象必然会带来对民族的认同，因为在对这种共同体的想象中，想象的主体事实上是把自己归属于一个更大的集体概念并在心理上产生一种对这个集体的归宿感。而且，民族的想象的作用——“民族能激发起爱，而且通常激发起深刻的自我牺牲之爱。”[③] ——也证明了对民族的想象带来的认同确实存在并发挥着作用。由此可知：在小说的叙事结构与想象民族和民族认同之间会存在一种潜在的联系。也就是说，民族文学作家借助文学建构民族文化认同，不仅表现在表层上把一些民族文化的特有元素纳入小说，更表现在深层上这些民族文化的诸因素影响小到说的内在构成如小说的叙事结构。在当代少数民族小说中，有这样一种文本现象：作家在小说中不仅大量运用本民

---

① ［美］本尼迪克特·安德森：《想象的共同体》，吴叡人译，上海世纪出版集团 2005 年版，第 23 页。

② 同上。

③ 同上书，第 137 页。

族文化中的各种元素如蒙古古歌、土家族跳丧歌、苗族传说等，而且把它们精心而有机地分散安排在小说的不同章节且贯穿小说的始终。在此基础上，作家还让这些分散排列的民族文化元素与小说中其他分散安排的内容形成一种对应和对话，从而形成了笔者所说的小说的“平行对话结构”。

不妨看几个例子。比如张承志的中篇小说《黑骏马》中就借用了一首蒙古族古歌《黑骏马》。古歌《黑骏马》又名《钢嘎·哈拉》，是流传于内蒙古锡林郭勒盟北部及蒙古国苏赫巴托省一带的一首长调民歌，国内一般译作《黑骏马》。但这个译法并没有准确表达出歌名的含义。钢嘎，蒙古语是黑得发亮（即有光泽）的意思；哈拉，是黑色。歌名没有提到马，但蒙古人都知道它指的是什么。整首古歌讲述了蒙古族历史生活中的一个经典的故事模式——哥哥寻妹妹。故事扣人心弦结局却出人意料，内容极富蒙古族的地域色彩。而在张承志创作的同名小说《黑骏马》中，作者将这首古歌分成八个小节（分号和句号隔开的都可成一小节），把每一小节分别置放在小说每一部分（正好也是八个）的前面，由此带出小说中的主要内容，即男女主人公——白音宝力格和索米娅的爱情故事。这就由古歌《黑骏马》与白音宝力格和索米娅的爱情故事之间构成了一种“平行对话结构”。又比如土家族作家叶梅的中篇小说《撒忧的龙船河》。小说的一部分为死去的覃老大的亲人和乡亲为覃老大送葬时唱的跳丧歌，分布在小说八节的各个部分；另一部分则讲述的是覃老大生前的故事。这两个部分的内容都被拆开后对应地置放在一起，构成了一种“平行对话结构”。而苗族作家伍略的中篇小说《虎年失踪》中的平行对话结构则稍有不同。小说采用的是一种“交替叙述”的结构方式。所谓交替叙述，叙事学家托多罗夫定义为“同时叙述两个故事，一会儿中断一个故事，一会儿中断另一个故事，然后在下一次中断时再继续前一个故事”①。小说的一个故事讲述的是一个苗族传说：人与虎认

① 伍蠡甫、胡经之：《西方文艺理论名著选编（下卷）》，北京大学出版社1994年版，第508页。

作“父子”后相跟相随在一起生活了好几年的故事。另一个故事则讲述了“四清”运动中一个令人啼笑皆非的故事。两个故事由此形成“平行对话结构”。相对而言，《黑骏马》和《撒忧的龙船河》的平行对话结构类型更相似一些，因为平行对话的两部分内容各自被分散后对应地组装在一起，形成小说的几个小节，这就不仅构成了一种局部的平行对话，从全篇来看也构成了一种整体的平行对话。而以《虎年失踪》为代表的结构类型则不注重局部的平行对话，更讲求一种整体的对话效果。从艺术的审美效果来说，前者的平行对话结构显得更精巧，审美内涵也更丰富。

在这种平行对话结构中，作家不无例外地借用了民族文化特别是其中民间文学和文化的资源作为这一结构的一部分，准确地说是前半部分。这种借用是精心选取的，它所带来的艺术效果也不可小觑。甚至可以说，这些小说的成功与这种借用都有着密不可分的关系。试想一下，小说《黑骏马》中如果没有引用那首古歌《黑骏马》并给之一种艺术的安排，肯定会逊色不少。因而可以说，这种结构的采用首先是民族文学作家自觉地认同民族文化，回归民族文化的表现，是民族文学作家对源远流长的民族传统文化的一种自觉的融入。这正如学者徐新建所言：“现实个体总是短暂渺小的，而一旦继承并融入历史的群体事象之中，便能重获终久不息的‘生命’。”① 也正因为有了这一部分的参照，这种结构的另一部分（一般是小说的主体内容）就被附着上了强烈的民族文化色彩，使得小说在主体部分所体现的“社会”“历史”维度上又增加了“民族”和“文化”的维度，从而扩大和丰富了小说的审美空间。

当然，在实际的情况中，对民族文化的认同和回归给小说带来的艺术效果还要复杂得多，不妨以《黑骏马》为例来看，笔者以为蒙古族古歌《黑骏马》给小说《黑骏马》的增光添彩表现在如下几个方面：（1）在内容上充实了文章的信息。古歌《黑骏马》早在蒙古

---

① 徐新建：《作为文化记忆的文学——读伍略新作〈虎年失踪〉》，《民族文学》1996年第11期。

族民间流传，是民间艺人从蒙古人民生活中取材而创作的。这种创作带有很强的典型性——古歌《黑骏马》里包含的故事在蒙古族的历史生活中应该是不乏生活原型的，本身就包含了丰厚的信息。小说《黑骏马》将其纳入自己的文本，也就把古歌所包含的信息一并纳入了进来，无形之中扩充了小说的信息含量，让读者在欣赏小说《黑骏马》所讲述的主体故事——白音宝力格和索米娅的爱情故事的同时，也可以感受到由古歌所讲述的另一个（许多?）经典的蒙古族爱情故事。

（2）与主体故事形成了对话的结构，扩充了文本的艺术空间。当古歌被采用进小说并被作者艺术地加以编排时，实际上就形成了小说的两个文本和两条线索。所谓两个文本，即由小说讲述的主体故事构成的“显文本”和由古歌构成的“潜文本”。一般来说，引其他文本入小说构成双重文本的现象本不算稀奇，但在这篇小说中，经过作家对潜文本的精心处理和设置，使得这种引入造成了小说高超的艺术效果。具体而言，显文本讲述的主体故事与潜文本讲述的故事既有相似之处又不尽一致。因为相似，使得两个故事出现了部分的重合，读者在阅读这些内容时竟不知所讲的内容是白音宝力格和索米娅的，还是古歌所概括的那些千千万万蒙古族男女恋人的？或许这也是作者刻意追求的一种艺术效果：让白音宝力格和索米娅的爱情故事融入那些类似的传统故事中去，从而获得一种永久的艺术魅力；因为差异，又构成了二者对话的基础，所谓有差异才能形成对话。关于这种对话的表现及效果下文会作进一步分析。

所谓两条线索，即由小说讲述的主体故事构成的明线和由古歌讲述的故事构成的暗线。明线和暗线的复合运用是一种较高的艺术技巧，它在鲁迅的小说《药》中已有杰出的表现。在《药》中，由华老栓给儿子买药治病构成了“明线”，而由革命者夏瑜被反动派杀害构成了“暗线”。一明一暗，对比衬托出当时底层人民的愚昧和革命者的悲哀，折射出鲁迅对彼时“华”“夏”民族病入膏肓、“药”在何处这一忧愤深广、振聋发聩的质问。而在小说《黑骏马》中，这种明暗线的手法又一次得到了高超的运用并且构成了与《药》的运用的不同之处：在《药》中，明线和暗线先各自伸展，到文章最后——华大妈和夏瑜的母亲给各自的儿子上坟时，明线和暗线才重合到一起；而在《黑骏马》中，明线和暗线基本上是平行展开，并未构成现象上的重合（精神上的重合是另外一回事）。

可以说，小说中的两个文本和由文本构成的两条线索的并置就形成了小说的对话结构。如果我们把这种对话看作一种暗中发生的情形的话，文中还有多处是一种显在的对话。这些对话直接就是由小说的叙述者——“白音宝力格”发出的，比如：“我哪里想到：很久以后，我居然不是唱，而是亲身把这首古歌重复了一遍。”① 又如：“在古歌《黑骏马》的终句里，那骑手最后发现，他在长满了青灰色艾可草的青青山梁上找到的那个女人，原来并不是他寻找的妹妹。小时候，当我听着这两句叠唱的长调时，曾经百思不得其解。后来，成年以后，当我为思念索米娅哼起这首歌的时候，我一直认为这支古歌在这儿完成了优美的升华。它用‘不是’这个平淡无奇的单词，以千钧之力结束了循回不已的悬念，铸成了无穷的感伤意境和古朴的、悲剧的美。”② 这种显在的对话形式更加佐证了：小说的对话结构是作者通过叙述有意安排的结果，并非无意为之。而在其他的中国小说中，还很少出现这样一种艺术的处理方式，所以不能不说这是小说《黑骏马》对明暗线结构安排的一个突破，是一个叙事学意义上的典型个案。

（3）增殖了文本的意蕴。既然双重文本和明暗线在小说中构成了对话的结构，那么这种对话为小说增添了那些意义呢？笔者以为，至少有这样两种意义表现：第一，帮助小说完成了主体故事的意义表达。比如叙事者白音宝力格对古歌结尾语“不是”的议论，让读者理解了白音宝力格所寻找的昔日的恋人形象早已不再，“草原上又成熟了一个新的女人”③ 的深深感喟。第二，对一种民族的文学母题的纳新。所谓“母题”，“是文学作品中反复出现的一种单一因素，是

---

① 《张承志文学作品集 · 小说卷》，海南出版社1995年版，第3页。

② 同上书，第67页。

③ 同上。

民间故事、小说和戏剧作品中反复具体运用的常规情景、事件、手法、旨趣、程式等。”① 古歌《黑骏马》所讲述的是一个具有蒙古族文学母题意义的故事，而小说《黑骏马》却不是它的一个简单的翻版。姑且不说后者比前者充实生动得多，在故事情节上二者也多有差异。况且，小说叙述的是一个有着强烈个体色彩、现实质地和现代意识的全新故事。因而可以说，小说把很多新的故事元素都加入古歌中去了，使得古老的古歌焕发出了新的光彩。

（4）形成了文本强烈的音乐的美感。我们知道，音乐是一种诉诸情感的艺术形式，民间音乐如《黑骏马》这样的抒情诗的情感表现尤为强烈。古歌《黑骏马》分为 8 个小节，节奏鲜明，而且往往一唱三叹。它们被有序且有机地安排在文章各处，随着小说情节的进展而逐渐展开或者说它们的逐渐展开推动了小说情节的进展，从而使得一种强烈的乐感弥漫全篇、贯通全篇，能给读者一种强烈的音乐的美感并最终产生情感的震撼。

（5）彰显了一种民族的色彩和情调。从古歌所描写的内容来看：黑骏马、哈莱、艾勒、帐篷、运羊粪、拾牛粪、艾可和山梁，这些无论是动物、语言、居住环境、劳动还是自然环境的描写都极富蒙古族的地方色彩，从而构成了民族文学的一个重要表征，本身也具有一种别样的美感。小说把这些地域的元素纳入其中，也形成了它作为民族文学的一个重要特色，因而成为代表张承志作为一个民族文学作家的重要作品之一。

进一步看，在上述平行对话结构中，对话的双方——平行对话结构的前面部分和后面部分，实际上构成了“古”与“今”的关系。对话是由“今”发出的。“古”作为一种已经消逝了的、稳定的存在物当然不可能自动地对“今”施加影响。但“今”作为一种能动的主体却可以自由地选择对“古”的态度。在以上所举的这些文本实例中，我们所看到的情况是，“今”对“古”采取了一致的回归认可态度——在《黑骏马》《撒忧的龙船河》和《虎年失踪》中，作者以

① 刘安海、孙文宪：《文学理论》，华中师范大学出版社 2002 年版，第 203 页。

“古”为参照和标准，对发生在“今”的故事和人物普遍表现出质疑和失望的态度。

从民族认同建构的逻辑层面看。有论者指出：“在民族认同建构路径中，始终贯穿着对过去、现在、未来这三个时间层面之间关系的不同理解。”本质的民族认同论“将民族认同建构的合法性指向过去”，而建构的民族认同论“把民族认同定位为一个现代现象的同时，则体现出从‘未来’获取合法性的趋势”，并且进一步认为“认同是一个需要不断被建构的历史过程，其时间性总是在过去、现在和未来三个链环中起承转合。因此，单纯转向过去或指向未来都是有局限的”。[①] 根据这一观点，以上所说的“平行对话结构”所体现出的建构民族认同的思维方式由于单纯地把时间转向过去，就不是一种合理的建构逻辑，而是有缺陷的。

也就是说，在这种平行对话结构中，不仅应有“今”向“古”这一向度的运动，还应有“古”向“今”这一向度的运动。当然，如前所述，由于“古”的稳定性和不具施为性，这种运动还应是通过“今”的操作来实现的。具体来说，“今”对“古”或者说平行对话结构的后一部分对前一部分，不应只是单纯地认同，还应有审视、反思和超越。在这样一种建构认同的逻辑下，平行对话结构才能引导读者避免走入一种盲目复古和狭隘民族认同的误区，寻求一种健全有效的民族认同。

而从民族认同建构的表意层面上看，这种平行对话结构实质上涉及对民族文化传统的态度。认同理论认为，传统常常成为我们建构民族认同的重要资源，但这种建构却不应是一味地回归传统，而应如周宪所言：“我们需要一种发展的、开放的观念来看待传统。吉登斯说得好，原教旨主义的含义是‘传统意义上的传统’。所以说，在中国社会文化现代性转型的历史进程中，我们需要的不是‘传统意义上的传统’，而是一种‘现代意义上的传统’。”[②] 这是因为“一味地回归

① 周宪主编：《文学与认同：跨学科的反思》，中华书局2008年版，第256页。

② 同上书，第210页。

传统，在怀旧的幕帐下掩盖了传统复杂的内容和历史的苦痛。怀旧往往会遮蔽过去的残酷，使过去变成让人留恋的好时光。而重建‘传统意义上的传统’（吉登斯语）将会面临文化原教旨主义的风险。这种回归本源的狂热冲动不是导致文化沙文主义，便是引发对现存外部世界的强烈敌视与抵触”①。进一步看，“坚持一种‘现代意义上的传统’，就是把现在作为一切文化实践和理论思考的基点，文化认同当代建构是要适应当代中国社会文化发展的现实要求，因此应该把文化传统当作现代性的资源而非束缚”②。周宪的这些话虽然是针对我们对待中华民族传统的态度而发，实际上也具有一种普遍性的意义，适用于民族文学作家在建构民族认同时应对传统采取的正确态度，以避免陷入狭隘民族主义的误区。

第四节　宗教文化叙事与民族认同

在当代少数民族小说中，经常出现这样一种叙事现象：现实和非现实如幻想、梦境等被有机地结合在一起，形成一种亦真亦幻的审美效果。最为典型的要数藏族作家扎西达娃的小说，如《西藏，隐秘岁月》《西藏，系在皮绳结上的魂》等。很多研究者对此已有较多研究，普遍认为借鉴了拉美的魔幻现实主义手法，但又有自己的民族特色。对此观点笔者基本赞同，但又认为若停留在对民族作家文学这一个案的简单论断层次，未免轻视了这一现象所可能反映的更为重要的理论意义。笔者希望把这一叙事现象与民族认同联系起来，对此作出新的理解。

必须指出，这种叙事现象在当代少数民族小说中普遍存在，而不唯扎西达娃小说所独有。比如在藏族作家阿来的长篇小说《尘埃落定》和短篇小说《灵魂之舞》中，在佤族作家董秀英的长篇小说《摄魂之地》中等都有表现。这就引发了笔者的思考，如果认为扎西

---

① 周宪主编：《文学与认同：跨学科的反思》，中华书局2008年版，第244页。

② 同上书，第210—211页。

达娃的小说借鉴了魔幻现实主义的手法尚能说得过去（尽管也流于简单化）的话，说阿来和董秀英等其他民族文学作家的小说也是如此就值得推敲了。还是让我们先作具体的文本分析。

《尘埃落定》问世后广受推崇，获得了第五届茅盾文学奖，关于它的研究成果也颇为丰富。不过关于小说的叙事形式如叙述者似乎还有研究的空间。毋庸置疑，小说的叙事者是“傻子”少爷。但“傻子”是一个什么形象呢？不妨看小说最后一段文字：“血滴在地板上，是好大一汪，我在床上变冷时，血也慢慢地在地板上变成了黑夜的颜色。”① 这是叙述“傻子”最后被仇人刺杀后的结果，无疑地，“傻子”被刺死了。这就带来一个疑问：这篇小说的叙事者到底是谁呢？如果说是“傻子”的话，那他已经是一个死了的人，死人还能叙述吗？如果能的话，那这样一种叙事形式又是如何成立的呢？我们来看阿来自己的回答。面对一些研究者认为《尘埃落定》模仿了拉美魔幻现实主义的说法，阿来说道：“我准备写作自己的第一篇长篇小说《尘埃落定》的时候，就从马尔克斯、阿斯图里亚斯们学到了一个非常宝贵的东西。不是模仿《百年孤独》和《总统先生》那些喧闹奇异的文体，而是研究它们为什么会写出这样的作品。我得出的感受就是一方面不拒绝世界上最新文学思潮的洗礼，另一方面却深深地潜入民间，把藏族民间依然生动、依然流传不已的口传文学的因素融入小说世界的构建与营造。”② 在具体谈到“傻子”形象的塑造时，他又说：“我大致找到了塑造‘傻子’少爷的方法。那就是与老百姓塑造阿古顿巴这个民间智者的大致方法。”③ 也就是说，阿来对“傻子”形象的塑造主要是受到藏族民间传统文学和文化的影响而非简单地模仿魔幻现实主义，而“傻子”形象的塑造当然包括对这个莫名其妙的叙事者的处理。下面这段话则对此作了进一步证实：“有了这

① 阿来：《尘埃落定》，人民文学出版社 2000 年版，第 407 页。

② 阿来：《我只感到世界扑面而来——在渤海大学“小说家讲坛”上的讲演》，《当代作家评论》2009 年第 1 期。

③ 阿来：《文学表达的民间资源》，《民族文学》2001 年第 9 期。

些（民间——笔者注）传说作为依托，我讲述这个故事的时候，就不必刻意区分哪些是曾经真实的存在，哪些地方留下了超越现实的传奇飘逸的影子。在我的小说中，只有不可能的情感，而没有不可能的事情。于是，我在写作这个故事的时候，便获得了空前的自由。"① 完全可以这样理解，藏族民间传说给了阿来如何处理傻子这个叙事者以灵感，使他摆脱了（悬置了?）对小说真实性的一般理解，把一个死了的“傻子”形象来作为叙事者。

进一步看，把一个死了的“傻子”形象作为叙述者到底是以什么样的思想基础作为依托呢？换句话说，尽管我们已经明了从叙事方法上看对叙述者“傻子”的处理是借鉴了藏族民间传说的方法，那这种方法到底是如何成立的呢？对这一问题的探究，我们不妨借助于阿来的两部长篇小说《尘埃落定》和《空山》作一种互文性考察。我认为，“傻子”形象和《空山》中的“达瑟”形象在某些方面具有一种精神上的相通。达瑟是一个把文明的火种带入机村的人。小说表现了他集“傻”与“聪明”于一体的特点，这一点尤其与《尘埃落定》中的“傻子”形象相似。小说中写到达瑟去世后机村人的心理活动：“这些年，本土佛教的崇拜慢慢有些退潮。但论到生死，人们脑子里基本都还是佛教因果轮回的观念。所以，大家都相信，一个灵魂，在无尽的轮回中以这样的方式到尘世上来经历一遭，是有一种特别意义的。大家相信，这样混沌而又超脱的活法，一定指向了生命某种深奥的秘密。"② 不妨这样理解，机村人对达瑟生死的看法是建立在藏传佛教“因果轮回”观念的基础上：达瑟去世了，不过是“往生”到了另一个世界。笔者认为，正是这段话给了我们问题的最终答案。“傻子”正像达瑟这个“奇人”一样，经历了一段“混沌而又超脱”的人生历程。《尘埃落定》中也有一段意思相近的论述，这是小说最后“傻子”的自白：“我当了一辈子‘傻子’，现在，我知道自己不是‘傻子’，也不是聪明人，不过是在土司制度将要完结的时候到这

① 阿来：《文学表达的民间资源》，《民族文学》2001 年第 9 期。

② 阿来：《空山》，人民文学出版社 2009 年版，第 609 页。

片奇异的土地上来走了一遭。是的，上天叫我看见，叫我听见，叫我置身其中，又叫我超然物外。上天是为了这个目的，才叫我看起来像个‘傻子’的。”① 因而“傻子”尽管最后死了，按照藏传佛教的观念，其魂灵还是存在的。若魂灵是一种客观存在物，当然也可以作为小说的叙事者。因此笔者认为，把死了的“傻子”作为叙事者毋宁说是以“傻子”的魂灵作为叙事者，而这种理解是建立在藏传佛教观念的基础之上的。从而就可以说，《尘埃落定》中把“傻子”的魂灵作为叙事者，实际上是作者阿来自觉地回到藏族民间文学和文化(特别是宗教文化)，从中吸取养料，创造出来的一个特异的叙事者形象。而这样的叙事者形象实际上已不再纠结于他是“真实的”存在或是“超越现实的”存在了。这实际上反映了阿来对本民族文学和文化的认同，因而对这一叙事者的理解也不能离开藏族的宗教文化。

再看阿来的另外一篇小说《灵魂之舞》，里面写到一位老人索南班丹临死前灵魂出窍，与亲人告别的场景：

> 这一次灵魂更加轻盈了，灵魂从窗户上出去，并且马上就感到了风的飞翔。风在下面，原来人的双脚是可以在风中的味道中行走的。风中是花、草、泥土，蒸腾而起的水的味道。索南班丹的灵魂从一群群正在萌发新芽的树梢上，循着溪水往上游行走，下面的树不断变化，先是柏树，后来是银杉，再后来就是间杂的大叶杜鹃和落叶松树了。树林下面，浪花翻涌。
>
> 树林过渡到草地时，羊群出现了，雁群里腥热的气息冲天而起，使他不能降落到羊群中间。他看见孙儿玛尔果在草地上睡着了，于是就想进入他的梦中，于是就进入了孙儿的梦中。
>
> 梦见了我吗，玛尔果?
>
> 你刚刚推门进来。
>
> 我要走了，永远离开你了。

---

① 阿来：《尘埃落定》，人民文学出版社 2000 年版，第 403 页。

> 不，爷爷。
>
> 梦中是什么都抓不住的，哪怕是一个要死的老头。
>
> 孙儿哭了，泪水先使梦变热变烫，然后才流到梦的外面。[①]

先是灵魂出窍的描写，然后又是灵魂进入别人的梦中。这些现实生活中不可能发生的事情，在这篇小说中被叙述得栩栩如生，甚至和真实没什么两样。而这种超现实的描写又和文中其他地方非常现实的描写共存。笔者认为，对这种叙事现象不能用一般的叙事理论来命名，因为后者一般会把它归为魔幻现实主义或超现实主义手法一类，而实际上在作者看来，这种写法可能却是写实的，因为在藏传佛教的观念看来，人有灵魂和灵魂出窍一说，阿来自觉地从民族宗教中吸取观念来进行叙事，对之简单地判定为不符合现实而以为是魔幻现实主义或超现实描写未免失之武断。在对这种叙事手法作进一步论述前，还是先让我们看另一位作家小说中的类似现象。

在佤族作家董秀英的《摄魂之地》中也有一些带有魔幻色彩的文字描写。比如这里写到岩嘎的爹妈死后变成了兔子：

> 岩嘎的爹妈死后变成兔子。
>
> 那对灰兔子走一截，又望着岩嘎叫。
>
> 岩嘎在一堆灰兔面前：“阿妈阿爹，你们领我去。”
>
> “儿子，爹妈可怜你，过几天就来接你。”
>
> 岩嘎像棵树桩定在地上，等他清醒过来时，眼前的那对灰色兔子不见了。他拎着野鸡歪歪倒倒地往回走着。[②]

其所产生的艺术效果也是亦真亦幻的。而对它们准确的理解只能结合佤族信奉的原始宗教观念才能准确把握，否则，仅从文字效果上理解，则只能陷入“真实”或“超真实”的永无答案的争论之中。

---

① 阿来：《灵魂之舞》，四川文艺出版社2005年版，第162页。

② 董秀英：《摄魂之地》，云南人民出版社1992年版，第51页。

综合以上这几个例子，笔者认为，这种把现实和想象、幻想结合起来的叙事在当代少数民族小说中普遍存在，从这种叙事的特点来看它近似于西方的魔幻现实主义。但若把它界定为魔幻现实主义并不准确，因为这些描写背后所反映的文化内涵丰富多样，并且与拉美的文化情况迥然不同。即便是用“中国的魔幻现实主义”这样的说法也只是一种讨巧而懒惰的命名，并不能真正阐明这种叙事现象所特有的内涵。另外，“魔幻现实主义”或“中国的魔幻现实主义”之类的命名本质上是以西方他者的文学为表述的标准，实际上暗示了西方的文学才是正宗，而中国的文学只是等而下之的“后殖民主义”式的文化心理和命名逻辑，这更是我们作为中国文学的研究者应该警惕的理论陷阱。可以说，这样的叙事与文化特别是宗教文化已经密不可分地联系在一起，以至于我们很难分清它是一种现实的叙事还是一种宗教文化的体现？若用中国一般的叙事理论来看，它属于一种超现实的叙事；而在民族文学作家本人看来，这可能就是一种现实的叙事。之所以出现这种命名的困境，其原因就在于少数民族的（宗教）文化已经深入地介入了这种叙事现象，因此，在不同民族的文化观照下，就会出现对其不同的认识。那么，有没有一种命名能够解决这种命名的矛盾和分歧，同时准确地把握这种现象的内涵呢？鉴于这类叙事与宗教文化“混杂”的特点，类似于但绝不等同于拉美的魔幻现实主义手法，笔者想姑且把它称为（中国少数民族文学的）“宗教文化叙事”比较合适。

这种宗教文化叙事在当代少数民族小说中的大量出现，与我国少数民族普遍存在的宗教文化大有关系。“少数民族与宗教的关系历来十分密切，因此少数民族文学始终蕴含着丰富的宗教内容。现在我国有近20个民族大多数人信仰宗教、很多人信仰深笃，感情真挚。不少民族地区宗教氛围浓厚，老百姓信仰虔诚。在社会生活中，由于宗教渗透深广，衣食住行、婚丧嫁娶、岁时节令等都带有宗教色彩。宗教意识已与民族风俗、民族文化、民族心理融为一体。”① 对宗教的普遍信仰是中国少数民族文化的一大特色，比如藏族信仰藏传佛教、

① 李鸿然：《中国当代少数民族文学史论》，云南教育出版社2004年版，第55页。

回族信仰伊斯兰教、鄂温克族和鄂伦春族信仰萨满教等。这一现象使得少数民族文化带上了强烈的宗教色彩，并必然会对作家这一创作主体构成影响。当然，民族文学作家对本民族的宗教未必真正信仰，但置身于或曾经置身于大的民族文化语境中的他们肯定会受到民族宗教的影响（如阿来就曾说过："我的宗教观我觉得永远面临困境，一方面我觉得我自己有强烈的宗教感，但是我从来不敢说我是一个信仰什么教的教徒，比如佛教。"①），并且借鉴和吸纳这种宗教观念融入自己的小说叙事，由此带来了这样一种独特的叙事现象。笔者提出这一观点并非空穴来风。曾经有论者就探讨过"禅宗文化对小说思维的渗透与同化建构"和"佛文化的渗入与小说叙事机制的定型"②这样的问题，而且不乏卓见。

那么，这种"宗教文化叙事"有何叙事特点呢？首先，它把现实和非现实如想象、幻想、幻觉等相结合，从而形成一种亦真亦幻的神秘而奇妙的叙事效果。这是宗教文化叙事和魔幻现实主义比较形似的方面。其次，由于宗教文化叙事的作者并不以超验为超验，反而由于其信仰（一定程度上的），认为这是一种自然而然的现象，不值得大惊小怪，因而使得这种宗教文化叙事的语调往往显得自然、平和，不动声色。这一点与魔幻现实主义也近似，但与汉族作家文学中类似的叙事现象不一样。汉族文化语境中，由于宗教信仰的普遍缺乏，在汉族作家作品中很少见到这类叙事现象。即或偶尔见到，那种叙事的语调也往往表现出惊奇、难以置信、激动、害怕等，由此真实和非真实的界限被分得很清楚。再次，这种叙事的背后往往有着特定的民族宗教文化观念的影响，负载了一定的民族宗教文化内涵。比如扎西达娃的宗教文化叙事所受的藏传佛教的影响，董秀英的宗教文化叙事所受的佤族原始宗教的影响等。最后，上述特点也决定了我们对这种叙事现象的理解必须结合其所附带的民族宗教文化来进行，否则可能就会

---

①　夏榆：《多元文化就是相互不干预——阿来与特罗洛夫关于文明的对话》，《花城》2007年第2期。

②　吴士余：《中国文化与小说思维》，上海三联书店2000年版，第1页。

导致误读和误解。

进一步看，既然笔者是把这种叙事现象和民族认同建构联系在一起加以观照的，那么这二者的关联是在何种意义上成立的？一方面，这种叙事现象反映出民族文学作家对本民族文化的认同，因而他们才能够自觉地借鉴本民族的文化特别是宗教文化的观念和思想，创造出这种独特的叙事形式。另一方面，它也反映出民族文学作家能超越对本民族文化的狭隘认同，认同他民族文化的胸怀。这是因为，以扎西达娃小说为代表的宗教文化叙事也是民族文学作家在小说创作上大胆学习西方，又反身回归本土后所形成的艺术创新。

从叙事学的意义上看，经典的叙事学强调叙事结构和叙述话语，后经典的叙事学则突破了前者自设的文本牢笼，更加凸显读者和语境的作用。至此，叙事和文化的关系开始被理论家们所注意。不过笔者发现，前人对叙事和文化关系的理解虽然正确，但也过于笼统。比如英国学者马克·柯里在其《后现代叙事理论》中曾明确提出“文化叙事学”的构想：“我想有两种观点能赋予文化叙事学的想法以意义。第一个观点是，叙事在当今世界中无所不在，普遍之极，以至于在考虑意识形态和文化形式问题时不可能不碰到它。第二个观点是，文化不仅包括了叙事作品，而且由叙事所包含，因为文化的概念——不管就其一般性还是特殊性来说——就是一种叙事。”[①] 可是后来的研究者对这一构想应者寥寥。究其原因，殊不知文化的外延过于广泛，几乎无所不包，如果不把这一概念尽可能地细化，笼统地讨论它和叙事的关系并无太大意义，也很难使这种讨论真正地深入下去。而宗教是一种特殊的文化形态，由上面的论述可知，宗教对叙事的渗透也能带来叙事的独特景观。正是从这一意义上看，对“宗教文化叙事”现象的发现具有特殊的意义，因为它正是从宗教的角度较为具体地讨论文化和叙事的关系，对“文化叙事学”的观念作了进一步拓展，当然对叙事学的发展而言也有积极意义。这是一种崭新的叙事现

---

① ［英］马克·柯里：《后现代叙事理论》，宁一中译，北京大学出版社 2005 年版，第 106 页。

象，值得我们进一步研究。不过也应看到，宗教文化叙事奇特叙事效果的生成其实受益于宗教的某些非理性、唯心的思想观念。正如马克思所言，这些思想观念其实源于宗教对世界扭曲的、非现实的反映。因而，对于宗教文化叙事背后所反映的这些消极的思想我们应该仔细辨析和谨慎对待。

第五节　叙述者干预与民族认同

在叙事学的意义上，一般把叙述者对叙述所作的议论称为干预。“叙述者干预”是一种在古今中外叙事性作品中常见的修辞手段，所包含的具体种类很丰富。“‘叙述者干预’一般通过叙述者对人物、事件、甚至文本本身进行评论的方式来进行。”① 西方的叙事学家如布斯、热奈特、查特曼等人对这一叙事现象早就开始注意且做过专门系统的研究，如布斯将之称为“小说中作者的声音”。现在看来，布斯主要是从“评论性干预”的角度来论述的，探讨了小说中“可靠议论的运用”所取得的几种效果，如提供事实、“画面”，或概述、塑造信念、把个别事物与既定规范相联系、升华事件的意义、概括整部作品的意义、控制情绪和直接评论作品本身。我国的叙事学家如赵毅衡、谭君强等对这一现象也有进一步研究。赵毅衡认为：“叙述中的评论，布斯称为‘作者干预’（authorial intrusion）。既然叙述是由叙述者所控制的，叙述文本中的每个字都是叙述者说出来的。作者无法直接进入叙述，作者即使要发表评论，也必须以叙述者评论的方式出现。因此，布斯这个术语是不合适的，笔者建议改为‘叙述者干预’（建议英译 narratorial intrusion）。”② 在这一认识的基础上，赵毅衡把“叙述者干预”分为“指点干预”和“评论干预”两类：“叙述者干预一般来说分成两种：指点干预解释叙述是如何进行的；评论干

---

① 谭君强：《叙事学导论》，高等教育出版社 2008 年版，第 207 页。

② 赵毅衡：《当说者被说的时候》，中国人民大学出版社 1998 年版，第 35 页。

预提供补充信息，或阐明叙述者本人对被叙述事件与人物的态度。”① 其划分的依据是：“对叙述形式的干预可以称为指点干预；对叙述内容进行的干预可以称为评论干预。”② 笔者认为，赵毅衡对“叙述者干预”的分类（见其著作《当说者被说的时候》和《苦恼的叙述者》）主要建立在对中国白话小说分析的基础上，而现代的小说中“叙述者干预”的现象更为丰富和复杂，往往不能被这种分类形式所涵盖。而且以“形式”和“内容”的区分作为划分的前提本身就是一种比较陈旧的看法（或许它比较适合中国白话小说的情况），在经过了西方形式主义诸文论的洗礼后，早已被认为不再能够应用于现代小说。谭君强认为：“叙述者干预可以表现为两类主要形式，即对故事的干预与对话语的干预。两者都会或多或少地游离于所讲述的故事与话语之外。”③ 笔者认为，这种分类吸纳了经典叙事学对“故事”和“话语”的区分，具有更强的理论概括力和穿透力，也能够对应于笔者的研究对象——中国当代少数民族小说的特点，因而在本书中笔者拟采用对叙述者干预的这种划分，即分为对故事的干预和对话语的干预两类。

既然我们认可了把叙述者干预分为“对话语的干预”和“对故事的干预”两类情况，这里有必要先对“话语”和“故事”两个概念稍作解释。“故事”和“话语”是当今叙事学中一组描述叙事作品层次的对应性概念，它们的相互作用在很大层次上决定了叙事作品的意义。其最早源于俄国形式主义者什克洛夫斯基和艾亨鲍姆对小说形式的区分，即“故事”与“情节”。申丹认为“‘故事’指按实际时间、因果关系排列的事件，‘情节’则指对这些素材的艺术处理或形式上的加工。与传统上指代作品表达方式的术语相比，‘情节’所指范围较广，特别指大的篇章结构上的叙述技巧，尤指叙述者在时间上

---

① 赵毅衡：《苦恼的叙述者》，北京十月文艺出版社 1994 年版，第 50 页。

② 赵毅衡：《当说者被说的时候》，中国人民大学出版社 1998 年版，第 29 页。

③ 谭君强：《叙事学导论》，高等教育出版社 2008 年版，第 208 页。

对故事事件的重新安排（譬如倒叙、从中间开始的叙述等）”。[①]“法国结构主义学家托多洛夫受什克洛夫斯基等人的影响，于1966年提出了‘故事’与‘话语’这两个概念来区分叙事作品的素材与表达形式。‘话语’与‘情节’的指代范围基本一致，但我们认为前者优于后者，因为用‘情节’一词来指代作品的形式层面极易造成概念上的混乱。”[②]恰如此言，因为“情节”在传统叙事理论中属于作品的内容层面。

我们知道，任何评论本身都不会完全是中性的，它总会带上评论者本人的价值立场、爱憎感情、利益考虑等，也就是说，总会包含着评论者个人的意识形态立场。从某种意义上说，“叙述者干预”的情况也是如此。“叙述者不论如何隐蔽，或者自称如何中立，如何外在于所叙述的人物与事件，与所讲述的故事产生多大的距离等，都会在叙事文本中以种种方式或隐或显地进行干预，而这种干预也必然与一定的意识形态立场相关联。”[③]具体来说，叙述者干预“会一时偏离所讲述的故事，或者暂时切断虚构的故事内在组织，而插入叙述者为某一特定的人物、事件或故事自身的结构组织所作的评论，从而不可避免地表现出叙述者的意识形态色彩”。[④]不过，单纯讨论叙述者的意识形态并无太大意义，因为叙述者作为故事的叙述人实际上是作者虚构出来的一个对象。叙述者与作者并不能等同。实际上与叙述者更为接近的是“隐含作者”。在布斯看来，隐含作者就是作者的“第二自我”，是作者的替身——“我们把他看作真人的一个理想的、文学的、创造出来的替身；他是他自己选择的东西的总和”。[⑤]不过，谭君强认为，“叙述者与作者之间经由隐含作者的中介存在多重关系，两者自然不能等同。然而，在许多情况下，叙述者的干预又往往与作

① 申丹：《叙述学与小说文体学研究》，北京大学出版社2007年版，第17—18页。

② 同上书，第18页。

③ 谭君强：《叙事学导论》，高等教育出版社2008年版，第208页。

④ 同上。

⑤ ［美］W. C. 布斯：《小说修辞学》，华明、胡晓苏、周宪译，北京大学出版社1989年版，第84页。

者的意识形态与价值观念有更多的关联。在这个意义上，叙述者干预或评论又被视为‘作者闯入’。”[①] 这也就是说，叙述者干预在很多时候实际上反映出作者的干预和作者的意识形态（当然，这得根据具体情况判断，比如作者、隐含作者和叙述者三者的身份较为一致的时候）。必须说明的是，谭君强所说的“意识形态”“只是就其一般的意义上采用这一概念。作为一种观念体系，意识形态旨在解释世界并改造世界。它在一定的社会经济基础上形成，表明人们对世界和社会有系统的看法、见解和评价。”[②] 笔者也是在这一层面上使用“意识形态”的概念。既然如此，从概念上看这里所说的意识形态内涵当然也包括了“民族认同”的内容，因为“一般说来，民族认同本质上还是一种主观意识，它体现为个人自觉体认到属于某个民族共同体。因此，它更偏重于信念、价值、忠诚等这些文化心理层面”。[③] 当然，在实际的情形中这种意识形态是否与民族认同有关还得具体分析和辨别。

在当代少数民族小说中，叙述者干预的叙事现象很普遍，表现在长篇小说：如老舍的《正红旗下》、玛拉沁夫的《茫茫的草原》、张承志的《心灵史》、阿来的《空山》等；中篇小说如哈萨克族作家巩盖·木哈江的《争执》、侗族作家滕树嵩的《侗家人》、白族作家景宜的《谁有美丽的红指甲》、回族作家查舜的《月照梨花湾》等；短篇小说如鄂温克族作家乌热尔图的《琥珀色的篝火》、白族作家杨苏的《没有织完的筒裙》、保安族作家马少青的《艾布的房子》等。而与此同时，这些小说都是具有明显的民族认同意识的作品（在笔者的具体分析时会证明这一点）。并且，笔者认为，这些小说中的叙述者干预现象都与民族认同的建构有关。确切地说，这些小说中的叙述者干预都参与了小说民族认同的建构。

基于以上对叙述者干预的两类划分，这里先看第一种情形：对话

---

① 谭君强：《叙事学导论》，高等教育出版社 2008 年版，第 208 页。

② 同上书，第 200 页。

③ 周宪主编：《文学与认同：跨学科的反思》，中华书局 2008 年版，第 246 页。

语的干预。在小说《没有织完的筒裙》的开头处有这样一句引语：

> 男人不会要刀，不能出远门；女人不会织筒裙，不能嫁人。
>
> ——景颇谚语①

这就是一种叙述者干预的形式，准确地说是“对话语的干预”。美国叙事学家查特曼在其著作《故事与话语》中谈到对“话语的干预”时认为：“在话语评论中，一个基本的区分在于是切断还是不切断虚构的叙事组织。”② 上述采用引语的情况显然属于后者，即“不切断虚构的叙事组织”，因为这句引语独立于整篇小说而存在，并没有影响小说叙事的进程。谭君强在谈到叙事者对“话语的干预”时就谈到这种“引语”的情况：“有一种独特的干预方式值得引起人们的注意，这就是叙述者置于作品开头或作品章节开头的卷首引语、题词等。这种方式具有明显的互文性特征，它以一种看似游离于故事之外、与所叙故事不相干的方式，巧妙而意蕴深远地与所叙述的故事关联在一起。”③ 这句引用的谚语就体现了这样的形式特点：它虽然独立于小说正文而存在，却与小说的叙事密不可分。小说中阿妈操心女儿娜梦的婚事，督促和强迫娜梦织筒裙，并给她讲述了关于筒裙的传说。而娜梦却被新时代的生活所吸引，一心扑在公社的事情上，无心为自己织完一条筒裙。可以说，这条谚语的后半句，尤其是“织筒裙”三个字构成了小说的主要线索，而小说的内容则围绕着是否要急于织筒裙构成了两种叙事，两个主要人物则在这个问题上表现出两种截然不同的态度。由此可见，从形式上看，这条引语确实构成了小说的话语干预。

进一步看，对话语的干预虽然是对小说形式结构的设置，但并非

---

① 中国作家协会编：《新中国成立60周年少数民族文学作品选·短篇小说卷（4册）》，作家出版社2009年版，第94页。

② Seymour Chatman, *Story and Discourse*: *Narrative Structure in Fiction and Film*, Ithaca: Cornell University Press, 1978, p. 248.

③ 谭君强：《叙事学导论》，高等教育出版社2008年版，第211页。

是一种无意义的文本构成物。谭君强就指出："透过卷首引语往往可以看出叙述者所表现出来的观念立场。"[①] 这里所说的"叙述者所表现出来的观念立场"还是一种较为抽象和一般的表述。具体到小说《没有织完的筒裙》，笔者认为这种对话语的干预其实参与了对民族认同的建构。首先，这句谚语体现出鲜明的民族特色。它是对民族生活经验准确而生动的概括，非具有类似民族生活经历的人不能道出，真正体现了谚语本身的特点。这种民族生活经验当然属于作者以及和作者同一民族成员的。其次，作者把这样一句具有鲜明民族特色的谚语置于篇首，且作为超越于文章内容而又和内容构成互文性效果的话语存在，就好比给文章戴上了一顶具有民族特色的"帽子"，使得文章整体也被蒙上了一层特有的民族文化的光彩。而这种光彩在外族读者如汉族的笔者看来，是别具吸引力的。再次，作者把这句话放在文章的开头，本身就表明了作者对这句话的重视和对这句话所体现的民族文化的认同。为更好地理解这一点，不妨结合小说的内容来看：阿妈对女儿娜梦织筒裙的事高度重视，一再地告诫女儿这一事情的特殊意义（与民族文化有关），并且还苦口婆心地、不厌其烦地给女儿讲述了一个关于织筒裙的民族传说。最后，必须说明，虽然这句话体现的是"叙事者干预"的形式，但在这篇小说中叙事者和隐含作者还有真实作者并无多大"距离"（布斯语），因而正如谭君强所说，这里的叙事者干预"与作者的意识形态与价值观念有更多的关联"。确切地说，正如上面所分析的，这里的叙事者干预与作者的民族认同建构相关，体现了一种隐秘的建构民族认同的诉求。

小说《谁有美丽的红指甲》的开头也有这么一句引语：

> 如果是火把节染不红手指的女人，她将被视为不贞洁……
>
> ——白族古老的民俗[②]

---

① 谭君强：《叙事学导论》，高等教育出版社2008年版，第211页。

② 中国作家协会编：《新中国成立60周年少数民族文学作品选·中篇小说卷》，作家出版社2009年版，第1133页。

与小说《没有织完的筒裙》一样，这句话也是以引语的形式出现在小说的篇首。这句引语也与小说正文叙事构成了既独立又相互勾连的关系，这就决定了它构成了对小说话语的干预地位。不过，与《没有织完的筒裙》不同的是，《谁有美丽的红指甲》中真正与这句话形成呼应的只有一处描写：

白姐，一只手端着个小竹箕卡在腰上，竹箕里装着满满的鲜菱角，她悠闲地一边走一边吃，使劲把菱角皮吐出很远。

“哎！白姐，快来买葮庆！”

“要它干什么？”白姐回答说。

“嗨！你瞧，玉子她们昨天掺了几个红李子，染出来多漂亮！”胖妹拉起玉子的一只手说。玉子朴实的圆脸上，漆黑的眼睛含着微笑。

白姐的眼光在玉子脸上停了一下，垂下长长的睫毛斜视着玉子的红指甲：

“有什么好看的，丑死了！”

“不染才丑呢！”沙金娘家三妹尖叫着，“我媄说，染不红指甲的女人是不贞洁的。”

“呸！染你媄的那张嘴去吧！”白姐吐了一口菱角皮笑道，“我反正是不染，染上一手血红血红的，叫我咋个……”

“就是，咋个给人家做计划生育检查……”一个媳妇悄悄地说。

“啊哈哈哈……”女人们大笑起来，几个姑娘趁机伸手去抓白姐竹箕里的刺菱角。

“死鬼，戳死你！戳死你！”白姐一边打着女伴的手，一边往家跑……①

---

① 中国作家协会编：《新中国成立60周年少数民族文学作品选·中篇小说卷》，作家出版社2009年版，第1143—1144页。

在这里，主人公白姐不以这种古老的民族风俗为意，甚至对之不以为然，坚决不染红指甲，这从某种意义上说预示了她后来的悲剧性命运。而“染红指甲”在此也成了某种封建狭隘的民俗的象征。如果在这种意义上再看那句引语，就会发现它其实与小说正文的叙事构成了一种深层的关联。由此看来，如果说《没有织完的筒裙》中的引语作为对话语的干预更多地表现在显性层面，《谁有美丽的红指甲》作为对话语的干预则更多地表现在隐性层面。这两种对话语干预的不同表现形式可以说具有一定的普遍意义，值得我们注意。

进一步看，这句引语是叙述者叙述出来的，隐含作者或真实作者是否对其意思表示认可呢？显然并不认可。小说中白姐和海生有着没有爱情的婚姻。海生虽然给白姐提供了较为富足的物质条件，但他的冷漠自私却与白姐的热情助人形成鲜明的对比。在健壮青春的阿黑的追求下，白姐发现了自己的真爱，为此她不顾古老的族规（“白族女人从来不懂离婚这回事”），毅然提出与海生离婚。然而阿黑却终于承受不了周围的压力而放弃了白姐，白姐不得不远嫁他乡。小说中隐含作者显然对白姐持肯定和同情的态度，这必然导致他对引语意思的不认可。从叙事学的意义上看，这里出现了隐含作者的立场与叙述者的立场不一致的情况（这与上一个例子的情况相反）。既然如此，那笔者认为这句引语（对话语的干预）与民族认同有关又如何成立呢？这里有必要先对“民族认同”作一个解释。郑晓云在《文化认同论》中认为：“对本文化的认同往往还不以个别文化要素为转移，因为它是一个最高层次上的概念，它所象征的往往是一个民族、一种文化。”[①] 笔者以为，这是对于“民族（文化）认同”本身的一种非常深刻的认识。民族认同是整体性的和宏观意义上的，认同民族绝不意味着对民族（文化）本身就没有反思或批判。其实，这种反思和批判往往体现了对民族（文化）本身更深刻的认同。美国学者曼纽尔·卡斯特在其《认同的力量》中也曾主张“把构建认同的形式和来源分为三种”，分别为“合法性认同”“抗拒性认同”和“规划性

① 郑晓云：《文化认同论》，中国社会科学出版社 1992 年版，第 42 页。

认同"[①]。从这样一种划分的类型也可以发现认同本身的丰富内涵。在这个意义上，笔者认为小说中的这句引语实际上体现了作者对自己民族及其文化的一种"反思和批判性的认同"。

从总体上说，作者对自己的民族当然是认同的，这从小说的开始部分尤其可以看出，比如这几句话："也许只有她（白姐——笔者注）这个洱海的女儿这样做，也许她的民族都这样做。她的民族是一群伟大的作曲者，凡是他们看见、想到、做过或是听到的东西都变成了歌曲。"[②] 这种对民族文化的认同是显而易见的。其实，作者把这些明显对民族总体认同的文字放在前面，把对民族文化中某些应该反思和批判的东西作为小说的主要内容，这本身就体现了这种"反思和批判性认同"的心理建制。当然，这同时也是一种巧妙的写作策略。那么，作者对民族文化所作的反思和批判是什么呢？如引语所显示的，这就是一种愚昧封建的民俗。这种民俗尤其对白族的女性构成了伤害，白姐大胆追求自己爱情的失败就是一个最为典型的证明，因为按照民族的贞洁观，白族女人在婚姻中没有自主权。一个幻想摆脱无爱婚姻束缚的女人得到的不是大家的同情和赞赏，而是鄙视甚至唾弃。勇敢大胆的白姐对这种民族的抗争也以失败而告终，可见这种思想的根深蒂固和强大力量。进一步看，女人的悲剧不是个人的，而是小说中白族女性中普遍存在的：叶姑、月恩、沙金娘、玉子等都有自己身为女性的不幸命运。难怪她们会发出这样一致的感叹："谁让我们是女人?"更为可悲的是，这种由父权制社会制定的女性规范已经内化到白族女人的心里，然后又演变成了她们对自己妇女同胞进行规约的绳索——不可否认的是，白姐的悲剧很大一部分是由她身边的女人们造成的，如月恩和沙金娘。可以说，这句引语本身更像是一个巨大的象征，它折射出父权制社会的力量对白族女性的压迫给后者带来

---

① ［美］曼纽尔·卡斯特：《认同的力量》，曹荣湘译，社会科学文献出版社 2006 年版，第 6—7 页。

② 中国作家协会编：《新中国成立 60 周年少数民族文学作品选·中篇小说卷（5 册）》，作家出版社 2009 年版，第 1133—1134 页。

的不幸——这正是作者对白族文化反思和批判的内容。英国的女权主义批评家弗吉尼亚·伍尔夫认为："在我们之中每个人都有两个力量支配一切，一个是男性的力量，一个是女性的力量……最正常、最适意的境况就是在这两个力量和谐生活、精诚合作的时候。"[①] 这里伍尔夫虽然提出的是作为个体的"双性同体"思想，但笔者以为这样一种男性与女性"和谐与合作"的思想也适用于一个民族和社会。从这样一个意义上看，作者景宜对白族女性悲剧的揭示和对男权力量的批判实际上就具有希望和维护民族健康和谐发展的意义，这当然是一种深刻的民族认同的表现。不过联系以引语形式表现的对话语的干预（叙述者干预）来看，这种民族认同却是以一种对引语的"否定"形式展开的。这就是小说《谁有美丽的红指甲》中对话语的干预（叙述者干预）与民族认同生成的复杂关联。这种关联也具有一定的理论普遍性。

再看叙述者干预的第二种情形：对故事的干预。查特曼曾从解释、判断与概括三个方面论述对于故事的干预。赵毅衡则认为："评论干预提供补充信息，或阐明叙述者本人对被叙述事件与人物的态度。"[②] 这里他所说的"评论干预"即为查特曼所说的"对述本的干预"或者说对小说内容的干预。基于以上认识，笔者把当代少数民族小说中对故事的干预分为两类：解释性干预和评价性干预。

先看解释性干预的情况。关于这一类，W. C. 布斯认为："对于一位评论者来说，最明显的任务是告诉读者他不能轻易从别处得知的事实。当然，有许多种类的事实，它们可以用无数方式来'告诉'。设置舞台背景，解释一段情节的意义，概括过于琐细而不值得戏剧化的思想过程或事件，描绘有血有肉的事件和细节、只要在这种描绘无法自然地出自一个人物的时候——这一切以多种不同形式出现。"[③]

---

① ［英］伍尔夫：《一间自己的屋子》，王还译，三联书店 1989 年版，第 120 页。

② 赵毅衡：《苦恼的叙述者》，北京十月文艺出版社 1994 年版，第 50 页。

③ ［美］W. C. 布斯：《小说修辞学》，华明、胡晓苏、周宪译，北京大学出版社 1989 年版，第 191 页。

当代少数民族小说中，有许多这样的解释性干预，如：乌热尔图小说《琥珀色的篝火》中在描写了鄂温克猎人尼库生吃狍子肉的细节后写道："出猎的鄂温克人打到狍子，谁不先尝新鲜的生狍肝。"① 小说《侗家人》中的文字："晚嫂子也和所有持家勤谨的侗家劳动妇女一样，好客，大方，从来不在进家的客人面前嚷穷叫苦，故作寒酸。客人进了家，总是叫客人吃得饱饱的，喝得醉醉的出门。侗家寨上，谁家的客人出门不跌跤子，不栽跟斗，便是酒没喝足，证明主人不够贤惠，亏待了客人。"②"侗家劳动妇女，一般都很善良。但她们一旦记了谁的仇，这个仇是非报不可的。"③

这些例子都是对小说中某些书写的一种解释。解释的对象是谁？一般而言，是那些对所解释的内容不太熟悉或了解的读者。联系到民族文学的具体情况，这类读者以本民族以外的读者居多，因为本民族的读者一般对这些知识都不可能一无所知。解释的目的是什么？"提供补充信息"、帮助读者更多地理解作品、避免不必要的误解等。比如在《琥珀色的篝火》里，先有一段关于尼库生吃狍子肉的细节描写："他走过去，抽出猎刀，剖开它的胸膛，掏空内脏。他干得非常利落，三下两下就弄妥了。他一屁股坐在地上，在草丛里擦了擦手，用猎刀把新鲜的、热乎乎的狍肝切成块，用手抓着，大口大口地吃起来。他饿极了，吃得很香。他觉得肚子不空了，身上添了劲儿。"④这段描写在了解鄂温克民族的这一生活习性的读者看来会觉得很正常，没什么大不了的。但在那些第一次接触的外族读者（比如笔者）看来就会觉得吃惊，甚至不免把它和"原始"一类的词汇联系起来。但在看到了随后的那句解释性文字"出猎的鄂温克人打到狍子，谁不先尝新鲜的生狍肝"后，心里也就释然了：这只是一种民族的生活习惯，而且每一种民族的文化都有其存在的合理性。可以说，这里的解

---

① 乌热尔图：《琥珀色的篝火》，百花文艺出版社 1984 年版，第 19 页。

② 中国作家协会编：《新中国成立 60 周年少数民族文学作品选 · 中篇小说卷（5 册）》，作家出版社 2009 年版，第 688—689 页。

③ 同上书，第 689 页。

④ 乌热尔图：《琥珀色的篝火》，百花文艺出版社 1984 年版，第 19 页。

释性干预对本民族的文化为外界所了解和接受就起到了重要的作用。如果说这样的解释对于作品来说确实很有必要的话，那还有一类解释却显得似乎并无太大必要。比如《侗家人》中的这两段解释性文字（如上）就是如此。这两段文字与上文下的联系并不紧密，前文中也没有迫切需要解释以消除误会的内容，所以它们看起来似乎有点多余。但这两段文字却增加了某些读者对侗族妇女的了解，给他们提供了侗族文化的某些信息。进一步看，这种解释性干预还具有独特的叙事特点。在解释性干预出现的地方，上下文的语境都是对一种特殊的、个体性的对象的叙事，比如《琥珀色的篝火》对尼库的叙事、《侗家人》对侗族妇女晚嫂子的叙事，但解释性干预本身的叙事却是对一种普遍的、集体性对象的叙事，比如鄂温克人、侗族妇女。也就是说，解释性干预的介入把一种特殊的、个体性的叙事转化为普遍的、集体性的叙事。这种转化后的叙事对象虽然在不同的中国当代少数民族小说中各不相同，但又都有一个共同点，即都为本民族的文化内容。谭君强认为："作为叙述者干预出现的解释性评论适用于任何说明与解释，无论是对故事中的人物、事件，还是出现在作品中的其他成分。这种解释性评论所包含的意识形态意义往往可以进一步深化读者对人物的理解，升华事件的意义，在大量的情节事件中概括出更深一层的意蕴。"① 联系上面所作的分析，可以说，在当代少数民族小说中出现的这种解释性干预生发出的"更深一层的意蕴"即为民族（文化）认同。事实上，因为这种解释性评论是叙述者（在这些小说中可基本等同于作者）有意为之，因而也可以说这种解释性干预源于作者（民族文学作家们）建构民族认同的诉求。

再看评价性干预的情况。"评价性评论更多地属于基于精神、心理道德上评价的说明与解释，也就是说，它主要是叙述者对其人物与事件所作的价值、规范、信念等方面的评价与判断。"② 在当代少数民族小说中，这样的评价性干预也很多见。如《月照梨花湾》中：

---

① 谭君强：《叙事学导论》，高等教育出版社2008年版，第213页。

② 同上书，第214页。

“庄稼人就是这样的，细起来，连蚂蚁的出气声，也要听个真切，粗起来，骆驼从面前拉过去，也当熟视无睹。尤其是回族人民，他们勇敢起来，为正义之时，个个都是吃铁屙钢的汉子，这时你会觉得他们身上的每一个细胞都是钢铁铸成的，哪怕将一粒豆撂上去，也会发出叮叮当当的响声，也会闪出耀眼的火焰。你会觉得他们是世上谁也比不了的心肠最硬的人。可是当你了解他们以后，你会发现他们的性格是复杂的，有时他们的心比豆腐还软，轻轻一按就会一个坑，慢慢一撞就会碎，你会发现他们是最善于施舍，最富于同情心的一个民族……”①《争执》中：“至于哈萨克草原那湍急的河流、星罗棋布的清泉、纵横交错的沟谷、呼啸的森林，绵延不绝的、草儿低声喁语的高山草场，赵泽泰也就更难深入进去体察其中的奥妙。然而正是这一切陶冶了哈萨克人的性格、情趣，影响着他们的心理。”②

如上所述，评价性干预表现为叙述者直接对小说中的人或事进行判断和评价，这样的一种干预表现出鲜明的主观性。正如谭君强所言，“它自然不可避免地显示出叙述者自身的意识形态立场与价值规范。”③ 那么，为什么要作这样的评价性干预呢？W. C. 布斯认为：“把价值和信念强加进去，这是对小说家的一种特殊引诱。”④ “作为一个修辞学家，一位作者会发现，充分欣赏他的作品所需要的某些信念是现成的，可以被想阅读这部作品的假想读者充分接受，而另一些信念则必须灌输或强加。”⑤ 可以认为，评价性干预的目的就在于给读者灌输或强加一种价值和信念。赵毅衡认为：“干预，尤其是评论性干预，实际上是隐指作者对叙述者功能施加过大的压力，使叙述者完全屈服于他的价值观之下。评论干预实际上是一种统一全书的价值

---

① 中国作家协会编：《新中国成立60周年少数民族文学作品选·中篇小说卷（5册）》，作家出版社2009年版，第1427—1428页。

② 同上书，第559页。

③ 谭君强：《叙事学导论》，高等教育出版社2008年版，第214页。

④ ［美］W. C. 布斯：《小说修辞学》，华明、胡晓苏、周宪译，北京大学出版社1989年版，第203页。

⑤ 同上书，第199页。

观，把分散的主体集合在一种意识下的努力。”① 由此可见，评价性干预是一种隐含作者通过作用于叙述者而强加给读者以信念的叙事活动。而在上面的例子中，隐含作者在某种意义上与真实的作者是等同的，是作者的一个替身。和解释性干预一样，评价性干预的内容都与民族文化有关，人当然也是文化的最集中表现，比如上面的例子中对回族人和哈萨克人的评价都是如此。另外，还可以发现，当代少数民族小说中的这类评价性干预在感情倾向上大都持肯定和认同的态度，往往同时饱含着作者强烈而真挚的民族感情。总而言之，当代少数民族小说中的评价性干预往往传达出民族文学作家对本民族文化的独特而深刻的理解，并且包含了一种强加给读者对本民族文化肯定性信念的愿望，因而是民族文学作家有意识地建构民族认同的体现。

在当代少数民族小说中，对故事的干预除了单一的解释性干预或评价性干预之外，还有一种是综合了二者的情况。如《谁有美丽的红指甲》中：“海风吹来了，白帆在小姑娘头上打转，海面上跃起一簇簇绿玉似的浪花，她趴在船边上看，啊！她看见了洱海碧水潋滟，水那边远远的三塔。瞧啊！高高的十九峰顶，那里曾是她祖先泊船的地方。那最早住在苍山顶上的白族人，他们套住野羊让它犁地，他们放出白鹤让它寻找能种麦子的地方，他们跟着洱海渐渐下降的水位走下苍山，建起了古南诏第一座城市——太和城。它像一颗灿烂的明珠在八世纪的东南亚大陆上熠熠闪光！这些伟大的白族人，他们把白象送给西南高原上的吐蕃人，像亲兄弟一般与吐蕃人友好相处；他们把南疆土地上最美的乐舞送进长安，向各民族人民捧出一片赤诚的心；他们在洱海沿岸创造着灿烂的古代文明，他们在苍山脚下建立起数不清的城市……”② 这一段文字的内容似乎是小说中的主人公“她”（白姐）所看见的，但紧接着小说写道：“然而这个小姑娘（白姐——作者注）是不知道的，她只会看着顺十八溪水漂到海面上的花瓣、鸟

---

① 赵毅衡：《当说者被说的时候》，中国人民大学出版社1998年版，第41页。

② 中国作家协会编：《新中国成立60周年少数民族文学作品选·中篇小说卷（5册）》，作家出版社2009年版，第1134页。

羽，自个儿甜蜜蜜地笑。”[1] 这就泄露了叙事的秘密：既然这些不是“小姑娘”看到的，那又是谁叙述出来的呢？答案就是叙述者，是叙述者对故事的一种干预。此外，在这段文字中既有解释性的干预又有评价性的干预。类似的例子还有：《佤家人》中：“佤家山民的所谓蛮悍，只是对反动官家、佤霸财主，对那些将他们视为可欺的傻瓜，肆意蹂躏，不把他们当人尊重的恶徒。至于其他一切来客，他们都是善意接待的。所以，在那大民族主义恶性摧残的历史上，佤家这个民族不但没有毁灭，仍能开化前进，便与他们和各民族的兄弟友善往来，好友好客，重情重义有关。”[2]《争执》中：“哈萨克人又有他引以为自豪的长处。他们有靠记忆保存下来的珍贵财富。这个财富，源远流长，使世人瞩目。他们只要聚在一起，就能出口成章，即兴诵诗。那绵延不绝于耳的诗歌犹如茂密的森林，犹如滔滔的江河，永远不会衰败，永远不会枯竭。他们也还有一人弹唱，众人应和的永不失传的歌唱和乐曲，还有其他许许多多宝贵的文化财富。哈萨克那些顽皮的男孩子们，梳辫子的姑娘们，从一来到人间，听到的就是悦耳的音响。他们自小耳濡目染，受到诗歌音乐的熏陶，都能诵诗唱歌，都从父辈那里继承下来这种宝贵的文化财富。”[3] 在这样一些例子中，通过对故事的干预所生发的民族认同也是不言而喻的。鉴于上文已有对两种干预形式的分别阐述，这里不再赘述。

上面所说的叙述者干预生发出民族认同是在民族文学作家对本民族及其文化的认同意义上来看待“民族认同”的。除此之外，叙述者干预建构出的民族认同还超越了对本民族的认同，涉及对他民族的认同和民族之间的互相认同。

如《争执》中：“蒙古人和哈萨克人都是住毡房的游牧民族。他们在一起生活了几个世纪。哈萨克牧民搬家转场时使用骆驼。蒙古人

---

① 中国作家协会编：《新中国成立 60 周年少数民族文学作品选 · 中篇小说卷（5 册）》，作家出版社 2009 年版，第 1134 页。

② 同上书，第 666—667 页。

③ 同上书，第 512 页。

既用骆驼，也用牛。哈萨克支毡房的乌克是弯的，蒙古的乌克是直的。这两个在游牧生活中非常近似的民族本来相互通婚，保持着许多亲戚关系。但是后来，伊斯兰教为了加强自己的统治，把他们分成了'穆斯林'和'异教徒'。于是，本来有亲戚关系的哈萨克人和蒙古人之间的来往受到了限制，哈萨克人非要让从蒙古人那里娶来的媳妇加入伊斯兰教不可……解放了，这两个情同手足的民族步入到新的社会。他们带着各自的特点重又汇合到一起了。"①

《侗家人》中："是的，许多江湖术士，将进步文化带到侗家山寨时，往往也同时带来了封建迷信、虚假欺诈。但是，第一个来到侗寨帮助修房建屋的木匠，却真诚地以其成果，将墨守在木碓石臼中的侗民，引向了简单的水力机械年代。据说很久很久以前，一位小商小贩，挑了一挑火柴来到侗家山区，索价一张虎皮或两只麝香才换给一盒神秘的'洋火'。回去，他一变而为资本家。他虽为的是一本万利，但他舍死冒险进入视为野人区的侗寨，却总算使山民知道了山外世界突飞猛进的文明。"②

《争执》中的这段文字属于解释性干预，追溯了蒙古族和哈萨克族两个民族交往的历史，突出了他们之间的友好关系。而《侗家人》中的这段文字则属于评价性干预，在客观地评价外族人和侗族人的交往给后者带来的积极的和消极的双重影响时，更强调了其积极的一面。"任何一种文化，只有在与其他文化的接触和交流中才能获得新的发展，而具有积极摄取异文化中有益的成分整合为自己有用的东西的机制，更能促使一种文化不断获得新的动力。从这个意义上讲，对异文化的认同就显得十分重要。"③ 应该说，民族认同本身当然有其积极的意义，但也容易陷入狭隘民族主义的误区。真正意义上的民族认同应该能促进民族的团结和不断发展，因而有必要克服自己文化认

---

① 中国作家协会编：《新中国成立60周年少数民族文学作品选·中篇小说卷（5册）》，作家出版社2009年版，第574—575页。

② 同上书，第667页。

③ 郑晓云：《文化认同论》，中国社会科学出版社1992年版，第199页。

同上的障碍，善于认同别的民族及其文化特别是那些更加先进文明的文化。况且在我们的国家范围内，各个兄弟民族之间有着共同的目标和利益，且有着友好往来的历史，更应该彼此认同，团结合作，共同进步。可以说，上面两个例子中的叙述者干预都对此有着充分的认识，通过强调外民族的先进文化对本民族的积极影响和外民族与本民族之间的友好关系，达到了在一种开放的、积极的民族意识下建构民族认同的效果。

从民族认同理论的角度看，本质主义的民族认同论强调民族文化的纯粹性，这样一种民族认同的观点在当今时代已很难有立足之地。"当今所有主要的文化，如果我们恰恰要对它们进行详尽的研究的话，那么它们都会使我们产生这样的印象：这些文化都是一些有趣的混合物。"① 陶东风也认为："所谓身份或认同都不是固定不变的，而是流动的、复合性的，这一点在文化的交流与传播空前加剧、加速的全球化时代尤其明显。在这样一个时代，我们已经很难想象什么纯粹的、绝对的、本真的族性或认同（比如中华性）……"② 新中国成立以来我国各个少数民族在建设一个新的民族国家的目标下统一到一起，在文化上的沟通和交流较之以前更为频繁，文化的交融较之以前更为深广。在这种情况下再要一味地追求民族文化的纯粹性和同质化已不大可能。况且各个民族的文化都有自己的长处，真正的民族认同应该是取长补短，在与他民族文化的交往中努力发展自身的文化而不是徒劳无益地一味追求民族文化的纯粹性。从这个意义上说，上面例子中通过叙述者干预对这种民族文化关系的书写可以看作一种新型的民族认同建构，当然也是一种符合我国少数民族文化发展现实的反映。

---

① ［荷兰］佛克马、［荷兰］E. 蚁布思：《文学研究与文化参与》，俞国强译，北京大学出版社1996年版，第152页。

② 王宁、薛晓源主编：《全球化与后殖民批评》，中央编译出版局1998年版，第196页。

小 结

如上所述，在当代少数民族小说叙事和民族认同之间存在着紧密、复杂又隐秘的联系。从总体上看，本章的研究能给我们如下理论启示。

其一，当代少数民族小说叙事有一种建构民族认同的功能，这构成了当代少数民族小说叙事的一个特点，把这一特点与汉族文学相比显得尤为明显。这一方面与叙事自身的特点和规律有关，另一方面也源于民族文学作家建构民族认同的创作意图和实践，是这种建构民族认同的诉求在小说叙事上的某种反映和折射。因此，在对民族文学比如当代少数民族小说进行研究时，应该注意其叙事和民族认同之间的隐秘而复杂的关联。应考察其叙事是否与民族认同的生成有关，具体而言又是如何生成民族认同的和生成了什么样的民族认同特性等。这样的研究必定能加深我们对民族文学叙事的深层理解。事实上，已有不少论者对民族文学特别是其小说叙事进行了较为全面和深入的考察，并取得了一些可喜的成果。笔者也正是从当代少数民族小说叙事和民族认同建构的角度做了一种尝试性研究。

其二，叙事具有生成认同和民族认同的特性。叙事不仅仅是纯粹形式的东西，作为一种“有意味的形式”，它也可以生发出一定的思想意义。叙事生成民族认同特性表现在许多方面，如叙事人称、叙事视角、叙事结构、叙事者干预、叙事与民族文化的融合等。而叙事对民族认同特性生成的具体表现和策略又是多种多样的。后经典叙事学突破了经典叙事学把叙事研究的范围局限于文本内部的弊端，注重把叙事的内部研究和外部研究相结合，这种研究也构成了当前叙事学研究的整体趋势。在这样一种研究的宏观语境下，考察文学叙事与认同和民族认同的关系就具有重要的意义。不过迄今为止，关于这一问题尚未发现有人对此作过专门系统的研究。因而笔者的这一研究虽是着眼于特定的研究对象，但从中引出的某些认识或许具有一定的普遍意义，可以启发我们对文学叙事与认同和民族认同关系的新认识。

其三，认同和民族认同通过文学叙事建构。建构的认同论认为，认同（包括民族认同）是一种建构的行为和结果，建构需要借助于特定的媒介和手段。比如对民族认同的建构可以借助于血缘、语言、宗教等。本章的研究表明，民族认同可以通过小说叙事来建构，这种建构往往是作家有意为之的行为，是作家有意识地借助于小说叙事来建构其民族认同的结果。这一研究无疑可以扩展我们对建构的认同和民族认同的认识。当然，文学叙事有其特有的规律，想要借助文学叙事来完成建构认同和民族认同的目的就必须深入地了解文学叙事自身的特点。与此同时，还必须实现认同和民族认同与文学叙事之间有机的契合。从某种意义上说，是要实现认同和民族认同与叙事之间的“异质同构”。只有这样，才能更好地实现一种建构认同和民族认同的理想。

第四章

中国当代少数民族小说文体与民族认同建构

在本章中，笔者试图探讨中国当代少数民族小说的文体与民族认同建构的关系。同前一章一样，笔者认为首先应该追问这一研究本身的合法性：这种研究是可行的吗？如何证明这种合法性？笔者认为这种研究有其合法性和合理性，理由如下：

首先，从形式和内容的关系上看。对于形式和内容二者关系的认识，可以说以20世纪初为界限分为两个阶段。在20世纪初以前，内容和形式是决然分裂的，不可把它们混为一谈。形式被看作表现内容的工具，它们就好比瓶和水的关系。内容是主要的，形式是次要的。对文本的研究往往是先分析内容再看形式，并且对形式的分析要围绕对内容的表达来进行。在这样一种观念下，“为形式而形式”是不可取的，往往会遭到批判。到20世纪初，俄国形式主义文论异军突起，对形式和内容的关系作出了颠覆性的认识。首先也是重要的一点就是，俄国形式主义者反对将形式和内容割裂开来，反倒认为形式和内容密不可分。比如俄国形式主义的主将之一日尔蒙斯基认为：“艺术中任何一种新内容都不可避免地表现为形式，因为，在艺术中不存在没有得到形式体现即没有给自己找到表达方式的内容。同理，任何形式上的变化都已是新内容的发掘，因为，既然根据定义来理解，形式是一定内容的表达程序，那么空洞的形式就是不可思议的。所以，这种划分的约定性使之变得苍白无力，而无法弄清纯形式因素在艺术作品的艺术结构中的特性。”① 基

① 参见方珊《形式主义文论》，山东教育出版社2002年版，第81页。

于这样一种关系，形式就不是可有可无的。事实上，从俄国形式主义文论来看，形式的重要性远大于内容，二者之间的关系变成了它们以前关系的逆转状态。俄国形式主义之后，英美新批评和法国结构主义文论对形式作了进一步研究。可以说，这些形式主义文论一方面纠正了人们以前对内容和形式关系的偏颇认识，另一方面又把形式的意义强调到一种极端的地步。形式主义文论之后，人们对形式和内容的关系逐渐形成了一种全面的科学认识：既看到文本形式的重要性，又不把形式的意义置于高于一切的位置。当然，人们更不会重走只看内容不顾或轻视形式的老路。

和叙事一样，文体也属于形式的范畴。而民族认同在某种意义上是一种意识形式，属于文本所传达的内容范畴。既然形式和内容的关系密不可分，文体和民族认同建构在特定的情境下就有结合起来的必要性和可能性。正是在这个意义上，笔者认为考察当代少数民族小说文体和民族认同建构的关系有其学理的合法性。

其次，从文体的情况看，其本身具有“民族性”的特点。“文体作为作家的创造，必然要折射民族的特征。”[①] 从历史上看，不同民族的作家作品往往会形成各具民族特色的文体。对此，伏尔泰有一段精彩论述：“在最杰出的近代作家身上，他们自己国家的特点可以通过他们对古人的模仿中看出来；他们的花朵和果实虽然得到了同一太阳的温暖，并且在同一太阳的照射下成熟起来，但他们从培育他们的国土上接受了不同的趣味、色彩和形式。从写作的文体来认出一个意大利人、一个法国人、一个英国人或一个西班牙人，就像从他面孔的轮廓、他的发音和他的行动举止来认出他的国籍一样容易。意大利语的柔和和甜蜜在不知不觉中渗入意大利作家的资质中去。在我看来，辞藻的华丽、隐喻的运用、文体的庄严，通常标志着西班牙作家的特点。对于英国人来说，他们更加讲究作品的力量，活力和雄浑，他们爱讽喻和明喻胜于一切。法国人则具有明彻、严密和优雅的文体。他们既没有英国人的力量，也没有意大利人的柔和，前者在他们看来显

① 童庆炳：《文体与文体的创造》，云南人民出版社1999年版，第188页。

得凶猛粗暴，后者在他们看来又未免缺乏须眉气概。”[①] 也就是说，文体的民族特色实际上是民族的特性在文本文体上的投射。这也启发我们，文体的民族性在某种意义上其实是一种民族认同建构的结果，因而对某些具有民族特色的文体形式的考察就可以发掘出各民族作家建构民族认同的意图和策略。

当然，以上还是在广义的“民族”意义上谈论它和文体的关系。在狭义的“民族”意义上看（本书就是在狭义上来使用“民族”这一概念，即指中国55个少数民族），这种结论仍然成立。比如有论者指出“苗族的文学，包括中国当代的苗族作家的创作，大都带有一点神秘性，幻想性，浪漫性和泛神论色彩”[②]，这其实与苗族的神巫文化及其思维方式有关。费孝通先生认为：“一个民族的共同心理，在不同时间、不同场合，可以有深浅强弱的不同。为了要加强团结，一个民族总是要设法巩固其共同心理。它总是要强调一些有别于其他民族的丰富习惯、生活方式的特点，赋予强烈的感情，把它升华为代表这一民族的标志；还常常把从长期共同生活中创造出来的喜闻乐见的风格，加以渲染宣扬，提高成为民族形式，并且进行艺术加工，使人一望而知这是某某民族的东西，也就是所谓民族风格。这些其实都是民族共同心理的表现，并且起着维持和巩固其成为一体的作用。”[③] 这里所说的“风格”即为文体的表现形式之一。这里认为“民族风格”“是民族共同心理的表现，并且起着维持和巩固其成为一体的作用”，也就是认为：民族风格或文体发挥了民族认同建构的功能，因为民族认同的作用之一就是能把民族成员维系在一起，构成一个“共同体”（鲍曼语）。

另外，和叙事一样，在文学的四大文体中，小说文体的特点是最为丰富和典型的，这也为民族文学作家借助小说文体建构民族认同提

① ［法］伏尔泰：《论史诗》，转引自《西方文论选（上卷）》，上海译文出版社1979年版，第322页。

② 龙长吟：《民族文学学论纲》，湖南文艺出版社1997年版，第253页。

③ 费孝通：《费孝通民族研究文集》，民族出版社1988年版，第174页。

供了更多的可能性。正是考虑到这一点，笔者选择了当代民族作家文学的小说文体考察其对民族认同的建构问题。

最后，从当代少数民族小说的实际情况看，它们在文体选择上往往具有自觉的民族化追求，这就为我们的研究提供了现实的基础。比如民族文学研究专家张直心曾撰有论文《“汉化”?“欧化”?——少数民族作家汉语写作的文体探索》，认为某位少数民族青年作家提出过“宁肯欧化，也不汉化”的口号，实际上反映出民族文学作家们在“汉化”或“欧化”上选择的困惑。而不管“汉化”也好，“欧化”也罢，最后还得以“民族化”为旨归。作者还重点以云南的佤族作家董秀英为例，展示了她在文体的民族化写作实践上所作的艺术探索和突出贡献[①]。在另一篇论文《探寻民族审美的可能性——当代少数民族小说形式研究断想》中，张直心又指出当代少数民族小说文体方面的一些特点：“诸如汉语写作与母语神采、诗性思维与歌体叙事、神话重构与原型复现，乃至审美风韵的‘同而不和’与‘和而不同’……”[②] 这其实告诉我们，民族文学作家们为更好地创作具有民族特色的作品，建构自身的民族认同，有意识地调动了作品的文体形式这一资源。面对民族文学作家在文体形式上的自觉意识和实践，我们应给以充分的重视和理论的阐释，以充分发掘民族文学的价值，开拓民族文学新的研究空间。

由上可知，我们对当代少数民族小说文体与民族认同建构的考察有着充分的学理依据。鉴于这一问题本身的新颖性，对之作一种较为全面系统的考察就是一件颇有意义的事情。笔者将会在本书中做一次尝试，希望能得出一些富有价值的理论启示。同前章一样，之所以选择从如下方面展开论述，是因为中国当代少数民族小说中的这些文体现象都与民族认同的建构相关。

---

① 张直心：《“汉化”?“欧化”?——少数民族作家汉语写作的文体探索》，《民族文学研究》1998 年第 4 期。

② 张直心：《探寻民族审美的可能性——当代少数民族小说形式研究断想》，《文艺争鸣》2010 年第 5 期。

第一节　抒情性与民族认同

在笔者对“民族认同”的概念界定中，其含义之一就是“感情归属”。也就是说，民族认同建构的标志之一就是在感情上表现出对本民族的强烈认同，甚至在“民族”这个客体上寄托自己的感情归宿。而在对中国当代少数民族小说的考察中，笔者发现，许多作品都表现出强烈的抒情性特点，而且所抒之情往往是一种对自己母族的认同之情，借用作家阿来的话，可以把这种写作方式称为“怀乡的写作”。

不妨看这样几个例子。

啊！壮阔、无边的草原！你那千万条凹凸不平的山、岭、沟、坡，是伟大的力的源流啊！即使在严寒的冰雪天，他们也穿过冻裂的底层，向这里的人民吐放滚滚的热流！是它，滋养着这里的人民；是它，陶冶着这里的人民。自古至今，我们的人民——草原的儿女，曾经蒙受过多少灾难，然而他们依然生存下来了。严寒，只不过是在他们那粗糙的手背上，留下几条冻伤的痕迹，但是没有能够把他们的生命窒息；荒火，只不过是烧毁这里的几根枯草，但是第二年青草长得更茂盛，花卉开得更鲜艳！①

上天啊，如果灵魂真有轮回，叫我下一生再回到这个地方，我爱这个美丽的地方！②

但是，达瑟啊，至少在我的心里，就从来没有把你和你的好朋友达戈忘记。我总是在一些与机村毫不相干的地方，毫不相干的时候，突然就想起了你们。我总是先想起你，然后，马上就想到了你的朋友。你们这两个人突然出现在心头，没来由地出现在

① 玛拉沁夫：《茫茫的草原》，人民文学出版社 2007 年版，第 352—353 页。

② 阿来：《尘埃落定》，人民文学出版社 2000 年版，第 407 页。

心头，那就是我想起家乡的时候了。①

以上所列的这些文字还只是出现在小说中的个别地方（也是文中特别的地方，比如文中章节的开头或末尾），张承志的《心灵史》则全书都充满了抒情的笔调，到小说结束的时候甚至用了好几页的篇幅专门来抒情，并在这种抒情的高潮中结束了整部小说，突出地显示出张承志小说特有的诗化风格（情感饱满）。

一般来说，抒情有两种方式：直接抒情和间接抒情。前者又称为直抒胸臆，即直接而无遮挡地抒发内心的情感；后者则是通过把情感借助于叙述、描写、议论等方式而表达出来，是一种间接而含蓄的抒情方式。当然，这种划分是相对的，有时候直接抒情和间接抒情难以真正分清。笔者在这里所谈的抒情性就包含了直接抒情和间接抒情两种方式。笔者把弥漫在小说中通过间接的手段表达了对自身民族认同情感的称为间接抒情，这种现象是普遍的，也比较容易感受到，特别是把这些小说和汉族作家作品中的“零度写作”现象加以比较会更加明显。不过这类抒情因为情感的抒发往往不如直接抒情那么强烈，故而这里我们主要以上面所列举的直接抒情现象进行讨论。

笔者发现，在以上所列举的这些例子中，叙事者（在这里某种程度上可被看作作者）所抒情的对象或者是某个地方（如草原），或者是某个人物（如《空山》中的达瑟），似乎并没有直接提到“民族”并抒发对“民族”的认同之情，那么认为这种抒情就是表达了对民族的认同的观点是否可靠？其实，这种疑惑本身并无必要。关于民族认同的建构机制，英国学者迈克·费瑟斯通在《消解文化——全球化、后现代主义与认同》一书中曾有过精辟的论述：“实际上，一种民族认同的文化塑造过程总是会导致部分被用来代表群体：关于民族的某一种特殊表述被当作普遍的和共同承认的东

① 阿来：《空山（三部曲）》，人民文学出版社2009年版，第307页。

西而得到了呈现。"[1] 何以如此呢？这或许是因为“一个民族是一个抽象的集合体，它太大了以至于无法直接被人们感受到”[2]，因此人们倾向于用一种“以部分指代全体”的方式来塑造民族文化的认同。这样就可以理解，虽然上面的例子中抒情的对象是某个地方或人物，但在作者的笔下，它们实际上已经被当作民族的代表，或者说已经成为一种民族的标志物，故而抒发对民族标志物的感情也就是抒发对民族本身的感情。

《茫茫的草原》中的这段话是以一种作者直接介入小说的方式来表达对草原的礼赞。类似的抒情方式在全书中还有多处。这种抒情能够明显地看出是叙事者（在这里也等同于作者）的所为，在文本效果上其实打破了小说由第三人称构造的某种“真实性幻觉”，从艺术处理上看显然不是最好的选择。但作者执意以这种并不高明的、可能会破坏作品审美效果的方式多次抒情，其目的笔者以为主要就是凸显作者（由叙事者替代）强烈的民族认同。另外，《茫茫的草原》和《尘埃落定》中的抒情段落都出现在小说的结尾处，这应该是作家们的一种有意安排，事实上这在当代少数民族的其他小说中也较为常见。笔者认为这是作家们把在写作中调动起来的对母族的感情全部集聚起来，作了一次集中的“爆发”，由此也让作者的民族认同情感明朗化，并形成了全书情感的高潮部分。中国古代文论讲创作章法时有“豹尾”一说，而这种“豹尾”如果是以一种强烈抒情而完成，无疑能给人以长久的回味。比如像阿来《尘埃落定》结尾处的这句话所体现的直接抒情方式在文中应该是绝无仅有的，因而格外引人注目。它是文中的主人公“傻子”在临死前的一句自白，表达了一种对家乡的深深依恋和热爱。鉴于阿来在小说创作中在表达民族认同时一贯的含蓄和隐晦风格，笔者以为它也透露出作者阿来心中的情感密码，是我们在研究阿来的民族认同时绝不应忽视的一个文本证据。再比如

---

① ［英］迈克·费瑟斯通：《消解文化——全球化、后现代主义与认同》，杨渝东译，北京大学出版社2009年版，第156页。

② 同上书，第157页。

张承志的《心灵史》，可以说在小说一开始读者就可以感受到作者对回族的哲合忍耶教派深深的迷恋和敬仰，这种感情的暗流涌动在小说的字里行间，一直往前流淌。等到小说结束，作者似乎已经无法遏制对哲合忍耶教派和回族的感情，并由此产生了深深的感情依附之情，不得不（从某种意义上说也是最好的处理）把所有的叙述、描写和议论都转为了直接的抒情，似乎要在这种抒发中把自己融入所礼赞的对象之中。事实上从他最后皈依伊斯兰教（哲合忍耶）教派的结果看，他也确实这样做了，从而以一种"现实的书写"呼应了对"民族文化的'二度写作'"①，或称文本的创作。

抒情色彩强烈是很多当代少数民族小说的一大特征，而且这种抒情的对象直接或间接指向的是作者的母族。这样的情感抒发往往真挚而强烈，很容易唤起作为读者的本民族成员的共鸣，因为民族是他们彼此可以借助文本加以想象的一个"共同体"②。另外，这种抒情也能够博得其他民族读者的认同，因为"人同此心，心同此理"，每一个人对自己的民族都怀着类似的感情，我们可以在别人的抒情中体味和强化自己的情感。当然还有一点是不言自明的，我们之所以会欣赏别人的感情，是因为"我们"和"别人"都处于一个更大的中华民族共同体当中，这种一体的感觉在我们欣赏别人的感情中也起到了重要的作用。试想一下，如果一部作品是别国民族的作者所写，哪怕他把这种感情抒发的更强烈、更成功，我们心中引发的感动可能都会因此削弱不少。

第二节　重述神话史诗与民族认同

在当代少数民族小说中，经常可见这样一种特殊的文体现象：作品中频繁出现本民族神话、史诗等的身影。从文体的意义上说，神话

---

① 徐新建：《本土认同的全球性——兼论民族文化的"三度写作"》，《西南民族大学学报》2004 年第 1 期。

② 参见［英］齐格蒙特·鲍曼《共同体》，欧阳景根译，江苏人民出版社 2007 年版。

和史诗都是文学出现之初产生的一些文体，属于民间口头文学的范畴。在我国各民族文学都已由民间口头文学迈进作家书面文学的今天，各民族虽然还会保留着以往早期的神话史诗等内容，但不再会生产出新的神话史诗，因为这些属于人类童年时期的文体形式，在今天已经失去了诞生的土壤。尽管有学者也把某类小说视为一种“现代史诗的形式”①，但从一般意义上说，在西方，“我们所用的‘小说’这个术语直到十八世纪末才得以充分确认”②。因此小说本质上是一种现代意义的文体形式。既然如此，在这些小说中出现神话史诗等早期的文体形式就很耐人寻味。从现象的层面上，我把它称为“重述神话史诗”。这里的“重述”有两种形式，一种为原封不动地引用，另一种为用小说的语言加以改写。这里的“神话史诗”当然主要指神话和史诗这两种文体，也可包含传说等其他的早期文体形式。之所以把神话和史诗放在一起表述，是因为尽管它们性质不同，但又关系密切。从文体的意义上说，“神话孕育了史诗”③，比如希腊神话就孕育了希腊史诗。从民族文学的实际情况看，神话和史诗有时候又是合为一体的，很难截然分开，比如《格萨尔王传》既是史诗，又是神话。

这里不妨作一个粗略的统计。在中国当代少数民族小说中，出现“重述神话史诗”现象的优秀长篇小说有藏族作家阿来的《尘埃落定》和《格萨尔王》、佤族作家董秀英的《摄魂之地》、满族作家朱春雨的《血菩提》、回族作家查舜的《穆斯林的儿女们》和彝族作家纳张元的《走出寓言》等。在中国作家协会编辑的九卷本的《新中国成立60周年少数民族文学作品选》中，收录的中篇小说出现“重述神话史诗”现象的有维吾尔族作家穆罕默德·巴格拉希的《心山》、满族作家庞天舒的《蓝旗兵巴图鲁》；收录的短篇小说出现“重述神话史诗”现象的有白族作家杨苏的《没有织完的筒裙》、瑶族作家蓝怀昌的《布鲁伯牛掉下了眼泪》、蒙古族作家敖德斯尔的

---

① 保罗·麦钱特：《史诗》，王星译，昆仑出版社1993年版，第95页。

② ［英］瓦特：《小说的兴起》，高原等译，三联书店1988年版，第2页。

③ 龙长吟：《民族文学学论纲》，湖南文艺出版社1997年版，第342页。

《阿力玛斯之歌》等。

这里试举几例。

在董秀英的《摄魂之地》中，小说引用了这样几段神话史诗：

一个是天神
一个是地神
天神地神捆在一起
造了月亮
造了太阳
月亮晚上来
太阳早上升
照得大地亮堂堂。

天神地神
做了植物放在土地上
做了飞禽走兽放在林子里
做了人放在石头洞里埋着
人在洞里难过哇哇大哭
鸡神、狗神、马鹿神来凿洞
洞口就是不开
小米雀磨快长刀嘴含黑线
凿开了石头洞。

人从石头洞里出来
老虎不准人来地面
出来一个老虎咬死一个
又出来一个老虎又咬死一个
黑老鼠说不准咬人
老虎不听
黑老鼠就咬了老虎的尾巴

老虎很疼就跑开了。

人从石头洞里来到了地面上
大树看见了人
想倒下来压死人
蜘蛛说你先来砍我的网
砍不断网就不准压人
大树砍不断蜘蛛网
就不压人了。

这以后
人和飞禽走兽
人和大自然
在老天老地的中间过日子……①

而在书中的另外一个地方，作者又不惜笔墨，用了好几页（第55—59页）的篇幅，对佤族的来源神话用小说的语言作了更为全面、更为详尽的重述。其中也包括上面那几段诗歌的内容，近似于一种重复的叙述。

而在彝族作家纳张元的小说《走出寓言》中，作者在篇首题词时也援用了彝寨创世神话："远古的时候，天裹着地，地连着天，格兹（彝族传说中主宰一切的神）一声怒吼，天上升、地下沉，混沌初开，万物出世。撮矮阿于（传说中人的始祖）捏了一些泥人，放进空心树洞中，性急的一个月就爬出来，是鸡，两个月出来的是鼠，三个月出来的是猪，四个月出来的是狗，九个月出来的是人，十个月才出来的变成牛马。人爬出来的那天，天空中高悬起七个太阳……"②

如果说上面所举的例子还只是一种"局部地"重述神话史诗的话

① 董秀英：《摄魂之地》，云南人民出版社1992年版，第104—105页。

② 纳张元：《走出寓言》，《十月》1998年第4期。

(还有很多，比如查舜的《穆斯林的儿女们》中讲述了关于宰牲节的传说等)，还有一种情况则是“整体地”重述神话史诗，即整部小说都是对神话史诗的重述（当然作为一种作家个性创作活动的产物，这种重述已带有许多改写的成分)，比如阿来的小说《格萨尔王》即是对藏族神话史诗《格萨尔王传》的一种整体重述（具体内容见后面的“一个个案：民族认同与文学建构——以阿来小说《格萨尔王》为例”部分)。

作为一种带有普遍性的写作现象，民族文学作家何以会不约而同地在小说中重述神话史诗呢？

曾经有一段时期，在文学界流传着这样一种说法：中国文学中没有史诗，很多人对此表示认同。今天我们都明白了这一观点的错误性：这是没有发现少数民族中存在大量的史诗和以汉族文学代表了整个中国文学的结果。实际上，在我国少数民族中保存的史诗不仅数量繁多，质量也颇高，其中最为著名的就是三大史诗：藏族的《格萨尔王传》、蒙古族的《江格尔》和柯尔克孜族的《玛纳斯》。“神话具有历史的影子，是原始时代人类精神生活和物质生活的百科全书式的集体表象。”[①]“神话的基础是真实的事件，史诗的内容是民族历史的形象记录。”[②] 由此可见，神话和史诗都是极具民族特色的文学形式。在我国许多少数民族中都有自己的神话和史诗，这无疑构成了民族文学作家进行创作的一笔宝贵财富，以上所举的例子中就是少数民族作家对本民族神话和史诗自觉运用的表现。

进一步看，在这种自觉地运用本民族的神话、史诗、传说等的同时，实际上传达出作者建构民族认同的创作意图和艺术效果。这是因为，首先，神话史诗传说等这些民族早期的文学形式是民族文化的最好载体形式，这些文学从其诞生之日起流传至今，对民族的文化产生着深远的影响。“神话既是一个民族整体民族精神的表征，又反过来制约着民族精神的走向和发展，长时期地影响着民族的精神内核和基

① 龙长吟：《民族文学学论纲》，湖南文艺出版社 1997 年版，第 338 页。

② 同上书，第 75—76 页。

本内容。古代神话既受古代民族思维方式的制约，又影响着一个民族的整体思维方式。”① 史诗更是如此，它往往在各民族的生活中被广泛地传唱，有的还有专门的传唱人，比如藏族史诗《格萨尔王传》。因此，作者借用这些神话史诗其实也就是回到本民族的历史文化，向本民族的文化传统致敬。其次，神话史诗本身就具有民族认同的功能。“认同研究发现，几乎每个民族都有自己关于起源的神话，这些神话在建构一个民族和文化对自己根源或源头方面起到了非常重要的作用。这种神话包括起源的时间、空间、远祖人物及其传说等，它们对于形成一种共享同源的象征符号具有重要作用。”② “在认同的表达与沟通的各种层面上，史诗所发挥的功能差异似乎很小。其主要功能是为认同的表达提供可以理解的符号。集体不间断地进行认同沟通的需要，激活了那些被默认的关键符号系统的衍化，甚至有的符号解释枝杈丛生；同时他们还能够在不同的人群、地方社会、民族和国家中，创造整体意识。史诗是丰富的文化储藏库，是这类符号的最初源泉。”③ 也就是说，神话和史诗本身都可以充当一种用来作为认同的“符号”手段，对它们的使用不仅反映出作者的民族认同心理，还可以在民族的成员中“创造整体意识”，达成民族成员共同体之间的认同。这里，我们不妨以一位论者对乌热尔图小说的论述为例来加以佐证：“乌热尔图唯恐整体性的鄂温克文化被‘切割采样’、‘改头换面的占用’；故而力图将现实、历史与部落神话、传说、图腾连通，寻根溯源，借那些‘隐形文本’，‘阐释整个部族的精神世界，使其更具凝聚力与民族意识，以便同其他生存群体相区别’。”④ 根据认同理论，认同的特点一方面对内具有同一性，另一方面对外则有区别性，乌热尔图在其小说中穿插神话、传说等文体，不仅为了增强本民族的“凝聚力”，也为了“同其他生存群体相区别”，由此可以看出，是出

① 龙长吟：《民族文学学论纲》，湖南文艺出版社 1997 年版，第 339 页。

② 周宪主编：《文学与认同：跨学科的反思》，中华书局 2008 年版，第 193 页。

③ ［芬兰］劳里·航柯：《史诗与认同表达》，《民族文学研究》2001 年第 2 期。

④ 关纪新主编：《20 世纪中华各民族文学关系研究》，民族出版社 2006 年版，第 100 页。

于一种建构民族认同的创作目的。

从文体的效果上看，在小说中重述神话史诗也带来了一种奇特的文体效果：文体的杂糅。而且这还不是一般的文体混杂现象，它的背后寄寓着丰富而奇妙的文化寓意。一方面，神话史诗作为一种古老的文学体裁，它表征着一个民族遥远的过去和传统；另一方面，小说作为一种现代的文体形式，书写的却是民族现代或后现代的生活内容。按照常理而言，二者格格不入，必然会发生冲突，造成文本的撕裂和混乱效果。但在重述神话史诗的这些当代少数民族小说中，我们却感觉不到二者的冲突和不协调现象。恰恰相反，神话史诗和当代生活，过去和现在被有机地安置在文本中并和谐地相处。这是为什么？首先，这是因为神话史诗和当代生活、过去和现在都有着同一个“主体”，这就是“民族”。也就是说，二者虽然是不同时间形态的内容，但却并不是完全不相关的两种事物，而是被“民族”这样一根红线穿在一起，从而在二者之间建立了某种联系。进一步看，这种联系其实还不是松散的，而是紧密的。神话史诗绝不是某种与当下生活毫不相干的历史遗留物，相反，在当代少数民族小说中，神话史诗是一种活态的存在物，对现实施加着影响。试看《摄魂之地》中的这几段文字：

> 小米雀飞来了，叶嘎让它们踩着最好的谷穗，让它们吃饱后再走。
>
> 人在洞里出不来，是小米雀啄开洞门，人才从洞里走来到地面上。小米雀来吃谷子，阿佤人给它吃最好的。
>
> 成群的灰老鼠窜进了谷地，守地的人用弩射它，用石块打它。
>
> 黑老鼠来了，阿佤人喜欢。
>
> 人来到地面上时，老虎要咬人，是黑老鼠咬了老虎的尾巴，老虎才跑了。人要感谢黑老鼠，黑老鼠想吃什么就给什么。①

---

① 董秀英：《摄魂之地》，云南人民出版社1992年版，第116—117页。

在佤族的创世神话中，小米雀和黑老鼠曾有恩于阿佤人的祖先，灰老鼠曾与人类作对，这些民族的族源神话内容都深深地影响了后世的阿佤人的现实生活，直接决定了阿佤人对待小米雀、灰老鼠和黑老鼠的爱憎感情和行为。在这里，神话史诗与民族的当下生活是如此紧密地关联在一起，神话就这样“照进”了民族的现实。在白族作家杨苏的短篇小说《没有织完的筒裙》中也有类似的书写。在主人公娜梦问阿妈“我们戴瓦人的筒裙，怎么老是织些花呀，鸟的羽毛”的时候，阿妈给她讲述了这样一个传说：“戴瓦人筒裙上的花纹不是容易来的，阿公阿祖在的时候，我们尊瓦家有个姆娘，心像火塘一样热，哪个见了都喜欢，后来她嫁到梅普家去，可是没有嫁妆，天鬼格莱格桑喜欢她，才叫孔雀、翡翠送羽毛，豹子送花纹，老虎送尾巴，蜈蚣送脚，攀枝花送花瓣，茶子花送香气，叫喜鹊和蜘蛛织成了一条花筒裙，姑娘穿起这条花筒裙，像香檀一样苗条，跟攀枝花一样美丽，这条筒裙的花纹以后才一代代传下来咧！”[①] 传说中筒裙的织法变成了一条不可更改的惯例，以至于娜梦即便对其不满也无可奈何。

有时候，神话对当下的影响是消极的。在瑶族作家蓝怀昌的短篇小说《布鲁伯牛掉下了眼泪》中，女主人公娅妮的丈夫刚去世，按照四大寨自古沿袭下来的没有文字的寨规，要砍杀家里唯一的一头耕牛祭祀丈夫，这将意味着娅妮家陷入更大的生活困顿之中。在幼小的女儿问母亲“不杀牛吃肉不行吗？杀了布鲁伯牛，谁来帮我们拉犁？”[②] 的时候，娅妮愁苦而又无可奈何地给她讲了瑶寨自古流传的一个古老的故事：“那时候，天地间一片苍茫，人们还吃着人肉。谁家老人死了，儿女们就得把肉分给亲友和寨上人吃。有一天，牧童黎坡拉索在坡上放牛，望着母牛生崽，半天生不下来，痛苦极了，母牛流下泪。黎坡拉索回到家里，把这件事讲给母亲听了，然后问：‘生我的时候，你也这样痛苦吗？’母亲点头。从此，善良的黎坡拉索就

---

① 中国作家协会编：《新中国成立60周年少数民族文学作品选·短篇小说卷（4册）》，作家出版社2009年版，第96页。

② 同上书，第986页。

不主张吃人肉了。母亲死后，埋到高高的山上。当亲友和寨上人来要吃他母亲肉的时候，黎坡拉索杀了一头牛给人们吃，将牛角高高地挂在坟前的木桩上。此后，不再吃人肉了，寨里死了人，就砍杀一头大牛给人们吃……”① 千年的故事流传到今天并且依然影响人们的生活，更多的却是为今天的生活蒙上了阴影。

从以上种种情形可以发现，神话史诗和当下生活不仅是被“民族”这根线索相连，而且它们本身就构成了内在的联系。表现在小说中，二者是一体的，而且这种一体性实际上表征了“民族”的“过去”与“现在”的一体性和连续性——这种一体性和连续性恰恰就是认同和“民族认同”的重要特点。也就是说，在小说中“重述神话史诗”这种杂糅性的文体现象具有一种深刻的民族认同功能。进一步看，这种文体的效果何以能够形成呢？这主要源于许多少数民族的文化形态就是一种混杂了前现代、现代甚至后现代的复杂情形，各种文化形态和谐地相处也好，彼此冲突也好，但都一起构成了民族文化的本相。民族文学作家敏锐地看到了这一现实，并将之巧妙地表现于文本，就构成了这样一种文体现象，具有了这样一种民族认同的功能。

从另一角度看，认同和民族认同的建构机制往往与“重复”有关。持建构的民族认同论的学者 E. 霍布斯鲍姆认为民族的传统往往是发明的产物：“那些表面看来声称是古老的‘传统’，其起源的时间往往是相当晚近的，而且有时是被发明出来的。”② 在此基础上，他进一步认为“我们认为，发明传统本质上是一种形式化和仪式化的过程，其特点是与过去相关联，即使只是通过不断重复”。③“‘被发明的传统’意味着一整套通常由已被公开或私下接受的规则所控制的实践活动，具有一种仪式或象征特性，试图通过重复来灌输一定的价

① 中国作家协会编：《新中国成立 60 周年少数民族文学作品选·短篇小说卷（4 册）》，作家出版社 2009 年版，第 986 页。

② ［英］E. 霍布斯鲍姆：《传统的发明》，顾杭等译，译林出版社 2004 年版，第 1 页。

③ 同上书，第 4 页。

值和行为规范，而且必然暗含与过去的连续性。事实上，只要有可能，它们通常就试图与某一适当的具有重大意义的过去建立连续性……然而，就与历史意义重大的过去存在着联系而言，‘被发明的传统’之独特性在于他们与过去的这种连续性大多是人为的。总之，它们采用参照旧形式的方式来回应新形势，或是通过近乎强制性的重复来建立它们自己的过去。”① 笔者认为，这些论述对我们认识民族认同建构与重复的关系具有重要的启示。也就是说，民族（文化）认同的建构往往借“重复”的机制来完成。因为重复的运作实际上就是在这一次和上一次、现在和过去之间建立起某种连续性和一致性，而正是靠着这种连续性和一致性的维持，民族（文化）认同得以发生，殊不知民族认同的典型特征就是连续性和一致性。从这个意义上来看当代少数民族小说中的“重述神话史诗”现象就会发现，无论是原封不动地引用神话史诗还是用小说的语言改写神话史诗，都是对民族的“神话史诗”也即民族文化的一种重复表现。而正是在这种有意无意的“重复”书写中，民族（文化）认同正在被默默建构着。不过，这一现象也可以被反过来看待。重复与民族认同建构的关系既已被推导出来，但我们对这里的“重复”也不能单一地理解为一种毫无变化的“反复”。重复的形式也可以是多种多样的，比如上面就归纳了两种——不变地重复和有限度地改写，当然还可能有其他形式。从这一意义上看，当代少数民族小说的民族认同建构对民族认同理论本身何尝不也作出了理论发展的贡献？

一个个案：民族认同与文学建构——以阿来小说《格萨尔王》为例

早在 2005 年，由英国的坎农格特出版社牵头启动了一个全球性的“重述神话”项目，它是一个世界各国出版社联合参加的全球性出版项目。所谓“重述神话”，按照坎农格特出版社出版人杰米·拜恩的解释，即以神话故事为原型，融合作家的个性风格，重构各国的

① ［英］E. 霍布斯鲍姆：《传统的发明》，顾杭等译，译林出版社 2004 年版，第 2 页。

传统神话，从而重述影响世界文明中积淀了数千年的神话经典。藏族作家阿来的小说《格萨尔王》就名列国内首批出版的“重述神话”系列之中。

格萨尔王是西藏家喻户晓的民族英雄，其传奇故事主要来源神话史诗《格萨尔王传》。作为世界上最长的一部史诗，《格萨尔王传》被誉为“东方的荷马史诗”，享誉世界，至今在西藏各地广为传唱。小说《格萨尔王》对此也有生动描述：“不只是上演——草原上，农庄中，千百年来，都有说唱艺人不断讲述这个故事。”① 《格萨尔王传》内容极其丰富，它融汇了不同时代藏民族关于历史、社会、自然、科学、宗教、道德、风俗、文化、艺术的大量知识，是研究古代藏族社会的一部百科全书。在此意义上，笔者以为，可以把《格萨尔王传》看作西藏民族的一部“传记”。那么，阿来为何要对这个流传千古的格萨尔王故事进行“重述”呢？这里面其实有着深厚的文化背景和动因。作为一个存在了一千多年、深受藏传佛教影响的民族，长期以来藏族文化保持着很大稳定性，却在近些年来受到汉族文化与其他国家和民族文化的强大冲击，民族文化心理也出现了一定的波动和发展中的选择困惑。笔者以为，正是对于民族文化转型和重建现状的敏锐感应，使得阿来选择了回到民族文学和文化传统，通过重写《格萨尔王传》来表达自己的文化思考。本尼迪克特·安德森认为，正如个人在对早年记忆的“疏隔之中产生了一种关于人格的概念，也就是因为不能被‘记忆’而必须被叙述的认同这个概念”。② “适用于现代人物的‘叙述方式’，同样也适用于民族。直觉到自己深深植根在一个世俗的、连续的时间之中，并且直觉到这虽然暗示了连续性，却也暗示了‘遗忘’这个连续性的经验（这是18世纪晚期的历史断裂的产物）——这样的知觉，引发了对‘认同’的叙述的需要。”③

---

① 阿来：《格萨尔王》，重庆出版社2009年版，第13页。

② ［美］本尼迪克特·安德森：《想象的共同体》，吴叡人译，上海世纪出版集团2005年版，第193页。

③ 同上书，第194页。

而“民族的传记”就是满足这种“民族认同”的需要而产生的。根据安德森的观点，阿来对《格萨尔王传》这样一部类似于“民族的传记”的“重述”实际上是基于一种“民族认同”的冲动而被叙述出来的。从内容上看，小说《格萨尔王》分为三个部分：第一部分“神子降生”、第二部分“赛马称王”和第三部分“雄狮归天”，其中以第二部分内容最为详细。而在叙述格萨尔王的辉煌战绩时，又把重点放在了其四大降魔史上，即“北方降魔”“霍岭大战”“保卫盐海”和“门岭大战”。通过这些大大小小的战争，相当充分地表现了格萨尔王超人的力量、智慧和胸怀。此外，小说反复喻示了：魔鬼分为心外之魔和心内之魔。心外之魔可以借助神力消灭，而更为可怕的是心内之魔，比如“搜罗财宝，渴求权力，野有贫寒而锦衣玉食，都是心魔所致”①，要消除这心内之魔就只有求助于佛法了。以上这些，都与史诗《格萨尔王传》的艺术安排基本一致，从而保证了小说的主要内容建立在史诗《格萨尔王传》的基础之上，这也构成了小说能够激发民族认同的有效保障。

人物形象是文学建构民族认同的手段之一。恩格斯说：“据我看来，现实主义的意思是，除细节的真实外，还要真实地再现典型环境中的典型人物。”② 从现实主义文论来看，能够塑造出成功的典型人物在很大程度上就决定了作品的成败。而我们发现，有些典型人物因为其身上负载着丰富而强烈的民族特征，事实上已成为民族认同的重要媒介，比如格萨尔王的形象。作为《格萨尔王传》的主角，格萨尔王是天上的神子下凡，为人间降妖除魔，一生戎马，扬善惩恶，是西藏人民家喻户晓、引以为自豪的旷世英雄。小说《格萨尔王》对这一光彩照人的形象有着充分的艺术表现。可以想见，阿来在小说中通过重新温故格萨尔王的故事必然会激发起深深的民族自豪感和认同感。

---

① 阿来：《格萨尔王》，重庆出版社 2009 年版，第 89 页。

② 北京大学中文系文艺理论教研室编：《马克思 恩格斯 列宁 斯大林论文艺》，人民文学出版社 1980 年版，第 161 页。

故事情节也是文学建构民族认同的手段之一。萨义德在《文化与帝国主义》中认为："故事是殖民探险者和小说家讲述遥远国度的核心内容；它也成为殖民地人民用来确认自己的身份和自己历史存在的方式。"① 作为小说的三要素之一，故事情节在小说中占据着重要地位。许多优秀的作家都认为，能否讲出一个好故事是小说成功的关键。比如当年果戈理就因为找不到一个好故事而向普希金抱怨和求助，认为自己不缺才华就缺好故事，后来果然以普希金提供的好素材写成了名作《钦差大臣》。进一步看，有些故事因为广为人知如果重新讲述也许缺乏新意，但也正是因为故事有着广泛的读者基础，重述故事可能就产生了另一种功能——认同。这一规律特别适用于作家对民间故事的讲述，比如阿来重述格萨尔王的故事。《格萨尔王传》作为一部活形态的史诗，从其诞生之日起至今一直在青藏高原广泛流传。特别是其中的30部左右，被称为"奇人"的优秀民间说唱艺人，以不同的风格从遥远的古代吟唱至今。阿来以一个民族作家的笔墨，对一些藏族人民耳熟能详的故事进行讲述，那种因为熟悉而产生的亲切感和认同感就会油然而生。

民族认同作为作家的一种思想观念，不仅借助于作品的人物形象和故事情节加以建构，必然还会影响作品的文本形态。安德森认为，民族"是一种想象的政治共同体——并且，它是被想象为本质上是有限的，同时也享有主权的共同体。"② 对"民族"这个"共同体"的想象"最初而且最重要的是通过文字（阅读）来想象的"。③ 比如我们通过齐唱国歌来想象一个"民族共同体"的存在。笔者以为，安德森"想象的共同体"的概念实际上暗指了对民族共同体的想象必然带来一种集体的认同感。因为在对这种共同体的想象中，想象的主体事实上是把自己归属于一个更大的集体概念并在心理上产生一种对

① ［美］爱德华·W. 萨义德：《文化与帝国主义》，李琨译，三联书店2007年版，第3页。

② ［美］本尼迪克特·安德森：《想象的共同体》，吴叡人译，上海世纪出版集团2005年版，第6页。

③ 同上书，第9页。

这个集体的归属感。而且，民族的想象的作用——能在人们心中召唤出一种强烈的历史宿命感，甚至诱发人们无私而尊贵的自我牺牲——也证明了对民族想象带来的认同确实存在并发挥着作用。综合以上思想可以得出：通过语言想象一个民族的共同体可以带来民族的“认同”。小说《格萨尔王》中经常通过说唱人晋美和其他人物之口来带出史诗《格萨尔王传》里的语言，比如“雪上之上的雄狮王，绿鬃盛时要显示！森林中的出山虎，漂亮的斑纹要显示！大海深处的金眼鱼，六鳍丰满要显示！潜于人间的神降子，机缘已到要显示！”① 等。而有时候，则是叙事者语言对说唱人的语言进行了巧妙的化合，比如“天哪，还没有说完，那就继续往下说，嗡！智慧的长者有格言，要把参天大树认，光顾树干怎周全？必得脱了靴子往上攀，捋遍所有分支与枝蔓！嗡……列为看官耐烦点！”② 小说对史诗中语言直接或间接地保留，实际上都给我们提供了一个媒介，借以重现一种典型的、共时性的说唱场景的“仪式”，这种作为民族文化的标志性符号，其情感指向就是民族认同。因为从认同理论看来，“仪式”在建构民族认同方面扮演了重要的功能。正如康纳顿所言：“所有的仪式都是重复性的，而重复性必然意味着延续过去。”③ 也就是说，借助于语言所想象的说唱场景的“仪式”，实际上起到了把现在和过去连接起来，使人们在某种意义上回归民族传统的作用。

由此可见，神话史诗《格萨尔王传》是藏族文化给予藏族作家独特而宝贵的馈赠，阿来真心地接受了这一馈赠并通过自己的重述实践表达了自己对藏民族的认同。可以说，以上分析不仅让我们认识了阿来作为一名藏族作家的身份认同，事实上也为我们如何判断一个民族文学作家和作品提供了一个重要标尺，那就是是否具有民族认同意识或特性。

---

① 阿来：《格萨尔王》，重庆出版社 2009 年版，第 126 页。

② 同上书，第 39 页。

③ ［美］康纳顿：《社会如何记忆》，纳日碧力戈译，上海人民出版社 2000 年版，第 50 页。

以上所言，还只是涉及了小说《格萨尔王》建构民族认同的一个方面。毕竟，小说《格萨尔王》不同于史诗《格萨尔王传》，通过小说的表层，我们会发现其建构“民族认同”的另一个方面。

从内容上看，目前搜集整理的《格萨尔王传》共有100多万诗行，2000多万字。而小说《格萨尔王》只有33万字。显而易见，小说对史诗进行了重大的取舍，这种取舍不是一种对后者的简单压缩和简写，而是经过作家的艺术构思，构造出了一个迥然不同的作家文本。

在这个新的文本里，作者实际上设置了两条叙事线索，一条讲述的是格萨尔王的故事；另一条讲述的是神授的说唱人晋美四处流浪说唱《格萨尔王传》的故事，其中格萨尔王的故事又是由晋美在梦中看到、听别人说唱和自己唱出来的。这两条线索平行地往前发展，又不时地交叉（通过晋美与史诗中人物如格萨尔王的对话等），由此展开了神话与现实、历史与今天的鲜明对比。比如小说写了神话中的赛马大会格萨尔王骑着神马比赛获胜称王，又接着写现实中的赛马大会“墨镜人”诱骗晋美治好骏马，妄图以高价出售给商人。前者的崇高对比出现实的卑琐。又比如小说写了格萨尔王的爱情又接着写晋美的恋爱，前者的春风得意对比出现实的情场失意。

在作品的主题表达上，小说抓住了格萨尔王“半人半神”的身份特点，在表现其神通广大的“神性”一面时，又着力表现了其“人性”的一面以及由此带来的思想上的诸多困惑。而这些困惑正是作家阿来要借重述这一神话来加以追问的。比如关于战争。小说借一位喇嘛之口说道：“正是战争给了他那么多荣光！人们传诵他的故事，不就是因为那些轰轰烈烈的战争吗？他是战神一般的无敌君主！”① 但是小说中的格萨尔王却越来越厌倦无休无止的战争，因为在他看来，战争除了给他个人带来荣耀、给贵族带来利益，带给百姓的更多的是贫穷和家破人亡。一个真正伟大的君主应该以天下苍生为顾念而不是迷恋于杀戮和声威。比如关于佛教。史诗《格萨尔王传》具有浓厚

① 阿来：《格萨尔王》，重庆出版社2009年版，第281页。

的宗教（藏传佛教）色彩，这与藏族僧侣曾介入《格萨尔王传》的编纂、收藏和传播有关，比如格萨尔王在藏族的传说里就是佛教莲花生大师的化身，史诗《格萨尔王传》也宣扬了不少唯心主义、宿命论的观点。而小说《格萨尔王》对佛和佛教表现出一种辩证的态度，比如小说既写到上天诸佛的加持使格萨尔王获得通天的神力，又写了一些僧侣们入世的野心，小说甚至通过晋美和学者之口来质疑格萨尔王故事的真实性。这些艺术处理，使得小说有意地疏离了“神性”和“佛性”，而更多地关注了文学表现的根本对象——人和人性。

霍尔在谈到认同的建构性特点时说道：“认同是通过差异而非外在于差异所建构的。这引发了完全令人不安的认识，即只有通过与他者的关系，与其所不是之物的关系，与其所缺乏之物的关系，与其构成之外在方面的关系，任何术语的‘肯定’意义即它的‘认同’才能被加以建构。”① 可以看出，无论从作品的思想内容还是艺术形式上看，阿来作为一个民族文学作家对本民族的认同都不是一种单纯的“顺应”，毋宁说是一种“同化”，是在认同中的批判。这实际上反映出阿来作为一个民族文学作家的民族认同的复杂性和矛盾性，而阿来对民族认同的这种态度在民族文学作家中很有代表性，姑且称之为“感情加理智型”：一方面他们对待本民族怀有真挚的热爱，另一方面又能以自己的理性和现代精神看到民族的痼疾并试图给民族开“药”治“病”，以求得民族的更大进步。关纪新和朝戈金合著的《多重选择的世界——当代少数民族作家文学的理论描述》中对这一类民族文学作家有精彩的论述：“以扬弃本民族传统文化为己任的少数民族作家，大多是些富有个性和主见的人。他们知道本民族以外的世界文明已发展到了何种程度，也知道本民族传统文化中的消极成分已经并且还要带给自己民族的是什么样的危机。他们对此怀有深深的、无可排遣的忧患意识，并把忧患意识化为个人的历史负载，要为自己心爱的民族重新做出长远的命运抉择。他们不再以讴歌民族文化的美好因素为自己的心理满足，而是满含痛切地去揭露传统的缺陷，

① 周宪主编：《文学与认同：跨学科的反思》，中华书局2008年版，第67页。

指出民族魂灵深处包藏的弱点，激发全民族疗治痼习的觉悟。”① 而从文体上看，这也是因为小说毕竟不是一种安德森所说的真正意义上的“民族的传记”。由此我们可以获得这样的理论发现——小说和传记作为两种不同的文体所能引发的民族认同倾向的不一致性：传记所引发的往往是一种简单的、无原则的民族认同，而小说所引发的民族认同则要复杂得多，往往是在认同的同时还有反思和批判。

总而言之，作家阿来以小说为文体媒介，通过“重述神话”的策略，完成了一次对藏民族的复杂建构。这种建构是了不起的，但也不会是唯一不变的，因为文学对“民族认同”的建构必将永远处于多元变化之中。

第三节　文化展示性书写与民族认同

所谓“展示性书写”，指的是作品中对描写对象较为详尽地加以客观介绍。所谓“文化展示性书写”，在这里特指在中国当代少数民族小说中对作家所属民族中所特有的文化产物如风物、习俗、仪式等的交代、介绍、记录、描绘等。应该说，这种“文化展示性书写”在中国当代少数民族小说中颇为常见，而按照小说中展示的对象，主要有这样三类：风物展示、习俗展示和仪式展示。下面试举几例。

风物展示：

> 八月未完，九月将到，论天气，这是北京最好的时候。风不多，也不大，而且暖中透凉，使人觉得爽快。论色彩，二八月，乱穿衣，大家开始穿出颜色浓艳的衣裳，不再像夏天的那么浅淡。果子全熟了，街上的大小摊子上都展览着由各地运来的各色的果品，五光十色，打扮着北京的初秋。皇宫上面的琉璃瓦，白塔的金顶，在晴美的阳光下闪闪发光。风少，灰土少，正好油饰

① 关纪新、朝戈金：《多重选择的世界——当代少数民族作家文学的理论描述》，中央民族大学出版社 1995 年版，第 131 页。

门面，发了财的铺户的匾额与门脸儿都添上新的色彩。好玩鸟儿的人们，一夏天都用活蚂蚱什么的加以饲养，把鸟儿喂得羽毛丰美，红是红，黄是黄，全身闪动着明润的光泽，比绸缎更美一些。①

冷风卷着雪花刮了一天，到黄昏时，才住了下来。留在空中的雪花，就像扇动着翅膀的白蝴蝶，轻轻地飘飞着，落在树林的枯枝上。这披上白衣的柳林，跟西天边那五色缤纷的彩霞相映起来，宇宙变得如同鲜艳而秀美的刺绣一般。特古日克湖还没有解冻，几只野鸭时而从深草里温暖的巢窝中走出来，在湖岸上徘徊，为这草原特有的漫长的寒冷季节，低声唱着忧伤的怨歌。这时一轮圆月从东方冒出头来，向大地洒出土红色的光辉；山川、草原和沙漠沉浸在静谧之中。②

苦竹生出的嫩笋很苦，要吃它，得拿来削成片，在铁锅里煮一下，用清水泡几天才能吃。布绕克人喜欢用苦笋腌成酸竹笋，做烂笋。烂笋的做法，拿一个小竹箩，里面铺上缅瓜叶，苦笋去皮后，一片一片地直接削在竹箩里，然后又盖上缅瓜叶，在竹掌台的一角放上五七天，箩里的竹笋开始腐烂，发出一种特殊的怪味，这时，抓几把放进锅里，煮涨后，再放上缅瓜花、缅瓜尖煮熟，吃时放上小米辣、涮涮辣，味道特别好，很下饭。③

习俗展示：

白姥姥在炕上盘腿坐好，宽沿的大铜盆（二哥带来的）里倒上了槐枝艾叶熬成的苦水，冒着热气。参加典礼的老太太们、媳

① 老舍：《正红旗下　小人物自述》，人民文学出版社1987年版，第108页。

② 玛拉沁夫：《茫茫的草原》，人民文学出版社2007年版，第14页。

③ 董秀英：《摄魂之地》，云南人民出版社1992年版，第85页。

妇们，都先“添盆”，把一些铜钱放入盆中，并说着吉祥话儿。几个花生，几个红、白鸡蛋，也随着“连生贵子”等祝词放入水中。这些钱与东西，在最后，都归“姥姥”拿走。虽然没有去数，我可是知道落水的铜钱并不很多。

边洗边说，白姥姥把说过不知多少遍的祝词又一句不减地说出来：“先洗头，做王侯；后洗腰，一辈倒比一辈高；洗洗蛋，做知县；洗洗沟，做知州！”

洗完，白姥姥又用姜片艾团灸了我的脑门和身上的各重要关节。因此，我一直到年过花甲都没闹过关节炎。她还用一块新清布，用力擦我的牙床。我就在这时节哭了起来；误投误撞，这一哭原是大吉之兆！在老妈妈们的词典中，这叫作“响盆”。有无始终坚持不哭、放弃吉利的孩子，我就不知道了。最后，白姥姥拾起一根大葱打了我三下，口中念念有词：“一打聪明，二打伶俐！”这到后来也应验了，我有时候的确和大葱一样聪明。①

按照规定，穆斯林一天须做五次礼拜，日出前的晨礼（榜答），午后的晌礼（撇什尼），太阳平西时的晡礼（底盖尔），日落黑定前的昏礼（沙目），夜间的宵礼（虎伏滩）。②

穆斯林过春节又与汉人有所不同，鞭炮是不放的，年初一是不吃饺子的，改为年糕和卤面，取“年年高”和“长寿”之意。这些，都是在逐渐“汉化”而又唯恐“全盘汉化”的艰难状态中，北京的穆斯林约定俗成的自我调整和自我约束，也并无经典作依据，到了宁夏、新疆、大厂、云南……的穆斯林聚居区，则又不同了……③

---

① 老舍：《正红旗下 小人物自述》，人民文学出版社 1987 年版，第 49 页。

② 霍达：《穆斯林的葬礼》，北京十月文艺出版社 1993 年版，第 25 页。

③ 同上书，第 206—207 页。

仪式展示：

拜师仪式是极为简单的，不必焚香叩头，穆斯林最尊贵的礼节就是“拿手”，师徒二人把手紧紧地握在一起，两双和琢玉有着不解之缘的手，两颗痴迷于同一事业的心，就连在一起了。[①]

呐喊的人们赤裸胸脯，腰系草绳，胯间夹一根扫帚柄，围绕牛皮鼓欢快起舞，时而仰面朝天，时而跪伏大地，摆手摇胯，场面沸腾。酣畅之时，不知从哪里突然跳出一个黑衣的年轻女子，双目炯炯，额头一片灿烂血红，像是涂抹的牛血，黑衣裤上有宽大的红边，似飘动的团团火焰。女子围着仆地的黄牛沸腾跳跃，将火焰洒满了全场，鼓声中明显混合着人的急促呼吸如燃烧的干柴，一片噼噼啪啪作响。火的精灵仍在弯曲、飞旋，扇动着将绿得发黑的山、绿得发白的水都燃烧起来，同太阳融为一体。[②]

何以在当代少数民族小说中会有这么多对风物、习俗和仪式的展示性书写呢？或者说这种展示性书写有哪些作用呢？其一，向外界宣扬民族的独特文化。这里所谓的外界，指的是本民族以外的读者。新中国成立后，少数民族的文化建设进入了一个新的时期，统一的民族国家的建设要求中国各少数民族的文化发展适应这一新的时代需要。各民族间的文化联系得到了加强，以往存在于某些民族之间的文化障碍被打破。进入新时期后，我国提出了以经济建设为中心、建设社会主义现代化的宏伟目标。经济的发展对各民族文化的发展提出了新的要求，即必须打破以往封闭保守的局面，加强彼此的文化交流和沟通，促进文化与经济的同步发展。这一要求必然也会在文学中得到表现，或者说，文学也会自觉不自觉地适应和表达这一要求。另外，有中国特色社会主义的建设本身就包括社会主义先进文化的建设，这也

① 霍达：《穆斯林的葬礼》，北京十月文艺出版社1993年版，第60页。

② 叶梅：《妹娃要过河》，作家出版社2009年版，第240—241页。

要求各民族大力发展自己的特色文化，最终为中华民族的文化建设服务。正是基于这种种需要，当代民族文学作家在一种觉醒了的民族意识指导下，把文学作为文化建设的手段，频繁地在小说中表现本民族所特有的风物、习俗和仪式等，宣扬本民族的独特文化元素，以促进外界对本民族文化的理解，加强我国各民族间的文化沟通。

其二，对民族文化的一种留存。文化之间的关系是复杂的，除了交流沟通之外，还有文化之间的竞争甚至同化。相对于汉族文化来说，我国少数民族的文化在总体上呈现出一种弱势地位（不排除局部的强势）。处于强势地位的汉族文化虽然不会像后殖民主义所说的那样造成一种文化殖民，但也在不同程度上对少数民族文化构成了某种文化抑制。自20世纪八九十年代全球化浪潮开始波及中国以来，我国少数民族文化在面临汉族文化的某些抑制的基础上，又得面对全球化的进一步冲击。此外还有各少数民族文化之间的强弱有别造成的彼此间的文化“博弈”。总之，种种文化间的作用，让许多少数民族文化受到了冲击，某些文化成分甚至开始逐渐消失。对此，作为民族文学和文化代言人的民族文学作家们当然不可能袖手旁观，而是怀着深深的文化焦虑，为民族文化的生存和发展而努力。笔者认为，诉之于文学创作，借文学文本来对民族文化作某种保存就是他们努力的手段之一。作家阿来就曾这样解释他以小说形式重述藏族史诗《格萨尔王传》的动机：“我所能做的，只是在自己的作品中记录自己民族的文化，以及她在全球化背景下的运行和变化。我通过自己的观察与书写，建立一份个人色彩强烈的记忆。”① 和其他保存手段相比，文学自有其优势，比如形象而生动、留存时间久远（当然必须以优秀的文学文本为依托）等。这种留存就好比是储存了民族文化的种子，哪怕是文化消失了，种子还在。一俟具备适当的阳光、土壤、水分和养料，它又可以生根发芽甚至重新复制出以前的文化也未尝不可能。否则的话，文化消失了就连记忆都不可能，那样的话一种文化真要走向

① 参见张直心《探寻民族审美的可能性——当代少数民族小说形式研究断想》，《文艺争鸣》2010 年第5 期。

灭绝的边缘。

综上所述，不管是向外界宣扬民族的独特文化，还是向内部留存民族的文化，都是出于一种民族文化认同的心理。也正是在这种心理的作用下，民族文学作家大量地在其小说中对民族文化中那些独特的、有价值的或行将消失的文化元素予以展示性的叙写，姑且称之为一种“文化展示性书写”。一般而言，作家当然可以甚至有必要对某些民族文化元素进行书写。而笔者所说的这种“文化展示性书写”却有别于一般的书写情况，而表现出如下特点：书写的数量多、书写的频率高和书写的缺乏节制甚至显得多余（相对于文学审美表现的需要而言）。正是由于这一原因，笔者以“文化展示性书写”命名之且以为它与民族认同的建构有关。因为正是这些文化元素所具有的鲜明的民族性，当它们被作者选中置放在文本中并被赋予强烈的民族感情，就具有了一种建构民族认同的功能。而同民族的读者也可以通过这些文化元素获得彼此的认同感，增强民族成员的凝聚力。

而从艺术效果上看，这种“文化展示性书写”的民族认同建构策略给当代少数民族小说带来了何种影响呢？从积极意义上看的情况是，风物、习俗和仪式被必要地、恰当地切入文本。在这种情况下，文化的展示书写不仅为小说补充和充实了必要的信息，而且使得文化元素的切入显得自然而巧妙，从而获得了文化和审美兼备一举两得的效果。比如上面所引用的《正红旗下》中的“习俗展示”就是如此，有论者认为：“白姥姥认真做着典礼中该做的事情，说着‘一打聪明，二打伶俐！’之类的祝词，一派贫穷而又融洽的气氛。类似这样的充满温情的描写，显示了作者对本民族社会风习的眷恋之情。”①另外，它也增强了当代少数民族小说的地域文化色彩。因为风物、习俗和仪式往往带有很强的民族特色，从某种意义上说可以充当民族文化的符号，当它们被有机地镶嵌在小说中时，就好比给文本贴上了民族的标签。比如蒙古族作家玛拉沁夫创作的“草原小说”，仅仅从小说的景物描写就可以辨认出来。

---

① 陈思和主编：《中国当代文学史教程》，复旦大学出版社2009年版，第136页。

从消极意义上看，一种情况是切入得比较生硬，甚至完全是一种不必要的介入，变成了一种“为展示而展示”，这就影响了小说整体的审美效果。这种切入和小说的情节本身构成了不同程度的脱离，从某种意义上变成了小说的累赘。比如上面的例子里董秀英在《摄魂之地》中对苦竹的介绍。这只是截取的一小段，文中还有对竹子、老鼠、野枇杷等的介绍，都是关于佤族人早期食用的食物，在文中作者都用了大量篇幅给予了不厌其烦的介绍。笔者以为这就是大可不必的，小说没必要对此大费笔墨，否则与小说主要的审美功能相去甚远。这种做法实质上是误解了小说所具有的留存民族文化的功能——小说作为留存的手段是有限度的，否则就与“地方志”一类的文体相去不远了。

另一种情况则是“为迎合而展示”。这里所说的“迎合”，是指某些少数民族作家为了使自己的作品为主流文学界（在中国的语境下某种意义上等同于汉族文学界）所认可，进而赢得更多的读者和市场利益，不惜迎合某些外族（如汉族）读者对自身民族的狭隘或歪曲的误解，在作品里大量地展示那些偏离本民族文化真正内涵的东西，这其中包括某些奇奇怪怪的风物、习俗和仪式，似乎只有这些才能够说明本民族文化的真相。刘俐俐教授曾经讨论过阿来小说《尘埃落定》中的“景观化”问题：“景观化是90年代以来文学批评家们对文学创作的一个概括，所谓景观化，就是站在历史和文化之外，为了市场及其他目的，随意把历史文化书写成可供观赏、消费的景观，文学作品成为被消费性地单纯地‘被看’的对象。”“阿来的《尘埃落定》的景观化是多民族的互相制约、互相牵制的消极作用的表现，是少数民族作家心甘情愿地将自己本民族的资源景观让人‘看’的例证。90年代以来，市场对于‘看’的需求影响文学想象和文学书写，文学自觉适应市场的一个突出表现就是作家纷纷加入景观化的大合唱。阿来成功地由一个边缘作家进入主流文学的庙堂，也汇入了这个大合唱。”① 在后殖民主义理论看来，“在西方人或宗主国的‘凝视’

① 刘俐俐：《民族文学与文学性问题》，《民族文学研究》2005年第2期。

之下，历史成为'被看'的叙述景观，并在虚构和变形中构成'历史的虚假性'"①。在某种意义上，后殖民主义的发生机制在这里似乎也不同程度地上演了：在外族（主要是汉族）读者的"凝视"之下，一些少数民族作家在作品中虚构了本民族的文化景观，最终营造出本民族虚假的文化现象。从某种意义上说，这些错误展示的东西都可归入"伪俗"一类，其结果必将堕入某种类似后殖民主义的文化陷阱（尽管与后殖民主义有着本质区别），构成对民族文化的戕害。这是因为，所谓"凝视"其实"是一种话语，一种压抑，一种权力摄控的象征"②，在这样一种带有权力性的目光之下，民族文学作家很难坚守自身的主体立场，反而容易向权力妥协，这种妥协的结果就会通过文本虚构出本民族变形的文化景观。这是应该引起警惕的。

第四节　文体转型与民族认同

进入20世纪90年代后，中国当代民族文学的两个代表性作家张承志和乌热尔图相继停止了小说创作：张承志在创作出长篇小说代表作《心灵史》之后，乌热尔图在创作出中篇小说《丛林幽幽》之后。不再写小说的他们却创作出了许多带有强烈民族认同意味的著名散文，如张承志的《一页的翻过》，乌热尔图的《声音的替代》《不可剥夺的自我阐释权》《弱势群体的写作》。这是一个很有意思的写作现象，为什么会这样？在此，笔者想从文体转型和民族认同关系的角度对此作一种理论的探讨：这种文体的转型与民族认同建构有无关系？关系如何？如何评价这种文体转型？它又给民族认同理论带来什么样的启示？等等。

相对于诗歌、散文、戏剧等其他文体来说，小说的技巧更为丰富和复杂，这是一个早已得到公认的事实。笔者以为，这一事实使得民族文学作家在某种特定的社会和文学语境下更倾向于借助小说来隐蔽

① 王岳川：《后殖民主义与新历史主义文论》，山东教育出版社2002年版，第54页。
② 同上书，第36页。

而安全地传达自己的民族认同，并因此而获得文学上的成功，比如蒙古族作家玛拉沁夫创作的《茫茫的草原》就是如此。根据玛拉沁夫的自述，《茫茫的草原》的上部酝酿于1952年，1957年出版后即获得“内蒙古自治区成立十周年文艺评奖文学一等奖”，且产生广泛影响。《茫茫的草原》的下部创作于1959年，但因为时势突变，未能面世，后又在“文革”中遗失。1979年之后，作者开始重新创作《茫茫的草原》的下部，终于在20世纪80年代末得以出版。今天，《茫茫的草原》已被认为中国当代民族文学的代表性作品之一。其上部的产生年代是20世纪50年代后期，这一时期虽被认为中国少数民族文学发展的一个黄金期，但其同一时期其他少数民族小说的民族特色却并不突出。究其原因，这一时期新的共和国成立不久，在文学上是中华民族的共性遮蔽了少数民族的个性，在这种情况下张扬少数民族文学的个性是要冒一定的风险的，《茫茫的草原》的上部后来受到批判就是证明。从这个意义上说，《茫茫的草原》在当时可以算是一个特例，它鲜明的民族性在某种意义上说也成就了它较高的文学性，而这一切都与小说的文体特点有关。有论者指出：“从审美视角看，它（《茫茫的草原》——笔者注）具有非常鲜明的艺术个性，作家利用自己对草原生活的独特艺术感觉，以自在而清丽的笔触，在自在、清新、质朴、奔放的草原牧民生活中，开拓了一个与严峻急切的政治斗争空间相关而又完全不同的艺术审美空间。前一个空间充满阶级斗争硝烟，后一个空间显现出草原民间生活特有的罗曼蒂克神韵，流溢着自然美和人情美，因此作品具有同类小说少见的艺术魅力。”① 如果说，“政治斗争空间”的开拓是为了配合当时的主流意识形态话语，那么“艺术审美空间”的开拓则是作家有意识的艺术追求。二者在作品中和谐共处，形成了有机的统一，使得作品能在当时一种并非宽松的艺术环境中实现了对审美高度的攀升。正如论者指出的：“当玛拉沁夫的个人话语进入了民族生活后，民族生活的巨大引力使玛拉沁夫在试图将主流意识形态与民族文化结合时，表现出鲜明的对主流意

① 李鸿然：《中国当代少数民族文学史论》，云南教育出版社2004年版，第571页。

识形态的背离和对自己民族文化立场和私人话语的持守。而正是这种背离和持守，才使他的小说具有了真正意义的文学价值。"① 其实，这种有限度的坚持不仅使得《茫茫的草原》获得了文学价值，那些他所坚持的内容以其强烈的民族文化色彩和民族感情本身就代表了玛拉沁夫一种自觉的民族认同建构——玛拉沁夫后来曾总结自己的文学创作时说："我是中国草原小说的创始人之一，在我之前没有人写草原文学。从这个意义上讲，如果说我对中国文学有什么贡献的话，就是我走了一条开创草原文学之路。在我之前，没有人用一生时间来写草原生活的。"② 进一步看，笔者以为，若非借助于小说这种文体，玛拉沁夫是很难在那种时代环境下通过一种巧妙的艺术处理，借助民族文化的独有元素，来构建对于民族的认同。这是因为，小说的丰富性和复杂性使得它能容纳多种结构空间和多种话语体系（如配合当时主流意识形态的话语和建构民族文化的话语等），并且彼此并不冲突。对于高明的小说家来说这并不是难事，其他文体则很难做到。事实证明，这种文体选择和处理也使得《茫茫的草原》经受住了历史的检验，在今天依然具有独具的生命力。

或许事物有利就有弊，小说的功能是强大的，但并非万能。甚至在特定情况下，其优点反倒会变成一种缺点。笔者以为，90 年代张承志和乌热尔图相继放弃小说创作，转而去写散文，与他们的民族认同心理不无关系。90 年代，随着我国社会主义现代化事业的进一步推进，置身于其中的少数民族的传统文化面临着挑战，此外全球化的风起云涌也给少数民族文化带来了同质化的威胁，而多元主义文化思潮的兴起又激发了各少数民族的文化自觉。在这种情形下，一些民族文学作家的文化焦虑分外强烈，民族文化认同的愿望也分外迫切，他们也力图通过文学创作来建构民族文化的认同，思考民族文化的出路。文体的选择必然在他们考虑的范围之内。

---

① 李晓峰：《论中国当代少数民族文学话语的发生》，《民族文学研究》2007 年第 1 期。

② 《国内最早成名的蒙古族作家——玛拉沁夫》，《中国民族》2002 年第 6 期。

关于小说，张承志认为："小说不管多么神通广大，富有与人交流的魔力，它的规律可能还是使它限制了一种交流。至少，我是常常想抛掉它那规定的文学外衣，敞开胸怀，和想象中的朋友们放开了大聊一顿的。"[①] 他甚至怀疑小说的作者很"冷漠"。应该说，就表达思想的直接性和抒发感情的便利性而言，小说确实不如散文。这是因为，从文体性质上说，相对于小说，散文对现实具有更为直接的干预性和介入功能。在萨特看来，散文强调语言的所指功能远甚于能指功能，这是散文的本质所在。这种本质就是对现实的介入，散文就是介入的文学。介入不仅是散文写作之"必然"，也是散文写作之"应然"，它体现着一种文学写作上的道德责任要求，散文作家有责任以指称性言说的方式介入生活。[②] 而小说往往显得要含蓄得多，也间接得多。而从文体形态上说，韦恩·布思在《小说修辞学》中就反对小说中作者的直接议论，认为这会破坏小说的修辞效果。笔者以为小说中的抒情也是一个道理，频繁的直接抒情会因为小说内容本质的现实性色彩而显得做作，就连间接的抒情也得把握好时机和火候。而议论和抒情都是散文的特色和专长，散文的魅力很大一部分来源于此，而这恰恰是小说所避讳的。可以说，正是基于小说和散文两种文体的特点和差异，而且在一种能够较为自由地传达民族认同的宽松的文学环境下，张承志和乌热尔图应该会觉得相较于小说，散文更有利于建构他们的民族文化认同，也更能契合他们现在的文化心情。他们后来创作的那些成功的散文作品为此作了证明。事实上笔者以为，张承志最后一部小说《心灵史》是一种把历史、文学和宗教融为一体的写作实践，纯粹小说的特征已经淡化，在很大程度上就可以被当作长篇散文来看待。

由上可知，不同的民族认同建构的需要会影响民族文学作家对文体的选择，当然这也与其他因素如作家创作的环境有关。小说对民族认同的建构复杂而巧妙，也较为含蓄。散文则较为直接而明显。对于民族认同的建构来说，小说和散文只有差异的不同，并无优劣之分，作者可以

---

① 张承志：《张承志文集：老桥·后记》，北京十月文艺出版社1984年版。

② 朱立元主编：《当代西方文艺理论》，华东师范大学出版社2005年版，第154页。

根据需要来进行选择。不过反过来看，民族文学作家对这两种文体的选择情况也说明了：民族认同本身具有强烈的现实功利色彩，故而才会影响民族文学作家在特定情况下放弃含蓄的小说而选择直接的散文。而一种过于功利的意图过于强烈，就很容易伤害到文学的审美性，张承志《心灵史》中充斥着大量的议论和抒情，虽然发人深省、令人震撼，但对于小说（或者文学）而言，这又未尝不令作为小说的《心灵史》文意过于显露，缺少一种隽永深长的余味？

进一步看，上述民族文学作家建构民族认同的写作实践也启发我们：民族认同的建构与话语权力密切相关。在这个问题上，福柯关于话语权力的思想能给我们一些有益的借鉴。实际上，上述关于文体转型的考察就有点近似于福柯所作的“知识考古学”研究：在民族文学作家拥有的话语空间有限时，他们选择了小说来建构民族认同；在拥有了更多自由的话语空间时，他们选择了散文来建构民族认同。由此可以得出这样的观点：民族认同的建构也是一种建立在话语权力上的实践行为。何以如此呢？一方面是因为认同本身的特点之一就是“话语实践性”，在此范围之内的民族认同当然也具有话语实践性。另一方面也因为民族认同的组成部分之一是“民族文化身份”，而在福柯看来，文化身份本身就与话语权力直接相关。指出民族认同与话语权力的关系有何意义呢？笔者以为意义重大，因为这就为我们研究民族认同开辟了一条新的路径：我们不妨借鉴福柯研究话语权力的方法，以一种知识考古的方式，来探究民族认同的建构机制。具体而言，就是要历史地探究民族认同的发生和发展过程，尤其要重视在这些过程中“权力”是如何参与其中、如何运作、如何影响民族认同的建构过程。这种研究必将给我们一些新的启示（比如笔者上面的考察就发现了民族认同的建构是如何在权力的影响下，与文体联系在一起的），值得我们进一步思考。

小　结

以上即为我们对当代少数民族小说文体与民族认同关系的一种较

为全面系统的考察，这种考察的意义首先在于它是一种对当代少数民族小说及其文体的一种新颖的解读方式。此外，这种考察也能启发我们在如下方面的理论反思：

1. 当代少数民族小说文体有一种建构民族认同的功能，这构成了当代少数民族小说文体的一个特点，把这一特点与汉族文学相比显得尤为明显。这一方面与文体自身的特点和规律有关，因为文体作为文学形式在特定的语境下本身就可以生发出特殊的“意味”。当然，这种现象的形成主要源于民族文学作家建构民族认同的创作意图和实践，是这种建构民族认同的诉求在小说文体上的某种反映和折射。因此，在对民族文学比如当代少数民族小说进行研究时，应该注意其文体和民族认同之间的隐秘而复杂的关联。应考察其文体是否与民族认同的生成有关，具体而言又是如何生成民族认同的和生成了什么样的民族认同特性等。这样的研究必定能加深我们对民族文学文体的深层理解。

2. 对文体本身的反思。文体具有建构认同和民族认同的功能，不同的文学文体对认同和民族认同建构的功能不一样，比如小说和散文在建构认同和民族认同上就各有其特点、优势和局限性。这可构成我们现有的文学理论中对文体功能的新的认识，因为一般的文学理论大都在形式的意义上理解文体，忽略了文体形式所具有的其他功能。也有论者注意到文体的形式之外的功能，如童庆炳就认为“文体是指一定的话语秩序所形成的文本体式，它折射出作家、批评家独特的精神结构、体验方式、思维方式和其他社会历史、文化精神”。[①] 但对于笔者所说的文体建构民族认同（认同）的功能却没人提过。

3. 对民族认同理论的反思。民族认同可以通过文学文体（比如小说和散文）来生成，特别是小说通过抒情性、重述神话史诗、文化展示性书写等手段建构民族认同具有一定的普遍意义。民族认同的建构与话语权力有关，这是由认同的话语实践性和民族认同中的

① 童庆炳：《文体与文体的创造》，云南人民出版社 1999 年版，第 1 页。

民族身份与话语权力相连决定的，这就为我们研究民族认同开辟了一条新的路径。当然，和叙事一样，文学文体也有其特有的规律，想要借助文学文体来完成建构民族认同的目的就必须深入地了解文学文体自身的特点。与此同时，还必须实现民族认同与文学文体之间有机的契合。

第五章

中国当代少数民族小说形象与民族认同建构

这里所说的“形象”，指的是作品中的人物形象特别是人物典型或典型人物形象。在童庆炳主编的《文学理论教程》中，对文学形象是这样界定的：“是读者在阅读文学言语系统过程中，经过想象和联想而在头脑中唤起的具体可感的动人的生活图景。”① 而人物典型则是文学形象之一种。“作为文学形象的高级形态之一，典型是文学言语系统中显出特征的富于魅力的性格。它在叙事性作品中，又称典型人物或典型性格。”② 也就是说，我们这里所说的形象不是一般意义上的“文学形象”，而专指人物“典型”。

文学形象作为作家生命意志和生命情感表达的产物，在作品中占有重要的地位。可以说，作品的魅力很大一部分就来源于文学形象，一部成功的文学作品也往往是因为塑造了典型的人物形象而为读者所记住和流传，这样的例子数不胜数。有论者甚至指出：“‘形象创造’，是文学艺术的内在灵魂，没有动人的生命形象，文学艺术即失去了自己的生命魅力，因此，从诗学与美学意义上说，‘形象创造’构成了文艺美学思考的内在价值力量。”③ 以此认识为基础，这一论者还试图建构一种“形象叙述学”。由此也可见形象之于文学作品的意义。

进一步看，以前对形象的研究偏重于形象的个性和社会历史意

① 童庆炳主编：《文学理论教程》，高等教育出版社2007年版，第210页。

② 同上书，第215页。

③ 李吟咏：《形象叙述学》，浙江大学出版社2009年版，第4页。

义，对形象的文化意义特别是民族文化意义重视的不够。实际上，人物形象和文化的关系非常密切。钱穆认为“文化只是人类集体生活之总称，文化必有一主体，此主体即民族。民族创造了文化，但民族亦由文化而融成”。[①] 这说的是文化的主体问题，我们这里所说的文化主体指的就是民族。那么，形象与文化和民族文化有何关系呢？有论者指出：“形象是对一种文化现实的描述，通过这一描述，塑造（或赞同，宣扬）该形象的个人或群体揭示出并表明了自身所处的文化、社会、意识形态空间。我们提出来作为研究视野的想象物好比一个剧场，各种方式，各种形态（如文学）以一种形象的方式，也就是说借助形象、描述，在其中进行表达；而一个社会又是根据这些方式，这些形态得以自我展现，自我定义，甚至自我梦想的。”[②] 也有人指出：“一个民族的文学经典是传承该民族文化传统和历史记忆的重要载体，其作品所表现的艺术形象反映了该民族文化的一些基本特征，体现了该民族文化的一些核心价值观念。”[③]

正是基于人物形象和民族文化之间的密切联系，很多作家都力图通过塑造典型的人物形象来建构对民族文化的认同。“通过文学形象认识一个民族，认识生命的历史，艺术家在表达民族思想时实际上是相当自觉的。”[④] 有人指出：“事实上，历史上的各民族都会塑造出生动感人的艺术形象来加强民族的认同，并让这些形象在不同的程度上成为民族身份的代表。例如美国诗人惠特曼所塑造的那种个性张扬的美利坚民族精神的形象，以及美国西部文学和大众文化表述中的‘牛仔’形象等。”[⑤] 这里所说的规律虽然指的是民族国家意义上的民族，其实也适用于民族国家内部不同族群意义上的民族。本书也正是在后一种意义上来讨论当代少数民族小说的形象塑造与民族文化认同建构

---

① 钱穆：《民族与文化》，东大图书股份有限公司1989年版，第3页。

② 孟华主编：《比较文学形象学》，北京大学出版社2001年版，第202页。

③ 江宁康：《美国当代文学与美利坚民族认同》，南京大学出版社2008年版，第3—4页。

④ 李吟咏：《形象叙述学》，浙江大学出版社2009年版，第20页。

⑤ 江宁康：《美国当代文学与美利坚民族认同》，南京大学出版社2008年版，第6页。

的关系。在文学的四大文体中，相对于诗歌、戏剧和散文，小说因为艺术的手段更为多样，艺术的表现更少地受到限制，因此在塑造人物形象时具有其他文体所不可比拟的优势。纵观中外文学的发展历史就会发现，成功的人物形象更多的是由小说创造的。有论者指出："在所有的形象中，叙述形象，特别是小说和戏剧中的形象，对民族形象建构具有决定性意义。"① 因此笔者这里所谈的专指中国当代少数民族小说中的人物形象。

前面我们已经从作品的不同方面谈到当代少数民族小说对民族认同的建构：语言、叙事、文体等。相对于这些方面，小说中人物形象建构民族认同有何特点和优势呢？其一，人物典型对民族（文化）认同的建构更生动形象，也更容易在读者身上获得好的认同效果。这当然与人物形象本身的可感性息息相关，只要把形象同语言、叙事、文体相比就可以明显地感觉到这一点。作家把民族文化的内涵寄寓在生动可感的特定人物形象身上，而读者通过对人物形象的接受也会自然地认同人物所代表的文化。这是一种潜移默化的影响关系。而且，由于抽象的民族文化意义有一个形象的载体，读者可以通过对形象的感悟来理解文化的本质，会比直接地理解或从抽象的媒介如语言来理解要容易得多。这正如有的论者所言："从一定意义上说，艺术形象对建构民族身份和增强民族认同能起到政治说教无法取得的成效，形象比信念更能增强人们的想象性认同。"② 其二，人物典型对民族（文化）认同的建构更为内在和有效。郑晓云在《文化认同论》中认为"人类的文化是由各种文化要素所构成的有机体"③，其基本结构包括四个方面：精神方面、行为方面、制度方面和物质方面。又认为"在每一种文化中，其构成最核心、最稳定，把文化塑造成一种特定的文化模式的部分往往是文化的精神方面，而最外层一般都是文化的

① 李吟咏：《形象叙述学》，浙江大学出版社 2009 年版，第 387 页。

② 江宁康：《美国当代文学与美利坚民族认同》，南京大学出版社 2008 年版，第 69 页。

③ 郑晓云：《文化认同论》，中国社会科学出版社 1992 年版，第 33 页。

物质层面，也是文化体系中最不稳定的方面。精神文化是存在于人的意识之中的，而物质文化则是存在于身外的要素。文化的物质方面、行为方面、制度方面分别是人的精神世界与自然物质、人类生物行为相结合的产物，而人类文化的一切要素都要反映到人的精神世界中”。[①] 我们所说的建构民族文化认同当然指的是对文化的“精神方面”或者说精神文化的建构。进一步看，在民族的精神文化内部还可以细分，最内在的应是民族心理、民族性格、民族气质、民族精神等方面的内容。而对这一部分的内容，最好的建构手段就是人物形象，其他手段如语言、叙事、文体等都要逊色得多。

第一节　三类人物形象与民族认同

在当代少数民族小说塑造的人物形象中，有三类形象都具有深厚的民族文化内涵，充当了民族文学作家建构民族认同的有效手段。

一、民族英雄形象

这里所说的民族英雄形象，不是指一般的英雄人物，而是指在民族的形成和发展过程中起过重大作用、产生过重大影响的人物形象。比如在藏族作家和蒙古族作家的笔下，就经常出现格萨尔王和成吉思汗的形象。这些形象或者较为完整地出现在小说中，如阿来根据藏族史诗《格萨尔王传》改写的小说《格萨尔王》就较为完整地刻画了格萨尔王的形象，或者片段地出现在小说的细节中，如在蒙古族作家玛拉沁夫的《茫茫的草原》中，小说中的人物就经常提到成吉思汗的名字，相当于间接地刻画了成吉思汗的形象。比如小说中的瓦其尔教训偷懒的媳妇卡洛：“蒙古人要都像你们这样还能复兴吗？蒙古人是勤劳又能吃苦，圣祖成吉思汗就是最好的榜样；他当了汗还自己拿套马杆去套马，你们能配得起做他的子孙吗？”[②] 必须说明的是，作

---

① 郑晓云：《文化认同论》，中国社会科学出版社 1992 年版，第 35 页。

② 玛拉沁夫：《茫茫的草原》，人民文学出版社 2007 年版，第 54 页。

者在刻画这类形象时态度都是谦恭的，感情都是神圣不可侵犯的。在《茫茫的草原》中，当政委苏荣给一群蒙古民兵普及文化知识，讲到进化论时，以宝鲁为首的几个反动分子正是在这一点上恶意地挑衅，文章写道："她（苏荣——笔者注）的话音未落，顿时，宝鲁带领三四个人拉开打仗的架势站了起来，他像疯骆驼似的吼叫着：'你的意思是不是说，连我们蒙古圣祖成吉思汗，也是猴子的后代?'""这是对圣祖的污辱!"[①] 这里且不说这些反对分子的险恶用心，单看他们对圣祖成吉思汗的感情却是真挚的，当然这里他们恰恰利用了蒙古人的这种普遍感情才能挑起事端，差一点陷苏荣于不利的境地，幸亏铁木耳出来解围才平息了这场风波。

关于民族英雄形象之于民族文学的意义，有论者认为："在形象叙述学中，英雄形象与传奇形象，永远具有自身特别的力量，它也是民族艺术形象最重要的内容，甚至可以说，如果民族文学没有创造出伟大而自由的英雄形象，那么，这样的民族文学就是最大的失败。"[②]"各民族都有自己的文学，通过艺术形象，人们可以最好地理解一个民族的心性生活与精神价值信仰。民族文学形象的英雄精神，最能鼓舞人心。历史英雄形象与时代英雄形象，具有最为重要的意义，但是，民族英雄形象，并不是简单地即可创造出来，也不是个人随意地能够完成，它本身就是民族共同的文学理想和价值信念的精神寄托。"[③] 而笔者以为，与一般的人物形象不同，这类形象的出现有着特殊的意义，这就是具有建构民族认同的特性。这与民族英雄形象自身的特点有关，主要表现在以下两个方面。

其一，这类形象有着伟大的才能，对民族的形成和发展起过重大作用，在民族的历史上占据着重要的地位，是民族所诞生的伟人形象，为后世的人所敬仰。作为民族的骄傲，他们无论在民族发展的哪个阶段对民族的成员都有着巨大的精神号召力和凝聚力。

---

① 玛拉沁夫：《茫茫的草原》，人民文学出版社 2007 年版，第 143 页。

② 李吟咏：《形象叙述学》，浙江大学出版社 2009 年版，第 17 页。

③ 同上书，第 18 页。

其二，这类英雄人物身上有很多可贵的精神品质，而且这些精神品质从某种意义上说往往就体现了本民族优秀的精神和文化品质。比如上面所说的成吉思汗“勤劳又能吃苦”，“当了汗还自己拿着套马杆去套马”，这种精神确实难能可贵，而这也正是蒙古人民的可贵品质。实际上，民族英雄形象身上正是集中了本民族的力量、智慧和精神之大成，故能成就民族之大业。而这种光辉的形象又因此成为这一民族的后人效仿的榜样，无形中塑造着民族成员共同的精神和素质。事实上，在考察一个民族整体的文化形象和精神时，民族英雄形象往往成为不可或缺的范本。

可以说，正是基于民族英雄形象的这两个主要特点，民族文学作家在当代少数民族小说中频繁刻画的这类人物形象就具有了特别的功能，这正是建构民族认同的功能。这是因为，民族英雄形象身上所具有的影响力和号召力以及所具有的民族文化品质使其在某种意义上已成为民族文化形象和精神的代表，也就具有了某种“偶像”的功能。齐格蒙特·鲍曼在《共同体》中谈到偶像的作用时这样说道：“偶像造就了一个小小的奇迹：他们使得不可思议的东西发生；不用真正的共同体，他们就能魔术般地让人有一种‘共同体’的体验，唤起一种归属感的快乐，却没有被限制的不适”①。这里说的虽然是娱乐偶像的作用，其实也同样适用于民族英雄形象这类“偶像”。也就是说，民族英雄形象能在民族成员中起到一种聚合的作用，将之统一在民族这个“统一体”之中。偶像何以具有这等神力呢？或许是因为这些形象为万众所敬仰，而“正是由于观众的庞大和集中关注的强度，个体才发现他（她）自己完全地、真正地‘置身在一种比他有优势的力量面前，而且在这种力量面前屈服了’”。② 对民族英雄形象的折服使民族成员的个体们产生了膜拜的共同心理，同时膜拜对象的同一性又使得膜拜者们无形中感受到了彼此的共时性存在，从而能在

---

① ［英］齐格蒙特·鲍曼：《共同体》，欧阳景根译，江苏人民出版社2007年版，第79页。

② 同上书，第75—76页。

想象中构成一种共同体。从某种意义上说，民族英雄形象生成民族认同特性的机制类似于安德森在《想象的共同体》中所说的“报纸”在充当想象民族的手段时的作用发挥原理。报纸“创造了一个超乎寻常的群众仪式：对于作为小说的报纸几乎分秒不差地同时消费（‘想象’）……参与者们都清楚地知道他所奉行的仪式在同一时间正被数以千计（或数以百万计）他虽然完全不认识，却确信他们存在的其他人同时进行着。更有甚者，这个仪式在整个时历中不断地以每隔一天或半天就重复一次。我们还能设想出什么比这个更生动的世俗的、依历史来计时的、‘想象的共同体’的形象呢？与此同时，报纸的读者们在看到和他自己那份一模一样的报纸也同样在地铁、理发厅或者邻居处被消费时，更是持续地确信那个想象的世界就植根于日常生活中，清晰可见。就和《社会之癌》的情形一样，虚构静静而持续地渗透到现实之中，创造出人们对一个匿名的共同体不寻常的信心，而这就是现代民族的正字商标”。[①] 当然，与报纸的作用有所不同的是，民族英雄形象不仅仅在促成民族这一“想象的共同体”生成中起到了媒介的作用，而且还以其特有的精神魅力和凝聚力在民族成员中“唤起一种归属感的快乐”，这就是一种民族感情的归属感。这种民族感情的归属感也就是笔者所说的“民族认同”的内涵之一。

如果说以上所说的对民族英雄形象的刻画呈现为一种固定的、静态的建构情形，还有一种情况则表现出对民族英雄形象的一种变化的、动态的建构，比如藏族作家阿来的小说《格萨尔王》就是这样一个独特的文本。需要说明的是，既然民族英雄形象在这里是作为民族认同建构的手段，那么上述两种对民族英雄形象的建构类型也可看作对民族认同的两种建构类型。

作为对藏族史诗《格萨尔王传》的一次重述，小说《格萨尔王》的成就之一就是刻画了“格萨尔王”这样一个民族英雄形象。但作者对格萨尔王形象的刻画却是颇有意味的。一方面，小说中的格萨尔

---

① ［美］本尼迪克特·安德森：《想象的共同体》，吴叡人译，上海世纪出版集团2005年版，第31—32页。

王与西藏人民家喻户晓的史诗《格萨尔王传》中的那个格萨尔王一样有着共同的特征：他是天上的神子下凡，为人间降妖除魔，扬善惩恶，战无不胜，表现了超人的力量、智慧和胸怀。甚至在对格萨尔王的描绘上，小说有时候干脆直接引用了史诗《格萨尔王传》中的文字，比如有一段描写格萨尔王大战姜国萨丹王："话说姜国萨丹王，这混世魔王有神变，张嘴一吼如雷霆，身躯高大顶齐天。头顶穴位冒毒火。发辫是毒蛇一盘盘。千军万马降不住，格萨尔披挂亲上前。神马化作檀香树，三百支雕翎箭，化作十万矮灌丛，甲胄宝弓变树叶，变作森林蔽山谷，拒敌萨丹见美景，如飞骏马放湖边，放下武器去沐浴。格萨尔化作金眼鱼，钻进魔王五脏宫，化为一只千幅轮，运用神力转如风，只可怜那萨丹王，心脏肠肺如烂粥！"① 这样一种艺术处理带来了什么样的效果呢？笔者以为它可以唤起藏族读者的"集体记忆"，具体地说，就是藏族人对格萨尔王形象的"集体记忆"。《格萨尔王传》作为一部活形态的史诗，从其诞生之日起至今一直在藏族地区广为流传。随着这种流传，史诗的主角格萨尔王的形象也深入人心，在藏族中几乎无人不知。认同理论认为，"集体记忆"在身份认同特别是民族文化认同中起到了重要作用。"无论是主动追求还是被迫塑造，有限制的身份认同几乎总是建立在一种对'集体记忆'的呼唤之上。"② "'集体记忆'在一个集体——特别是民族集体——回溯性的身份认同中起到了持久的作用。"③ 也就是说，小说通过引用史诗《格萨尔王传》中的原文来刻画格萨尔王这个民族英雄形象，能够唤起藏族读者的集体记忆，在藏族读者中激发对本民族的认同感。这就是小说《格萨尔王》建构民族认同的一种表现。

另外，小说中的格萨尔王又表现出与藏族人民熟知的那个格萨尔王形象的诸多殊异之处。首先，格萨尔王作为一个神子，却表现出很

---

① 阿来：《格萨尔王》，重庆出版社 2009 年版，第 220—221 页。

② ［法］阿尔弗雷德·格罗塞：《身份认同的困境》，王鲲译，社会科学文献出版社 2010 年版，第 3 页。

③ 同上书，第 37 页。

多人和人性的特征，如人的苦恼、疑惑、弱点等。小说中写道："未从天界下来时，那天神之子对人间之事想得过于简单：那就是扫妖降魔，拓土开疆。想不到做了国王，面临的事情却如此烦琐，先是妃子争宠让他进退失据，而现在，又因为血缘的亲疏以致赏罚不能分明。"① "辛巴麦汝泽和梅萨从没想到过，国王心中有那么多的疑问。"② 由"神"到"人"，这可以看作一个"祛魅"的过程。这种"祛魅"处理的直接艺术效果就是"去神秘化"。这种"去神秘化"不由得让人想到阿来小说中一种一贯的创作意图。事实上，阿来曾在许多场合、许多文章中表达过这种创作意图，其中最有名的就是这篇散文《西藏是形容词》。文中写道："许多接近过西藏或者将要接近西藏的人"，"心中早有了关于西藏的定性：遥远、蛮荒和神秘。更多的定义当然是神秘。也就是说，西藏在许许多多的人那里，是一个形容词，而不是一个有着实实在在内容的名词。""一个形容词可以附会了许多主观的东西，但名词却不能。名词就是它自己本身。"③也就是说，很多西藏以外的人心中的西藏更多的是一种形容词化了的"想象的西藏"，而不是一种名词化的"真实的西藏"，这种"想象的西藏"的最大特征就是"神秘"。阿来对此颇不以为然，坚决地强调"异族人过的并不是另类人生"④。他认为，很多人之所以要把西藏神秘化，是因为"他刻意要进入的就是一个形容词，因为日常状态下，他太多的时候就生活在太多的名词中间，缺失了诗意，所以，必须要进入西藏这样一个巨大的形容词，接上诗意的氧气袋贪婪地呼吸"。⑤由此可见，西藏的被形容词化和神秘化，实际上出于某些人特别是外族人自己的主观意图，是为了获得一种想象中的精神的弥补，所以自觉不自觉地扭曲了西藏的真实形象。这种形容词化西藏的做法其实是对西藏的一种误读，其潜在的危险是歪曲甚至改写藏族的民族文化形

---

① 阿来：《格萨尔王》，重庆出版社 2009 年版，第 178 页。

② 同上书，第 275 页。

③ 阿来：《就这样日益丰盈》，解放军文艺出版社 2002 年版，第 135 页。

④ 同上书，第 348 页。

⑤ 同上书，第 137 页。

象。遗憾的是，在现实的文学创作中，很多写作者为了迎合文化他者的这种文化误读，以换得作品的畅销和谋取更大的市场利润，不惜在某些“凝视”目光的注视和诱惑下，背离了本民族的文化本相进行写作，还自诩展现了民族文化的真实。阿来对此绝不苟同甚至深以为耻。他说：“我的西藏里没有一点神秘，所以，我没有刻意要小说显得神秘。我进一步明确地说：‘我要在作品里化解这种神秘。’”① 笔者以为，阿来在小说《格萨尔王》中赋予了格萨尔王更多人性的东西，也是贯彻了这样一种创作意图。实际上，如果用历史的眼光考察格萨尔王这一人物形象的形成过程就会发现，格萨尔王的人物原型本来就是历史上一个实有其名的人物。据考证，格萨尔王生于公元1038年，殁于公元1119年，享年81岁。格萨尔自幼家贫，于现阿须、打滚乡放牧，由于叔父间离，母子泊外，相依为命。16岁赛马选王并登位，遂进驻岭国都城森周达泽宗并娶珠姆为妻。格萨尔一生降妖伏魔，除暴安良，南征北战，统一了大小150多个部落，岭国领土始归一统。格萨尔去世后，岭葱家族将都城森周达泽宗改为家庙；其显威逸事和赫赫功绩昭示后人不断。岭葱土司翁青曲加于公元1790年在今阿须的熊坝协苏雅给康多修建了“格萨尔王庙”。十一届三中全会后，在原址重建为“格萨尔王纪念堂”。由此可见，与其说阿来在小说中对格萨尔王形象进行了“去神秘化”，不如说相对于无数人对格萨尔王形象的不断神话而言，阿来倒是在尽可能恢复格萨尔王形象的本来面目。这一艺术处理的心理动因是什么呢？如果联系前面我们所说的民族英雄形象和民族文化的紧密联系，笔者以为可把它看作阿来对民族文化真实的一种坚持，他要通过小说竭力还原藏族的真实文化，不想让它被蒙上莫名其妙的、神秘的面纱。这样的一种坚持和还原实际上折射出阿来对民族本原文化的一种深深的认同。在阿来心中，民族的本原文化不容被歪曲和污名，它只应被实实在在地呈现出来。也正是在这样一种民族认同意识的指引下，阿来创作出长篇的散文作品《大地的阶梯》——“当我以双脚与内心丈量着故乡大

---

① 阿来：《就这样日益丰盈》，解放军文艺出版社2002年版，第135页。

地的时候，在我面前呈现出来的是一个真实的西藏，而非概念化的西藏。那么，我要记述的也该是一个明白的西藏，而非一个形容词化的神秘的西藏。”“《大地的阶梯》就是这种努力的一个成果。”① 可以说，这也是阿来借助于另外一种文体——散文的写作实践着他认同和还原真实的民族文化的理想。

以上所说的小说《格萨尔王》把格萨尔王赋予了更多人的特点，可以说代表了当代少数民族小说中变化地、动态地建构民族英雄形象的一种表现，实际上也反映了民族文学作家在建构民族认同的过程中对民族文化本相的坚持。

进一步看，小说中格萨尔王在被赋予人的特征时，不仅具有一般人类的特质，更重要的是，这个人还被塑造成了一个现代的、富于理性精神的人的形象。比如关于战争的看法，在一般人的心中，格萨尔王最为崇高的就是他的战神形象，正如文中一位喇嘛所说：“正是战争给了他那么多荣光！人们传颂他的故事，不就是因为那些轰轰烈烈的战争吗？他是战神一般的无敌君主！”② 可是在小说中，格萨尔王却越来越厌倦无休无止的战争。因为以理性的精神来看，战争给战胜的一方带来胜利的成果和荣耀的同时，也会带来生灵的涂炭、百姓的流离失所。这就如文中阎王对格萨尔王的质问：“威震人间的雄狮大王，虽说你是领天命下界斩妖除魔，并不能因此消弭你杀戮的罪孽，再说，哪一次战争不误伤众生，使百姓流离失所？”③ 所以，战争即便是出于正义也不具有充分的合法性，那种出于侵略扩张的战争更是如此。

比如现代的反思质疑精神。吉登斯认为：“现代性的特征并不是为新事物而接受新事物，而是对整个反思性的认定，这当然也包括对反思性自身的反思。”④ 格萨尔王作为一个带有神的特点的民族英雄

---

① 阿来：《大地的阶梯》，南海出版公司2008年版，第244页。

② 阿来：《格萨尔王》，重庆出版社2009年版，第281页。

③ 同上书，第349页。

④ ［英］安东尼·吉登斯：《现代性的后果》，田禾译，译林出版社2000年版，第34页。

形象，却具有了很多现代人的理性精神。小说中，越到做人间岭王的后期，格萨尔王越是喜欢沉入反思和怀疑之中，对战争、对功名、对意义都产生了越来越多的质疑，这种质疑甚至让他产生了某种现代的虚无主义情绪。小说中对此有一处集中的描写：

上朝的时候，大臣们又来报告好消息：新的部落来归附；岭国之外的小国王派了使节带着贡物前来交好；学者新写了著作，论述岭国伟大的必然；一个离经叛道的喇嘛，灵魂被收服了，发誓要做岭国忠诚的护法，等等，等等。一句话，风调雨顺，国泰民安，国王英明，威服四方。国王却怅然若失，他声音低沉，精神不振，他说："这一切能维持多久?"

下面的回应整齐之极："千秋万世!"

国王没有宣布散朝就离开了黄金宝座，独自一人走到宫外去了。人们远远地尾随着他，随他一起走出城堡，登上了更高的山冈。他想，下次再到那样的梦里去时，该来看看这座王宫变成了什么模样，看看这里的江水是不是还在向着西南方流淌，汇入另一条大江后再与更多的水一起折向东南，把那些大山劈开，在自己劈出的深深峡谷中发出轰响。人们听见他喃喃自语："如果一切都要消失，那现在又有什么意义呢?"

这样的问话就像江水在山谷中的轰鸣一样没有什么意义，当然，有些过于聪明的人总以为这样的轰鸣有什么特别意义。他们这么想只是让自己不得安宁，仅此而已，让自己不得安宁。

国王在山顶上发够了呆，从山上下来，穿过迎候他的人群，他的大臣，他的将军，他的爱妃，他的侍卫，他的使女，他的讲经师时，目光从他们身上一一掠过，但他们实在的身躯好像对他的目光毫无阻碍。他穿过密集的人群，就像穿过无人的旷野。国王这样的举止令举国不安。但是，也有人不这么想，他们是一些僧侣。他们说，国王觉悟了，他一下就把世俗人生看得实实在在的东西都看成了"空"。这是佛法的胜利。当然这样的看法大多数人是不同意的。①

意大利哲学家维柯在《新科学》中把人类历史分为三个时代，即神的时代、英雄的时代和人的时代，并运用神话资料做了详细论证。这样一种划分的方法其实大致上也与人类文学发展中作品的形象发展过程相一致，也就是说，人类的文学从诞生之初至今，其作品中的形象大致上也经历了神的形象—英雄的形象—人的形象的发展过程。颇有意味的是，在小说《格萨尔王》中，格萨尔王的形象居然是一个集中了神、英雄和人三种形象特点的“混合形象体”。当然，这一“混合形象体”总体上是以民族英雄的形象为首，神的形象其次，人的形象最次。但越到小说最后，人的形象特点越占据了上风。这当然是作为作者的阿来对格萨尔王形象的一种主观建构。这种建构的情形正说明了“集体记忆是一种集体现象，但是，它只能在个人的行为和个人的叙述中证明自己”。② 这里，我们不禁要这样追问：这究竟是对格萨尔王形象的一种怎样的“叙述”和建构？作者又为什么要这样建构格萨尔王的形象呢？

首先，这种建构显示了小说《格萨尔王》借格萨尔王形象建构民族认同的逻辑：对过去的建构以现在为基础。格萨尔王本是藏族历史上实有其名的人物，后人在对其英雄事迹进行传颂的过程中又进行了无数的改写，形成了众多的版本，但这些不同的版本在对格萨尔王形象的塑造上也具有一些共同的特征，尊奉一些基本的事实基础。但看小说《格萨尔王》的建构机制又有其特别之处。如上所述，带有神的特点的民族英雄被赋予了许多人的特征，而且是一种具有现代理性精神的人的形象。这种叙述背后的逻辑就是以今天的眼光来看待和塑造格萨尔王形象，是对过去的一种今天的建构。这正如有论者所言：“对传统的认同，其实包含着一个明确的‘现代视野’，包含着现代

① 阿来：《格萨尔王》，重庆出版社 2009 年版，第 239—240 页。

② ［美］沃尔夫·坎斯特纳：《寻找记忆中的意义：对集体记忆研究一种方法论上的批评》，转引自李宏图《表象的叙述——新社会文化史》，上海三联书店 2003 年版，第 141 页。

对传统的有选择的继承和改造。”①

其次，既然小说是在今天的逻辑起点建构过去的格萨尔王形象，对过去的建构就不可避免地打上了今天的烙印，确切地说，对过去的评判是以现在的标准为主。不可忽略的是，过去本身也存在固有的标准。两种标准相遇，现在的标准不可避免地处于更为主动和优越的层次，于是小说中处于主导的是对过去的反思和“重建”，表现为小说《格萨尔王》实际上重新改写了存在于人们集体记忆中的格萨尔王形象。

有论者认为：“历史的‘重写’既是对过去的再现和回忆，也是对过去的理解和重构。”② 以此观之，小说《格萨尔王》对格萨尔王形象的叙述实际上也可看作对格萨尔王和藏族历史的某种“重写”。这种“重写”的目的是什么？“我们的观点就建立在这个断言上，过去总是在现在实践的，不是因为过去硬缠着现在，而是因为现在的主体在他们的社会认同的实践中塑造了过去。”③ 由此可知，“重写”过去的目的实际上是建构起现在的认同观。在这样一种建构的逻辑下来看小说对格萨尔王形象的重写，我们就可以得出这样一个判断：阿来对格萨尔王形象的重写，赋予格萨尔王以现代人的理性精神，是为了在今天建立起一种积极健康的民族认同观。藏族文化作为一种存在了一千多年的文化，一直以来保持着极大的稳定性。然而近些年来却受到汉族文化与其他国家和民族文化的强大冲击，民族文化心理也出现了一定的波动和发展中的选择困惑。民族文化该何去何从？这样一种文化抉择的背后实际上有着民族认同观的支撑。关于民族发展与民族认同之间的关系，郑晓云在其《文化认同论》中有过精彩的论述：“每一个关心自己命运的人都会关心自己民族的发展，寻求民族发展的机遇。民族的发展受到外部的发展环境与内部机制的影响，就一个

---

① 周宪主编：《文学与认同：跨学科的反思》，中华书局2008年版，第214页。

② 同上书，第280页。

③ ［美］乔纳森·弗里德曼：《文化认同与全球性过程》，郭建如译，商务印书馆2004年版，第213页。

民族发展的内部机制而言，民族认同是一个重要的因素。"[①]"对民族的认同不应仅仅看成一种感情的寄托，而应视为民族发展的动力。"[②]"在民族的发展中，不能忽视民族认同与发展的辩证关系……新的认同是民族发展的前提条件，所谓新的认同，就是在原有的对民族认同的基础上，吸收异民族优良的、有益于自己发展的东西，这也是对异民族文化的认同，从而形成本民族新的认同体系。这种新的民族认同的形成可能成为一个民族发展巨大的内动力。"[③] 也就是说，民族认同对民族发展而言意义重大，但真正健康有效的民族认同必须是积极的而不是消极的，是开放的而不是封闭的。而在藏族人民中间，一种消极封闭的民族认同观却有着不小的影响面，阿来对此有着敏锐的感受。在谈到藏语的发展时阿来曾说过这样的话："中国的很多少数民族有语言没有文字，另一些民族虽然有文字，但这些文字本身没有随着时代的发展而变革，这样就日益与现实生活脱节。典雅，同时封闭；丰厚，同时失语。很不幸，我自己的本族文字就面临着这样一种状况，她那么专注于宗教神秘奥义的发掘与思辨，那么华丽繁复庄严地高高在上，却缺少对人生与鲜活世态的关注与表现，在日渐退守的过程中，她又变得十分敏感，而使人遗憾的是，这种敏感，不是对变化，而是对自尊。"[④] 我们知道，语言文字实际上是民族文化的直接反映（关于语言和民族文化的关系详见本书前面相关部分的论述），因而阿来对藏语言发展的感受实际上折射出他对藏文化的感受。这种藏文化的发展现状其实与一种对藏民族真正积极健康的民族认同观尚未完全形成大有关系。认识到这一点，我们才能理解阿来重述神话史诗《格萨尔王传》和重新塑造格萨尔王形象的真正目的，这就是要通过对藏族人民耳熟能详的民族英雄形象的重塑，以现代的理性和文化观念来观照民族古老的文化形象，从而建立起一种积极健康的民族

---

① 郑晓云：《文化认同论》，中国社会科学出版社 1992 年版，第 160 页。

② 同上书，第 163 页。

③ 同上书，第 165 页。

④ 阿来：《汉语：多元文化共建的公共语言》，《当代文坛》2006 年第 1 期。

认同观，促进民族文化在新时代的更新，以获得民族文化的新的发展。笔者以为这是阿来创作《格萨尔王》的良苦用心所在。而这，也构成了当代少数民族小说中变化地、动态地建构民族英雄形象的一种深层的文化动力。

二、民间英雄形象

这里所说的民间英雄形象，指的是那些存在于民间（文学）中的、由老百姓所创造和口耳相传，并且为他们所喜闻乐见的英雄形象。在当代少数民族小说中，这类民族英雄形象也较为多见，比如藏族的阿古顿巴、蒙古族的嘎达梅林和阿力玛斯、维吾尔族的阿凡提、壮族的刘三姐等。当代少数民族小说对这类形象的塑造，有的是集中在某些完整的篇章中，比如藏族作家阿来的小说《阿古顿巴》塑造了阿古顿巴的形象、蒙古族作家扎拉嘎胡的小说《嘎达梅林传奇》塑造了嘎达梅林的形象以及蒙古族作家敖德斯尔的小说《阿力玛斯之歌》塑造了阿力玛斯的形象。有的是在某些篇章的局部片段地塑造了这类形象，比如在阿来的小说《格萨尔王》的部分章节中出现了阿古顿巴的形象。另外，小说在刻画这类人物形象时，也与民间文学中对这类形象的刻画大体一致，表现出赞赏有加、引以为荣的态度。

笔者以为，与一般的人物形象不同，当代少数民族小说中这类形象的出现也有着特殊的意义。首先，他们表现出两方面的主要特点。从道德精神的角度看，他们往往代表了民间正义的一方，心地善良，疾恶如仇，不与权贵勾结或妥协，惩恶扬善，因而为老百姓所爱戴。比如阿古顿巴出身于贵族世家，因为不能容忍富人的为富不仁而离家出走，“走上了漫游的旅程，寻找智慧以及真理的道路”[①]。而力量化身的阿力玛斯在赢得了摔跤比赛的冠军后，却拒不接受邪恶的大王的犒赏和收买，甘愿四处流亡。

从个人能力的角度看，民间英雄形象虽然不像民族英雄形象那样有着经天纬地的伟大才能甚至在人们的传说中被赋予了某些神力，但

① 阿来：《尘埃飞扬》，四川文艺出版社 2005 年版，第 98 页。

也大都有超于常人的一技之才。比如阿古顿巴过人的智慧，阿力玛斯的力大无穷，刘三姐优秀的编唱山歌才能等。

其实，这两个方面的特点是互为关联的：因为有着坚定的民间道德立场，所以这些民间英雄的个人才能被赋予了优秀的品质；因为有着不凡的个人才能，所以这些民间英雄的道德精神得到了最好的展现。和上面所说的民族英雄形象一样，民间英雄形象也具有“偶像”的作用，体现了民族的文化精神和文化性格，具有建构民族认同的功能。对此，藏族作家阿来也说过：“我作为一个藏族人更多的是从藏族口耳传承的神话、部族传说、家族传说、人物故事和寓言中吸收营养。这些东西中有非常强的民间立场和民间色彩……那些流传于乡野与百姓口头的故事包含了更多的藏民族本身的思想习惯与审美特征。”① 当然，和民族英雄形象相比，民间英雄形象的这种功能一般要逊色些。

如果说以上是从当代少数民族小说中表现的民间英雄形象的特性本身来考察这种形象具有的民族认同建构功能，下面我们不妨从当代少数民族小说塑造民间英雄形象与民间文学的关系、与民间文学对民间英雄形象塑造的关系角度来考察。

我们知道，民间英雄形象来源于民间口头文学，为老百姓所创造。民族文学作家在小说中重新塑造民间英雄形象实际上是对民间文学的一种学习和借用。从性质上说，民间文学本身就是一种极具民族性的文学形式。“民间文学是劳动人民创造的、直接表现劳动人民的生活和斗争，反映他们的思想、感情和愿望，通过人民口头广泛传播的、群众喜闻乐见的一种文学。劳动人民是一个民族最基本、最广大的成员，是民族生存和发展的决定性力量，因此，民间文学又是与民族生活、民族集体意识、民族审美情趣关系最密切、最直接的一种文学，也是民族特色最本真、最鲜明、最集中的一种文学。”②“民间文学又是民族艺术传统最优秀的载体，几乎保存了民族所有的历史文化

① 阿来：《就这样日益丰盈》，解放军文艺出版社 2002 年版，第 291 页。

② 龙长吟：《民族文学学论纲》，湖南文艺出版社 1997 年版，第 329 页。

作物。”① 可以说，民间文学是一个民族文化传统中具有极大稳定性的存在物，它在民间代代相传，形成不死的民族集体记忆。因而从某种意义上说，“向民间学习”就是对民族文化传统的认同，并且借以重构民族文化的集体身份。“由于民间文学中浓厚的民族色彩和民族生活气息，凡深受民间文学影响的作家文学，民族特色必然浓厚。”②由此可见，民族作家文学对民间文学的借用其实是认同民族文化和回归民族传统的体现，这实际上从另一个角度证实了当代少数民族小说对民间英雄形象的塑造具有建构民族认同的功能。

或许正是意识到民间文学的这一功能，我国的民族作家文学普遍表现出与民间文学的亲近。从起源上说，民族作家文学本身就来源于民间文学，与民间文学关系密切。我国很多少数民族文学新中国成立前一直是民间文学的天下，新中国成立后才开始出现作家文学。而且很长一段时间（甚至至今）这些民族的作家文学都没有摆脱民间文学的影响，或者自觉地向民间文学学习，汲取文学的养料。李鸿然就指出：“由民间文学获得丰厚的文学滋养而成为作家，然后又把民间文学作为首选资源并在创作上获得突出成就的少数民族作家比比皆是。这是当代少数民族作家队伍和文学创作的一大优势和重要特色。”③ 这样的例子可以说不胜枚举，比如张承志的《黑骏马》对蒙古族古歌的借用、阿来的《尘埃落定》对藏族神话传说的借用、侗族作家潘年英小说（如小说集《伤心篱笆》）中对侗族民歌的大量借用，等等。不过这一点并未引起研究者足够的注意，人们甚至忽视了民间的存在。阿来曾不无遗憾地说过：“我乐于承认自己通过汉语受到的汉语文学的滋养，以及世界文学的滋养。然而一个令人遗憾的情况是，西藏的自然界和藏文化被视为世界性的话题，但在具体的研究中，真正的民族民间文化却很难进入批评界的视野。”④ 现代性的思

---

① 龙长吟：《民族文学学论纲》，湖南文艺出版社 1997 年版，第 355 页。

② 同上书，第 356 页。

③ 李鸿然：《中国当代少数民族文学史论》，云南教育出版社 2004 年版，第 63 页。

④ 阿来：《文学表达的民间资源》，《民族文学》2001 年第 9 期。

维惯性让人们喜新厌旧，人们似乎已经无暇关心多少显得“陈旧”的民间和民间文学的存在。这种忽略是不应该的，比如我们认识到民间和民间文学对于建构民族认同的重要意义。

与民间文学最初创造了民间英雄形象相比，当代少数民族小说对民间英雄形象的塑造其实是一种“二次创作”。按照一般的情形，这种二次创作绝不可能是一种复制性的写作，而应该带有更多作家个人的思考和意图。因此，下面笔者将从这两种创作的比较中，来考察民族文学作家借助小说中民间英雄形象的塑造来建构民族认同的目的和策略。

其一，当代少数民族小说与民间文学在塑造民间英雄形象时强调的重点不一样。民间文学中塑造民间英雄形象，一方面更注意故事情节，因而老百姓在讲述这些人物时更注重与之相关的故事内容，而听者也往往被这些故事所吸引，从精彩的故事中获得快感。民族文学的这一特点甚至影响其叙事的结构，形成了“完整单一曲折的情节结构模式”。有论者指出：“中国民间叙事特别讲究故事的开头、发展和结局的结构完整性，力求线索单一、条理清楚；描写人物也十分强调务必将人物的来龙去脉交代得清清楚楚，最后有一个结局。”① 另一方面也会注意到人物的性格特征，但却是在单一个体的层面上来把握这些性格特征。民间文学在对人物形象的塑造上往往会强调人物的单一性格特征，使之成为一种类型化而非典型化的人物，因为“这种扁平式、脸谱化人物突出人物的某一特点，容易被读者辨认和记忆”②。另外，民间文学也不会过多地关注人物形象所体现的“民族性”。而当代少数民族小说对民间英雄形象的塑造却不一样，突出表现为它们强化了对“民族性”的表现，即在民间英雄性格的塑造上，更加重视其性格中具有民族特色的部分并加以艺术的渲染。比如藏族作家阿来在创作了小说《阿古顿巴》后，曾对阿古顿巴的“幽默”性格作过这样的表述：“和阿凡提比起来，阿古顿巴可能不那么幽默，阿凡

---

① 黄永林：《中国民间文化与新时期小说》，人民出版社 2007 年版，第 52 页。

② 同上书，第 49 页。

提的幽默属于西方式的，而阿古顿巴的幽默是藏族的，要内敛一些。"[1] 阿来的这一认识在小说《阿古顿巴》中也有着鲜明生动的体现，可见阿来是有意识地在"民族性"的意义上来塑造阿古顿巴"幽默"的性格特征。又比如蒙古族作家敖德斯尔曾这样回顾小说的创作经过："《阿力玛斯之歌》里的主人公之所以比较生动，是因为我根据一个本来就很有特色的真人真事写成的。主人公阿力玛斯，原名叫大个桑杰，是我家乡的人。他出生在清朝末年，贫苦喇嘛出身。他拉着活佛的骆驼队在去拉萨的路上，碰上了阿巴嘎旗的摔跤盛会，自愿参加摔跤得了第一名，震动了锡林郭勒草原。"[2] 尽管这是一个"很有特色的真人真事"，但想要从作者的描述中看出"民族性"的色彩只能是徒然。但作者把这个民间故事写成小说后我们来看一位批评家的解读："义、力、勇，即见义勇为、神奇力量、勇敢精神，通常被认为从古代到近代蒙古族人民的主要性格特征。小说中的阿力玛斯就突出地表现了这些特征。"[3] 批评家的这些认识在作品中确实都有所体现，这里不再赘述。由此可以想见，敖德斯尔对这一取材于蒙古族民间故事中的人物进行重新塑造时，在极力赋予人物性格的"民族性"上不仅是有意识的，而且下了很大功夫，因而使得"阿力玛斯"这一艺术形象成为蒙古人的典型之一。

其二，如果说民间文学中的民间英雄形象大多以原型的形式出现，当代少数民族小说中的民间英雄则不但以原型的形式，还以"原型化身"的变体形式出现。比如阿凡提作为维吾尔族的一个著名的民间英雄，与维吾尔族的民族性格有着密切的关系。有论者认为："阿凡提便成了维吾尔民族一分子，甚至成了维吾尔民族性格的具象和喻体。因为维吾尔民族文化丰富和再造了阿凡提，阿凡提又反过来影响和哺育了代代维吾尔人民。尤其是阿凡提这个极具民族文化符号性的

---

① 阿来、陈祖君：《文学应如何寻求"大声音"》，《现代中国文化与文学》2005 年第 2 期。

② 敖德斯尔：《关于创作典型形象问题》，《草原》1979 年第 5 期。

③ 李鸿然：《中国当代少数民族文学史论》，云南教育出版社 2004 年版，第 581 页。

人物，对维吾尔族作家更是一笔意味深远的精神资源。”① 于是，在当代少数民族小说中，阿凡提的形象经常出现在维吾尔族作家的笔下，更多的是以“化身”的形式出现，比如柯尤慕·图尔迪的长篇小说《战斗的年代》中的艾里夏、祖尔东·萨比尔的短篇小说《刀郎青年》中的麦提亚等。正是基于这样的认识，上述论者进一步认为：“20 世纪的维吾尔族人民历经奴→人→主人→维吾尔族人的‘自我追寻’的艰难过程。尽管追寻途中充满了艰辛与坎坷，维吾尔人民却乐观、诙谐又幽默，投足举手之间洋溢着浪漫主义的浓烈情调，显示出活泼动态的民族性格。而这一独特民族性格的化身就是阿凡提，阿凡提是维吾尔民族性格的质的闪光。正因为如此，阿凡提便成了该民族文化土壤中成长起来的一个深具文化符号性的人物。”② 民间英雄形象以变体的形式出现在当代少数民族小说中的现象说明了什么？首先，这是作家艺术创造力的一种体现。他们洞察了阿凡提这一杰出形象的意义，并且以种种艺术虚构与创造的手法将这一形象投射在小说中的特定人物身上，形成阿凡提的化身。这充分显示了民族文学作家的创作才能，是其优于民间文学的一般作者的地方，因为民间文学中这样的现象很少见。更重要的是，这尤其体现了民间英雄形象的独特意义，这就是一种建构民族认同的意义。民族文学作家们之所以对阿凡提这样的民间英雄形象情有独钟，并且不厌其烦地让他在小说中以各种形象出现，其主要原因就是这类形象所携带的民族文化性格基因，是具有民族文化符号性的人物。当代少数民族小说也正因为对这类形象的运用而使自身具有了强烈的民族文化色彩并且极易辨认。比如在小说《刀郎青年》中，受极“左”思想毒害的刀郎青年凯山把本民族的民歌和舞蹈视为“旧”的东西加以排斥，也不会唱歌和跳舞，因而被周围人认为不像刀郎青年，也被他所倾慕的姑娘疏远。但在具有阿凡提性格的流浪歌手麦提亚的帮助下，凯山对唱歌和跳舞产

① 马丽蓉：《20 世纪中国文学与伊斯兰文化》，安徽教育出版社 2000 年版，第 250—251 页。

② 同上书，第 274 页。

生了兴趣，并且达到了精湛的水平，终于令周围的人刮目相看，也赢得了他爱慕的姑娘的芳心。有论者指出：“尤须指出的是，作家赋予了麦提亚这位流浪歌手鲜明的阿凡提性格，为《班主任》等同类题材创作增添了浓郁的民族风情与异域格调。阿凡提性格的介入文本，不仅透露出维吾尔族民间文化的特有征貌，展现了维吾尔族人民乐观、活泼、诙谐、幽默的动态民族性格，而且也调和性地处理了严肃题材与重大问题，使之显出庄谐并举、妙趣横生的艺术奇效了，这就大大抬升了小说的文体韵味。”① 由此可见民间英雄形象特有的民族文化魅力，其对小说民族认同特性的生成不可小觑。

三、民族文化形象

如果说民族英雄形象代表了一个民族中的伟大人物类型，民间英雄形象则代表了一个民族中的杰出人物类型，他们共同把一个民族的性格和文化精神的某些方面作了最为显著的展现，把一个民族文化的优点作了最为集中的张扬，因而构成了建构民族认同的两类典型的人物形象。但是，民族英雄和民间英雄毕竟只是民族成员中的极少数代表，那些更多的、普通的民族成员中的大多数又该如何被代表呢？之所以提出这样的问题，是因为一个民族的文化内涵和精神不只是由民族的伟大人物和优秀人物就能全权代表的。从这一意义上看，能够建构民族认同的除了这两类，应该还有一类人物形象能够作为民族中更多的普通大众的代表，这就是我们要说的第三类人物形象——民族文化形象。

必须说明的是，民族文化形象虽然指称的是一个民族成员中的普通人形象，但绝不是说当代少数民族小说中任何一个普通的民族成员形象都可称为民族文化形象。笔者这里所说的“民族文化形象”指的是民族文学作家塑造的能够反映本民族文化精神和民族性格的一种典型人物形象。从个人才能来说，这类形象相对于民族中绝大多数的

---

① 马丽蓉：《20世纪中国文学与伊斯兰文化》，安徽教育出版社2000年版，第263页。

普通人往往并无特异之处，不像民族英雄或民间英雄那样能力超常或出众。但从道德精神来说，他们身上却集中了民族文化的优秀文化品质，称得上民族文化精神的“标本”。另外，从与民族英雄形象和民间英雄形象的关系来说，民族文化形象虽然都是些普通人物，但却是前两类形象得以诞生的“民族土壤”。可以说，没有这些平凡的具备民族优秀品质的民族文化形象，就不可能有民族英雄形象和民间英雄形象的产生。这正如壮族作家韦一凡的短篇小说《姆姥韦黄氏》在完成了对“姆姥韦黄氏”这一平凡而又伟大的壮族女性的刻画后所总结的：“姆姥韦黄氏就这样结束了她一天的生活。这一天过得平平淡淡，没有惊天动地的内容。不少个如此平凡的日子积累起来，就组成了她平凡的一生。有了无数个像她这样平凡的母亲，才产生了民族的祖国的英雄，正像有了大地，才托起高峰……”① 可以说，民族文化形象正像一个民族的“大地”，他们是民族文化的承载者、传承者和创造者。一个民族的文化不仅需要为数不多的民族英雄和民间英雄来继承和创造，更需要为数甚多的民族文化形象的存在。也正是在这个意义上，笔者认为民族文化形象同样具有建构民族认同的功能。

当代少数民族小说中塑造了许多这样的民族文化形象，其中有些已经成为文学史中的经典人物形象，如张承志笔下的“额吉”形象。从张承志的第一篇小说《旗手为什么歌唱母亲》，他就开始了对蒙古族的母亲——额吉这一形象的刻画，后来这一形象又出现在其中篇小说《黑骏马》、长篇小说《金牧场》和《金草地》中。又比如土家族作家叶梅的中篇小说《撒忧的龙船河》中的“覃老大”形象。在反映我国土家族文化和精神的作品中，“覃老大”这一形象已成为最为成功的人物典型之一。这样的例子可以说不胜枚举，不再赘述。

那么，民族文化形象是如何建构民族认同的？

这里不妨比较一下前两种形象建构民族认同的策略。民族英雄形象在历史上实有其人其事，后人或许会有一定的艺术加工。民间英雄

---

① 中国作家协会编：《新中国成立60周年少数民族文学作品选·短篇小说卷（4册）》，作家出版社2009年版，第644页。

形象也许有真人真事的基础，也许是人们虚构的形象，但一旦虚构出来在流传过程中也趋于定型化。总之，民族英雄形象和民间英雄形象都是在作家创作之前就已经存在的人物形象，他们本身就携带着鲜明的民族文化基因，这实际上为民族文学作家在小说中通过重塑他们的形象来建构民族认同提供了基础和便利。民族文化形象的塑造则不一样，它牵涉到一般所说的艺术“典型化”的问题。也就是说，民族文学作家往往需要先对本民族的文化精神有着深刻的体察，再运用高超的艺术功力和典型化策略，才能借助于虚构出来的民族文化形象对这种文化加以艺术地表现。比如张承志通过塑造额吉的形象来建构民族认同。有论者认为，额吉的形象“慈祥、善良、无私、宽厚，胸怀像大草原一样广阔，艰难而漫长的岁月给了她‘许许多多的哲理’，她代表着一种伟大的文化传统，体现了蒙古族精神的一些重要方面”①。“可以说，额吉的心灵草原就是草原文化的一种典型折射。这些细节描写所呈现的额吉身上最引人的‘游牧本质’，便是作家若干年后才领悟了的草原文化。因此，张承志凭借对额吉这一人物的认识与体味而一步步走进了北方游牧文化圈的。”② 恰如此言，张承志曾坦言自己也很奇怪为什么要一再地书写额吉这一人物形象，其原因应该与额吉形象本身就是蒙古族文化的一种“符号”有关，而蒙古族文化是博大精深的，应该被不断发现和书写。又比如叶梅的小说《撒忧的龙船河》中通过对“覃老大”这一具有土家族人刚烈勇武、多情重义、豁达坦荡等民族性格的人物塑造，勾画出土家族文化精神的若干方面，如“艰苦卓绝的生存方式”“古朴自然的两性情感”“重义轻利的道德风尚”和“豁达乐观的生死观念”等。③ 应该说，如“额吉”和“覃老大”这样的民族文化形象都是作者虚构出来的（尽管可能有人物原型的存在，如额吉，但在小说中都成了虚构的人物），

① 关纪新主编：《20世纪中华各民族文学关系研究》，民族出版社 2006 年版，第 84 页。

② 马丽蓉：《20世纪中国文学与伊斯兰文化》，安徽教育出版社 2000 年版，第 139 页。

③ 吴道毅：《南方民族作家文学创作论》，民族出版社 2006 年版，第 173—186 页。

充当了民族文化的一种载体形式。不同民族这样的形象在外表和内里上差别甚大，而作者对这样的民族文化形象也倾注了强烈的肯定感情，因此对他们的认识也可以在建构民族认同的意义上来看待。考虑到关于当代少数民族小说中的民族文化形象的既有研究较为充分，对这类形象与民族认同的关系也多有涉及，故笔者不再多言。

由上可知，当代少数民族小说中的这三类形象——民族英雄形象、民间英雄形象和民族文化形象都参与了对民族认同的建构，在某种意义上已经成为民族认同的标志。这正如有论者所言："事实上，历史上的各民族都会塑造出生动感人的艺术形象来加强民族的认同，并让这些形象在不同的程度上成为民族身份的代表。"[①]"使用同一种语言的人民在接受民族文学形象的过程中也会通过想象形成民族的集体记忆，并被他们共同信奉的某些价值观念联系起来，于是这些文化形象就成了民族认同的象征和标志。"[②]进一步看，认同和民族认同认为，认同的建构需要他者，民族认同的建构亦是如此。"他者是西方哲学中的一个重要概念。他者是一种十分独特的存在，一方面，他者是与自我不同的存在，另一方面，自我除非对他者有所了解，否则自己不会成为自己，不会获得自我意识和同一感。尽管他者作为反观自我的一面镜子具有重要的作用，但是，对于自我而言，他者的作用也只能在否定性的意义上被加以接受。如果他者的作用被提升到与自我等量齐观的地位，自我也就会发生蜕变，不具有其同一性，进而走向他者。"[③]"文化认同是人类文化具有的某种特征，一种文化在与异质或异族文化的碰撞、交融的过程中，总是伴随着文化认同这一现象，也就是对异质文化中有效成分的吸收。人类的文化不断相互印证，相互吸收，'我性'文化以对'他性'文化的不断解释而作为自己存在的一种理由，反之亦然。因为只有在不断地对'他性'文化的解释和确认，才能辨析自身文化的文化特质，并以'他性'文化

---

① 江宁康：《美国当代文学与美利坚民族认同》，南京大学出版社2008年版，第6页。

② 同上书，第4页。

③ 吴玉军：《现代社会与自我认同焦虑》，《天津社会科学》2005年第6期。

为参照而发展，这种发展是一个包含文化的同一性和差异性的发展过程，文化的同一性和差异性是一枚硬币的两个面。”①

依据这样的理论逻辑，民族英雄形象、民间英雄形象和民族文化形象对民族认同的建构也内含了一种文化他者的存在。民族英雄形象内含的文化他者主要偏向于民族外部的他者，其对民族认同的建构建立在本民族/他民族的二元对立基础之上，因而民族英雄形象建构民族认同的功能往往最为显著。民间英雄形象的情况却不一样。迈克·费瑟斯通在谈到“地方文化”时这样说道：“在这种情况下，我们可以看到地方文化的形成，它在这个过程中强调自我认同的特殊性。此时，地方在外人面前就呈现出过度简化的统一形象。如用科恩（Cohen，1985）的比喻来说，这种形象就像是地方共同体的脸面或者面具。这并不是说地方内部的社会分化就被消除了，也不意味着各种关系必然会变得更加平等、简单和均衡；相反，其内部的差异与话语同样有可能仍然非常复杂。就其内部而言，我们会把共同体看作包容了所有类型的相互依赖、敌对、权力斗争和冲突。”② 也就是说，所谓的地方文化共同体实际上不能被过度简化和统一，因为任何一种地方文化的内部都充满了差异和冲突。从某种意义上说，如果说中华民族的文化代表了一种整体的文化形态，那么中华文化内部任何一个少数民族的文化就代表了一种地方的文化形态，而这种地方文化形态的内部也需要加以区分。“‘民族的’一词借将文化统一体同其他文化群落区分开来，并借划定其边界来界定该文化统一体；当然这是个虚拟的统一体，因为身处其中的‘我们’自身常常就是有差别的。”③ 笔者以为，在塑造了民间英雄形象的民间文学中，实际上就对民族文化作了一个内在的区分，其标准就是统治者/被统治者、非正义/正义这

① 张云鹏：《文化权：自我认同与他者认同的向度》，社会科学文献出版社 2007 年版，第 211 页。

② ［英］迈克·费瑟斯通：《消解文化——全球化、后现代主义与认同》，杨渝东译，北京大学出版社 2009 年版，第 154 页。

③ 参见［英］戴维·莫利、凯文·罗宾斯《认同的空间》，司艳译，南京大学出版社 2003 年版，第 60 页。

样一种二元对立的逻辑原则。对于这样一种区分，我们所认同的民间文学中所表现的民族文化一般是代表了被统治者和正义的一方，而民间英雄形象恰恰就是被统治者和正义的最典型代表。需要说明的是，当代少数民族小说中在塑造民间英雄形象时，对民族文化的区分也是遵循了这样一种标准。由上可知，认定民间英雄形象建构了民族认同，是建立在把民族文化作一种内在区分的基础之上。因此民间英雄形象所建构的就不是抽象的、普遍意义上的民族认同，而是认同了民族文化中真正健康积极的那一部分。这样的一种认同意义重大。一方面，它实际上具体化了民族认同的含义。另一方面，它本身就是对认同和民族认同的"同一性"内在弊端的纠偏。"其实，对每个人，'我们'都是多重性的，'他们'更是多样化的。因为'我们'完全不具备单一属性。"①"文化认同性基本上是指民族性。民族性是指一个集团的特征，这种特征表现为其成员有着共同的历史或起源以及一种特殊的文化遗产，尽管其历史或起源经常被神话化，其文化遗产从未是完全同质的。"②也就是说，认同和民族认同所指称的对内的"同一性"实际上不可能实现，强制要求这种"同一性"只可能导致遮蔽甚至取消内在的多样性。有论者正是看到了这种"同一性"的弊端，因而倡导一种"独特性"："如果说'同一性'掩盖了一种可怕的背景，那么独特性正好相反，它与人类是不可分离的，注定是多样的，而且要采取各种互不相同的形式。"③"唯独（个体的或集体的）独特性的活力，唯独独特性的自然性，即精心而愉快地重新找回并加以运用的自然性，才可抵制同一性的无理要求。"④从这个意义上说，民间英雄形象所建构的民族认同就是这种"同一性"中的"独特性"。而如果说民族英雄形象和民间英雄形象对民族认同的建

---

① ［法］阿尔弗雷德·格罗塞：《身份认同的困境》，王鲲译，社会科学文献出版社2010年版，第6—7页。

② 《第欧根尼》中文精选版编辑委员会：《文化认同性的变形》，商务印书馆2008年版，第11页。

③ 同上书，第34页。

④ 同上书，第35页。

构代表了两种典型的情形，即借助民族外部他者和借助民族内部他者，那么民族文化形象对民族认同的建构则表现为一种兼而有之的情况。当然，这样的一种理论概括只是就总体情况而言，具体的情况往往复杂得多。

第二节　我者形象与他者形象

在当代少数民族小说中，作家通过对人物形象的塑造来建构民族认同还有另一种情况，这就是借助对他者形象的塑造。

何谓“他者形象”？在解释这一概念时，不妨先引出另一个与之相对的概念——“我者形象”。所谓“我者”，所代表的是作品中人物的民族身份，这一民族身份必须与小说作者的民族身份相一致。而“我者形象”也就是作品中与作者的民族身份相一致的人物形象。我者形象可以指称个体的民族成员形象，也可以指称集体的民族成员形象。而所谓“他者形象”，也就是指作品中与“我者形象”的民族身份不一样的人物形象。同我者形象一样，他者形象既可指称个体的人物形象，也可指称集体的人物形象。在中国当代少数民族小说中，他者形象往往以“外来者”的民族身份进入我者形象的系统之中，因而称之为相对于“我者”的“他者”。

应该说，在当代少数民族小说发展之初，就已经出现了许多他者形象，呈现出我者形象和他者形象的混合状况，比如玛拉沁夫的《茫茫的草原》和老舍的《正红旗下》中都有许多他者形象。这主要是由我国各民族历史和现实的实际情况决定的，因为在我国各地多民族杂居和相互流动交往的情况都很普遍，很难找到只有单一民族生活的所在。这种现实的情况必然会在民族作家作品中得到反映，上述的现象就是这种情况的反映。不过，在这些小说中对这些他者形象的刻画往往比较简单，性格趋于单一化，而且基本上作为次要人物出现（当然也有例外的情况），与笔者这里所说的“他者形象”其实并非一个概念。笔者所说的“他者形象”往往是作为小说的一个主要人物出现，小说对其性格经历等方面有着较为详细的叙写。作为“他者形象”必须与“我者形象”构成紧密的关系。更重要的是，他者形象的塑造往往参与了民族认同的建构。从这个意义上说，真正意义上的“他者形象”大多出现在20世纪八九十年代的当代少数民族小说中。

之所以会出现上述情况，从文学的外部原因看。从这一时期开始，我国各民族间的经济政治文化交流更加频繁、各少数民族的民族意识开始全面觉醒、民族文学作家的文化自觉意识和文化发展意识更加强烈，这都使得民族文学作家建构民族认同的愿望更加强烈，并致力于在小说中通过对他者形象的塑造来建构民族认同。

而从文学的内部原因看，20世纪八九十年代的当代少数民族小说中为什么会普遍出现“他者形象”呢？需要说明的是，在下面的论述中，笔者将会适当地引用一些比较文学形象学的观点。比较文学形象学在今天对“形象”的研究取得了突出的成就，深化了我们对“形象”的认识。但比较文学形象学所说的“形象”和一般文学理论所谓的“形象”并不等同，前者大致说的是一种“异国形象”，比如法国形象学研究权威达尼埃尔—亨利·巴柔的经典定义：“在文学化，同时也是社会化的运作过程中对异国看法的总和。”[①] 尽管如此，笔者认为比较文学形象学关于形象的某些认识其实具有某种普遍性，并不局限于对异国形象的看法，可以适当地加以借用来理解一般的文学形象包括人物形象。

比较文学形象学认为：“所有对自身身份依据进行思考的文学，甚至通过虚构作品来思考的文学，都传播了一个或多个他者的形象，以便进行自我结构和自我言说；对他者的思辨就变成了自我思辨。”[②] 由此可见，对他者形象的塑造是一种对我者形象的身份进行建构的手段，其目的还是“自我结构和自我言说”。那么，对我者形象的思考何以必须借助他者形象呢？换句话说，借助他者形象来塑造我者形象作为一种建构我者形象的策略有何必要呢？这主要还是由于上面所说

---

① ［法］巴柔：《形象》，转引自孟华《比较文学形象学》，北京大学出版社2001年版，第154页。

② 孟华主编：《比较文学形象学》，北京大学出版社2001年版，第179页。

的认同和民族认同的建构从根本上和前提上需要借助于他者的逻辑原则。当代哲学家查尔斯·泰勒认为："一个人只有在其他自我之中才是自我。在不参照他周围的那些人的情况下，'自我'是无法得到描述的。"① "一个人不能基于他自身而是自我。只有在与某些对话者的关系中，我才是自我。"② 也就是说，人要实现自我认识，单靠自身是没法彻底完成的，必须借助他者的参照才能最终实现。而他者形象"往往可以传递出本土文化有时难以感受、表述、想象到的某些东西"。③ 这也可以解释中国当代少数民族小说中为什么会普遍地出现"他者形象"，其目的无非帮助完成"我者形象"的塑造。进一步看，虽然这里所说的"我者形象"指的是作品中与作者的民族身份相一致的人物形象，而且这种"我者形象"不能像上述的三类形象——民族英雄形象、民间英雄形象和民族文化形象那样对民族文化具有充分的代表性，但在当代少数民族小说中，这些人物形象的出现绝不仅仅指代单纯的人物性格形象，而是往往也充当了我者文化的某方面代表。关于这一点，笔者以为比较文学形象学的相关论点可以对此加以说明："形象的本质，它的特征和内容都是一回事，因为它们都是一个民族团体共同文化的产物。"④"形象是对一种文化现实的描述，通过这一描述，塑造（或赞同，宣扬）该形象的个人或群体揭示出并表明了自身所处的文化、社会、意识形态空间。我们提出来作为研究视野的想象物好比一个剧场，各种方式，各种形态（如文学）以一种形象的方式，也就是说借助形象、描述，在其中进行表达；而一个社会又是根据这些方式，这些形态得以自我展现，自我定义，甚至自我梦想的。"⑤ 另有论者进一步指出："作为主体的创造者通过他者形

---

① ［加拿大］查尔斯·泰勒：《自我的根源：现代认同的形成》，韩震等译，凤凰出版传媒集团 2008 年版，第 43 页。

② 同上书，第 44 页。

③ ［法］巴柔：《形象》，转引自孟华《比较文学形象学》，北京大学出版社 2001 年版，第 154 页。

④ 参见孟华主编《比较文学形象学》，北京大学出版社 2001 年版，第 96 页。

⑤ 同上书，第 202 页。

象表达了对一个与自我相异的文化的认识，其主要目的是为了更好地认识本文化。进一步说，形象创造者的动机不过是借助对他者文化的表征，来获得对主体性作用的确定，对他者的认识过程实际上正是对主体的确立过程。”[①] 这也启发我们，当代少数民族小说中借助他者形象来帮助完成我者形象的塑造，其最终目的还是建构对本民族的文化认同。也正是在这一意义上，笔者认为这种对形象的塑造也具有建构民族认同的特性。

具体来看，当代少数民族小说中借助他者形象来生成民族认同的方式和策略也是多种多样的。需要说明的是，我们不能单纯地论述他者形象，而要把我者形象和他者形象置放在一起进行论述。这里我们主要以这几篇小说为例进行讨论：彝族作家苏晓星的短篇小说《人始终是可爱的》、纳西族作家沙蠡的短篇小说《炸米花》、土家族作家叶梅的中篇小说《最后的土司》等。

一、对话模式

在这种模式中，他者形象作为一种平等的对话者身份出现，他能够尊重“我者”的民族身份及其文化，尽量去理解“我者”并善于发现“我者”的优点。在这样一种他者形象的作用下，“我者”的形象不仅得到了公正的对待，而且其长处也得到了很好的发现，由此，“我者”的民族认同得以建构。比如在小说《人始终是可爱的》中，孟加平是一个受到不公正待遇，被遣送到彝族地区的右派分子，必须接受公社的管制劳动。但从来到遣送地后，他却受到了以普提罗布老人和其女儿果果为代表的彝族人们的公平对待。比如普提老人和果果雪夜里给他送去柴火，相信并同情他的不平遭遇以至后来普提老人把女儿果果嫁给他等。这一切使得孟加平深深地感到彝族是一个“待人公平和处事合理的兄弟民族”[②]。与孟加平的这种认识相契合的，小

---

① 杜平：《异国形象创造与文化认同》，《西华师范大学学报》2004 年第 5 期。

② 中国作家协会编：《新中国成立 60 周年少数民族文学作品选·短篇小说卷（4 册）》，作家出版社 2009 年版，第 502 页。

说中有一处借孟加平的眼睛对普提老人肖像的描写："柴火光中，才看清了这是一位神态庄严而又和善的老人。他肤色黝黑，把一双本来已略显昏花的眼睛衬托得不减光泽。鼻梁高而笔直，口角微微下垂，显出了性格的刚强。满脸的皱纹，仿佛是用砺石乱刀凿成的。一见这形象，孟加平就惊叹人们对这儿的民族性格所说不虚了。"① 这里对普提老人的描写折射出了彝族人们的某些性格特性，其实是作者借孟加平这一"他者"的眼睛和态度表达了对本民族性格和精神的认同之感。

二、对比模式

在这种模式中，他者形象在与我者形象交往时，往往表现出更多负面的品质、精神等。与之相对的是，我者形象往往表现出更多正面的道德和精神。他者形象与我者形象形成明显的对比，一种对我者形象的肯定和认同感就油然而生。必须说明的是，这种对他者形象的处理并非刻意的丑化，因为作者对这类形象的塑造往往有事实基础，并非无中生有。因此，毋宁说这种艺术安排有其特殊的目的，也就是表现我者形象与他者形象的差异性，进而反衬我者形象和建构我者认同。殊不知一个民族的优点往往必须在与其他民族的比较中才能更好地体现。

比如在小说《人始终是可爱的》中，相对于孟加平在彝族地区彝族人民那里受到的对待来看，他在汉族地区汉族人那里受到的是什么对待呢？"一日之内就可以把你定为罪人，昔日关怀你的领导、你的挚友、你的知交、你的情人，顷刻之间就可以把你当成坏人看待，和你划清界限，断绝往来。"因而让孟加平觉得"这种痛苦，比挨冷受饿，比骨肉残破，比病魔摧残，都还要痛苦万分！"② 当然，我们也明白，孟加平的这种经历毕竟发生在那个特殊的年代。但人们今天在

---

① 中国作家协会编：《新中国成立60周年少数民族文学作品选·短篇小说卷（4册）》，作家出版社2009年版，第500—501页。

② 同上书，第500页。

对那段历史进行反思时不也承认了当时孟加平式的经历所具有的某种普遍性？不也明白了这种历史的偶然性背后所折射出的汉文化的某种弊病吗？在小说中，更有对孟加平恋人形象的对比书写。孟加平以前的恋人“是一个美丽得让人无法形容的姑娘，她的形体像花儿一样娇美，言语像蜂蜜一样甜蜜，‘永不变心’之类的话几乎被她说烂了，可是，一张揭发大字报，差点没把孟加平害死。她却得到了立场稳的美名，轻轻巧巧入了团”。这个女人的所作所为让孟加平心有余悸，“如今使他对任何女人都敬而远之”①。而看孟加平的彝族恋人、普提老人的女人果果不仅长相柔美，而且善良、朴实、勤劳、能歌善舞……对孟加平不离不弃。在这样一种对比的书写下，难怪孟加平后来得到平反和调任时对这片土地和土地上的人们难舍难离。

“我‘注视’他者，而他者的形象也传递出我自身的某些形象。有一点无法避免，即在个人（作家）或集体（社会、国家、民族）或半集体（思想派别、观点）的层面上，他者的形象既是对他者的否认，又是对自身及自我空间的补充和延伸。‘我’要言说‘他者’（往往是由于各种迫切且复杂的理由），在言说他者的同时，‘我’又否定了‘他者’，从而言说了自我。”② 从某种意义上，这段话可以说是在“对比模式”中借助他者形象来塑造我者形象的机制和策略的最好解释。也就是说，在“对比模式”中，对他者形象的否定只是作为一种言说和肯定我者的策略，并不是为了否定而否定（他者）。并且，“对比模式”中的否定往往都有事实基础，这一点与比较文学形象学中的否定情形不一样，后者对异国形象的否定有时是一种无中生有，是一种对异国真实形象的“污名化”。

福斯特在《小说面面观》中把小说中的人物分为“扁形人物”和“浑圆人物”两种。“扁形人物在17世纪叫做‘脾性’；有时叫做类型人物，有时叫做漫画人物。就最纯粹的形态说，扁形人物是围绕

① 中国作家协会编：《新中国成立60周年少数民族文学作品选·短篇小说卷（4册）》，作家出版社2009年版，第506页。

② 孟华主编：《比较文学形象学》，北京大学出版社2001年版，第203页。

着单一的观念或素质塑造的：要是扁形人物身上有一种以上的因素，我们就看出了朝着浑圆人物发展的那条曲线的开端。”① 也就是说，“扁形人物”往往表现出性格的单面性，而“浑圆人物”的性格则较为复杂和多样。可以说，在“对比模式”中对他者形象的塑造不免有简单化和片面化的嫌疑，接近于福斯特所说的“平面人物”，而且这种形象还以负面的特点居多。与此同时，“对比模式”中塑造的我者形象则接近于“浑圆人物”的形象，而且这种形象以正面的特点居多。从审美创造的原理说，这种模式中对他者形象和我者形象的不同塑造原则和机制也使得我者形象能赢得读者的认可，从而也能使读者认同这种形象所负载的民族文化。

三、冲突模式

在这种模式中，他者形象和我者形象由于各自的文化差异而发生矛盾，这种矛盾甚至演化为冲突。“文化冲突是不同文化之间、不同人们的文化之间的碰撞、对抗和交锋。文化的多样性和变动性，决定了文化冲突是不可避免的。文化冲突的核心是不同价值取向和价值观的冲突。”② 文化认同理论认为，文化冲突与文化认同相关。文化冲突之所以会发生，一个基本的原因是文化的主体各自认同自己所属的文化，并且在实践中往往从自己的文化立场出发，正如论者所言：“对其他民族的观察牢牢根植于他们自己的文化，这差不多是一个普遍的、完全可以理解而又自然的现象。”③ 这样一种“观察”他民族的不可避免的文化本位主义立场就容易造成不同民族成员之间由于各自文化的差异而带来矛盾，这种现象在不同民族成员交往时表现得尤为明显。这就是说，他者形象和我者形象之间的冲突实际上是由各自

---

① ［英］珀·卢伯克、［英］爱·福斯特、［英］爱·缪尔：《小说美学经典三种》，方土人等译，上海文艺出版社 1990 年版，第 255 页。

② 张云鹏：《自我认同与他者认同的向度》，社会科学文献出版社 2007 年版，第 214 页。

③ Mackerras Colin, *Western Images of China*, Hongkong: Oxford University Press, 1999, p. 1.

不同的民族文化认同引起的。而在民族文化冲突中，民族文化的优点和缺点都会得到更好的彰显。进一步看，这里所说的“冲突模式”中，往往突出的是我者形象所代表的文化部分，这在作品中也有相应的表现——他者形象往往是作为单个的“外乡人”进入我者形象的文化系统，而且由于与我者形象的冲突使得作为集体的我者形象得到了较为全面而充分的展现。而作为个体的他者形象并不丰满，在充当他者形象的代表时并不充分。

比如在小说《最后的土司》中，外乡人李安因为触犯了土家族的禁忌，被土司覃尧按照族规砍去了一只腿。后来土司虽然让龙船河最好的医师、最好的姑娘照护李安以至康复，依然不能平息后者心中的愤怒。接着土司又把自己暗恋的女人伍娘许配给李安，却因为按照龙船河的规矩伍娘把初夜献给了众人心中的神——土司覃尧，引发了李安对土司更大的仇根。其后虽然土司还救过李安一命，但李安却坚决走上了与土司为敌的道路，以至于土司被李安逼迫着咬掉了自己的舌头，伍娘也成为真正的牺牲品。应该说，小说中的冲突往往是因为他者形象李安而起——他不了解或不能忍受以覃尧为代表的我者形象的文化。甚至对那个自己为之动情也钟情于自己的女子伍娘，他最后也只得出这样一个结论：“真是个让人费解的女人!”[①] 这一切与李安认同自己的汉民族文化并且一味从自己的民族文化眼光来看待土家族文化大有关系。而作为土司而言，他只是在按自己的族规办事，尽管其结果给李安造成了某些伤害。事实上，覃尧对汉族文化并非一无所知，覃尧曾对李安说：“我们覃家祖上几代人都是从小就到荆州一带求学，读四书五经，纲常伦理，也都通晓吟诗作对哩。”[②] 而且，覃尧一直认为自己是一个不落时代的土司。覃尧对汉文化的有限了解也使得他比李安多一些对文化他者（李安）的宽容。然而，与李安的冲突还是让他深深地感到了两种文化的差异：“覃尧看着外乡人那张因为仇恨而扭歪的脸，感到无计可施，他现在即使袒露心迹，把所有

---

① 叶梅：《妹娃要过河》，作家出版社 2009 年版，第 285 页。

② 同上书，第 248 页。

的事情重新理清原委，也难以与外乡人沟通。他们本是两座山上的鸟，两条河里的鱼。”①

进一步看，小说中作为他者形象的李安更多表现出一些负面的性格特点：傲慢、暗藏心机、心胸狭隘、不知好歹……另外在小说中他也不是作为最主要的人物出现，因此显而易见，李安不能作为他者形象的代表。事实上，作者将这一他者形象赋予这些性格特点的真正目的是展现我者的形象——以土司覃尧和伍娘为代表的土家人形象。在与李安的相处中，覃尧一直都抱着友善和宽宏大量的态度（当然这并不否认他的行为也对李安构成过伤害，比如占去了李安妻子伍娘的初夜，尽管其初衷是想就此从李安手里夺走伍娘娶她为妻，但这无疑违背了他对李安最初的诺言，也并不道德），这或许因为他“喜欢同外面的人打交道”②。我们可以从李安的眼中感受到作者对覃尧形象的感情态度：“他（李安——笔者注）完全没有想到，在一开始报以轻视的龙船河地方，会遇到一生中最铭心刻骨的对手。蛮人覃尧时而显得愚钝，时而高深莫测。时而平凡得像龙船河一把随意抛撒的泥土，时而又强大得如高耸的山峰只能仰视而不能动摇，让他在愤怒惧恨的同时，又有三分不愿意承认的感佩和嫉妒。”③ 这种从“外乡人”兼对手眼中看到的覃尧形象应该说更有说服力，这也是借助他者形象来塑造我者形象的策略之一。另外，饶有意味的是，作者在塑造覃尧的形象时总要把他和其祖先相连，“两个覃尧都血气方刚，来自同一个祖先”④。“很久以来，覃尧就感觉到有一种神秘的通道，将先人与自己联系在一起。现在，他又要向它（先人传下的宝物——笔者注）诉说了。”⑤ 这表明覃尧这一人物形象负载了浓厚的土家族文化内涵，同时也透露了作者借覃尧形象的塑造来建构民族认同的创作目的。再看伍娘的形象，她美丽、温柔、善良、聪慧，除了天生是个哑巴之

① 叶梅：《妹娃要过河》，作家出版社 2009 年版，第 278 页。

② 同上书，第 248 页。

③ 同上书，第 264 页。

④ 同上书，第 270 页。

⑤ 同上书，第 272 页。

外，她几乎是一个接近完美的女人。她对李安一往情深，后来尽管因为并非自己的过错（按照族规，把初夜献给她心中神的代表覃尧）而受到李安的虐待，也只是默默忍受，对李安不离不弃，以至于最后被李安利用，成为李安借以与覃尧较量的牺牲品。同对覃尧形象的塑造一样，作者也没把伍娘看作一般的女子，而是赋予了她很多民族文化的灵性色彩，这突出表现在伍娘与舍巴舞的关系上："河水做过摇篮、不会说话的伍娘对世间的万事万物有着自己特殊的领悟，几乎从来到这个世界开始，她就朦胧地感觉到有无数的精灵在天地间活跃，她惊奇太阳的落下月亮的升起，花儿的开放和庄稼按时的成熟。她在无师自通的舍巴舞中感到自己既要与那种无所不在却又无影无形的力量融合。老人们许多次隐喻的启示使她知道有一种方式可以抵达，那与她的舞蹈不约而同地有着相通之处。这世间，有什么语言比身体的语言更为淋漓尽致呢?"[①] "这舍巴舞要是没有伍娘，就等于没有了魂。"[②] 舍巴舞又称摆手舞，是土家族所特有的和最有影响的大型舞蹈，带有浓烈的祭祀色彩，以讲述人类起源、民族迁徙、英雄事迹等为主要内容。可以说，舍巴舞就是土家族民族文化的典型代表。小说的后面写道，"他（李安——笔者注）曾想说服伍娘和他一块儿走，到一个龙船河人不知道的平坝子地方，他们再重新好好地过活，但伍娘无论如何不肯应允。舍巴日的这天，她疯了一般要去参加，即使他藏起了她的孩子，想让她焦急地寻找，但伍娘还是失魂落魄地去了。"[③] 最后伍娘以她的生命完成了对舍巴日的祭祀。鉴于舍巴舞本身的意义以及伍娘和舍巴舞的关系，我们就能理解作者塑造的伍娘这一形象所具有的民族文化认同功能。可以说，小说通过塑造以土司覃尧为代表的土家族男性形象和以伍娘为代表的土家族女性形象，共同正面完成了对土家族文化的认同建构。而对他者形象李安的塑造则从侧面加强了这种民族认同建构。这是当代少数民族小说借助他者形象

---

① 叶梅：《妹娃要过河》，作家出版社 2009 年版，第 253—254 页。

② 同上书，第 284 页。

③ 同上书，第 285 页。

和冲突模式建构民族认同的一种典型策略，具有某种普遍意义。

四、镜像模式

在这种模式中，他者形象以其不同于我者形象的特点构成了我者形象的参照，就好比我者形象的一面“镜子”。这种他者构成的“镜像”以其所表征的文化的总体优势对我者形象造成了文化心理上的压力和吸附性的影响，使得我者形象自觉不自觉地向他者形象靠拢，甚至迫使我者形象作出某些改变。从表面上看，在这类模式中作者对自己的民族及其文化的某些方面采取了一种反思和质疑的态度，似乎没有表现出对民族认同的态度。这其实是对“民族认同”本身的一种误解，因为真正的民族认同不是对自己民族及其文化无原则地、不加选择地认同，比如认同自己民族中落后的东西，而是从民族的繁荣和发展出发的一种积极健康的认同。从这样一种认同原则来看，看到自身民族的不足并从他者文化中积极谋求发展的资源恰恰体现了真正的民族认同精神。也就是说，“对异文化的认同尽管有可能导致对自己认同的否定，但认同的结果也可能使自己获得发展的机会。在认同异文化之后，就可能接受异文化，从中汲取有益于自己发展的东西，使自己的文化体系得以调整更新。任何一种文化，只有在与其他文化的接触与交流中才能获得新的发展，而具有积极摄取异文化中有益的成分整合为自己有用的东西的机制，更能促使一种文化不断获得新的动力。从这个意义上讲，对异文化的认同就显得十分重要；不能获得认同，就难以接受；只有认同了异文化才能接受异文化，对异文化的认同往往是获得发展的前提”①。“一个民族只有形成善于认同异族的文化进而巩固、充实自己的民族认同机制，才能获得发展，这就是说吸收异文化并不意味要改变自己，而是要发展自己。”②

比如在小说《炸米花》中，纳西人其克曾舍身帮助被本地人欺负的浙江人米花匠。米花匠为了报答恩情收其克为徒弟以帮助后者解决

① 郑晓云：《文化认同论》，中国社会科学出版社1992年版，第199页。

② 同上书，第163—164页。

谋生和讨媳妇的问题。而其克却因为忍受不了米花匠过的那种生意人的生活又打道回府，但终于因不再能适应当初的生活再一次出走他乡……在这里，他者形象米花匠惯于算计、能吃苦耐劳、知恩图报；我者形象其克仗义疏财、憨直重情、性喜闲散。可以说，一个是典型的小生意人的形象，代表了一种商业文化的类型；另一个是典型的山里人的形象，代表了一种农业文化的类型。小说饶有意味地展现了米花匠虽然进入山地，却始终未曾改变他作为生意人的本色，比如有一次和其克等人吃喝玩闹得太晚以至于第二天起晚了："上午十一点半。米花匠惊跳起来穿好衣服，出门以后从不曾这般起晚过，他骂自己太野了。"① 这充分表现出他不被其克所代表的文化同化的坚定性，连自己偶尔一次的放纵也不原谅。而其克在和米花匠的交往中，虽然在山地生活中坚持着自己的本性，可一旦进了县城，由于自己与师傅以及周遭环境（从某种意义上说这也代表了塑造米花匠形象的文化环境，米花匠在这种环境中生活得如鱼得水就是一种证明）越来越多的大的冲突，他却渐渐地改变着自身。比如有一次其克为了招待远道而来的乡亲四大爹而耽误了做生意，遭到师傅米花匠的训斥时，"其克哆嗦了一下，可他出奇地隐忍住了，默默地把饭菜胡乱弄好"②。这与之前其克的作风已大不相同，这里的"出奇"一词可以说相当准确地传达出了其克潜移默化的变化，是连他自己都未曾察觉的。小说进一步写道，在回到玉龙山后，"其克想在草地上打几个滚，不知怎地，终于没有滚"。听到四大爹的话："金窝银窝不如自己的草窝窝，在惯的山坡不嫌陡啊！"其克想说一句："好歹反正，都是你四大爹讲得有理呢！""可话到嘴边只'嗯'了一声。""不知怎地，其克的心，有些怅怅的……""回来三天了，其克觉着不对劲。他说不明白这不对劲的缘由，反正他心里憋闷得很：过去一向温暖的石屋，猛可里变得古怪、阴冷、灰暗；熟悉可心的那几件家什也一下子变陌生

---

① 中国作家协会编：《新中国成立60周年少数民族文学作品选·短篇小说卷（4册）》，作家出版社2009年版，第1640页。

② 同上书，第1647页。

了；特别是那猪粪和人汗混合的熏人味儿，不再像过去那样温湿宜人……”①这些描绘其实反映了接触了商业和现代文明并被其所影响的其克与传统文明之间的冲突，这使得其克已不可能回到过去。现代文明尽管也让其克有着诸多不适应，甚至令他退避三舍，但其本身所具有的物质现代化和优越性的一面又令传统文明相形见绌，对其克有着一种本能的召唤。小说的最后写道：

> 十天半月后。
>
> 玉龙山没有了其克的身影。
>
> 后来，有人说，其克又去找他的浙江师傅去了。又有人说，其克是在耶古堆（丽江城），当老板做生意，还开了个铺店，挂三个木牌牌，上面写着“玉龙山野味开发公司”什么的；听传讲，他主要搞购销羊鬃菌、鱼梦龙菌和牛耳朵菌……
>
> 也有人说，其克是在昆明。
>
> 有人亲眼看见。②

种种传闻都表明了，其克终于义无反顾地投入了商业文化和现代文化的怀抱，而这一切与他者形象浙江人米花匠的影响密不可分。总之，这篇小说描写了由他者形象米花匠所代表的现代文明与我者形象其克所代表的传统文明之间的差异和碰撞（还说不上是冲突，因而不是一种“冲突模式”）。他者形象构成了一种坚定和强大的镜像，照出了我者形象内在的虚弱和不足，并最终造成了我者形象向他者形象的归附。当然，这种归附本身就体现了一种深层的民族认同精神——试想一下其克最后所做的生意必定能给其他民族的发展带来某种利益。

以上我们论述了当代少数民族小说中借助他者形象建构民族认同

---

① 中国作家协会编：《新中国成立60周年少数民族文学作品选·短篇小说卷（4册）》，作家出版社2009年版，第1648页。

② 同上书，第1648—1649页。

的四种模式：对话模式、对比模式、冲突模式和镜像模式，这些模式体现出各自不同的建构机制和策略。这是一种建立在分类基础上考察出的不同情形。而当把这四种模式置放在一起总而观之时，又会发现几个颇有意味的现象。

其一，这些模式中的他者形象都是汉族人的形象。比如《人始终是可爱的》中的孟加平、《最后的土司》中的李安和《炸米花》中的浙江人米花匠都是汉人。这应该不是一种偶然现象，因为事实上在很多当代少数民族小说中的“外来者”形象，即便在作品中没有被得到集中而充分的刻画因而不能成为（升级为）笔者所称的“他者形象”，也大部分是汉族人。这一特殊的文学现象说明了什么？

一方面，它反映了现实生活中我国各民族成员之间密切交往的情形。汉民族是我国的主体民族，人数也最多。由于我国政治、经济和文化发展的需要，汉民族成员与其他各民族成员的交往辐射面更广，程度也更深。另外在我们国家，汉民族在政治、经济和文化等方面相对较为发达，这也使得汉民族与其他各族的交往更为密切，以促进各民族之间的共同发展。文学是生活的反映，这一现实情形当然就使得当代少数民族小说中的他者形象多为汉族人的形象。

另一方面，这也反映出各少数民族文学作家在借助他者形象建构我者形象和民族认同时，不约而同地都把汉族和汉族人当作他者形象。也就是说，都把汉族他者作为了建构我者形象的参照。为什么会出现这种情形？笔者以为，除了上面所说的现实的、容易辨识的原因，还有一点是这也反映出各少数民族文学作家一种潜在的、与汉族（主体民族）及其人民“对话”的集体意识或集体无意识。考虑到非母语写作的读者中汉族读者所占的比重较大，同时结合上述这些作品的具体内容就可以发现，这种“对话”的集体意识的内涵是丰富的，比如希望获得汉族人民对自身民族优点的发现和认可（如对话模式、对比模式和小说《人始终是可爱的》）、希望以汉族他者为参照来审视和发展自身民族（如镜像模式和小说《炸米花》）。当然，也有对这种对话本身的可能性的某种忧思，比如《最后的土司》所代表的冲突模式表现了文化的差异及其可能带来的误会和误解。不过进一步看，这种忧思本身也源于一种深层的对话诉求——《最后的土司》中覃尧所表现出的对外乡人李安的善意和宽容再好不过地折射了土家族开放的文化对话精神。

其二，在这些模式出现的小说中，都采用了一种全知叙事的形式。所谓全知叙事“其特点是没有固定的观察位置，‘上帝’般的全知全能的叙述者可从任何角度、任何时空来叙述：既可高高在上地鸟瞰概貌，也可看到在其他地方同时发生的一切；对人物的过去、现在和未来均了如指掌，也可任意透视人物的内心”。[①] 从一般的叙事方法看，这种现象或许不能说明什么，可能只是一种叙事的巧合。但必须注意的是，这些小说都有建构民族认同的倾向，而民族认同本质上是一种带有强烈“向心性”的主观意识。因而从纯粹叙事效果的角度看，笔者以为，限知叙事中的第一人称叙事应该是一种最能有效地建构民族认同的叙事角度。因为第一人称叙事以“我”为观察点和出发点来叙事和观照事物，在形式上具有明显的“自我中心”特征，这恰恰在精神实质上与民族认同建构的意图形成一种“异质同构”的契合。比如有论者就这样谈论过第一人称视角与自我认同建构的关系：“表面看来，第一人称视角仅仅是个叙事形式问题，但实际上对于现代性自我的建构是一个相当关键的问题。它表明人对自我的关注程度开始超过了对外部世界的关注。书信体小说虚构了第一人称之‘我’，从而为读者提供了一个自我认同的镜子，每个人都可以在阅读小说时用自己的真实的自我去代替那个虚构的第一人称之‘我’，将另一个‘我’的生活认同为自己的生活，将其情感欲望认同为自己的情感欲望。而近代的自我概念正是在这认同过程中被逐渐建构起来的。”[②] 因为民族认同属于自我认同之一种，这段话也可以说是从某个角度阐述了第一人称视角对于建构民族认同的意义。从这一意义上看，民族文学作家弃第一人称叙事而取全知叙事的选择就是饶有深

---

① 申丹：《叙述学与小说文体学研究》，北京大学出版社2007年版，第219页。

② 张德明：《西方文学与现代性的展开》，中国社会科学出版社2009年版，第17—18页。

意的。笔者以为这有两个方面的原因。

一方面，从叙事方法的角度看，全知叙事本身具有一种客观性的叙事效果。因为全知叙事实际上采用的是一种“非聚焦型”或称“零度聚焦”的叙述视角，在这种视角中，“叙述者或人物可以从所有的角度观察被叙述的故事，并且可以任意从一个位置移向另一个位置”①。正是因为叙述者没有固定的观察位置，并且可以任意地移动位置，这就造成一种不偏不倚的叙事效果（一种公正态度的感觉）。而那些意欲建构民族认同的当代少数民族小说对全知叙事的采用，恰恰可以带来对“民族认同”的心理机制局限性的纠偏。这是因为如上所述，民族认同的心理建构实际上隐含了一种潜在的对外排斥性，这样一种排斥性的特点在精神实质上类似于第一人称叙事专注于“我”的眼光和心理带来的叙事限制，这其实不利于超越民族认同机制本身的局限性，实现一种更为积极开放有效的民族认同。也就是说，全知叙事作为一种叙事形式从深层意义上可以对民族认同机制的弊端作出某种纠偏，有利于一种积极有效的民族认同的建构。

另一方面，诚如笔者在“中国当代少数民族小说叙事与民族认同建构”一章中所言，在那些具有民族认同特性的当代少数民族小说中，叙事本身往往不是一种纯粹的文学形式，它经常是充当了民族认同建构的手段。笔者以为对这里所说的叙事现象也应作如是观，也就是说这种叙事现象其实折射出民族文学作家深层的民族认同心理。首先，它反映了民族文学作家希望追求一种民族认同建构的公正性。这一点其实与上述小说中普遍地借助汉族他者形象来建构我者形象和民族认同有关。对汉族他者形象的刻画特别是对某些负面形象的刻画可能会给读者以丑化汉族他者形象的错觉，其实如上所述，这只是这些小说借以建构我者形象的一种手段，而且小说中对这些负面形象的表现都很有分寸，也都有现实的基础。如何有效地消除读者这种可能的错觉，同时使得小说建构的民族认同更有说服力和为读者所接受呢？笔者以为，全知叙事的采取在某种程度上就起到了这种作用。因为全

① 王先霈主编：《文学批评原理》，华中师范大学出版社 1999 年版，第 164 页。

知叙事可以照顾到他者形象对我者形象的态度，就能传达出这样的信息：小说所建构的民族认同不是封闭的、狭隘的，而是在一种与他民族的关系和比较之中形成的，因而这样建构出的民族认同必然具有了一种公正性和说服力。

其次，它也反映了民族文学作家普遍正确积极的民族认同观。笔者以为，民族作家文学的民族认同建构必须处理好“民族认同”和“国家认同”的关系。民族认同本身是一种具有合理性的民族心理，但这种心理本身又隐含着某些局限性，比如由民族差异性带来的民族排外性。而在我们国家范围内，一方面我们肯定各少数民族对本民族认同的合理性，另一方面我们也应警惕一种狭隘的民族主义（它的产生与民族认同本身的局限性不无关系）。我们倡导各少数民族在认同本民族及其文化的同时，也能认同其他民族及其文化，并且能在这种对自身民族认同的同时始终坚守对我们共同的“大民族”——中华民族的认同。笔者以为，上述小说中对全知叙事的选择所体现出的叙事效果在某种意义上恰好与民族文学作家这种正确积极的民族认同构成了契合关系。结合小说的内容就会发现，在这种全知视野的观照下，无论是作者还是读者都可以看到一种多民族共存的图景，没有局限于单一民族的眼光可能带来的狭隘性。可以说这种全知叙事造成的文本效果事实上也带来了一种中国各民族成员对中华民族的整体进行“想象”的特殊功能，这种“想象”本身又可带来一种对中华民族的“认同”效果。

以上对文学形象建构民族认同的讨论主要关注的是民族文学作家对本民族的认同，在这种认同中借助了我者形象和他者形象的作用。其实，我们还可以在另一个层次来看待文学形象对民族认同的建构，这就是说文学形象（指的是我者形象）可以把本民族所认同的文化变为其他民族和国家所认同的文化，从而使得民族认同的内涵和边界能够超出本民族的局限性，获得更为广阔的适用空间。有论者在谈到一些世界著名的文学形象时说道：“他们用自己民族的语言表现了特定的时代精神、各自的民族文化特性和人类的普遍情感，从而使他们塑造的艺术形象具有超越民族疆界和时代局限的魅力，例如堂吉诃德、哈姆雷特和浮士德等人物形象就是如此。"[①] 殊不知，堂吉诃德、哈姆雷特和浮士德等人物形象最初都是属于特定的民族，为其各自所属的民族成员所认同，但现在却都超出了各自所属的民族和国界，成为全世界所认同的文学形象，而与这些文学形象相伴随的特定的民族文化精神也成为全世界人民共同的精神财富。由此可见，文学形象的这种民族认同建构作用对本民族文化的发展、对人类文化的发展都具有积极的建设意义，这也给了我们对之进行探讨的理由和必要。

那么，民族文学形象何以具有这种作用呢？这主要是基于不同民族文化之间和人类文化之间精神的普遍性和相通性。一般而言，我们认为文化以民族为载体，民族就是一种文化的共同体，因而文化的生成和发展要以特定的人群为基础，不可避免地具有某种局限性。但这只是问题的一个方面。文化本身也具有某种普适性，某些文化内容和精神完全有可能超越特定民族的局限，为其他民族和国家的人们所认同。可以说，近些年学术界关于"普世价值"的讨论就是基于对文化的这样一种认识的基础上。那么，文化通过什么媒介来获得这种对民族的"超越性"呢？一个重要的媒介就是民族文学形象。有一本书的名字再好不过地传达了这样一种看法："文化传递与文学形象"。民族文学形象正是充当了一种传递民族文化的载体，把本民族的文化精神向他民族和国家"播撒"，并使其为文化的他者所认同。

进一步看，文学形象又如何做到把本民族认同的文化变为其他民族和国家所认同的文化呢？这其实是一个复杂的问题，涉及的方面和因素很多，非三言两语所能解释清楚。从某种意义上说，这是一个类似于民族文学的"民族性"和"世界性"的问题，但却是从一个新的角度来关涉。在此，笔者主要想从民族文学作家的角度对这一问题作一个简要的回答。从民族文学作家的角度看，要实现上述目的必须注意三个方面的问题：首先，准确深入地把握本民族文化的内涵，并

---

① 江宁康：《美国当代文学与美利坚民族认同》，南京大学出版社 2008 年版，第1—2 页。

能实现民族文化精神与人物形象的有机融合。这是一个前提性的步骤，没有这一点要完成目标就成了无源之水、无本之木，无异于建造“空中楼阁”。特别要强调的是，对民族文化精神的把握不能浮于表面，而应通过文化的表象，深入文化的内里，挖掘民族文化的深层内涵。要警惕那种把拼凑民族文化的碎片当作文化真相的懒惰肤浅的做法，而这一点在民族作家文学对民族文化的表现中恰恰是一种较为普遍的现象。在此基础上，塑造出浸透这种民族文化精神的人物形象，这又是一个考验民族文学作家艺术功力的活动。

其次，要有超越民族的文化视野，了解其他民族和国家的文化精神，把握时代和世界的文化状况。一个民族的文化要生存和发展，就不能仅仅关注自身，不能一味地“文化自恋”或“文化自卫”而忽视了关注其他民族和国家的文化。特别是在全球化的今天，世界各地的文化紧密联系在一起，任何一种文化都不可能孤立地存在。民族文学作家更应具有一种全国乃至全球的文化视野。

最后，以民族文化人物形象为载体，让本民族的文化与其他民族和国家的文化展开积极的对话，并努力实现民族文化的“输出”。通过这种对话和“输出”，不仅可以增强本民族文化的影响力，还可以加强本民族与其他民族和国家之间的文化交流，增强文化了解，建设和谐社会与和谐世界。作家阿来曾说过这样一段话：“作家表达一种文化，不是为了向世界展览某种文化元素，不是急于向世界呈现某种人无我有的独特性，而是探究这个文化‘与全世界的关系’，以使世界的文化图像更臻完整。用聂鲁达的诗句来说，世界失去这样的表达，‘就是熄灭大地上的一盏灯’。”① 笔者以为，这段话就是对文化对话和输出的另一种表述。也正因为阿来有这样的文化意识，他才能够创造出傻子少爷、阿古顿巴这样的藏族人物形象，并通过这些形象有效地向外界传播了藏族的文化，而这种文化的传播在某种意义上也使得这些人物形象获得了更大的典型性。

---

① 阿来：《我只感到世界扑面而来——在渤海大学“小说家讲坛”上的讲演》，《当代作家评论》2009 年第 1 期。

小　结

以上即为对当代少数民族小说的形象塑造与民族认同建构关系的论述，这种研究能给我们如下方面的理论启示：

1. 当代少数民族小说的形象塑造与民族认同的建构有关。比如民族英雄形象、民间英雄形象和民族文化形象都具有建构民族认同的功能。我者形象和他者形象构成的对话模式、对比模式、冲突模式和镜像模式等也具有建构民族认同的功能。这也启发我们，在对民族文学比如当代少数民族小说进行研究时，应该注意其形象塑造和民族认同之间的隐秘而复杂的关联。应考察其形象塑造是否与民族认同的建构有关，具体而言又是如何建构民族认同的和建构了什么样的民族认同等。这样的研究必定能加深我们对民族文学形象塑造的深层理解。

2. 对文学形象本身的反思。形象一直被认为文学的组成部分之一，是一种表情达意的工具。但以前对形象的文化意义注意得不多。其实，文学形象不仅具有文化意义，而且可以充当建构民族（文化）认同的手段。文学形象建构民族认同自有其特点和优势。这就可以启发我们重新认识文学形象的功能，丰富我们对文学形象的理解。

3. 对民族认同理论的反思。关于民族认同和文学形象塑造的关系，以前少有人论述。本章的研究表明，民族认同可以借助文学形象加以建构，不过这种形象也不是任意的，而必须借助于特定的形象和形象关系才能够完成。这无疑为我们研究民族认同及其建构开辟了一条新的途径，丰富和深化了既有的民族认同理论。

第六章

文学的“民族认同特性”及其成因和理论启示

如果说前面几章是对中国当代少数民族小说的民族认同现象作一种有选择的分层次考察，那么这一章则是在前面研究的基础上进一步作一种整体和系统的考察。其重点探讨的是普遍存在的民族认同及其建构现象给中国当代少数民族小说和民族文学的文学本体方面造成了何种影响？这种影响的主要成因是什么？这种影响给民族文学理论和批评的建设提供了何种启示？等等。

第一节　文学的民族认同特性

在前面几章中，借助于认同和民族认同理论、语言学、叙事学、文体学等学科的理论资源，我们主要对中国当代少数民族小说的语言层、叙事层、文体层和形象层这四个文学性的层次进行了深入系统的探讨，考察了它们与民族认同建构的关系。应该说，这种关系是紧密、复杂而巧妙的。在这样一种考察的基础上，笔者将转而对当代少数民族小说作一种本体意义上的反思，并且提出当代少数民族小说的一个特殊性质：民族认同特性。

何谓“民族认同特性”？它指的是民族文学作家通过当代少数民族小说表现出来的对本民族的文化特质把握、文化身份指认和民族感情归属。当代少数民族小说所包含的民族认同特性体现在两个层次：显性的层次和隐性的层次。显性的层次体现在小说的故事情节、主题等方面。考虑到这一层次的体现比较容易辨识，本书的研究中没有将其作为重点，但通过对一些具体文本的分析也可以窥见其端倪。隐性的层次体现在小说的语言、叙事、文体、形象等方面，这一层次的体现较为隐蔽而巧妙，不太容易被发现。但也正是因为这一特点，笔者将其作为研究的重点，以便更深刻地揭示问题。另外，笔者之所以更注重研究隐性层次的民族认同特性还有一个重要原因，即当代少数民族小说的民族认同特性有逐渐从显性的层次向隐性的层次转化之势。正如关纪新所言：“中国各少数民族的文学正处于加速流变之中。有所失亦有所得。失去的，是文化与文学的某些外在表征及由这些表征带来的隔离保护机制；得到的，则是少数民族文学在更广阔的时空间更自由地发展。不用担忧这种流变使少数民族文学损失过重，满族文学的历史和老舍的成功告诉人们，原本健全的有生命力的民族文化，可以产生能动的代谢补偿机制，当传统文化的外在特色开始模糊之际，其内核的种种固有因子却加倍地活跃起来，偿付外在特色的缺损。”[①] 研究对象的这一特点也使得笔者确定了自己的研究重点。必须说明的是，显性层次的体现和隐性层次的体现并非毫不相关，而恰恰是有机联系在一起。一方面，正是因为小说具有了显性层次的民族认同特性表现，隐性层次的表现才更有了存在的基础。这也是为什么笔者在研究中先要从显性的层次入手，证明作品具有民族认同的特点，然后再从隐性的层次分析这种民族认同生成机制的原因。另一方面，正是因为小说具有了隐性层次的民族认同特性表现，显性层次的表现才获得了更为有力的支撑，那种只有显性层次的民族认同表现难免显得表面而乏力。而在当代少数民族小说中，“民族认同特性”兼有显性的和隐性的双重表现，因而使得这一特性的存在更具有了合法性。

为了更为清楚地认清当代少数民族小说的这种文学特性，我们有必要将其与文学的其他一些相似的特性如民族性、文化性等分别加以比较。“使不可见成为可见的必要手段，无疑是比较研究。这也说明何以任何学科都应在比较的基础上并以其为先导展开该领域

① 关纪新：《老舍评传》，重庆出版社 1998 年版，第 502—503 页。

的研究。”[①] 这也正如俗话所说：有比较才有鉴别。

先看民族认同特性与民族性的区别。何谓“民族性”？“文学中的民族性是指在作品的内容和形式诸方面体现出的民族特征。”[②] 不过这里所说的民族性特指中国少数民族文学的民族性。20 世纪八九十年代，我国学术界关于少数民族文学的民族性曾有过一次广泛的讨论，形成了一些代表性的文章，我们不妨看一下他们对民族性的认识。比如蒙古族包明德的《略论文学的民族性与世界性》认为：“文学的民族性，是指一种文学在各民族文学的比较中，从思想内容到艺术形式，所显现出的差异性、个性色彩。”[③] 蒙古族扎拉嘎的《文学的民族性与新时期的少数民族文学》认为：“一种民族文学与另一种民族文学之间的最根本的区别是什么。文学的民族性是与民族的文学相互依存、同生同灭的。”[④]《民族文学研究》和《民族文学》的评论员文章（初稿执笔者是关纪新，经白崇人加以修改，最后由玛拉沁夫审阅修订）《民族特质　时代观念　艺术追求——对中国少数民族文学创作理论的几点理解》认为：“可以说，少数民族文学是以其含纳和表现着不同的民族特质为区别于汉族文学的显著标志的；而各少数民族文学之间这一民族文学区别于他一民族文学的根本标志，亦在于其含纳和表现的这种民族特质。没有民族特质，便没有少数民族文学。民族特质，既是少数民族文学赖以存在的条件，又是少数民族文学赖以辨识的胎记。民族特质，赋予少数民族文学以质的规定性。唯因如此，少数民族作家，才把在作品中含纳和表现民族特质，认作自己的天职。”[⑤] “民族特质在作品中的体现，不仅在于作品写了什么，

---

① 参见乐黛云、张辉主编《文化传递与文学形象》，北京大学出版社 1999 年版，第 334 页。

② 关纪新、朝戈金：《多重选择的世界——当代少数民族作家文学的理论描述》，中央民族大学出版社 1995 年版，第 122 页。

③ 中国作家协会编：《新中国成立 60 周年少数民族文学作品选 · 理论批评卷（2 册）》，作家出版社 2009 年版，第 138 页。

④ 同上书，第 158 页。

⑤ 同上书，第 144 页。

同样重要的是怎样写。”① 综上可知，少数民族文学的“民族性”指的是表现在少数民族文学中的民族特质，不同民族的文学因为这种民族特质而相互区别，凸显出本民族的特色。民族性表现在作品的内容和形式两个方面。而笔者所说的文学的“民族认同特性”指的是作品所体现的作家对本民族的文化特质把握、文化身份指认和民族感情归属。从内涵上说二者并不相同。尽管也有相似的地方，比如都强调了民族的独特性。但民族性从根本上说是从审美的角度强调独特性，民族认同特性更多的是从文化的角度强调独特性。这实际上也构成了二者的第二点区别，即民族性偏重于审美性，民族认同特性偏重于文化性。

再看民族认同特性与文化性的区别。这里所说的文化性，仍然是针对少数民族文学而言。少数民族文学中的文化特色突出，这是许多研究者都公认的现象。笔者在后文对此将有专门的研究，故这里不再多说。民族认同特性与文化性的区别是：第一，从内涵上说民族认同特性所包括的范围要大于文化性，这是显而易见的事实。从这个意义上可以说，民族认同特性内在地包含了文化性。第二，如果说，文化性是一种中性的特点，民族认同特性则更包含了一种话语性。在这一点上，二者的区别类似于对文学的两种定义——“文学是语言的艺术”和“文学是一种话语”的区别。正如论者所言：“文学作为具有审美属性的语言艺术，是特定社会语境中人与人之间从事沟通的话语行为或话语实践。把文学不是简单地看作语言或言语，而是视为话语，正是要突出文学这种‘语言艺术’的具体社会关联性、与社会权力关系的紧密联系。”②“把文学视为话语或话语实践，主要目的不是仅仅突出文学的语言形式，而是强调这种语言形式本身正处在完整的社会生活过程的相互作用中。”③“诗人或小说家精心组织自己的文

① 中国作家协会编：《新中国成立60周年少数民族文学作品选·理论批评卷（2册）》，作家出版社2009年版，第145页。

② 童庆炳主编：《文学理论教程》，高等教育出版社2007年版，第69页。

③ 同上书，第70页。

学文本，正是为了在特定读者群体中造成强烈的感染效果，以便实现自己在想象中调整社会权力关系的意图。而相应地，读者阅读文学文本，也是为了在想象中调整自己的存在状况，以及自己所身处于其中的社会权力关系。”[①] 也就是说，通过对语言和话语的区分，上述论者主张以“文学是一种话语”的定义取代“文学是语言的艺术”的定义。与此思路一致，笔者也认为，用少数民族文学的“民族认同特性”取代少数民族文学的“文化性”比较合适。其理由也正是认为“文化性”本身往往并不是一种纯粹物，而与话语关系相连。这也“体现了文学的基本属性：它绝不只是个人所有物，而是人与人之间的社会活动；绝不只是个人言语行为，而是人与人之间的社会话语实践”[②]。比如在“中国当代少数民族小说文体与民族认同建构”一章中，在说到文体的转型与民族认同建构的关系时笔者就指出，当代少数民族小说借助文体建构民族认同实际上与话语权力有关。

既然笔者把民族认同特性看作当代少数民族小说的一种性质，就不得不考察它与审美性的关系。何谓文学的“审美性”？“文学是指具有审美属性的语言行为及其作品，包括诗、散文、小说、剧本等。这正是文学的审美含义。这是从文学的广泛的文化含义中分离、独立出来的狭义文学观念。文学不再指代用语言或文字传输的所有文化现象，而仅仅是指其中富有审美属性的那一部分。这样，文学就成为与政治、哲学、历史、宗教等一般文化形态不同的特殊审美形态了。”[③] 笔者认为，和其他的文学一样，审美性也是当代少数民族小说的根本性质。判断当代少数民族小说艺术价值高下优劣的根本标准依然是审美性而非其他。与审美性相比，不妨把民族认同特性看作当代少数民族小说的一种特殊的性质。

在当代少数民族小说中，民族认同特性与审美性并不是毫不相关的，而是构成了一些内在的联系，分为如下情形：其一，民族认同特

① 童庆炳主编：《文学理论教程》，高等教育出版社2007年版，第70页。

② 同上书，第71页。

③ 同上书，第52页。

性强化了作品的审美性。这种强化可能是因为作品被注入了丰富的民族文化元素，而且这种“注入”被安排得适当而巧妙，从而提升了作品的文化内涵和品位。比如老舍的《正红旗下》中的民族文化书写；也可能是因为作品融入了作者真挚而强烈的民族感情而使得作品具有了一种情感的冲击力，从而也加强了作品的审美感染力。比如玛拉沁夫在《茫茫的草原》中大量的抒发民族感情的笔墨就给作品带来了一种激动人心的力量。其二，民族认同特性遮蔽了作品的审美性。比如“民族志写作”现象通过在作品中渲染民族的历史、地理、风俗等带有强烈民族色彩的文化现象，刻意地张扬了作品的民族认同特性，作品的审美性可能就会被有意无意地遮蔽。比如董秀英的《摄魂之地》中有时对民族风物的展示性书写就过于烦琐，甚至游离于作品的主题表达之外，从而构成了对作品审美性的破坏。其三，如果说上面的两种情形属于民族认同特性对审美性积极的和消极的两种作用，还有一种情形则既非积极也非消极，属于一般的关联情形。比如本书讨论过的“第一人称复数转向”问题。这种特殊的叙事人称现象的形成与民族认同的建构有关，可看作民族认同特性之表现。但从叙事学的角度看，这种特殊的叙事人称现象又有着独特的叙事学意义和审美意义。总而言之，相对于作为当代少数民族小说根本性质的审美性而言，民族认同特性属于一种特殊的性质，但它又和审美性之间构成了复杂的关系。

进一步看，笔者是在对中国当代少数民族小说进行考察的基础上提出“民族认同特性”这一概念的，也就是说，“民族认同特性”首先是当代少数民族小说的一种特性。但众所周知，小说作为文学中最有代表性的文学样式已有数百年的历史，所以不妨把这一概念的外延扩展为整个中国当代民族作家文学的特性，这样一种扩展从理论上讲应该具有一定的合理性。事实上，在文艺学研究领域，这样的理论扩展经常发生，比如亚里士多德的《诗学》主要就建立在对古希腊戏剧研究的基础上。不过必须明白的是，在这种理论的扩展运用中，我们始终不能忘了这种理论最初之所以建立的事实基础。其实，如果从经验主义研究的角度看，这种理论的扩展也是成立的。当代民族文学的其他领域如诗歌、散文等，也都不同程度地表现出了这种“民族认同特性”。这方面的文本例子如彝族吉狄马加和阿库雾乌的诗歌、裕固族作家铁木耳的散文，等等。限于本书的篇幅和研究重点，这里不再赘述，对此感兴趣的不妨参看姚新勇、徐新建、马绍玺等人的相关著作。

进一步看，对当代民族（作家）文学的民族认同特性的发现意义何在？一是它可以深化我们对民族文学特别是当代民族文学的认识和阐发。作为一种新的理论发现和总结，“民族文学特性”有助于我们从总体性和本体论的意义上全面深刻地把握民族文学特别是当代民族文学。基于对当代民族文学这一特殊性质的认识，它也为我们阐释和批评当代民族文学提供了一种新的角度和路径。正如本书通过从语言、叙事、文体和形象等角度考察当代少数民族小说的民族认同特性生成的研究所显示的，我们不妨对民族文学作品展开类似的文学批评和研究：作品是否具有民族认同特性？这种民族认同特性是借助于什么手段生成的？是通过何种策略生成的？具体而言生成了什么样的民族认同特性？应该如何评价这种生成的过程和结果？等等。笔者相信，通过这样的批评方法，不但能够深化我们对民族文学的民族认同特性的认识，还有助于启发我们认识民族文学甚至是文学本身的审美性和艺术机制。

二是它可以启发我们反思中国文学的整体性质。当代民族文学是中国当代文学的一部分，作为从当代民族文学这一“地方性”文学中发现的民族认同特性，必将引发我们重新思考中国当代文学这一整体性文学的特点，并发现一些新的问题。比如，当代汉族文学是否也有这种民族认同特性？应该说，在当代汉族文学的某些作品中，也具有这种民族认同特性，有的甚至表现得相当显著，比如20世纪80年代中期汉族的“寻根文学”就是代表。寻根文学在对历史反思的基础上，致力于寻找民族文化之根，重铸民族的文化精神。这就使得以韩少功、阿城等为代表所创作的一批作品如《爸爸爸》《女女女》“三王”系列等莫不具有强烈的民族文化认同建构的意图，由此也给这些作品烙上了鲜明的“民族认同特性”。不过，如果说当代少数民族文学的民族认同特性是普遍性的和整体性的，当代汉族文学的民族认同特性则是特殊性的和局部性的，像寻根文学这样的例子并不多见。这也是笔者要用“民族认同特性”单给当代民族文学（少数民族小说）命名的原因。为什么会出现这种情况呢？这主要是因为在我们国家范围内，少数民族作为非主体民族，感受到的民族（实际上是“族群”）文化压力更大，比如汉族文化带来的压力，这也使得少数民族作家的民族认同感显得普遍而强烈，这种民族认同感反映到作品中就形成了作品的民族认同特性。而相对于少数民族而言，汉民族是主体民族，感受到的民族（实际上也是“族群”）压力则小得多，这自然也影响了汉族作家的文本表现。当然，这么说并非意味着汉族作家和文学的“民族认同”很缺乏。这种误解在于没有分清“民族”本身的内涵。“民族”一词包括民族国家意义上的民族和民族国家内部不同族群意义上的民族两层含义。其实，即便认为当代汉族文学的“民族”认同缺乏也只能在“族群”的意义上来理解这一“民族”的含义。实际的情况是，如果从“民族国家”的意义上来理解“民族”，那么当代汉族文学的“民族认同”不仅不缺乏，反而显得普遍而强烈。这是一个很有意思的现象，即当代汉族文学（实际上并不局限于“当代”）的民族（这里指的是“族群”）认同在大部分时候被转换成了“国家认同”，也就是说当代汉族文学中的汉族认同基本等同于中国认同，而对汉民族本身的认同却被强调得不多。学术界的情况也是如此。随便翻看一些权威期刊中的这方面论文就会发现，汉族文学的研究者们在讲民族认同时基本上说的都是对中华民族的认同，不会刻意探讨对汉民族的认同问题（或许也是为了避免引起“汉族中心主义”的嫌疑）。探讨中国认同或中华民族认同当然很有必要和意义，但把汉族认同等同于中国认同或中华民族认同，无异于把汉族文化等同于中国文化或中华民族文化，这何尝又不是一种“大汉族主义”的思想在作怪呢？应该引起我们的警惕。

三是它具有多方面的理论启发意义。“民族认同特性”作为从民族文学特别是当代民族文学中发现的文本性质，首先，是对民族文学的一种理论概括，可以丰富尚在建设之中的民族文学理论，是对民族文学理论的一点贡献。其次，我们知道，中国现有的一般的文学理论并没有提到“民族认同特性”这样一种特殊的文本性质，然而它却在民族文学特别是当代民族文学中真实地存在着。对此，现有的文学理论不能视而不见，而是有必要对现在基本以汉族文学为基础提升出的文学理论特别是其中的文本理论作一种理论的反思。这样的反思或许能带来一种理论的丰富或修正也未尝可知。再次，这种“民族认同特性”其实与认同和民族认同紧密相连，是认同特别是民族认同在民族文学中的一种特殊反映。对这种特性的研究无疑也可扩展和丰富对于认同和民族认同理论的认识。关于这一点笔者有些想法已在书中有所反映，这里不再赘述。最后，正如本书前面几章的“小结”中所论述的，“民族认同特性”的生成与语言、叙事、文体、形象等文学要素息息相关。这可反过来看，正是这些文学要素参与建构了民族文学的“民族认同特性”，或者说它们具有一种生成“民族认同特性”的功能。这也可看作对这些文学要素功能的新的发现。

四是它有利于我们认识少数民族的文化身份，甚至带来实践的意义。“在当今这个时代，对一个民族的文化身份充分而均衡的洞察，意义重大。一种歪曲的认识将严重妨碍对那个民族的认识以及与那个民族的交流。政治冲突和战争常常导源于对彼此身份的误会。”[①] 而借助于当代民族文学对民族文化身份的塑造，我们就能在一定程度上获得对少数民族文化身份的把握，无疑意义重大。

既然上面提到了文学对民族国家意义上的“民族”的认同建构，我们不妨借此扩展关于当代民族文学的“民族认同特性”的话题。笔者在本书中提出的“民族认同特性”主要是针对当代少数民族小说或当代少数民族文学而言，但其实这种民族认同特性可能也在某种意义上适合一个民族国家的整体文学。也就是说，一个国家的文学也可能具有民族认同特性。笔者在此不打算进一步论证这一观点，只想引用一位研究者的研究为例证来初步说明。江宁康教授在《美国当代

① 乐黛云、张辉主编：《文化传递与文学形象》，北京大学出版社 1999 年版，第 335 页。

文学与美利坚民族认同》一书中，运用了大量的材料，深入细致地分析了美国当代文学对美利坚民族认同的建构，给笔者以较大启发。正如江宁康所言：“正如S. 亨廷顿所意识到的，美利坚民族身份的认同不是一蹴而就的，却是历史地建构和发展的。在美国这样一个新兴的多民族国家里，文学艺术更是通过对民族特性和国家形象的不断叙述促进了人们对民族主体的认同。对于美国这样一个本土文化和移民文化交错互动的国家，文学的民族身份建构功能显得特别重要。”① “民族身份的认同也是一种文化意识的确认，它是话语实践的产物，而不是先天存在的种族特性的产物。美国当代文学在寻找那个民族认同交汇点的事业中发挥了重要的作用，许多族裔作家的独创性写作为建构美利坚民族身份做出了相当大的贡献。”② 也就是说，正是美国当代作家有意识的建构，使得美国当代文学具有了一种建构美利坚民族认同的功能，从而也使得美国当代文学具有了一种“民族认同特性”，只不过这里的“民族”已是民族国家意义上的民族而非民族国家内部不同族群意义上的民族。这一认识也启发我们，可以利用文学具有的民族认同特性，通过文学建构对于我们中华民族的认同。

如果说以上我们对当代少数民族小说和当代民族文学的民族认同特性所作的还是一种静态的考察的话，下面我们将对此作一种动态的考察。在建构的认同论看来，认同和民族认同都不是一种静止的、僵化的现象，而具有一种运动性和变化性：“自我认同并不仅仅是被给定的，即作为个体动作系统的连续性的结果，而是在个体的反思活动中必须被惯例性地创造和维系的某种东西。”③ “事实上，我们通常并不将时间与空间合并考察，而在使用空间的词汇思索时，我们往往又流于忽视了时间这个要素。这个思维习惯的一个后果，造成了文化认同变成是某种‘静态的东西’，时间冻结了——‘英格兰风格’、‘美

① 江宁康：《美国当代文学与美利坚民族认同》，南京大学出版社2008年版，第19页。

② 同上书，第78页。

③ ［英］安东尼·吉登斯：《现代性与自我认同》，赵旭东等译，三联书店1998年版，第58页。

国人的方式’——我们倒没有将它当成经常在变化、在发展。”① “关于民族认同的特定表述都是脆弱的：要想具有合法性，它们就必须求助于族群精神有限而被大家所认可的储存，它们还要经历一连串的努力过程，以提出或者强行灌输其他的表述。因此，那些化身于民族之中容易令人激动的情感本身是脆弱的和变化叵测的，还围绕表述合法性在进行着斗争，这些都意味着我们应当以过程的概念来理解民族文化。”② 与民族认同的运动变化性相对应，当代少数民族小说和当代民族文学的民族认同特性也呈现为一种变化的特点，我们对其研究也应具有一种动态的维度。

从总体上而言，当代少数民族小说的民族认同特性的发展轨迹可以分为两个时期。其中，新中国成立后“十七年”文学的发展为第一时期，“文化大革命”后新时期文学的发展为第二时期。鉴于“文化大革命”中少数民族文学的发展如汉族文学一样基本处于凋敝状态，故对这一时期的少数民族文学不予考虑。第一时期少数民族小说的民族认同特性表现有如下特点：局部性、含蓄性和表层化。局部性指这一时期的民族认同特性只存在于少数的民族作家文学中；含蓄性指这一时期的民族认同特性表现得多少有些含蓄和遮掩；表层化指这一时期的民族认同特性表现主要停留在较为表面的层次，没有深入体现民族认同的内涵。第二时期少数民族小说的民族认同特性表现有如下特点：普遍性、明朗化和深层化。普遍性指这一时期的民族认同特性在少数民族小说中大量普遍地存在；明朗化指这一时期的民族认同特性表现得较为明显；深层化指这一时期的民族认同特性往往能达到对民族认同的深层建构，揭示民族认同特性的深层内涵。另外，第二时期以 20 世纪 80 年代中期为界又可进一步分为前、后两个阶段，而第二时期少数民族小说民族认同特性的三个特点普遍性、明朗化和深

---

① ［英］汤林森：《文化帝国主义》，冯建三译，上海人民出版社 1999 年版，第 135 页。

② ［英］迈克·费瑟斯通：《消解文化——全球化、后现代主义与认同》，杨渝东译，北京大学出版社 2009 年版，第 156 页。

层化在这前、后两个阶段又表现为逐步深化的趋势。

之所以当代少数民族小说的民族认同特性会表现为上述阶段和特点，原因是多方面的。在第一时期主要是由于主流意识形态的强势影响，致使这一时期中华民族的“共性”压倒了少数民族的“个性”，于是当代少数民族小说中的民族认同特性表现为整体上受到抑制，只在局部和一定程度上得到表现。第二时期的情形出现的原因则是多样的。“新时期以来改革开放中的民族政策，宽松自由的宗教环境，生活领域的扩大等是社会性的一个因素。人文方面的因素可能在于全国文学格局中的文化寻根思潮、探寻早已消逝了的民族文化之根的追求给予文学的灵感，在民族作家那里，则促使他们意识到自己本民族的文化身份对于探寻自己之根的重要。另一个因素是西方后现代理论对现代性的质疑和解构，尤其是后殖民理论介绍到本土后，人文知识分子意识到了以往东方在西方视野中被规定为‘他者’的严峻处境，这给予民族作家在‘自我’与‘他者’的关系中思考民族地位的眼光和视角，民族文化身份意识开始觉醒。”① 除此以外，全球化和现代化的压力、多元文化思潮的兴起等都是重要原因。

以上我们所作的动态考察虽是集中在当代少数民族小说，但考察出的结果同样适用于整个当代民族文学，其理论依据上面已有论述，不再重复。

不妨换个角度，我们如果不仅仅从族群的意义上把握“民族”的含义，而把“民族”看作包含了族群和民族国家两层含义，也同样适用于中国当代少数民族小说和当代民族文学的“民族认同”情形。其实，从严格意义上说，中国当代少数民族小说和民族文学的民族认同本身就具有双重性的特点，即对族群的认同和对国家的认同，只不过本书把研究的重点放在了前者而已。这正如论者所言：“如果要对中国当代少数民族文学表达的族群体验做一个总结，则可以简明地表述为：它一方面含纳和表现着不同的民族特质，另一方面又指向中华

---

① 刘俐俐：《走进人道精神的民族文学中的文化身份意识》，《民族研究》2002 年第 4 期。

民族的集体性认同；两者密不可分地组成中国当代少数民族文学中的族群体验。”①

如果动态地考察这种双重性的、民族认同特性的发展轨迹，也可以从两个维度展开。一方面从时间的维度看，正如论者所言：“需要说明的是，少数民族的民族特质和中华民族的集体性认同这两方面一般而言是并行不悖的，但在中国当代少数民族文学发展的不同阶段和不同作家甚至同一个作家的不同创作时期那里可能有不同的表现，不能僵化地理解这两方面的内容在当代少数民族文学中的表现。比如，20 世纪 80 年代中后期以来的少数民族文学可能更偏向表现民族特质，而在这之前特别是‘十七年’间的少数民族文学可能更偏向于表现中华民族的集体性认同。”② 造成其发展的这一特点的原因与上面的基本一致，不再赘述。另一方面从空间的维度看，民族文学作家往往在我们国家范围之内强调族群认同，而在世界范围之内则强调国家认同。维吾尔族作家迪丽达尔在留学法国期间，当看到中国大使馆的五星红旗和国徽时情不自禁地流下了热泪：“以前，我真不知道，我是如此地爱我的国家，爱我的国旗。”③ 这样一种民族认同的特点自然也影响了其作品中的民族认同特性表现。

第二节　文学的“民族认同特性”生成的原因

前面我们通过对当代少数民族小说的考察，发现了当代少数民族小说和当代民族文学的“民族认同特性”这一新的文学性质。接下来笔者探讨的是这种民族认同特性生成的原因。只有弄清楚了这一点，我们才能深化对这一文学特性的认识，也才能进一步确证笔者对这一特性发现的合理性。

---

①　陈祖君：《汉语文学期刊影响下的中国当代少数民族文学》，中国社会科学出版社 2009 年版，第 144 页。

②　同上。

③　参见王志萍《他者之镜与民族认同——简析新疆少数民族女作家作品中的民族意识》，《民族文学研究》2009 年第 4 期。

当代民族文学中的民族认同特性是如何生成的？应该说原因很复杂，不过从大的方面看不妨分为两点：其一，文学是建构认同和民族认同的重要手段；其二，民族文学作家的民族认同建构。

一、文学是建构认同和民族认同的重要手段

文学与身份认同关系密切，这种关系从文学诞生之初就开始了。诚如乔纳森·卡勒所言：“文学历来关心和身份有关的问题。文学作品对这些问题也或清晰或含蓄地描绘出答案。在不同角色界定自己，同时也被他们各自不同的经历、不同的选择和社会力量对他们的作用这个大混合物所界定的过程中，叙述文学始终追踪着他们的命运。”① 文学之所以对身份认同问题表现出莫大的兴趣，不外乎这样几个原因：一是身份认同对人类生存和发展的重要性。正如查尔斯·泰勒在其著作《自我的根源：现代认同的形成》中所言：“我作为自我或我的认同，是以这样的方式规定的，即这些事情对我而言是意义重大的。”② 这是因为，身份认同本质上属于对人类本性的认识。其在早期强调从“个人的角度”去理解自我，古希腊的神谕“认识你自己”就是这种认识的先声。晚近所谓的身份认同则更强调从“社会的角度”去理解自我，比如强调人的社会性、阶级性、民族性、国家性等。不管从哪个角度去理解身份认同，对于人自身都是必不可少的，其重要性都不言而喻。二是文学的性质。关于文学有一个得到普遍共识的观点：“文学是人学。”文学以人为表现的中心对象，也是对人的表现最为丰富和深刻的领域。文学的这一特点决定了它必然会关注人的身份认同问题。事实上，古今中外无数的文学作品都参与了对人的身份认同的表现。从“个人的角度”去表现身份认同的比如意识流小说，其借助于现代心理学的研究成果，致力于表现人的深层心理特别是无意识的精神内容，把文学对人的精神世界的表现提到了一个

---

① ［美］Jonathan Culler：《文学理论》，李平译，译林出版社 2008 年版，第 115 页。

② ［加拿大］查尔斯·泰勒：《自我的根源：现代认同的形成》，韩震等译，凤凰出版传媒集团 2008 年版，第 41 页。

前所未有的高度。从“社会的角度”去表现身份认同的比如女权主义文学，其针对几千年女性被压抑甚至被奴役的不平等的社会地位，致力于通过文学反对和颠覆男性中心主义的存在，重建女性的社会身份，为提高女性的权利和地位做出了功不可没的贡献。

除了这两个原因之外，还有一个原因以前被人们注意得不多；或者虽然注意到了，但并没有得到很好的阐释。这个原因就是：文学是一种建构身份认同的手段，甚至是很好的手段。诚如论者所指出的：“这个问题（你以为你是谁?）在文学中得到了最清晰的提示和最充分的探讨。该问题也是对文学具有普遍意义的规定：文学领域就是人的身份问题能得到最具启发性解释的空间。”① 那么，为什么说文学是一种建构身份认同的手段呢？文学又是如何建构身份认同的？文学建构认同这一认识又有何意义？这里，笔者希望从建构的认同论的角度，对这些问题作一次尝试性的解答。

建构的认同论的代表人物霍尔认为：“认同问题实际上是在其形成过程中（而非存在过程中）有关历史、语言、文化等资源的使用问题：不是‘我们是谁’或‘我们来自何方’等问题，而是我们可能成为什么，我们是如何被再现的，是如何应付我们该怎样再现自己的问题。因此，认同是在再现之内而非之外构建而成的。”② 这一思想非常重要，它可以启发我们思考认同和文学之间的关系。周宪教授正是在此基础上提出文学的认同建构功能：“晚近关于认同的讨论，越来越受到‘语言学转向’和后现代思想的影响，越来越关注认同建构和话语实践之间的关系。以至于有些学者断言认同借助并依赖于话语来建构。这一点对于我们思考文学与认同的关系尤为重要。文学作为一种最重要的话语表意实践，它通过故事、人物、情节、场景和历史的塑造，对特定社会文化语境中的个体和群体具有深刻的认同建

---

① ［英］安德鲁·本尼特、［英］尼古拉·罗伊尔：《关键词：文学、批评与理论导论》，广西师范大学出版社2007年版，第174—175页。

② 周宪主编：《文学与认同：跨学科的反思》，中华书局2008年版，第6页。

构功能。”① 他对认同的建构功能的理解以如下的事实为依据：“文学作为一种日常的表意实践，在认同建构和差异自觉的过程中，扮演了不可或缺的重要角色。自改革开放以来，文学乃至文化实践中出现的许多倾向或潮流，都不同程度地关涉到本土文化认同的建构。近来对儒家文化的重新定位和传统的重视，一度流行的‘寻根文学’或‘文化热’，从多年前的《白鹿原》到晚近的《狼图腾》，关于白话诗与格律诗的争议，都可以视作中国文学或文化对全球化及其现代化做出的回应。”②

笔者认为，霍尔和周宪关于文学的认同建构功能的思想对于文学研究颇有启发，但他们只是简略地指出了这一点，并没有多加阐述。事实上，笔者认为，这是一个需要进行充分论证的问题，否则我们很难说这一命题就具有合法性。这正如曼纽尔·卡斯特在《认同的力量》中所言：“对于所有的认同来说，在理论上和实践上真正重要的则是：它是如何、从哪儿、被谁、为了什么，而建构起来的。”③ 也就是说，要从理论上证明文学具有建构认同的功能，必须对一些相关的问题进行探讨和论证。下面，笔者就将对这一问题从本体论、方法论和价值论三个角度一一进行阐述。

为什么说文学具有建构认同的功能？要回答这一问题必须从文学和认同的根本性质上去寻找答案。从本体论上看，文学具有话语实践性、虚构性和创造性，这都与建构的认同论在根本性质上（本书第一章对此有专门论述）契合，从而可以自然地推论出文学具有建构认同的功能，可以成为建构认同的手段。

首先，文学具有话语实践性。文学是一种话语实践活动，这一点现在已成为一种共识。福柯的话语理论问世后，引发了人们对文学本质的重新认识。之前，人们一直把高尔基的一句名言“文学是语言的

---

① 周宪主编：《文学与认同：跨学科的反思》，中华书局 2008 年版，第 240 页。

② 同上书，第 234 页。

③ ［美］曼纽尔·卡斯特：《认同的力量》，曹荣湘译，社会科学文献出版社 2006 年版，第 34 页。

艺术”奉为圭臬。这种认识实际上尊奉的是传统的语言工具论，且对文学的性质作了一种理想化的表述。实际上，“严格说来，在具体的文学活动中，文学确实以话语的方式存在的。”① “文学是一种话语。”② 周宪认为：“福柯的理论对霍尔产生了影响，福柯认为主体研究重要的不是认识主体的思考，而应转向认识话语实践的分析。霍尔所以强调主体的agency问题，只在凸显主体出现的真实情境——话语实践领域。换言之，主体化问题只有在话语实践中才形成，也只有在此基础上才有认同问题。”③ 事实上，霍尔认为，认同正是在话语实践中形成和发展的：“正是因为认同建构于话语之内而非话语之外，我们必须把它们理解为通过特殊表达策略在特殊话语形成和实践之内特殊历史和体制之场所的产物。”④ 也就是说，建构的认同论认为认同是一种话语实践的产物，而文学恰是一种话语实践的活动，当然就可以充当建构认同的一种手段。

其次，文学具有虚构性。韦勒克、沃伦在《文学理论》中对文学的本质特征定义之一就是“虚构性”。文学可以创造出栩栩如生的世界，但那毕竟只是“纸上的王国”。而在建构的认同论看来，认同恰恰就具有虚构性。正如霍尔所言：“虽然它们（认同——笔者注）产生于自我的叙事化，但是这一过程的必要虚构性质没有动摇这一过程的话语、物质或政治有效性，即使归属性即认同赖以产生的‘缝合进故事’部分地处于想象之中（以及象征之中），因而总是部分地在幻想或至少在幻想领域中。”⑤ 周宪进一步指出，“晚近关于文化认同和民族认同的理论非常注重象征认同的考察，弗洛伊德和拉康都深入讨论过象征认同问题，晚近的研究关注文化和民族认同的‘虚构’性质。这方面，霍布斯鲍姆的‘发明的传统’和安德森的‘想象的共同体’理论最有影响……这些理论旨在突出文化（或民族）认同的

① 童庆炳主编：《文学理论教程》，高等教育出版社2007年版，第68页。

② 同上书，第69页。

③ 周宪主编：《文学与认同：跨学科的反思》，中华书局2008年版，第185页。

④ 同上书，第6页。

⑤ 同上。

象征层面和建构性（虚构、想象或重现），与前述那种把认同看作一个动态的、未完成的建构过程的看法一致，同时又凸显了各种象征的重现形式对认同的作用。”① 建构的认同论强调认同的虚构性，认为认同是一种由虚构制造出的带有象征性的形式，这其实也与文学的虚构本性构成某种暗合。文学以其特有的方式虚构出自身的世界，构成有意味的“象征”形式，可以发挥认同的作用。

最后，文学具有创造性。“创造性”也是韦勒克、沃伦在《文学理论》中对文学本质特征的定义之一。本雅明在谈到机械复制时代的艺术作品时，把传统的艺术作品的价值归结为“灵晕”，而“灵晕”即独一无二性。在某种程度上可以把“灵晕”和创造性看作一个问题的两个方面，因为真正创造性的文学作品必然是独一无二的，与机械时代的复制作品判然有别。这里的“艺术作品”当然也包括文学在内。在前面对认同理论的梳理中笔者说过，建构的认同论的最大特点即强调认同的“建构性”。正如吉登斯在《现代性与自我认同》中所说：“自我认同并不仅仅是被给定的，即作为个体动作系统的连续性的结果，而是在个体的反思活动中必须被惯例性地创造和维系的某种东西。”② 而文学的创造性本身就是一种建构的行为，是一种能动的、充满了各种可能性的建构。这也使得文学与建构的认同论在“创造性”这一点上精神相通，文学因此也具有了建构认同的功能。

文学是如何建构认同的？这实际上涉及一个方法论的问题。从方法论上看，文学的认同建构功能是通过作者、文本和读者三个要素的作用来共同完成的，而这种完成的过程往往是复杂的，结果往往是多样的。

首先，作者是建构认同的主体之一。马克·柯里在《后现代叙事理论》中说道：“身份不在身内，那是因为身份仅存在于叙事之中。”“我们解释自身的唯一办法，就是讲述我们自己的故事，选择能表现

---

① 周宪主编：《文学与认同：跨学科的反思》，中华书局2008年版，第190页。

② ［英］安东尼·吉登斯：《现代性与自我认同》，赵旭东等译，三联书店1998年版，第58页。

我们特性的事件，并按叙事的形式原则将它们组织起来，以仿佛在跟他人说话的方式将我们自己外化，从而达到自我表现的目的。"① 在英语中，"身份"和"认同"都是同一个词"identity"，因而对柯里的这段话完全可以理解为对"认同"的表述。认同作为一种意识的形式，它生成于作者的头脑中，构成其创作的意图，并把这种认同的想法通过文本得以表现出来。这就使得我们一方面不能忽略作者的认同观念，另一方面又必须紧密结合文本来考察作者的认同。在具体的研究中那些与文本无关的作者的认同思想一般不应成为我们的研究对象。

其次，文本是认同建构的真正手段，甚至可以说文学对认同的建构基本等同于文本对认同的建构。具体而言，文本作为建构认同的手段是通过诸多文本要素得以实现的，比如故事、形象、语言、叙事、文体等。比如乔纳森·卡勒认为："文学作品为身份的塑造提供了各种隐含的模式。在有些叙述中，身份主要是由出身决定的：国王的儿子即使由牧羊人抚养长大，本质上仍然是国王。一旦他的身份得以发现，他便合理合法地成为国王。在另一些叙述中，角色是根据命运的变化而变化的，或者身份是根据在生活的磨炼中所反映出的个人品格而决定的。"② 文本的复杂性决定了文本建构认同的复杂，也决定了理解文本建构认同的复杂。在对文本建构认同的解读中，我们必须采用多种方法和手段，比如语言学、叙事学、文体学等。这种解读有时通过作品的表层就可以理解，比如对故事和形象建构的解读；有时也需要通过作品的表层，深入剖析作品的种种"空白点"或自相矛盾处，对作品作一种"症候式阅读"，比如对文本形式层面建构的解读。

最后，读者是建构认同的另一个主体。解释学和读者反应理论早已指出，读者在文学活动中绝不是完全被动的，而是能动地参与其

---

① ［英］马克·柯里：《后现代叙事理论》，宁一中译，北京大学出版社 2005 年版，第 21 页。

② ［美］Jonathan Culler：《文学理论》，李平译，译林出版社 2008 年版，第 115 页。

中，并对文学活动产生着影响。当然，和对作者认同的考察一样，考察读者的认同也应该联系文本分析才有意义。一方面，读者作为“受动者”，他会受到文本所传达的认同的影响，甚至会因此形成与作者的期望一致的认同。正如马克·柯里所言：“认同却更深刻地触及了我的主体性，因为我在小说里看到了我自己，将自己投射到了小说中，而不仅仅是交了一个新朋友。这就给了小说一种证实、形成和转换我的自我意识的潜力。”[①] 在这段话中，“我”正是一种作为读者的存在。乔纳森·卡勒更为明确地指出：“文学不仅使身份成为一个主题，它还在建构读者的身份中起了很大的作用。文学的价值一直与它给予读者的经验相联系，它使读者知道在特定的情况下会有什么感受，由此得到了以特定方式行动并感受的性格。文学作品通过从角色的视角展现事物而鼓励与角色的认同。”“诗歌和小说都是以要求认同的方式对我们述说的，而认同是可以创造身份的：我们在与我们所读的那些人物的认同中成为我们自己。”[②] 另一方面，读者作为一种有主见的能动者，他对文本所传达的认同会有自己的鉴别、判断和选择，从而经常会偏离作者的期望不能成为作者的“理想读者”，而形成自己独特的认同。

必须说明的是，作为文学建构认同的三个要素，作者、文本和读者之间的关系往往是复杂的。作者建构认同的复杂性通过文本得以呈现，文本借助各种手段蕴含了各种建构认同的可能性，而读者通过对文本的独特解读又会做出自己的认同选择，这种选择未必与作者的期望相一致。正是在作者、文本和读者的交流互动中，文学建构认同的功能得以实现。

文学建构认同这一认识具有何种意义？这实际上涉及的是一个价值论的问题。从价值论上看，认识到文学具有建构认同的功能，无论对于我们研究文学还是考察认同都具有重要意义。

---

① ［英］马克·柯里：《后现代叙事理论》，宁一中译，北京大学出版社 2005 年版，第 33 页。

② ［美］乔纳森·卡勒：《文学理论》，李平译，译林出版社 2008 年版，第 118 页。

建构的认同论让我们发现了文学的认同建构功能，这可以加深我们对文学本身的认识。正如有论者所言："'在身份的建构上，文学提供了丰富的材料来解说那些复杂的政治和社会因素'。（culler，112）反过来，文化身份的构建这个后现代文论中的概念也为我们解读文学作品提供了一个全新的视角。"① 我们可以把文学作为一种建构认同的实践，通过相应的研究，对文学的意义和价值生发出新的理解。相对于其他建构方式如空间场所、仪式等，文学建构认同自有其特点，比如虚构性和个性化（基于文学是一种富于个性的艺术创造活动）等，也有其优势比如丰富性、形象生动等。

以往对于认同的研究主要是在文学以外的人文社会科学领域进行，比如心理学、人类学、社会学等，采用的方法也是相关学科的方法。这些研究虽然丰富了我们对认同的研究，但忽略了文学这一重要领域可以说是个重大缺憾，因此有必要把文学纳入认同考察的范畴以完善对认同的研究。

由上面的论述可知：文学是一种建构身份认同的手段。进一步看，所谓身份认同，包含的种类多种多样。从大的方面说，身份认同有个体身份认同和社会身份认同之分；而社会身份认同又可进一步划分为民族认同、国家认同、阶级认同等。对于这些具体的身份认同来说，身份认同本身具有的特征和功能当然都适用于它们。既然如此，也可以说文学具有建构民族（身份）认同的功能，可以充当建构民族认同的手段。这应该是一个水到渠成、毋庸置疑的推论。

从另一个角度看，民族认同的形成一般来说经历了一个从个体的身份认同向社会的身份认同的转化过程："对于每一位个人来说，一旦自我身份意识与相应的族群身份意识联系起来，那么一个人的群体认同感就建立起来，或得到了强化。这种群体认同感很容易就会转化为民族身份或族群身份的认同，并在个人的文化实践中表现出来。"②

① 刘岩等：《后现代语境中的文化身份研究》，凤凰出版社2008年版，第34页。

② 江宁康：《美国当代文学与美利坚民族认同》，南京大学出版社2008年版，第173页。

由此可见，在这种转化的过程中，个体身份认同和社会身份认同所共有的“认同”的性质和特点并不会发现变化，反而具有一种相通性。这也可以证明由文学建构身份认同推导出文学建构民族认同的观点具有合理性。

如果说上面主要是从认同和民族认同理论出发推导出文学是建构民族认同的手段，还有一条研究思路则可以从本尼迪克特·安德森关于“民族”的思想出发得出相似的结论。

在《想象的共同体》中，安德森将“民族”定义为一种“想象的共同体”。想象需要借助于一定的媒介。对民族的想象媒介很多，比如报纸、地图等。安德森指出，在众多的想象媒介中，对“民族”这个“共同体”的想象最初而且最重要的是通过文字（阅读或语言）来想象的。笔者以为这一观点对我们认识文学非常重要。高尔基关于文学的性质有一个经典的论断：文学是语言的艺术。既然对民族的想象可以借助语言，而文学又是语言的艺术，那么就可以自然地推导出这样一个判断：文学可以充当想象民族的媒介或手段，换句话说，文学具有想象民族的功能。事实上，在《想象的共同体》中，安德森就多次举例说明文学对想象民族的作用。比如安德森分析了 18 世纪欧洲某些旧式小说的结构，认为它们“以一种‘同质的、空洞的时间’来表现同时性的设计”，实际上“为‘重现’民族这种想象的共同体，提供了技术上的手段”①。比如他分析了一部小说中的一段情节：某男子（A）有妻（B）与情妇（C），而这个情妇又有一情人（D）。因为 A 和 D 从未碰面，也根本不知道彼此的存在。“那么 A 和 D 到底有什么关系？有两个互补的概念。第一，他们都身处‘社会’（如西撒克斯、卢卑克、洛杉矶）之中”。“第二，A 和 D 存在于全知的读者的心中。只有这些读者像上帝一样，在同一时间看着 A 打电话给 C、B 在购物、D 打撞球。这些多半互不相识的行为者，在由时钟与日历所界定的同一个时间，做所有这些动作，而这一事实则显示了

① ［美］本尼迪克特·安德森：《想象的共同体》，吴叡人译，上海世纪出版集团 2005 年版，第 6 页。

这个由作者在读者心中唤起的想象的世界的新颖与史无前例。”① 又比如他分析了几部来自不同文化、不同时代背景中的小说结构，比如《社会之癌》《阿尔巴尼亚王国的弗罗兰地和洛拉的故事》《发痒的鹦鹉》和《黑色的三宝垅》。综合对这些文本的分析可以看出，安德森认为它们都具有一个共同特征：小说展现了置身于同一背景（民族）中、处于不同地点中的人们和事物共时间地存在着，并通过某种形式建立起联系——这种存在的形态就能在读者心中召唤出一种对民族共同体的想象。正是在这个意义上小说构成了一种想象民族的手段。不过在《想象的共同体》中，安德森并没有进一步明确地提出“文学具有想象民族的功能”的观点。

这里有一个问题需要辨析和澄清。传统的文学表现论认为，文学具有表现社会生活的功能，这种对社会生活的表现自然也包括对民族的表现。文学想象民族和文学表现民族是一回事吗？笔者以为二者是有区别的。这里先说三点。首先是对文学性质理解的着重点不同。表现民族是从审美的意义上去理解文学，强调把审美性作为文学的根本功能，因而表现民族的根本目的是获得一种审美的意义。而想象民族却主要从文化和民族性的角度去理解文学。它强化了文学本身的文化和民族学意义。在这种视野的观照下，文学作品有时变成一种“民族寓言”，具有强烈的隐喻色彩。美国文学批评家杰姆逊在提到第三世界文学时曾有过这样经典的论述：“所有第三世界的文本都带有寓言性和特殊性，我们应该把这些文本当作民族寓言来阅读，特别当他们的形式是从占主导地位的西方表达形式的机制——例如小说——上发展起来的。”“第三世界的文本，甚至那些看起来好像是关于个人和力比多趋力的文本，总是以民族寓言的形式投射一种政治：关于个人命运的故事包含着第三世界的大众，他们的文化和社会受到冲击的寓言。”② 这里我们不妨考察一下他得出这一观点的学理逻辑。若从文

---

① ［美］本尼迪克特·安德森：《想象的共同体》，吴叡人译，上海世纪出版集团2005年版，第23—24页。

② 张京媛：《新历史主义与文学批评》，北京大学出版社1993年版，第234—235页。

学的一般表现功能来看，就会觉得他的这一观点太过偏激，我们也很容易找出推翻这一结论的反例。但若从文学的特殊功能，比如这里认为的文学是一种想象民族的特殊方式，就会明白杰姆逊的这一观点有他的特指对象，而在针对他的特指对象时他的结论却不无道理。姑且设想：杰姆逊或许正是意识到了文学的这一特殊功能，并且在这一认识的基础上来发表上述观点的？其次是手段的类型不同，表现民族和想象民族都要借助一定的媒介。前者借助于由语言构成的文学作品。而后者借助的最重要的手段是语言。除此之外，如地图、博物馆和民族传记等都可以充当想象民族的手段。最后，具体的手段形式不同。表现民族主要依靠文学的意义内涵，或者说借助于文学作品的“所指”层面。而想象民族则不仅可以依靠文本的意义层面，还可依靠文本的形式层面或者说能指层面。安德森在对文学想象民族的分析时就特别注意到文学的结构层面所具有的想象作用。

对“文学具有想象民族的功能”的发现对于理解中国的少数民族文学大有意义。少数民族文学作为一种“地方性知识”和区域性文学，其“民族性”的一面往往得到有意无意的彰显，有时这种“民族性”甚至压倒了文学的审美性，比如近些年兴起的某些“民族志写作”现象，刻意地在作品中渲染民族的历史、地理、风俗等带有强烈民族色彩的文化现象。对此，我们若以对文学一般的审美功能观之，很可能构成对少数民族文学某些独特功能和文化价值的遮蔽，甚至产生误读。而若按照我们上述对文学想象民族这一特殊功能的理解，就可以让少数民族文学的某些民族学功能及文化价值得到敞亮，从而不仅能丰富我们对少数民族文学的认识，还可以为少数民族文学理论的建设提供新的思路。

另外，还可由文学具有想象民族的功能进一步推导出文学具有认同民族的功能。安德森的“想象的共同体”概念实际上暗指了对民族共同体的想象必然带来一种民族的认同感。因为在对这种共同体的想象中，想象的主体事实上是把自己归属于一个更大的集体概念并在心理上产生一种对这个集体的归宿感。而且，民族的想象的作用——

“民族能激发起爱，而且通常激发起深刻的自我牺牲之爱。”[①] ——也证明了对民族的想象带来的认同确实存在并发挥着作用。这一理解实际上也可以加深对少数民族文学的认识，也就是说，少数民族文学往往通过对自身民族的想象和表达来建构一种民族的认同。具体而言，少数民族作家文学往往通过特定的途径和策略来完成民族认同的建构，而文学中的故事、人物、题材、文体、语言等都可能参与这种建构的过程。

综上可知，文学本身是一种建构民族认同的手段。相对于其他手段如宗教、仪式等，文学在对民族认同的建构上自有其优点。有论者指出：“克洛斯科斯卡在研究了波兰民族主义的兴起后指出：‘文学对于当代波兰民族身份塑造具有很大的影响，特别是当今一些公众人物被塑造成了浪漫式的英雄形象。’……从一定意义上说，艺术形象对建构民族身份和增强民族认同能起到政治说教无法取得的成效，形象比信念更能增强人们的想象性认同。”[②] “文学创作的特点是想象性创造，在政治正确原则主导下的当代话语场中，文学艺术的虚构性和寓言性却可以帮助作者和批评家探触那些敏感的话语禁区，从而在艺术想象的世界里逐渐形成对新的美利坚民族身份的文化认同感和族群归属感。”[③] 虽然这两段话里所说的是对民族国家意义上的民族的认同建构，但它们所指出的文学建构民族认同的特点和优势却具有普遍意义。这种优势包括形象生动、虚构性、寓言性、含蓄性，此外还有丰富性和个性化等。也正是因为文学具有建构民族认同的功能和特有的优势，从而为民族文学作家借助文学作品建构民族认同提供了可能性，进而使得当代民族文学（当代少数民族小说）具有了一种民族认同特性。

---

① ［美］本尼迪克特·安德森：《想象的共同体》，吴叡人译，上海世纪出版集团2005年版，第137页。

② 江宁康：《美国当代文学与美利坚民族认同》，南京大学出版社2008年版，第69页。

③ 同上书，第301页。

二、民族文学作家的民族认同建构

如果说文学作为建构民族认同的手段使得当代民族文学的民族认同特性的生成具有了一种可能性，那么民族文学作家的民族认同建构则使这种可能性成为现实。民族文学作家为什么要通过作品建构民族认同呢？对此可以从两个大的方面来回答，即自发的民族文化传达和自觉的民族文化建构。如果说自发的民族文化传达主要生成了一种显性的民族认同特性，那么自觉的民族文化建构则生成了一种显性和隐性兼备的民族认同特性。

关于认同的研究，斯图亚特·霍尔认为：“我们需要把有关认同的论争定位在所有具体历史发展和实践内，因为这些发展和实践打破了众多人口和各种文化相对‘稳定的’特征。”[①] 曼纽尔·卡斯特在《认同的力量》中也说道：“我们无法一般性地抽象地来谈论不同类型的认同是如何建构起来的、由谁建构起来的以及他们的结果如何，因为它们是与社会语境有关的。认同的政治，正如柴列斯基所说，‘必须放到历史情境之中’。”[②] 他们都共同强调了对认同作历史的、语境的、具体的考察的重要性，虽然对这种研究方法唯一性的强调未免显得绝对化。事实上，联系到对民族文学认同的研究，笔者所见的大多数成果遵循的也是这种研究思路。本书对当代少数民族小说民族认同的研究因为是在文艺学的学科领域内展开，重在探究这种民族认同建构的手段、方式、策略等规律，更偏向于一种“逻辑的”研究方法。这也构成了本书在研究方法上的特色——依笔者所见，以这种方法研究认同和民族认同的并不多见。当然，这并不意味着本书对那种“历史的”研究方法就忽略不顾，其实前面的研究中笔者也在必要的地方有意识地作了历史的考证。在下面的研究中笔者将会更加注意对民族认同特性生成的原因作一种历史的、语境的考察。事实上，

---

① 周宪主编：《文学与认同：跨学科的反思》，中华书局2008年版，第6页。

② ［美］曼纽尔·卡斯特：《认同的力量》，曹荣湘译，社会科学文献出版社2006年版，第9页。

笔者也希望通过把逻辑的和历史的研究方法相结合（尽管偏重于前者），对当代少数民族小说的民族认同特性作一种全面系统的研究。

先看民族文学作家自发的文化传达。每一个生命个体都来自一个特定的民族，这个民族即为他的母族。人们对于母族总会怀有深深的认同并希望以其特有的方式传达这种认同。民族文学作家都有自己的民族母体，作为一个生于斯长于斯的所在，民族文学作家对自己的母族一般都有着深厚的感情。他们从小就在民族文化的孕育和滋养下成长，打上了本民族文化的烙印。这使得他们自觉不自觉地以本民族的历史和生活为创作题材，表现民族的文化和对民族的感情。这就构成了民族文学作家自发地传达民族文化的情形。正如鄂温克族作家乌热尔图所言："每一个民族之所以被称为独立的、生命力旺盛的民族，就在于这个民族与另一个民族存在着某种不同，具备了其他民族所不具备的长处。这种民族间的不同点，有些是单侧面的，有些是多侧面的；有些是内在的，有些是表面的，等等，难以尽述。我认为民族间内在的不同点（情感、观念、心理的差异），在文学上具有很高的价值。理解了自己民族的心理素质，同时与其他民族进行自觉地比较，发现她独有的光彩、韵味、力度，然后运用艺术的手段强烈地去表现。对此，我一直怀有很浓的兴趣。"① 吉狄马加也认为："每个民族都有自己的文化，民族的作家有权力和责任在自己的文学中体现出鲜明的民族文化特性。"② 应该说，这种自发的文化传达强调的是民族的文化特性和文化特色。不过如乌热尔图所言，在这种传达中，民族文学作家更注重的是这种传达的文学价值或者说审美价值，而其中民族认同的意义虽然存在但并不明显。

从当代民族文学发展的历史看，从新中国成立到20世纪80年代初的当代民族文学的民族认同建构就属于这种自发的文化传达阶段。这一时期的民族文学整体上从属于中国主流文学的发展态势，呈现出文学的"政治性"压倒"民族性"的情形。正如姚新勇所言："1949

① 乌热尔图：《沉默的播种者》，内蒙古文化出版社1994年版，第105页。

② 吉狄马加：《我的诗歌来自于我熟悉的那个文化》，《光明日报》1987年3月1日。

年之后的国家意识形态，在近 30 年的时间中强调的都是阶级斗争，而非直接的民族国家的认同，可以说是阶级性压倒民族性。但这只是事情的一个方面，从另一个方面看，民族话语并没有被阶级话语排除在外，而是以间接的方式包含其间。”① 这一时期民族作家文学虽有对民族文化的自发表现，但一般把其当作文学审美性的有机组成部分。作品中所传达的民族感情也往往指向更高一层的对中华民族的感情。当然，这并不是说这种文化传达就没有自觉的民族认同建构的成分。从总体上说，当时的民族文学对主流文学的从属和依附在很大程度上是一种自觉自愿的行为，由此加入了当时中国文学一种“共名”（陈思和语）的合唱之中。这就使得由于客观的原因，民族文学的“民族性”虽被遮蔽了，但大多数民族文学作品并没有意识到这里面潜在的民族认同的“危机”而表现出民族认同建构的意识。但也有一些民族作家作品表现出较为明显的民族认同建构的特色，比如老舍的《正红旗下》、玛拉沁夫的《茫茫的草原》等，由此也使得这些作品生成了某种民族认同特性。当然，整体上看这一时期的民族认同特性还处于一种自然和自发的生成阶段，其表现也主要在显性的层面。另外，我们说这一时期属于自发的文化传达阶段，并不意味着 20 世纪 80 年代以后就没有这种自发的文化传达了。实际上，正因为这种传达是“自发的”，所以它贯穿于整个当代民族文学时期。只不过 20 世纪 80 年代以后，由于民族认同危机的出现和加深，民族文学作家自觉的民族文化建构得到凸显，并成为这一时期更为显著的特点。

再看民族文学作家自觉的民族认同建构。从严格意义上说，要谈论民族（文化）认同问题就得先谈民族（文化）认同的危机。因为如果没有危机，也就无所谓认同问题。危机是认同的前提条件。“只要不同文化的碰撞中存在着冲突和不对称，文化认同的问题就会出现。在相对孤立、繁荣和稳定的环境里，通常不会产生文化认同问题。认同要成为问题，需要有个动荡和危机的时期，既有的方式受到威胁。这种动荡和危机的产生源于其他文化的形成，或与其他文化有

① 姚新勇：《寻找：共同的宿命与碰撞》，中国社会科学出版社 2010 年版，第 342 页。

关时，更加如此。正如科伯纳·麦尔塞所说，‘只有面临危机，认同才成为问题。那时一向认为固定不变、连贯稳定的东西被怀疑和不确定的经历取代。’这句话为我们理解认同的通常含义提供了一条线索。与认同相连的基本概念似乎是持久、连贯和认可，我们谈论认同时，通常暗含了某种持续性、整体的统一以及自我意识。多数时候，这些属性被当作理所当然的，除非感到既定的生活方式受到了威胁。”① “当‘归属’是自然形成时，当它不需要为之斗争、争取、申明和保卫时，当人们显然只是由于缺少竞争对手而获得归属时，没有任何思想被归于认同。”② 当代民族文学中一种真正的民族认同特性的形成就源于这种民族认同危机的出现。而所谓“民族认同的危机”，其内涵大致可以理解为一种统一的、稳定的和持续的民族认同状况受到了威胁和破坏，甚至难以为继。如果说中国少数民族的民族认同危机是伴随着各个少数民族的形成而诞生的话，那么在新中国成立以前这种危机的表现还不太明显。新中国成立以后，这种民族认同的危机就成为一个较为突出的问题，之后这种危机的程度逐步加深直到今天。这也是为什么笔者要选择“当代”少数民族小说来讨论民族文学的民族认同特性的原因。那么，这种民族认同危机都有哪些表现呢？主要来自三个方面：汉族文化和文学的话语压力；现代性对少数民族文化的挑战；全球化对少数民族文化的同质化威胁。面对这一危机，中国当代少数民族小说表现出了积极地建构民族认同的姿态和策略。

先看汉族文化和文学的话语压力。在我国汉族文学是主流文学，掌握着较多的话语资源并拥有主导的话语权。相对而言，少数民族文学则处于一种边缘性地位，具体表现为地理位置的边缘性，社会生活中的边缘性和文学格局里的边缘性。一般而言，主流文学对边缘文学会有一种天然的抑制性。而具体来看，汉族文化和文学对少数民族文

① ［英］乔治·莱瑞恩：《意识形态与文化认同》，戴从容译，上海教育出版社 2005 年版，第 194—195 页。

② ［英］齐格蒙特·鲍曼：《作为实践的文化》，郑莉译，北京大学出版社 2009 年版，第 37 页。

学的话语压力表现在三个方面。

一是对少数民族文学“民族性”的遮蔽。这主要表现为从新中国成立到20世纪80年代初这一历史时期。相关情形上面已有论及，虽然说当时少数民族文学对主流文学的趋同是一种自觉自愿的表现，服务于统一的民族国家建设的目的，但也由此造成了对少数民族文学“民族性”的遮蔽，这无论对少数民族文学和文化的发展还是对整个中华民族文学和文化的发展而言都带来了一些不利的影响。这一时期为数不多的民族作家文学如《正红旗下》《茫茫的草原》所表现出来的民族性可以说是对这种负面影响的纠偏。不过很长一段时间内由汉族学者所撰写的中国文学史都没有注意到这些作品中的民族特性及其价值，这也构成了表现于文学研究中的另一种遮蔽的表现。今天随着我们对少数民族文学的重新认识，那些被遮蔽的内容得到了“敞亮”，被遮蔽的价值得到了重估。

二是汉族文学作为主流文学对少数民族文学的某种忽视或低估。这尤其表现在中国文学史的写作上。在新中国成立以后的很长一段时间，我们的“中国文学史”实际上等同于“汉族文学史”。已有不少研究者注意到这一问题。比如刘志友在《关于少数民族文学经典进入“中国文学史”问题》一文中就从少数民族文学经典大量存在的现状出发，依照“建构和谐文化的现实需求”，且从20世纪七八十年代西方文学界“打开经典”“重写文学史”的成功经验中获得启示，发出了要“把中国少数民族文学经典写进‘中国文学史’”① 这一历史性的呼吁，发人深省。严格地说，少数民族文学在以前的中国文学史中也并非完全付之阙如，但其“主体”地位却是缺失的。正如徐其超的《文学史观与少数民族文学主体地位的缺失和构建》所言：“少数民族文学主体地位的缺失并非简单地表现为没有书之于史，而是更深层次地表现为叙述立场、叙述观点、叙述方式的汉文化。”这一缺失导致了“中原华夏为主的‘汉族文学史’和周边民族为主的‘少数

① 刘志友：《关于少数民族文学经典进入“中国文学史”问题》，《中国文化研究》2007年第4期。

民族文学史’两个系统未整合到同一平台，由此少数民族文学被边缘化、陪衬化及其创作主体地位被遮蔽的宿命便难能得到根本的改变”①。这种忽视或低估与汉族文学对少数民族文学的某种偏见有关。我们许多少数民族直到新中国成立后才产生本民族的作家，而且很长一段时间内少数民族作家文学都摆脱不了模仿汉族作家文学的痕迹，再加上少数民族作家文学客观的边缘性地位，这一切使得汉族文学界普遍形成了对少数民族文学评价不高的偏见。不过从 20 世纪八九十年代以来，随着一批优秀的少数民族作家文学的出现，这种偏见得到了一定的改观。但不可否认的是，由于无知、傲慢等原因，这种偏见仍存留在某些人的头脑中。

三是汉族文化和文学对少数民族文学的某种“后殖民主义”式的文化接受。萨义德的后殖民主义理论告诉我们，殖民者会为了某种利己的目的，把一种消极的形象赋予被殖民者，并把这种制造出来的关于被殖民者的虚假形象作为接受后者文化的基础，并由此导致了被殖民者在一种被“凝视”的权力支配下，将这种被赋予的虚假形象内化为自身形象的结果。但正如姚新勇先生所言：“中国汉族主流文化与各少数族群文化之间，虽然存在着抑制和被抑制的关系，但是两者绝非殖民文化与被殖民文化的翻版。它们最初并不是建立于压迫与被压迫的殖民关系上，而是建立于长期的冲突、交流、矛盾、互融的中华民族形成史中，中华民族各族群之间的关系，具有相当强的共享基础，只是由于此基础的主干，是汉文化的，是中心区域的，所以少数族群或边疆文化，就被挤压为边缘性的存在，形成了‘共享—抑制’的关系。”② 不过这种“抑制”与“被抑制”的机制却与上述后殖民主义的发生原理近似：汉民族成员由于无知、猎奇、心理补偿等原因，会用一些关键词如“原始”“神秘”“浪漫”等构成对少数民族的形象赋予。而少数民族成员则会为了经济发展、市场利益等有意无

---

① 徐其超：《文学史观与少数民族文学主体地位的缺失和构建》，《民族文学研究》2009 年第 2 期。

② 姚新勇：《寻找：共同的宿命与碰撞》，中国社会科学出版社 2010 年版，第 214 页。

意地迎合汉民族的这种文化偏见并以此来塑造自身，由此导致对少数民族文化的扭曲和改写。关于这一点，笔者在前面的“文化展示性书写与民族认同”一节中已有详细论述。其实这也是汉族作为主体民族对少数民族的一种话语权力表现。

以上我们从三个方面讨论了汉族文化和文学对少数民族文化的话语压力，由此构成了少数民族民族认同的一种危机。可以说，汉族文学对少数民族文学的价值低估一方面激励了民族文学作家努力提高艺术水平，创作出更多的文学精品，让其文学走向全国甚至世界，并使之成为中国文学中不可忽视的存在。另一方面，也让民族文学作家加强了其作品中的民族认同特性表现。布鲁姆的《影响的焦虑》告诉我们，文学中被影响的一方对于影响的一方会有一种焦虑的心理，因为害怕被后者的成就所覆盖而无法凸显自身的特性和价值。这种“影响的焦虑”会令被影响者采取某些策略来摆脱这种影响的影子，彰显自身的存在和成就。笔者以为，少数民族文学作家对于汉族文学在某种程度上就存在这种“影响的焦虑”。新中国成立后我国许多少数民族的第一代作家是在汉族作家的帮助下成长起来的。直到今天许多少数民族的作家文学都有追随汉族文学发展的倾向。一些少数民族的作家和有识之士对此已有警觉，比如阿来就曾说过：“从藏区来到成都，我又与都市靠近了一步，成都却还不是北京、上海，不是世界。外省作家，特别是比较年轻的时候，一般都这样关注外界：北京又有了什么动向？某某大作家预备写什么？在一起神聊海侃，聚成外省文人的小圈子，不但不壮大，反而有了局限。等到了解了动静的时候，人家的动作都已完成了。”① 追随者永远会慢被追随的对象半拍，这就是为什么有论者认为中国的少数民族文学总比汉族文学“慢半拍”的原因。更重要的是，一味地模仿往往会以丧失自己的特性为代价。为了摆脱这种在汉族文学影响下写作的弊端，一些民族文学作家有意识地强化了作品的民族认同特性。姚新勇在谈到少数民族的先锋文学时认为：“少数族裔文学的文化边缘位置，又直接刺激着少数族裔作家

---

① 阿来：《寻找本民族的精神》，《中国民族》2002 年第 6 期。

想摆脱被抑制的从属性文化角色的欲望。这是从情感动机上看。而从文化差异的深层结构关系来看，先锋性、现代性的追求，并不能让边缘性的少数族裔文学与汉语主流文学区分开来，如果没有特殊的族裔性，哪怕在向域外学习方面取得了领先位置，也可能只会被视为‘中国文学’的突破，而不会被视为与特殊的族裔性有什么关系。所以对急于想摆脱边缘从属位置、建构新的族裔认同的少数民族文学作家来说，必须发现、建构不同于汉文学的、又可以被归为己有的异质性文化成分。于是他们自身所属的‘民族文化’‘民族传统’，就成为他们文学写作、文化建构的焦点、核心。”① 而这种建构的结果就形成了作品的民族认同特性。再看汉族文化和文学对少数民族文学“后殖民主义式”的文化接受。它一方面让民族文学中出现了一些文化迎合式的书写，歪曲甚至伤害了本民族文化，另一方面也令有些民族文学作家对此报以警觉。阿来就曾说过：“我特别想指出的是，有关藏族历史、文化与当下生活的书写，外部世界的期待大多数时候都基于一种想象。把藏族想象成遍布宗教上师的国度，想象成传奇故事的摇篮，想象成我们所有生活的反面。而在这个民族内部也有很多人，愿意作种种展示（包括书写）来满足这个想象，让人产生种种误读。把青藏高原上这个文明长时间停滞不前，大多数人陷于蒙昧的局面，描绘成集体沉迷于一种高妙精神生活的结果。特别是去年拉萨‘3·14’事件发生后，在国际上，这种‘美丽’的误读更加甚嚣尘上。这些误读会在民间，在不同民族的人民中间布下互不信任的种子。”基于这样一种认识，阿来把自己的写作变成了一种民族文化的“祛魅”：“在很多年前，我就说过，我的写作不是为了渲染这片高原如何神秘，渲染这个高原上民族生活得如何超然世外，而是为了去除魅惑，告诉这个世界，这个族群的人们也是人类大家庭中的一员。他们最最需要的，就是作为人，而不是神的臣仆去生活。”② 也就是说，在阿来这样的民族文学作家看来，外界的“后殖民主义式”的文化

---

① 姚新勇：《寻找：共同的宿命与碰撞》，中国社会科学出版社 2010 年版，第 85 页。

② 阿来：《人是出发点，也是目的地》，《黄河文学》2009 年第 5 期。

误读会带来民族文化认同的危机，而这也恰恰激发了他们建构真正的民族认同的愿望。这也使得表现在这些作家作品中的民族认同特性更为显著、丰富、深刻和健全，比如阿来的小说《格萨尔王》。

再看现代性对少数民族文化的挑战。从一般意义上说，现代性与认同危机和民族认同危机有着密切的关系。“在现代以前，人们并不谈论‘同一性’和‘认同’，并不是由于人们没有（我们称为的）同一性，也不是由于同一性不依赖于认同，而是由于那时它们根本不成问题，不必如此小题大做。”① 现代性的发生使得认同危机出现了。“从主观条件看，认同需要自我意识的觉醒和个性的发现；从客观条件看，认同需要的却是差异的语境或背景。伴随着现代性在传统文化中的孕育和生成，这两个方面都出现了。”“在现代性的内在矛盾的基础上，出现了认同危机。或者说只有当认同出现危机时，人们才可能把认同问题当作一个问题。觉醒了的自我意识必须理解自己是谁，这就产生了认同问题。”② 现代性的发生也使得文化认同（包括民族文化认同）出现危机。“文化认同作为一种现象，早就存在着。但文化认同作为一个问题受到人们的关注，则是伴随着现代性及其引发的文化危机而出现的。”③

具体到中国的少数民族及其文化的情况看。新中国成立后，党和国家先后在民族地区实行了民主改革和社会主义改造，确立了社会主义制度。在经济领域，党和国家也根据少数民族地区的情况，制定了一系列的经济政策和措施，并且动员和组织汉族发达地区对口支援少数民族地区，使得少数民族地区的经济发展取得了令人瞩目的成就。新时期以来，“以经济建设为中心”的目标的提出和经济体制的转型使中国经济发生了翻天覆地的变化，并且取得了举世公认的成就。我国少数民族地区的经济体制改革也随之逐步深入。党和国家对少数民

---

① ［加拿大］查尔斯·泰勒：《现代性之隐忧》，程炼译，中央编译出版社2001年版，第121页。

② 韩震：《现代性与认同问题的思考》，《学习与探索》2004年第6期。

③ 崔新建：《文化认同及其根源》，《北京师范大学学报》2004年第4期。

族地区的改革开放也给予了特殊政策，使少数民族地区的经济取得迅速发展。世纪之交，我国又提出了“西部大开发”的伟大战略，因为西部地区绝大部分是少数民族地区，少数民族的主体在西部，这一战略的提出和实践必将给少数民族地区的经济发展带来更为全面而深刻的变革。由上可知，我国少数民族地区的现代化进程从新中国成立后开始，尽管中间同汉族地区一样，也经历过如“文革”时期的挫折，但一直向前发展着，新时期以来更是进入了一个加速发展的阶段，而随着西部大开发的实施必将迈向一个新的历史时期。

现代化符合人类发展的历史进程，符合中国包括少数民族地区的根本利益，这是毋庸置疑的。不过也应看到，现代化本身也带来了一系列相关的问题，由此引起了人们对于现代性的反思。“现代性便成为现代这个历史概念和现代化这个社会历史过程的总体性特征。”① 这里我们主要关注的是中国少数民族的现代性对其民族传统文化的挑战。“传统是文化中最具特色、最重要、最普遍、最有生命力的内容，也是文化认同的重要载体。毫无疑问，现代性是在对传统、传统文化的批判和超越过程中确立起来的。在现代性建构的过程中，总要对传统和传统文化有所批判、有所否定。而这种否定又必然影响人们对民族文化传统、传统文化的认同，促使人们建立新的文化认同。”② 可以说，现代与传统有一种天然的二元对立性。而具体到少数民族还有一种特殊的情况，那就是许多少数民族的现代性的发生不是自然演进的，而是一种为外界所强加的、被动展开的过程。这从上面我们所描述的少数民族的现代化进程就可以看得出。以藏族的情况为例，阿来就曾说过：“藏区的问题有意思就在于，这个对现代性的追求最初不是民族内部自发的，是外力作用强制的。所以，对现代性还没有基本理解的时候，就在接受了。”③ 而这样一种特殊的现代性对民族传统

① ［美］乔纳森·弗里德曼：《文化认同与全球性过程》，郭建如译，商务印书馆2004年版，第2页。

② 崔新建：《文化认同及其根源》，《北京师范大学学报》2004年第4期。

③ 何言宏、阿来：《现代性视野中的藏地世界》，《当代作家评论》2009年第1期。

文化的影响更大。因为文化理论认为，有两种文化发展机制，一为文化内部的自我演进，另一为文化外部的传播交流促进。前者虽然进程缓慢，但对于文化特质的保存却非常有用。后者虽然进程较快，且是当前时代文化发展占主导地位的机制形式，但也容易导致文化特制的变形和流失。许多民族文学作家已经注意到现代性对民族传统文化的破坏。比如张承志著名的散文《一页的翻过》，里面写到蒙古族的现代化进程对蒙古人生产方式、生活方式、居住环境等的破坏。文章最后发人深思地写道：

> 窥见了历史的翻页，究竟是一种收获呢，还是一种痛苦？
>
> 游牧社会的文化，是一个伟大的传统和文化。它曾经内里丰富无所不包。无论拉水的牛比赛的马，讲起来都是一本经，套套解数娓娓动人。无论语言的体系或一个单词的色彩，分析到底都会现出真理，闪起朴素的光辉。在如此世界里，男女老幼生死悲欢，无不存在得生动感人。它深藏着一种合理的社会结构，一套人与自然的和谐关系，以及一些人的基本问题。
>
> 若是培养它的环境存在，它就存在。反之它会逐步消失。不知道，人类是否已经决定要改变这个环境。尽管世界上还有各大牧区，牧养（而不是厩养）的文化还在继续；但是，如乌珠穆沁那样的，相对纯粹的游牧文化类型，过去就曾经罕见，今后更临近终结。①

当代少数民族小说中，蒙古族作家郭雪波创作的以《沙狐》等为代表的“沙漠小说”所描绘的民族的生存环境和传统文化的遭受破坏的情形，可以说就是对散文《一页的翻过》的一种呼应。而既然传统是“文化认同的重要载体”，传统文化的危机也必然会带来民族文化认同的危机。这是因为传统好比民族文化认同的根基，现在随着根基的动摇甚至坍塌，民族文化认同自然也就失去了方向和目标，变

① 载张承志《草原》，花城出版社2007年版，第416—417页。

得无所寄托，飘摇不定。由此，对民族文化认同的建构就被提上了日程。

从总体上说，现代性背景下当代少数民族小说对民族认同的建构有三种类型。

第一，回归传统型。现代性在带来生产力进步、物质富足的同时，也不可避免地造成文化的物化和人的异化，构成对传统文化的破坏。对文化精神现状的不满往往会激发人们对民族传统文化的追慕，进而生发出回归传统文化的渴望和冲动。在张承志的小说《黑骏马》中，白音宝力格在自己的恋人索米娅被无赖玷污后，却遭遇到额吉奶奶和索米娅的坦然相对，因而深深地为草原精神中愚昧和麻木的一面所震撼和刺伤，从而愤然出走，奔向现代大都市，去寻找“一条纯洁的理想之路”。然而，这样的寻找带给他的只是失望。“白音宝力格，你得到了什么呢？是事业的建树，还是人生的真谛？在喧嚣的气浪中拥挤；刻板枯燥的公文；无休无止的会议；数不清的人与人的摩擦；一步步逼人就范的关系门路。或者，在伯勒根草原的语言无法翻译的沙龙里，看看真正文明的生活？观察那些痛恨特权的人也在心安理得地享受特权？听那些准备移居加拿大或美国的朋友大谈民族的振兴？”① 对城市的厌倦使他又回到了草原，并因此发现了蕴藏在草原人民（尤其是女性）中的伟大的民族传统文化精神。

第二，激活传统型。现代性造成了诸多文化的弊病。在寻找解救之道的过程中，人们发现了被遮蔽的民族传统文化的巨大价值，并加以重新激活，使其潜藏的文化意义得以释放。当代少数民族小说中有许多是关于生态的，如乌热尔图的小说、郭雪波的沙漠小说、李传峰的动物小说等。和汉族文学相比，这是少数民族文学的一大特色——在汉族文学中生态小说从未占据过文坛的主流，也没有得到过广泛的关注。生态小说在民族文学中的兴盛与我国少数民族大都居住在草原、森林、高原、雪域等地理环境，由此形成了人与自然的紧密关系有关，也与在现代性背景下少数民族的生态环境面临的危机有关。这

---

① 张承志：《张承志文学作品集·小说卷》，海南出版社 1995 年版，第 13—14 页。

类生态小说本身蕴含着丰富而深刻的少数民族传统文化精神，这些精神在疗治现代性的痼疾方面有着不可低估的价值，有必要加以激活。有论者指出：“在对现代性持普遍欢迎与膜拜的整体氛围下，这些少数民族作家的生态小说，基于日益严重的生态危机的现实，通过复现自然神话、激活民间宗教、回望传统，表现出对现代性的反思与质疑的姿态。应该说，这些作家们对现代性种种负质效应的洞见和言说，是准确而及时的，有着相当大的平衡意义与警示意义，能够对现代性的‘破坏性’创伤无节制地扩张，提供必要的制约和良性的张力。”①

第三，重建传统型。即在现代性的语境中，汲取现代的因子和他文化的优点，对传统进行一种“创造性转化”，使传统焕发出新的生机。借用林毓生先生的说法，就是对“传统中的符号、思想、价值与行为模式加以重组与/或改造……使经过重组与/或改造的符号、思想、价值与行为模式变成有利于变革的资源，同时在变革中得以继续保持文化的认同”②。比如阿来的小说《格萨尔王》从某种意义上就是对藏族传统文化的一种重建。小说一方面通过对藏族神话史诗《格萨尔王传》进行有选择的“重述”而表现出对藏民族及其文化的认同，另一方面在这种重述的过程中又以现代的文化眼光，表现出对传统文化的某种偏离和质疑，从而巧妙地实现了对传统的创造性转化。

总之，无论是回归传统型、激活传统型还是重建传统型，都是当代少数民族小说在现代性背景下对民族传统文化的建构，这有助于使一种“死的传统”变成“活的传统”，其目的还是建构民族（文化）的认同。不过，我们对传统的借用不能造成狭隘民族主义的后果，而应既坚持传统又保持其开放性和变化性。

其实，现代性与传统也并非截然对立的关系，在某种意义上二者也是相互关联和彼此依存。“传统与现代化是现代化过程中生生不断的‘连续体’，背弃了传统的现代化是殖民地或半殖民地化，而背向

---

① 雷鸣：《危机寻根：民族文化的认同与现代性反思——对少数民族作家生态小说的一种综观》，《前沿》2009年第9期。

② 林毓生：《热烈与冷静》，上海文艺出版社1998年版，第26页。

现代化的传统则是自取灭亡的传统。适应现代世界发展趋势而不断革新，是现代化的本质，但成功的现代化运动不但在善于克服传统因素对革新的阻力，而尤其在善于利用传统因素作为革新的助力。”① 关于传统与现代的关系是每个处于发展之中、面临现代转型的少数民族都会遇到的问题。鄂伦春族作家敖长福的短篇小说《猎人之路》对此有着生动的写照。小说写道鄂伦春族老猎人沙布生怕他的养子松塔忘记了森林，失掉了猎人本色，希望松塔成为有文化的猎手，认为打猎之外的事都“不是咱们鄂伦春人干的事”。而松塔认为“鄂伦春人不应该单纯从事打猎，应该像各族人民一样从事农业、牧业、工业，也要学习先进的科学技术。鄂伦春人也会飞上月球，不过那时我们也还是鄂伦春人”。② 沙布和松塔的看法无疑代表了面对传统与现代如何选择的两种典型观点，而且两种选择本身都关涉着民族认同的意义。而那些认识到现代与传统辩证关系的民族文学作家，在民族认同的建构上则表现出理性而健康的意识。比如阿来就认为：“总体趋向上，我跟大家一样相信新的东西会好于旧的东西，但绝不是说就认可所有好东西都是新的。今天这个社会有一个问题，有一个大问题，就是迷信所有新的就是好的，这种迷信很可怕，中国社会已经为此付出了很大代价。从社会改造上来说，在破除一种旧制度时，会有人为将来描绘一幅美好的图景，但新制度确立后，旧有的那些我们认为不好的东西不一定就立马消失了。或许它还会在新东西里顽强重生。而消失的东西也不全是垃圾。”③ 或许正是对现代性与传统的关系具有这样一种全面和深刻的认识，如阿来这样的民族文学作家在小说中建构的民族认同特性也就更为丰富和健全。

最后看全球化对少数民族文化的同质化威胁。20 世纪八九十年代以来，“全球化”成为人们谈论得最多的话题之一，人们对全球化

① 罗荣渠：《现代化新论》，北京大学出版社 1993 年版，第 376 页。

② 中国作家协会编：《新中国成立 60 周年少数民族文学作品选 · 短篇小说卷（4 册）》，作家出版社 2009 年版，第 898 页。

③ 何言宏、阿来：《现代性视野中的藏地世界》，《当代作家评论》2009 年第 1 期。

的评价也是褒贬不一。“全球化确实是当前争论的最火热的问题之一。对有些人来说，它不过是全球资本主义和帝国主义概念的改头换面，由此它被谴责是资本和市场逻辑换一种方式强加在更广的世界区域和生活领域之上。对另一些人来说，它是现代化的延续和一种进步力量，增加了财富、自由、民族和幸福。全球化的捍卫者把它说成是利国利民的，带来了新的经济机会、政治民族化、文化多样性并开启了一个令人振奋的新世界。它的批评者却把它看成是祸害无穷的，导致富裕的过度发展的国家进一步支配和控制了贫穷的低度发展的国家，因而增加了富国对穷国的霸权。批评者们还补充了否定观点，断言全球化会造成民主的削弱、文化的同质化以及对自然物种和环境破坏的加剧。”① 全球化首先是经济的全球化，但这里我们主要关注的是由经济的全球化所带来的文化的全球化。

关于全球化，有一个得到广泛共识的观点，即认为它实际上是西方世界（以美国为代表）把自己的发展模式、意识形态、价值观念等向全世界推广，可看作其现代化的扩展形式。这样一来，全球化必然会造成同质化的结果比如文化的同质化，而这种文化的同质化又必然是向着处于主导地位的文化变化和统一，其实质也就意味着其他文化的被改写和被同化，这是每一种独立的文化都不愿看到的局面。“将‘同质性’这个词作为‘霸权’的对应物来使用就是想指出存在着向主导性的认同同化的趋势。然而，真正的同质化总是受到限制，这个过程的产物是与主导性有关的认同等级。在这方面，去同质化就是那个等级的消解。”② 为了解除这种同质化的威胁，一种“去同质化”的努力必然会应运而生。于是，我们看到了与文化全球化相对的另一种发展趋势：文化的地方化或本土化。正如联合国教科文组织、世界文化与发展委员会在其《文化多样性与人类全面发展》的报告

---

① 翟学伟、甘会斌、褚建芳编译：《全球化与民族认同》，南京大学出版社2009年版，第2页。

② ［美］乔纳森·弗里德曼：《文化认同与全球性过程》，郭建如译，商务印书馆2004年版，第354页。

中指出的："标准化的信息和消费模式在世界各地传播，引起人们内心的焦虑和不安。人们开始把注意力转向自己的文化，坚持本土文化价值观，把文化作为确定自我身份的一种手段和力量之源。对于那些最贫苦无依的人们来说，他们的价值观是他们拥有的唯一财富。在这个纷繁复杂的世界上，传统价值观使他们不至于迷失自我，并赋予他们生活以切实的意义。在世界许多地区，我们都能看到一种回归传统和部族主义的倾向……人们担心的是，在经济发展的过程中，民族身份、归属感和个人的意义正在逐渐消失。"① 也就是说，文化全球化并不必然地导致单向度的文化同质化，它同时也催生了一种反同质化的客体——地方性或本土性文化认同。这正如周宪所言："在我看来，全球化是一把锋利的双刃剑。它一方面导致了传统文化的困境进而引发认同的危机，另一方面它又为本土文化认同的重建提供了契机。从这个角度看，全球化正是文化认同及其危机的外在诱因，但对文化认同的当代建构又具有积极作用。"② "全球化和本土化两种看似对立的倾向所以会是相生相伴同时出现，乃是因为两者关联围绕着双重轴心：一是空间轴，它体现为本土与外部世界之间的相关性；另一是时间轴，它呈现为本土的当下（现代）与过去（传统）的相关性。如果说差异是认同的核心，那么差异必然在两个轴心的交错运转中呈现出来。整合导致了分化，全球化催生了本土化，普遍主义激发了特殊主义。在空间轴上，我们与外部世界之间的差异导致了我们对自我的体认。在时间轴上，当下的变化催生了我们对自己过去的体认和乡愁，对传统流失的忧患和反思。"③

随着全球化的浪潮席卷全球，我国在20世纪八九十年代也开始置身于这一全球性的大趋势之中，而少数民族自然也包含其中。当代特别是新时期以后的少数民族小说中经常可见的一些全球化场景的描

---

① 联合国教科文组织、世界文化与发展委员会：《文化多样性与人类全面发展——世界文化与发展委员会报告》，张玉国译，广东人民出版社2006年版，第7页。

② 周宪主编：《文学与认同：跨学科的反思》，中华书局2008年版，第233页。

③ 同上书，第227—228页。

写就是我国少数民族受到全球化影响的见证，比如扎西达娃的小说《夏天酸溜溜的日子》中的这段文字：

> 伊苏（西藏人——笔者注）从馆里领回一大堆颜料和纸张，塞满了一只提包。他决定这段时间坐下来好好画上一批。他骑车路过珠拉康广场，到处是外国游客，在广场前拍照留念。一群群兜售古玩的康巴人围住外国人跟他们比比画画。一个长头发长胡子衣着十分褴褛的外国人倚在路灯铁杆下抱着一把大吉他自弹自唱，谁也听不懂，他的圆领短袖衫上挂满了各种纪念章，在太阳下闪闪发亮，一条到处露出大腿的肉来的牛仔裤腿条条缕缕像把拖布，一双多毛的光脚丫套在塑料拖鞋里，引来一些没见过世面的乡下人和西部牧人，他们解开钱包往他脚下扔出各种面值的钱钞。伊苏停住自行车，从包里取出照相机，对准卖艺人抢拍了一张。另一处空地上，两个露着经过健美训练的大腿的欧洲女人和一个十来岁的金发孩子在玩飞盘，远远地抛来抛去，几只野狗跟着在空中画弧线的飞盘蹿来蹿去。他又抢拍了几张。刚要装进包里，从他耳边笔直地伸出一只细长的手指向前方。后面有人说："那儿还有一对。"
>
> 顺着手指处，一对肥胖的美国佬夫妇站在广场一角正搂抱着亲嘴。①

这分明是全球化时代一种典型的“文化混杂”场景，它表明全球化已经渗入西藏和少数民族的生活之中。当然，这种“文化混杂”的情形并非今天才出现。但在全球化时代这种混杂的程度和范围都大大超出了传统社会。无疑地，这样一种全球化的情形也对少数民族文化构成了冲击，带来了民族（文化）认同的危机。这种危机的状况导致了一些极端的反应行为，比如文化保守主义的出现。“中国有55个少数民族，其中有30多个是跨境民族，这本是开展对外文学交流

---

① 载扎西达娃《西藏隐秘岁月》，长江文艺出版社1996年版，第274—275页。

的方便条件，可是有的作家把自己封闭起来，连跨境民族间的文学交流都不愿参与，担心遇到文学之外的麻烦。"[①] 这种封闭自守行为与这样的文化观念有关，即认为要保存一种纯粹的不带杂质的民族文化，只有这样才能达到真正的民族文化认同的目的。其实，这样的观点可谓大谬不然。殊不知在当今这个时代，真正纯粹的民族文化早已不复存在，要保持这样一种理想的文化也不可能。"传统的文化交流模式就是假定存在纯粹、内在同质、真实的本土文化，该文化遭到外来势力的破坏腐蚀。然而，事实是每个文化群落实际上都吸收了来自外源的外来因素，而这不同的元素逐渐在其中'被吸收'了。正如赛义德指出的：'认为存在这样的地理空间，其居民土生土长，却截然"不同"，界定其居民可以根据适合该地理空间的某种宗教、文化或种族要素，这种看法很值得争议'（引自克利福德，1988：274）。前面指出过（参照：阿帕都莱，1990；巴巴，1987；霍尔，1987），文化杂交在全世界越来越成为正常事了，在此情形下，任何企图捍卫本土文化或现实文化完整性的努力都很容易变成以保守态度捍卫对往昔充满眷恋之情的看法。"[②] "在更大的世界的任何点上都存在着混合物，没有一种文化是纯粹的，所有文化都包含了来自更大体系（如果'体系'是个正确的词的话）中其他地方的因素的一种意识。换句话说，这是一种有着裂缝的马赛克式的图像，在其中，文化溢出了它们的边缘，相互流入，世界体系中仍然存在着的政治和经济的等级制在某种程度上引导着这种流动。"[③] 全球化使得文化的杂交或混合变成常态，在此情形下坚持文化保守主义就类似于堂·吉诃德的行为，既不合时宜也行不通。更为重要的是，文化保守主义其实是一种文化本质主义的体现，其实质是认为文化本身是同质的、稳定的和不变的，这样一种文化的观念在今天早已被学界所否定和摒弃。取而代之的是

① 李鸿然：《中国当代少数民族文学史论》，云南教育出版社2004年版，第80页。

② ［英］戴维·莫利、凯文·罗宾斯：《认同的空间》，司艳译，南京大学出版社2003年版，第175页。

③ ［美］乔纳森·弗里德曼：《文化认同与全球性过程》，郭建如译，商务印书馆2004年版，第317—318页。

一种文化的建构论，即认为文化本身是变化的、混杂的和不确定的，因而需要建构而成。这样一种积极的文化建构才是合理的应对之策。可以说，民族文学作家通过当代少数民族小说来建构民族认同就是这种建构的表现。

从总体上说，全球化背景下当代少数民族小说对民族认同的建构从两个维度展开：一种是全球本土化或全球地方化，即以本民族的文化需要和发展为基础，对全球化的文化因素进行积极有效的择取和吸收，将之整合为本民族文化的一部分，以充实和发展本民族文化。这特别表现为对全球性文化中那些现代的、科学的和民主的内容的吸收借鉴。比如有论者指出：“随着全球化的到来，世界范围内掀起了文化大讨论的热潮。在这场持续多年至今依然在进行着的讨论中，各种形式的霸权主义以及包含有文化殖民色彩的‘文化中心主义’从它的盛行的欧美大陆到欧美以外的地区都受到了强烈的质疑。与之相伴的是，‘文化相对主义’‘文化多元主义’（尽管它们存在不少理论上的盲点和实践上的含混之处）等更接近文化发展历史事实的理论得到了普遍接受。‘文化相对主义’承认和维护不同文化存在的合理性，反对用一种文化的判断标准去判断他种文化，反对用一己的诠释框架去套用或解释其他文化现象。‘文化多元主义’指出了一元论的偏狭，为不同文化的存在和发展可能提供了理论基础。这些理论的重新被认识对少数民族文化具有重要意义。正是在这些理论的支持下，少数民族文化开始走上了‘文化自觉’和反文化强势压力的道路，开始了重新建构自己的新历程。在这艰难的历程中，文学（尤其是诗歌）以它敏感的神经总是及时反映出文化的动向，直觉地体会出一个民族的心声。”①

另一种是本土的全球化或地方的全球化，即将民族文化组织到全球文化的网络之中，使之构成全球文化的一部分。这正如有论者所言，“虽然全球化可算是当今主导力量，但是并不意味着地方主义就

---

① 关纪新主编：《20世纪中华各民族文学关系研究》，民族出版社2006年版，第295页。

不重要了。即便我们曾强调非本土化进程，但该进程尤其与发展新的信息传播网有关，不应该把它看作绝对的趋势。地域和文化的特性永远不能消除，永远不能绝对超越。全球化事实上也跟重新本土化的新动态相联。它是指形成新的全球—地方关系，指全球空间与地方空间错综复杂的新关系。全球化就像是拼凑七巧板，将多种多样的地方插到新的全球体系这幅大图画之中。”① 这就要求把本民族文化中精华性的内容向全世界推广，丰富全球文化的整体，从而为中国少数民族文化甚至中国文化整体做出贡献。比如近些年在我国开展的少数民族非物质文化遗产的保护就是一例。我国少数民族有着非常丰富而珍贵的文化遗产，其中的一些已经得到世界文化遗产的保护，比如西藏布达拉宫、云南丽江古城等。这种“保护”的背后实际上反映了中国少数民族某些文化的价值已经得到世界的承认，并成为世界文化宝库的一部分。文学上的例子也很多。当代少数民族小说中，阿来本人就以其杰出的创作成就和对边缘文化命运的思考和书写，得到了国外文学界的广泛关注和认可。这当然也是阿来在沟通藏族文化、中国文化和世界文化上所作出的贡献。

总之，全球化特别是文化全球化给我国少数民族带来了民族认同的危机。在此情形下文化保守主义或文化虚无主义（在他文化的参照下，完全否定民族文化的价值。这在民族文学作家中并不多见，但也可以窥见其影响）都不利于民族文化的生存和发展，积极的文化建构才是合理的应对之策。全球本土化（地方化）和本土（地方）全球化是全球化背景下当代少数民族小说的两种行之有效的民族认同建构策略。“‘走向世界’与‘走向自己深处’其实是一个辩证的过程，只有以世界的眼光，从现代人的全球意识出发，才能看清‘自己深处’的意义和内涵；另一方面，只有呈现‘自己深处’的意义和内涵，才能对世界文化作出独特的贡献，推动世界文化向前发展。”②

① ［英］戴维·莫利、凯文·罗宾斯：《认同的空间》，司艳译，南京大学出版社2003年版，第157—158页。

② 吕豪爽：《中国新时期少数民族小说研究》，河南大学出版社2010年版，第167页。

由此可见，二者是有机统一的关系，其目的都是更好地实现民族认同的建构。

第三节　文化研究：通向一种民族文学理论建设的可能性

关于民族文学的研究，一直以来都存在两方的争论。一方认为应对民族文学作文学意义上的研究或审美的研究。理由是既然民族文学首先是文学，是民族文学作家个性的表达，就应把作品的审美性放在第一位，否则容易导致对其文学价值的遮蔽。他们认为文化研究就有这种偏颇，因而对文化研究不以为然。比如有论者认为：“在族群的表达或者表达生命的感觉之间，我们的民族作家往往注重的是族群的表达，而忽略表达生命的感觉，这实际上是对文学本质的一种背离。作家首先是通过形象来表达生命的感觉的，通过作家的生命感觉来表达族群，表达族群的文化、思想、精神、情感，这样的表达才是向文学的前进，才是回归于文学。”①

另一方认为应对民族文学作文化的研究。其理由是认为民族文学中文化现象丰富而突出，有必要对此给予格外的观照和研究。比如有论者认为：“中国少数民族汉语文学，是一种特殊的文学现象，对这一现象的研究，不能就文学而论文学，必须将其与相关的民族文化历史命运的考察和分析结合起来，才能作出比较准确、深入的研讨。”②另外，尽管没有明言，但笔者以为，在这一方看来，或许对民族文学作文化研究比审美研究更有价值。这是某些对民族文学抱有成见或了解不全面所导致的偏见。

应该说，无论是审美研究还是文化研究，都是文学研究的方法。

---

① 余达忠：《族群表达或表达生命的感觉——民族文学随想》，《民族文学》2005 年第 11 期。

② 关纪新主编：《20 世纪中华各民族文学关系研究》，民族出版社 2006 年版，第 247 页。

所谓方法和文学研究方法，《自然辩证法原理》一书中这样界定："在现代意义上来理解的'方法'，是指从实践上、理论上把握现实，从而达到某种目的的途径、手段和方式的总和。简言之，方法是人们从事精神活动和实践活动的行为方式，或者说，方法是一切活动领域中的行为方式。方法具有不同的等级，包含哲学方法、逻辑方法、具体学科方法等。具体而言，文学研究的方法有哲学方法、逻辑方法和经验方法、心理学方法、伦理学方法、精神分析方法、解释学方法、本体方法、比较方法，另外还有文化学方法、语言学方法、符号学方法等。"① 也就是说，作为文学研究方法的审美研究和文化研究都只是一种"行为方式"而已，从等级上说不分高下。可见从它们本身而言没法判断哪一种是更好的民族文学研究方法，充其量只能说各有用武之地，各有其优势和局限性。

研究方法的选择应该主要取决于研究对象本身的性质。民族文学首先是文学，这是毋庸置疑的，从这点看主张对民族文学进行审美研究有其合理性。但这只是从一般情况而言。如果深入考察民族文学的性质就会发现，作为文学的民族文学有其特殊性，而且这种特殊性已然构成了民族文学的又一种显著的特性，这就是民族文学的文化特色。关于这一点本书在前面已经反复指出。实际上，笔者揭示的当代少数民族小说的"民族认同特性"所包蕴的"文化特质"内涵就意指了这一层面。当代特别是新时期以来最有代表性的一批小说无不具有鲜明的民族文化特色，如《正红旗下》、《茫茫的草原》、乌热尔图的小说、《心灵史》、扎西达娃的小说、《尘埃落定》、《摄魂之地》、《太阳部落》等。"这些作品或对民族文化资源作了新的阐释，或对民族文化心理作了艺术描绘，或表现了不同文化碰撞中少数民族人民的心理困惑与嬗变等。"② 民族文学之所以会显现出显著的文化特色，其原因也与前面分析过的当代少数民族小说"民族认同特性"生成的原因基本一致，不再赘述。此外，它还与民族文学作家对文学本身

① 参见刘安海、孙文宪《文学理论》，华中师范大学出版社 2002 年版，第 8—10 页。

② 李鸿然：《中国当代少数民族文学史论》，云南教育出版社 2004 年版，第 136 页。

的认识有关。不妨看两位作家的自述。侗族作家滕树嵩在完成了他的第一部长篇小说之后说过：“坦率地讲，在这部作品中，我但能将我所属的侗家这个民族，特别是这个民族的气质，让侗家山区以外的人们有所了解，就很满足了。”[①] 侗族作家张泽忠也曾坦诚地说：“我是一位侗胞，当初选择文学，无疑是想借文学这种形式，传达我的思想情感，进行我的思索，为我的民族做些力所能及的事情。”[②] 这两位作家不约而同地表达了这样的想法：选择文学，是为了服务于自己的民族。而这种文学的服务，显然不是“审美地表现”所能涵盖的，或许准确而言应是“文化的表现”。这样的创作意图在民族文学作家中绝非偶然，而是较为普遍，它实际上也是民族文学作家民族认同感的体现。也就是说，民族文学作家往往倾向于从民族和文化的角度进行思考和创作，这是他们与汉族作家的不同之处。而这种创作意图也就使得民族作家文学往往成为民族文化的载体，具有了浓厚的民族文化色彩。由此可见，从研究对象上看，对民族文学作文化意义的研究就具有了某种合理性。

研究方法的选择也与研究的目的相关。相对于中国民族文学的发展所取得的辉煌成就而言，民族文学理论的建设却显得薄弱和滞后。民族文学理论应该立足于各少数民族文学的独特性即“民族性”（这并不意味着排除民族文学之间的共性），由此才能彰显民族文学及其理论的独特价值。反思我国当代民族作家文学研究所走过的道路，基本上是从社会、历史、政治和审美的角度来进行研究，从文化的角度来介入还是比较晚近的事，且强调的远远不够。关于民族文学的理论和批评往往被诟病为“隔靴搔痒”“浅尝辄止”，其实与研究的方法大有关系。一般的研究方法如审美研究往往很难发现民族文学的异质性，甚至会遮蔽其独特价值。斯蒂文·托托西在《文学研究的合法化》一书中就说：“在弱势民族写作的例子里，

---

① 参见关纪新《少数民族作家与民族文化传统的关联》，《民族文学研究》1994年第1期。

② 张泽忠：《〈蜂巢界〉“代自序”》，民族出版社2003年版，第3页。

我认为，在文学研究的景观中，这种文本之所以处于边缘位置，主要是因为文学学者只注重弱势民族文学文本的美学价值，这就忽视了多价传统……我高度评价架构避免低估（边缘化）文学多价传统和随之而来的弱势民族写作的一些如果不是全部的经典价值。”① 也就是说，审美的研究方法事实上对民族文学的多元价值造成了“忽视”和遮蔽，是应该对这种研究方法做一种理论的反省了，毕竟审美价值不是文学的全部价值，即便它是最重要的一种价值。笔者认为，只有把文化研究的方法引入民族文学研究，注重对其作一种文化的透视，才能够真正把握民族文学的特性，并使一种真正意义上的民族文学理论的建设成为可能。这是因为，在宣扬民族文化、挑战话语霸权、反抗现代性和全球化的同质化威胁等创作意图指导下，民族文学作家往往自觉地借助文学作品来传达母族文化，甚至不惜以牺牲作品的审美性为代价，比如前几年兴起的“民族志写作”就是如此。这就使得民族文学的文化现象异常丰富，呈现出一种学科综合性。对此，单纯的文学审美研究往往显得捉襟见肘，无法道出民族文学的全部真相，甚至会产生误读。因为如果忽视了文化因素单从审美形态的角度考察，有时哪怕民族特色非常强烈的作品也看不出它与其他民族比如汉族的作品有何差别之处。比如民族作家文学中在一种宗教（文化）观念指导下的现实主义叙事很可能被误认为一般意义上的所谓魔幻现实主义叙事，这就是单纯以审美的尺度来鉴定民族文学作品所难免的误解。而若把文化的因素考虑进去，就会明白这种从审美的角度来看显得玄妙的叙事其实并不玄妙，只不过带上了特定民族的宗教文化观念而已。

从研究方法自身的情况看。文学本来就是文化的形态之一种，对文学作一种文化的研究天经地义，无可厚非。文化研究本是肇始于文学研究，而在当前却疏离甚至放弃了文学，从文学研究的意义上说是走入了一个误区。笔者以为，文化研究走到这个地步其实与某些研究

---

① ［加拿大］斯蒂文·托托西：《文学研究的合法化》，马瑞琦译，北京大学出版社 1997 年版，第 135—136 页。

者们误解了文化研究的作用和没找到合适的文学研究对象有关。文化研究不仅能够以文学为研究对象，而且还可以照顾文学的审美特性并与其有机地和谐共处（这并非意味着文化研究与审美研究不会冲突），这里的关键问题是深刻地认识文学研究和文化研究之间的内在关系并在具体的研究中加以有机的协调。此外，为使文学为文化研究提供用武之地并发挥最大作用，选择那些具有鲜明而丰富的文化内涵的文学作品颇为重要，而民族作家文学正是这种可以选择的最好对象之一。

其实，作为文学研究的两种方法，争论对民族文学应做文学研究还是文化研究对于纠偏一种普遍性的研究取向或许具有某种针对性和必要性，但对实际的、具体的研究却意义不大。一种研究方法只要是依据研究对象的特点而提出就有其合理性，剩下的关键问题是如何实现这种研究方法对于研究对象阐释效率的最大化。在此意义上，无论从研究对象本身的性质、研究的目的还是研究方法自身的情况看，对民族作家文学作文化的研究都有其必要性和合理性。必须说明的是，以前的研究并非没有注意到民族文学的文化特色，但大都将之限制在审美研究的框架之内，也就无形之中束缚了文化研究的深度。笔者所倡导的文化研究试图转换研究视野，更强调对民族文学的文化特色作一种独立的、系统的研究，以获得更多新的理论发现。

文化的内涵包罗万象，抽象地谈论文化研究并无太大意义。进一步看，文化研究的方法有很多种，对民族作家文学进行文化研究的具体策略也很多，已有论者从不同角度加以研究。比如有人从生态美学的角度来观照少数民族文学，发现其独特的文化意义。[1] 有人从当代少数民族的文化“混血”发现了其文学的“混血”现象。[2] 有人则从

---

① 参见银建军、钟纪新《生态美学视域中的仡佬族文学》，《南方文坛》2007 年第 2 期。

② 参见罗庆春、刘兴禄《“文化混血”：中国当代少数民族文学文化构成论》，《民族文学研究》2006 年第 1 期。

文学人类学的角度发现了少数民族文学的“民族志”意义。①

而笔者所做的研究则是从民族（文化）认同的角度来介入中国当代少数民族小说。认同理论的发展大体上经历了一个从“本质的认同论”到“建构的认同论”的发展历程。建构的认同论认为，认同是一种建构的行为和结果而非对于某种本质属性的归附。建构需要借助于手段，文学作为一种话语表意的实践活动，是建构认同的一种重要手段。当然，认同本身的形态也是多样的，比如有民族认同、阶级认同、性别认同等，笔者关注的是主要是民族认同，而所谓民族认同实际上可以等同于民族文化认同。在我国当代少数民族小说中，文学对民族认同的建构表现得尤为丰富和复杂，这些小说往往通过特定的途径和策略来完成民族认同的建构，如作品中的故事、人物、题材、文体、语言等都可能参与这种建构的过程。比如藏族作家阿来通过“重述神话”的小说《格萨尔王》，实际上完成了一次对藏民族的复杂建构，笔者称之为“差异的建构”——小说《格萨尔王》是在对藏族神话史诗《格萨尔王传》的回归与疏离的双重张力书写中完成的。如本书前面的研究所示，在对中国当代少数民族小说的民族认同建构所作的研究中，一方面，笔者注意到文学本身的审美特性，并让审美价值成为笔者选择理论个案的重要标准（这与一般的文化研究只关心个案对理论的阐发意义而不关心文本的文学价值优劣不同）；另一方面，鉴于民族（文化）认同的特点，笔者又引入了认同理论、文化研究、民族学、人类学等相关的知识作为理论资源。实际上，笔者所发现的当代少数民族小说和当代民族文学的“民族认同特性”与民族文学的文化特色密切相关。具体而言，“民族认同特性”涉及民族文学作家对民族文化的表现，对民族文化的感情和对民族文化身份的反思。这就使得笔者的研究逸出了传统的审美研究范畴，而在一种文学研究和文化研究的双重维度中展开，并且更加注重对民族文学作一种文化的研究。

---

① 参见李菲《民族文学与民族志——文学人类学批评视域下的少数民族文学》，《民族文学研究》2009 年第 3 期。

对民族作家文学的文化研究有何价值？首先，可以真正把握民族文学的独特内涵，更好地阐释民族文学，为民族文学的理论建设服务。在民族文学中，审美性往往被有意无意地悬置，而文化的内涵和价值却得到凸显。对此，仅从审美的角度给予否定是不公平的。我们应该根据民族文学的实际情况，把研究的目光更多地放在其文化性上。这不仅可以更准确地把握民族文学的独特价值，甚至可能以此为立足点和契机，建构具有民族文学特色的新的文学理论体系，当然，这种文学理论体系是要把“文化”的维度包括在内的。在今天的后现代语境下，建立一种放之四海而皆准的普适性的文学理论已不再可能。与此相对的是，在“地方性知识”的基础上建立一种“地方性的文学理论”反而成为大势所趋。正如论者所言：“作为过去几年里强烈抗议全球化的一部分，相当多的理论家认为，差异性的激增、向更为地方化的话语和实践的迈进，成为当代场景的特色。照这种观点看来，理论和政治应当从全球化及与之伴随着、通常是总体化的宏观维度的层面转移开来，以便集中关注日常经验的地方性、具体性、特殊性、异质性及微观层面的东西。与后结构主义、后现代主义、女性主义和多元文化主义相关联的一系列理论，就比针对更加综合性或普遍性状况的更一般的理论和政治，较为瞩目于差异性、他者性、边缘性、个体性、特殊性和具体性。”[①] 笔者以为，我们所倡导建设的“民族文学理论”就应该是这样一种“地方性的文学理论”。这样一种地方性理论的建立着眼于“地方性知识”的特质之上。比如帕里和洛德通过对口头史诗的研究，发现了其有别于作家文学的独特的存在形态、创作和传播方法，以此建立了口头文学新的理论和批评标准，改变了人们以往对口头文学的错误认识，这种研究的思路和方法可以给我们提供许多有益的借鉴。民族文学理论的建设也必须抓住民族文学的独特性，而文化特色无疑就是这种独特性的表现之一。

其次，为文学的文化研究探索一条新路。文化研究虽从文学起

---

① 翟学伟、甘会斌、褚建芳编译：《全球化与民族认同》，南京大学出版社 2009 年版，第 16 页。

步，现在却远离文学，从西方到中国的发展皆是如此。有的文化研究虽然兼顾到文学，但往往对作品随意肢解，断章取义地随意发挥，完全放逐了文学的审美特性。文化研究和文学研究真的无法兼容吗？文化研究又应该如何在文学研究的领域大显身手而又兼顾到文学的审美性呢？笔者以为，民族文学以其丰富的文化内涵和高度的文学成就，实际上给我们提供了一个解决这些问题的最好的研究平台和实验范本。或许，我们可以在对民族文学进行文化研究的基础上，实现对这一问题的新的、有价值的理论突破。这是我国的民族文学给我们文学研究者的一种馈赠，这种研究也是颇具吸引力的。本书对当代少数民族小说的“民族认同特性”所作的研究，从某个角度说就是一种文化研究的方式，同时也注意到了作品的文化性和审美性之间的关系，这样的一种研究尝试或许能给我们一些有益的启示。

最后，可以带来如文学史等其他领域研究的突破。比如关于寻根文学的反思。20 世纪 80 年代中期兴起的寻根文学被公认为取得了很大的成就，诞生了一些中国当代文学经典的作家作品，但在文学史认定的代表性的寻根作家中却看不到民族文学作家的身影。实际上，从精神实质上说，所谓寻根就是寻“民族的文化之根”。寻根文学寻找的其实是“中华民族”的文化之根，其代表性的形态如吴越文化、道家文化等说到底都是属于汉族的文化，并不能代表全部的中华文化，因为它并没有把我国少数民族的文化包括在内。从这个意义上说，寻根文学所寻之根是不完整的。其实，民族作家文学中不仅有寻根意义上的文学（尽管没有被划为“寻根文学”的范畴，如藏族作家扎西达娃的小说《西藏，隐秘岁月》、满族作家边玲玲的小说《德布达理》等），而且其发生的时间更早，持续的时间更长（一直到现在），只不过它们寻的是各少数民族的文化之根。相对于当年“寻根文学”不彻底的寻根实践而言，民族作家文学今天的寻根对我们国家和民族文化现在的文化转型、文化反思和重建都不无启示。总之，20 世纪 80 年代的寻根文学其实是一次并不完整和不彻底的寻根，而我国各少数民族的文学寻根发生更早，且一直延续至今，从精神内涵上说也有其独特意义，对我们今天的文化建设不无启发。这样来看的话，从文化的角度研究民族文学的思路就颠覆了以往文学史对“寻根文学”的一般认识，这对我们今后重写中国文学史应该都不无参照意义。

当然，正如前面所言，对民族文学的文化研究也不是万能的，本身也有一些问题有待解决，比如如何处理好与审美研究的关系等。尽管如此，笔者以为，对民族文学的文化研究仍是一件很有必要，也大有可为的事情。特别是在当前的学术语境下，文化研究大行其道且建树颇丰。借助这股学术研究的“东风”，相信对民族文学的文化研究也会有着灿烂的前景。

结　语

在当前的中国学术界，对认同（身份认同）问题的谈论已成为一个颇为时髦的话题。这样一种研究的风尚也波及了民族文学研究领域。2005 年 12 月，在广西南宁市召开的第二届“中国多民族文学论坛”上，“民族作家身份认同问题”被列为此次会议的四个议题之一，这可说是民族文学研究界普遍意识到了这一问题重要性的标志性事件。其实，在这之前，民族文学界研究认同的成果就已屡见不鲜；在这之后研究认同的就更为多见。在大量研读这些研究成果的基础上笔者发现，前人对民族作家文学身份认同特别是民族身份认同的研究大都集中在现当代文学学科领域，因而大都采用的是注重作品的故事情节和思想主题的研究方法。这样的研究当然有其优势，比如对具体的作家作品的身份认同问题把握得深入细致。不过单一和千篇一律的研究思路毕竟显得有些单调，何况这种研究方法的弊端也很突出，比如对民族作家文学的整体性把握不强、研究的理论深度不够等。

要想获得对民族作家文学身份认同问题研究的突破，首要的条件是对认同理论本身的准确深入系统的把握。许多研究成果之所以显得欠缺深度，关键的原因就在于对认同理论作了一种表层的和零碎的甚至想当然的理解。本书的研究正是从对认同和民族认同理论的深入系统梳理起步，进而以此作为研究当代少数民族小说的理论基础。在主要对当代少数民族小说的文学性的几个层面如语言、叙事、文体和形象建构民族认同的考察后，发现了当代少数民族小说和当代民族文学的民族认同特性。以对此特性的发现为依据，笔者倡导一种对民族作家文学的文化研究方法。

可以看到，本书对民族作家文学身份认同的研究主要关注的是身份认同中的民族认同问题。这是因为，从类型上说身份认同是一个含义复杂的概念，笼统地说研究民族作家文学的身份认同其实是一种模棱两可的做法，究其实是一种概念不清的表现。令人费解的是，这种不知所云、莫名其妙的研究却是屡见不鲜。在身份认同的诸多类型中，民族作家文学中的民族身份认同是一个最有研究的必要性和研究价值的问题，这当然与民族作家文学的文本现象特点直接相关。和上述现当代文学领域的研究方法不同，本书的研究重在以认同和民族认同理论为基础，探讨在当代中国的语境下，民族文学作家如何产生了民族认同的危机？在这种危机意识的刺激下，民族文学作家如何借助于文学文本特别是小说文本的各个层面如故事情节、主题思想、语言、叙事、文体和人物形象等来建构对于本民族的认同？这种民族认同的建构给文学文本的整体和局部造成了何种影响？又给我们的民族文学批评带来何种启示？应该说，这样一种研究的路数在笔者所见的成果中基本没有先例。从这个意义上说，本书的研究在这方面可说是一个创新，尽管其中的不成熟也在所难免。从对民族作家文学的民族认同问题的研究而言，这样一种研究路数可以说达到了较高的理论深度，对某些理论问题的探讨具有较大的创新性。

笔者总结出的当代少数民族小说和当代民族文学的民族认同特性可以说是对民族文学一种维度上的总体把握。这样一种把握的意义在于从整体上理解我们的民族文学，进而为民族文学理论的建设提供某种启示。这或许就是整体和宏观的研究方法的优势所在。对于认同和民族认同理论而言，本书以当代少数民族小说中的民族认同问题为具体研究对象，所引申出的一些关于认同和民族认同自身的理论反思也能在某种意义上深化和扩展我们对于认同和民族认同的认识。这些研究成果的取得可以说都具有理论创新（尽管是有限的）的意义，彰显了理论研究的重要性，也是本书中结合文本现象进行理论研究的最终旨归。

本书的研究也拓展了对民族文学相关问题的思考。比如关于“民族性”的问题。20 世纪八九十年代，我国民族文学研究界关于“民族性”的问题曾有过专门的探讨，取得了一些成果。但不足之处依然存在。20 世纪 90 年代后期樊骏先生依然认为："对于如何认识界定作家作品的民族特性，理论上多有争议，分析也大多流于空泛，有关研究进展不大。"[①] 笔者看到，即便是在今天，许多民族文学研究者对这一问题的认识依然模糊不清。应该说，"民族性"是民族文学一个基本而又重要的问题，对这一问题的把握其意义自不待言。前面一章说过，民族文学的"民族认同特性"与"民族性"内涵不同。但本书对于"民族认同特性"及其生成的研究也能启发我们的如下认识：既然民族文学的"民族认同特性"是被建构而成，那么"民族性"本身也是一个被建构的对象，是民族文学作家出于特定的目的，借助于特殊的媒介和手段建构的产物；本书所揭示的当代少数民族小说的文学性的诸多层面对"民族认同特性"的显性和隐性的建构（特别是后者），或许也能启发我们如何全面而深入地把握民族文学的"民族性"特质，等等。

关于本书研究的价值、意义或创新性之类这里不再多说，"前言"部分对此也有相关论述。

本书在研究过程中遇到的困难也不少。其一，阅读量大。这不仅包括大量的当代少数民族小说作品，还包括诸如认同和民族认同理论、语言学、叙事学、文体学、形象学和文化学等方面的理论书籍，此外还有一些相关的研究资料。其二，跨学科研究的难度大。如前所述，本书的研究横跨多个学科。所谓跨学科并非仅仅意味着运用多个学科的知识，更意味着如何实现多学科知识的统一和契合。具体到笔者的研究中，就是如何以当代少数民族小说这一研究对象为平台，根据实际情况统筹运用认同和民族认同理论、语言学、叙事学、文体学、形象学和文化学等多种学科知识，以便更好地阐述和思考当代少数民族小说的民族认同特性及其生成问题。不同学科的知识并不具有天然的默契，要实现它们在同一平台的有机统一往往要求研究者对各种知识的判断、选择、嫁接、转换等功夫，这无疑平添了研究的难

---

① 关纪新：《一个民族文学研究者的追思》，《中国现代文学研究丛刊》2011 年第 4 期。

度。其三，以前的相关研究成果不多。这不仅表现在总体的数量不多，也表现在高水平的研究成果更为少见。就像一把“双刃剑”，前人研究基础的薄弱虽说给本书的研究提供了较大的研究空间，但也无疑会制约本书研究的深度。此外，还有本人的能力局限等问题。可以说，这些困难的“合力”就使得本书虽然取得了一定的成绩，但也留下了诸多不尽如人意之处。

当代少数民族小说和当代民族作家文学的民族认同特性与当代民族文学作家对民族认同的建构有关。而民族认同并非一个已经完成的事实，而是永无完结，永远处于过程之中。无论对于中华民族的民族认同还是对于我国各少数民族的民族认同来说都应作如此观。另外，从当代少数民族小说和当代民族作家文学的具体情况看，民族文学作家对民族认同的建构也只有60余年的时间，所表现出的建构的特点、策略和规律等也是很有限的。既然如此，本书所研究的对象——当代少数民族小说和当代民族作家文学的民族认同特性及其生成也就是一个尚未完成的且永远处于变化之中的开放性话题。本书取得的成果还只是阶段性的，还会有更多的问题出现和需要被研究。笔者希望在今后的研究中能把这一课题继续下去。

参考文献

文学作品类

老舍:《正红旗下 小人物自述》，人民文学出版社 1987 年版。

霍达:《穆斯林的葬礼》，北京十月文艺出版社 1993 年版。

董秀英:《摄魂之地》，云南人民出版社 1992 年版。

阿来:《尘埃落定》，人民文学出版社 2000 年版。

阿来:《格萨尔王》，重庆出版社 2009 年版。

阿来:《空山（三部曲）》，人民文学出版社 2009 年版。

阿来:《尘埃飞扬》，四川文艺出版社 2005 年版。

阿来:《就这样日益丰盈》，解放军文艺出版社 2002 年版。

阿来:《大地的阶梯》，南海出版公司 2008 年版。

阿来:《看见》，湖南文艺出版社 2011 年版。

玛拉沁夫:《茫茫的草原》，人民文学出版社 2007 年版。

张承志：《张承志文集：老桥・后记》，北京十月文艺出版社 1984 年版。

张承志:《张承志文学作品集・小说卷》，海南出版社 1995 年版。

张承志:《回民的黄土高原》，青海人民出版社 1993 年版。

张承志:《草原》，花城出版社 2007 年版。

乌热尔图:《琥珀色的篝火》，百花文艺出版社 1984 年版。

叶梅:《妹娃要过河》，作家出版社 2009 年版。

叶梅:《我的西兰卡普》，中央民族大学出版社 2008 年版。

迟子建:《额尔古纳河右岸》，人民文学出版社 2010 年版。

纳张元:《走出寓言》，《十月》1998 年第 4 期。

查舜:《穆斯林的儿女们》，人民文学出版社 1988 年版。
扎西达娃:《西藏隐秘岁月》，长江文艺出版社 1996 年版。
扎西达娃:《骚动的香巴拉》，作家出版社 1993 年版。
石舒清:《清水里的刀子》，宁夏人民出版社 2008 年版。
降边嘉措:《格桑梅朵》，中国国际出版集团 2011 年版。
冉平:《蒙古往事》，人民文学出版社 2005 年版。
沈从文:《沈从文选集（共 5 卷）》，四川人民出版社 1983 年版。
鬼子:《被雨淋湿的河（小说集）》，时代文艺出版社 2001 年版。
李传锋:《动物小说选（中短篇小说集）》，作家出版社 1993 年版。
央珍:《无性别的神》，中国青年出版社 1997 年版。
李乔:《欢笑的金沙江》，人民文学出版社 2008 年版。
麦买提明·吾守尔:《燃烧的河流》，民族出版社 2006 年版。
张长:《太阳树》，作家出版社 1992 年版。
朱春雨:《血菩提》，作家出版社 1989 年版。
梅卓:《太阳部落》，中国文联出版公司 1995 年版。
李惠善:《红蝴蝶》，民族出版社 2000 年版。
潘年英:《伤心篱笆》，上海文艺出版社 2001 年版。
叶广芩:《采桑子》，北京出版社 2009 年版。
中国作家协会编:《新中国成立 60 周年少数民族文学作品选·短篇小说卷（4 册）》，作家出版社 2009 年版。
中国作家协会编:《新中国成立 60 周年少数民族文学作品选·中篇小说卷（5 册）》，作家出版社 2009 年版。

理论著作类

郑晓云:《文化认同论》，中国社会科学出版社 1992 年版。
[加拿大] 查尔斯·泰勒:《自我的根源：现代认同的形成》，韩震等译，凤凰出版传媒集团 2008 年版。
周宪主编:《中国文学与文化的认同》，北京大学出版社 2008 年版。
周宪主编:《文学与认同：跨学科的反思》，中华书局 2008 年版。
[美] 本尼迪克特·安德森:《想象的共同体》，吴叡人译，上海世纪

出版集团 2005 年版。

［美］曼纽尔·卡斯特：《认同的力量》，曹荣湘译，社会科学文献出版社 2006 年版。

［英］E. 霍布斯鲍姆、T. 兰格：《传统的发明》，顾杭等译，译林出版社 2004 年版。

［英］齐格蒙特·鲍曼：《共同体》，欧阳景根译，江苏人民出版社 2007 年版。

［英］齐格蒙特·鲍曼：《作为实践的文化》，郑莉译，北京大学出版社 2009 年版。

［英］迈克·费瑟斯通：《消解文化——全球化、后现代主义与认同》，杨渝东译，北京大学出版社 2009 年版。

《第欧根尼》中文精选版编辑委员会：《文化认同性的变形》，商务印书馆 2008 年版。

江宁康：《美国当代文学与美利坚民族认同》，南京大学出版社 2008 年版。

［英］安东尼·吉登斯：《现代性与自我认同》，赵旭东等译，三联书店 1998 年版。

［美］温迪·J. 达比：《风景与认同》，张箭飞等译，译林出版社 2011 年版。

［英］斯图亚特·霍尔、保罗·杜盖伊编著：《文化身份问题研究》，庞璃译，河南大学出版社 2010 年版。

陈定家主编：《全球化与身份危机》，河南大学出版社 2004 年版。

［法］阿尔弗雷德·格罗塞：《身份认同的困境》，王鲲译，社会科学文献出版社 2010 年版。

翟学伟、甘会斌、褚建芳编译：《全球化与民族认同》，南京大学出版社 2009 年版。

［美］乔纳森·弗里德曼：《文化认同与全球性过程》，郭建如译，商务印书馆 2004 年版。

［英］戴维·莫利、凯文·罗宾斯：《认同的空间》，司艳译，南京大学出版社 2003 年版。

何成洲主编:《跨学科视野下的文化身份认同——批评与探索》，北京大学出版社2011年版。

刘岩等:《后现代语境中的文化身份研究》，凤凰出版社2008年版。

张云鹏:《文化权：自我认同与他者认同的向度》，社会科学文献出版社2007年版。

［英］汤林森:《文化帝国主义》，冯建三译，上海人民出版社1999年版。

［英］乔治·莱瑞恩:《意识形态与文化认同》，戴从容译，上海教育出版社2005年版。

赵静蓉:《怀旧——永恒的文化乡愁》，商务印书馆2009年版。

关纪新、朝戈金:《多重选择的世界——当代少数民族作家文学的理论描述》，中央民族大学出版社1995年版。

彭书麟、于乃昌、冯玉柱主编:《中国少数民族文艺理论集成》，北京大学出版社2005年版。

龙长吟:《民族文学学论纲》，湖南文艺出版社1997年版。

中国社会科学院民族研究所编:《斯大林论民族问题》，民族出版社1990年版。

陶立璠:《民族民间文学理论基础》，中央民族学院出版社1990年版。

北京大学中文系文艺理论教研室编:《马克思 恩格斯 列宁 斯大林论文艺》，人民文学出版社1980年版。

中国作家协会编:《新中国成立60周年少数民族文学作品选·理论评论卷（2册）》，作家出版社2009年版。

［美］约翰·迈尔斯·弗里:《口头诗学：帕里—洛德理论》，朝戈金译，社会科学文献出版社2000年版。

［美］阿尔伯特·贝茨·洛德:《故事的歌手》，尹虎彬译，中华书局2004年版。

［英］爱德华·莫迪默、罗伯特·法恩主编:《人民·民族·国家——族性与民族主义的含义》，刘泓等译，中央民族大学出版社2009年版。

［美］杜赞奇：《从民族国家拯救历史》，王宪明等译，凤凰出版传媒集团2008年版。

关纪新主编：《20世纪中华各民族文学关系研究》，民族出版社2006年版。

李鸿然：《中国当代少数民族文学史论》，云南教育出版社2004年版。

马丽蓉：《20世纪中国文学与伊斯兰文化》，安徽教育出版社2000年版。

吴道毅：《南方民族作家文学创作论》，民族出版社2006年版。

张直心：《边地梦寻：一种边缘文学经验与文化记忆的探勘》，人民文学出版社2006年版。

姚新勇：《寻找：共同的宿命与碰撞：转型期中国文学多族群及边缘区域文化关系研究》，中国社会科学出版社2010年版。

谭桂林、龚敏律：《当代中国文学与宗教文化》，岳麓书社2006年版。

李扬编：《作家文学与民间文学》，中国海洋大学出版社2004年版。

陈思和主编：《中国当代文学史教程》，复旦大学出版社2009年版。

黄永林：《中国民间文化与新时期小说》，人民出版社2007年版。

陈祖君：《汉语文学期刊影响下的中国当代少数民族文学》，中国社会科学出版社2009年版。

吕豪爽：《中国新时期少数民族小说研究》，河南大学出版社2010年版。

李云忠：《中国少数民族现当代文学概观》，辽宁民族出版社2006年版。

吴重阳：《中国当代民族文学概观》，中央民族学院出版社1986年版。

梁庭望、汪立珍、尹晓琳主编：《中国民族文学研究60年》，中央民族大学出版社2010年版。

刘俐俐：《文学“如何”：理论与方法》，北京大学出版社2009年版。

刘俐俐：《中国现代经典短篇小说文本分析》，北京大学出版社2006

年版。

刘俐俐：《外国经典短篇小说文本分析》，北京大学出版社 2004 年版。

保罗·麦钱特：《史诗》，王星译，昆仑出版社 1993 年版。

［英］瓦特：《小说的兴起》，高原等译，三联书店 1988 年版。

王晓路：《文化批评关键词研究》，北京大学出版社 2007 年版。

［奥］西格蒙德·弗洛伊德：《弗洛伊德后期著作选》，林尘等译，上海译文出版社 1986 年版。

赵一凡、张中载、李德恩：《西方文论关键词》，外语教学与研究出版社 2006 年版。

朱立元主编：《当代西方文艺理论》，华东师范大学出版社 2005 年版。

刘安海、孙文宪：《文学理论》，华中师范大学出版社 2002 年版。

［美］韦勒克、沃伦：《文学理论》，刘象愚等译，凤凰出版传媒集团 2005 年版。

童庆炳主编：《文学理论教程》，高等教育出版社 2007 年版。

王先霈主编：《文学批评原理》，华中师范大学出版社 1999 年版。

费孝通：《文化的生与死》，上海人民出版社 2009 年版。

罗钢、刘象愚主编：《文化研究读本》，中国社会科学出版社 2000 年版。

罗钢：《叙事学导论》，云南人民出版社 1999 年版。

李建军：《小说修辞研究》，中国人民大学出版社 2003 年版。

［瑞士］索绪尔：《普通语言学教程》，高名凯译，商务印书馆 2009 年版。

［德］恩斯特·卡西尔：《语言与神话》，于晓等译，三联书店 1988 年版。

［德］恩斯特·卡西尔：《人论》，甘阳译，上海世纪出版集团 2004 年版。

吴晓东：《从卡夫卡到昆德拉：20 世纪的小说和小说家》，三联书店 2009 年版。

胡亚敏：《叙事学》，华中师范大学出版社 1994 年版。

谭君强：《叙事学导论》，高等教育出版社 2008 年版。

［荷兰］米克·巴尔：《叙述学：叙事理论导论》，谭君强译，中国社会科学出版社 2005 年版。

［英］马克·柯里：《后现代叙事理论》，宁一中译，北京大学出版社 2005 年版。

申丹：《叙述学与小说文体学研究》，北京大学出版社 2007 年版。

格非：《小说叙事研究》，清华大学出版社 2002 年版。

赵毅衡：《当说者被说的时候》，中国人民大学出版社 1998 年版。

赵毅衡：《苦恼的叙述者》，北京十月文艺出版社 1994 年版。

傅修延：《文本学》，北京大学出版社 2005 年版。

伍蠡甫、胡经之：《西方文艺理论名著选编（下卷）》，北京大学出版社 1994 年版。

陶东风：《文体演变及其文化意味》，云南人民出版社 1999 年版。

童庆炳：《文体与文体的创造》，云南人民出版社 1999 年版。

郭宝亮：《王蒙小说文体研究》，北京大学出版社 2006 年版。

李洁非：《中国当代小说文体史略》，陕西人民教育出版社 2002 年版。

张少康：《中国文学理论批评史教程》，北京大学出版社 1999 年版。

王岳川主编：《后殖民主义与新历史主义文论》，山东教育出版社 2002 年版。

［英］迈克·克朗：《文化地理学》，杨淑华等译，南京大学出版社 2007 年版。

尤西林：《人文科学导论》，高等教育出版社 2008 年版。

［英］Robert A. Segal：《神话理论》，刘象愚译，外语教学与研究出版社 2008 年版。

［美］Jonathan Culler：《文学理论》，李平译，译林出版社 2008 年版。

［美］萨义德：《东方学》，王宇根译，三联书店 2007 年版。

［美］爱德华·W. 萨义德：《文化与帝国主义》，李琨译，三联书店 2007 年版。

［德］黑格尔：《美学》，朱光潜译，商务印书馆 1995 年版。
孟华主编：《比较文学形象学》，北京大学出版社 2001 年版。
金元浦：《文化研究：理论与实践》，河南大学出版社 2004 年版。
陈平原：《中国小说叙事模式的转变》，北京大学出版社 2004 年版。
［美］戴卫·赫尔曼主编：《新叙事学》，马海良译，北京大学出版社 2002 年版。
杨义：《中国叙事学》，人民出版社 1997 年版。
［美］华莱士·马丁：《当代叙事学》，伍晓明译，北京大学出版社 1989 年版。
［古希腊］亚里士多德：《诗学》，罗念生译，人民文学出版社 2002 年版。
方珊：《形式主义文论》，山东教育出版社 2002 年版。
［德］沃尔夫冈·伊瑟尔：《怎样做理论》，朱刚等译，南京大学出版社 2008 年版。
［美］W. C. 布斯：《小说修辞学》，华明、胡晓苏、周宪译，北京大学出版社 1989 年版。
［荷兰］佛克马、［荷］蚁布思：《文学研究与文化参与》，俞国强译，北京大学出版社 1996 年版。
李吟咏：《形象叙述学》，浙江大学出版社 2009 年版。
乐黛云、张辉主编：《文化传递与文学形象》，北京大学出版社 1999 年版。
张志彪：《比较文学形象学理论与实践：以中国文学中的日本形象为例》，民族出版社 2007 年版。
［英］珀·卢伯克、［英］爱·福斯特、［英］爱·缪尔：《小说美学经典三种》，方土人等译，上海文艺出版社 1990 年版。
张德明：《西方文学与现代性的展开》，中国社会科学出版社 2009 年版。
［美］詹姆斯·费伦：《作为修辞的叙事》，陈永国译，北京大学出版社 2002 年版。
［英］安德鲁·本尼特、［英］尼古拉·罗伊尔：《关键词：文学、批

评与理论导论》，汪正龙等译，广西师范大学出版社 2007 年版。
张京媛：《新历史主义与文学批评》，北京大学出版社 1993 年版。
［美］吉尔兹：《地方性知识——阐释人类学论文集》，王海龙、张家瑄译，中央编译出版社 2000 年版。
［美］克利福德·格尔茨：《文化的解释》，韩莉译，凤凰出版传媒集团 2008 年版。
［加拿大］克兰迪宁、［加拿大］康纳利：《叙事探究：质的研究中的经验和故事》，张园译，北京大学出版社 2008 年版。
吴士余：《中国文化与小说思维》，上海三联书店 2000 年版。
［法］福柯：《知识考古学》，谢强、马月译，三联书店 2004 年版。
［意大利］贝托·艾柯：《诠释与过度诠释》，王宇根译，三联书店 1997 年版。
［美］詹姆逊：《晚期资本主义的文化逻辑》，陈清侨等译，生活·读书·新知三联书店 2003 年版。
［美］克莱德·克鲁克洪等：《文化与个人》，高佳等译，浙江人民出版社 1986 年版。
［澳］J. 丹纳赫等：《理解福柯》，刘瑾译，百花文艺出版社 2002 年版。
［美］露丝·本尼迪克特：《文化模式》，王炜等译，三联书店 1992 年版。
［加拿大］斯蒂文·托托西：《文学研究的合法化》，马瑞琦译，北京大学出版社 1997 年版。
任一鸣：《后殖民：批评理论与文学》，外语教学与研究出版社 2008 年版。

论文类

刘俐俐：《“美人之美”为宗旨的民族文学理论与方法的几个论域》，《文艺理论研究》2010 年第 1 期。
刘俐俐：《汉语写作怎样成就了少数民族优秀文学作品的独特价值——以鄂温克族作家乌热尔图的作品为例》，《学术研究》

2009 年第 4 期。

刘俐俐:《建设当代意义的民族文学理论——我国民族文学理论与方法的历史、现状与前瞻》,《社会科学报》2009 年 8 月 6 日第 5 版。

刘俐俐:《“美人之美”: 多民族文化的战略选择》,《浙江工商大学学报》2009 年第 5 期。

刘俐俐:《走进人道精神的民族文学中的文化身份意识》,《民族研究》2002 年第 4 期。

刘俐俐:《后殖民主义语境中的当代民族文学问题思考》,《南开学报》2000 年第 1 期。

刘俐俐:《民族文学与文学性问题》,《民族文学研究》2005 年第 2 期。

阿来:《我只感到世界扑面而来——在渤海大学“小说家讲坛”上的讲演》,《当代作家评论》2009 年第 1 期。

阿来:《文学表达的民间资源》,《民族文学》2001 年第 9 期。

阿来:《用汉语写作的藏族人》,《美文》2007 年第 7 期。

阿来:《寻找本民族的精神》,《中国民族》2002 年第 6 期。

阿来:《人是出发点, 也是目的地》,《黄河文学》2009 年第 5 期。

阿来:《汉语: 多元文化共建的公共语言》,《当代文坛》2006 年第 1 期。

阿来、陈祖君:《文学应如何寻求“大声音”》,《现代中国文化与文学》2005 年第 2 期。

何言宏、阿来:《现代性视野中的藏地世界》,《当代作家评论》2009 年第 1 期。

[芬兰] 劳里 · 航柯:《史诗与认同表达》,《民族文学研究》2001 年第 2 期。

《国内最早成名的蒙古族作家——玛拉沁夫》,《中国民族》2002 年第 6 期。

关纪新:《打造全向度的民族文学理论平台——既往民族文学理论建设的得失探讨》,《西南民族大学学报》2004 年第 12 期。

关纪新:《少数民族作家与民族文化传统的关联》,《民族文学研究》1994 年第 1 期。

乌热尔图:《我的写作道路》,《文学自由谈》1987 年第 2 期。

乌热尔图:《声音的替代》,《读书》1996 年第 5 期。

乌热尔图:《不可剥夺的自我阐释权》,《读书》1997 年第 2 期。

扎西达娃:《你的世界》,《文学自由谈》1987 年第 3 期。

张承志:《母语与美文》,《青年文学》2006 年第 19 期。

周传斌等:《关于〈穆斯林的葬礼〉的笔谈》,《回族文学》2006 年第 1 期。

赵志忠:《民族文学三十年评述》,《社会科学家》2008 年第 10 期。

王红:《复调与重弹:当代民族文学的动物叙事研究》,《宁夏社会科学》2007 年第 6 期。

王静:《人与自然:当代少数民族文学生态创作概述》,《河南大学学报》2006 年第 1 期。

姚新勇:《萎靡的当代民族文学批评》,《西南民族大学学报》2004 年第 8 期。

姚新勇:《追求的轨迹与困惑——“少数民族文学性”建构的反思》,《民族文学研究》2004 年第 1 期。

白崇人:《对少数民族文学创作应注重“分解研究”》,《民族文学研究》1994 年第 1 期。

道吉任钦:《新中国藏族文学发展研究》,《西北民族研究》2009 年第 3 期。

银建军、钟纪新:《生态美学视域中的仡佬族文学》,《南方文坛》2007 年第 2 期。

刘志友:《关于少数民族文学经典进入“中国文学史”问题》,《中国文化研究》2007 年第 4 期。

徐其超:《文学史观与少数民族文学主体地位的缺失和构建》,《民族文学研究》2009 年第 2 期。

曹顺庆:《三重话语霸权下的少数民族文学研究》,《民族文学研究》2005 年第 3 期。

徐新建：《本土认同的全球性——兼论民族文化的“三度写作”》，《西南民族大学学报》2004 年第 1 期。

高永久、秦伟江：《“民族”概念的演变》，《南开学报》2009 年第 6 期。

李晓峰：《论中国当代少数民族文学话语的发生》，《民族文学研究》2007 年第 1 期。

刘亚虎：《少数民族文学研究空间的拓展》，《百色学院学报》2008 年第 5 期。

吴道毅：《多元文化视域中的民族文学论纲》，《西北第二民族学院学报》2008 年第 4 期。

罗庆春、刘兴禄：《“文化混血”：中国当代少数民族文学文化构成论》，《民族文学研究》2006 年第 1 期。

David Y. H. Wu：《中国少数民族的文化变迁与民族认同》，冷非译，《贵州民族研究》1996 年第 3 期。

张永刚、唐桃：《少数民族文学：民族认同与创作价值问题》，《文艺理论与批评》2010 年第 1 期。

陈学讯编译：《艾特玛托夫论少数民族文化》，《民族文学研究》1986 年第 5 期。

李启军：《少数民族作家的族群身份：作品的胎记抑或风过无痕》，《民族文学研究》2006 年第 4 期。

雷鸣：《危机寻根：民族文化的认同与现代性反思——对少数民族作家生态小说的一种综观》，《前沿》2009 年第 9 期。

高宏存：《族裔认同·民族精神·文化民族主义——作为一种文化现象的张承志研究》，《首都师范大学学报》2005 年第 1 期。

刘洪涛：《沈从文：民族身份与国家认同》，《楚雄师范学院学报》2003 年第 1 期。

李建：《阿来：边缘书写与文化身份认同》，《西北民族大学学报》2004 年第 2 期。

杨继国：《认同与超越——回族长篇小说发展论》，《民族文学研究》1993 年第 2 期。

王志萍:《他者之镜与民族认同——简析新疆少数民族女作家作品中的民族意识》,《民族文学研究》2009 年第 4 期。

闫秋红:《论当代满族作家民族身份的认同》,《西南民族大学学报》2010 年第 9 期。

高梅:《语言与民族认同》,《满族研究》2006 年第 4 期。

马红艳:《回族语言及其反映的民族认同心理》,《青海民族学院学报》2001 年第 4 期。

张直心:《"汉化"?"欧化"?——少数民族作家汉语写作的文体探索》,《民族文学研究》1998 年第 4 期。

张直心:《探寻民族审美的可能性——当代少数民族小说形式研究断想》,《文艺争鸣》2010 年第 5 期。

余达忠:《族群表达或表达生命的感觉——民族文学随想》,《民族文学》2005 年第 11 期。

杜平:《异国形象创造与文化认同》,《西华师范大学学报》2004 年第 5 期。

韩震:《现代性与认同问题的思考》,《学习与探索》2004 年第 6 期。

韩震:《论全球化进程中的多重文化认同》,《求是学刊》2005 年第 5 期。

崔新建:《文化认同及其根源》,《北京师范大学学报》2004 年第 4 期。

李菲:《民族文学与民族志——文学人类学批评视域下的少数民族文学》,《民族文学研究》2009 年第 3 期。

郑晓云:《论全球化与民族文化》,《民族研究》2001 年第 1 期。

王希恩:《民族认同发生论》,《内蒙古社会科学》1995 年第 5 期。

马绍玺:《诗歌中的自我和他者——全球化语境中少数民族诗歌的文化认同问题》,《云南民族学院学报》2003 年第 1 期。

季中扬:《论"文化研究"领域的认同概念》,《求索》2010 年第 5 期。

尹虎彬:《论少数民族文学创作中的民族意识与现代意识》,《民族文学研究》1986 年第 4 期。

都永浩：《民族认同与公民、国家认同》，《黑龙江民族丛刊》2009 年第 6 期。

彭兆荣：《在国家与民族认同之间》，《北方民族大学学报》2010 年第 4 期。

张宝成：《民族认同与国家认同之比较》，《贵州民族研究》2010 年第 3 期。

后　记

在今天这个信息爆炸的社会，著书立说也不再是什么了不得的事。但对我个人而言，本书这次能够获得出版的机会，无论如何还是一件值得高兴的事。

为了这本书的出版，首先要感谢我的博士生导师——南开大学文学院的刘俐俐老师。她给了我当年写作毕业论文以莫大的帮助。如果说我今天还能做一点真正的学术研究，与她当年对我的教导密不可分。对她我虽满怀感恩之心却无以为报，只能尽力在学术研究上继续努力，以不辜负她的期望。

还要感谢我同门的兄弟姐妹们。当年的求学生涯里我们互相学习，彼此帮助，共同进步。毕业后虽天各一方也还不断保持着联络。同门之情真是一种奇特而可贵的感情，唯愿这种情谊能一直延续下去。

当然还要感谢我的妻子、母亲和其他家人。他们的付出给了我写作这本书以有力的保障。所谓大恩不言谢，对他们的感激无须过多的言语。

本书的部分内容已在《民族文学研究》《云南社会科学》《天府新论》《西北民族大学学报》等刊物上发表过。在此谨对审校过我相关论文的编辑老师如汤晓青老师、周翔老师等表示衷心的感谢，是你们的垂爱和努力让这些拙作得以体面地问世，令我感受到学术研究的乐趣。中国社会科学出版社的曲弘梅编审为本书的编辑和出版付出了大量的劳动，这里特别表示感谢！

本书为周口师范学院高层次人才科研启动经费资助项目“中国当代少数民族小说叙事与民族认同建构”（项目编号为 zksybscx201212）

的部分成果。它的出版得到了周口师范学院的大力资助。周口师范学院文学院领导高恒忠院长等对本书的写作和出版也给予了关心和支持。在此一并致谢！

想当年在导师的引导下我进入了少数民族文学的研究领域，数年的努力也只取得不多的成果。但我希望自己能沿着这条路继续走下去，在中国的边缘做这种边缘的研究。